EDITION '84

DIE POSITIVEN UTOPIEN

2

Wie George Orwells »1984« Maßstäbe für die Anti-Utopie setzte, legt die Edition '84 beispeilhafte, herausragende neue Werke der positiven Utopie dem deutschen Leser vor. Alle Facetten dieser Literaturgattung sind in der Edition '84 vertreten: Roman, Story, Kurz-Kurzgeschichte; deutsche, englische, amerikanische und auch chinesische Autoren; Klassiker und Newcomer – Hohe Qualität, dieses Gütesiegel war bei der Auswahl der Einzelbände immer oberster Grundsatz.

Mit den 12 Bänden der Edition '84 wird das gesamte Spectrum positiver Utopien abgedeckt und durch repräsentative Werke ein Überblick über das derzeitige Schaffen der berühmtesten Autoren auf diesem Literaturgebiet gegeben.

Dieser Band: Innerhalb der Edition '84 steht dieser Roman für die soziale Utopie – ein Autor denkt über zukünftige alternative Gesellschaftsmodelle nach. Weiterhin zeigt dieser Band beispielhaft, wie sich die utopische Literatur aus deutscher Feder inzwischen von ihren anglo-amerikanischen Vorbildern emanzipiert hat und längst eigenständig Qualitätvolles ersinnt.

Autor: Werner Zillig, geboren 1949 in Haßlach bei Kronach (Bayern). Studierte in Erlangen, Tübingen und Münster Germanistik, Geschichte und Soziologie. Promotion. Gegenwärtig Hochschulassistent für die Fachrichtung Germanistische Linguistik an der Universität Münster. Schrieb, neben Einzelgeschichten in SF-Anthologien, einen Band mit Science-Fiction-Erzählungen (›Der Regentänzer‹, 1980, Goldmann SF 23367).
Mitherausgeber eines Bandes mit japanischen SF-Stories (›Die Hand des kosmischen Affen‹, 1982, Goldmann SF 23403).

Buch: Deutschland im Jahre 2021. Im Land verstreut liegen »Parzellen« – kleine Gebiete, in denen die Anhänger utopischer und radikaler Ideen mit staatlicher Genehmigung versuchen können, ihre Vorstellungen in die Wirklichkeit umzusetzen. Die Parzellen sind durch neuartige technische Geräte vollkommen von der übrigen Gesellschaft abgetrennt. – In diesem Jahr erhält Stefan Frohnberg, der in der Nähe von Köln wohnt, eine Einladung von seinem ehemaligen Schulkameraden Christian Kuntzeler. Kuntzeler befindet sich in Wilsede, einer Drogenparzelle in der Lüneburger Heide, und er hat, wie er schreibt, nur noch vierzehn Tage zu leben. Als Stefan Frohnberg nach Wilsede fährt, ist er mit einem Mal in einer Welt, in der die Gesetze der Vernunft nicht mehr gelten.

Pressestimme: (zu Zilligs Kurzgeschichten)
»Ich wünsche mir noch viel solchen deutschen Nachwuchs!«
(Jörg Weigand in LIT)

WERNER ZILLIG

DIE PARZELLE

Roman

Originalausgabe

Wilhelm Goldmann Verlag

Made in Germany · 3/84 · 1. Auflage · 1110

Umschlagentwurf: Design Team München
Umschlagillustration: Klaus Holitzka, Mossautal
Satz: Fotosatz Glücker, Würzburg
Druck: Elsnerdruck GmbH, Berlin
Verlagsnummer: 8402
Lektorat: Werner Morawetz/Peter Wilfert
Herstellung: Peter Papenbrok
ISBN 3-442-08402-4

☆ ☆ ☆ ☆ ☆ ☆ ☆ ☆ ☆

Am 27. August des Jahres 2021 wird Stefan Frohnberg am Nachmittag noch arbeiten. Zusammen mit Martin Hammerschmidt, einem Kollegen, wird er Kompositionsanalysen korrigieren. Kurz nach 16 Uhr werden Frohnberg und Hammerschmidt die Analysebogen beiseite legen und die Geräte abschalten. Wenn sich Frohnberg und Hammerschmidt voneinander verabschieden, wird Frohnberg davon sprechen, daß sie sich am nächsten Tag beim Abendessen sehen werden. Frohnberg wird Hammerschmidt und dessen Frau eine Woche vorher eingeladen haben.

Am darauffolgenden Tag, einem Samstag, wird Stefan Frohnberg am Vormittag zu einem Mediengeschäft gehen. Er wird in den dritten Stock hinaufsteigen, dorthin, wo das Geschäft noch immer eine Buchhandlung mit Büchern aus Papier ist, und er wird, nachdem er eine Zeitlang in Büchern geblättert hat, einen Bildband kaufen. Auf seinem anschließenden Gang durch die Stadt wird Frohnberg noch einige Kleinigkeiten besorgen und dann, um 12 Uhr, mit dem Bus nach Hause fahren. Die Frau, die während seiner Abwesenheit auf seine Tochter aufgepaßt hat, wird ihm dann sagen, daß ein Brief angekommen ist. Und nachdem die Frau gegangen ist, wird Frohnberg den Brief öffnen und darin eine Einladung finden.

☆ ☆ ☆ ☆ ☆ ☆ ☆ ☆ ☆

Erstes Kapitel

Die Gebäude der Firma Componant in Paffrath, einem Vorort von Köln, sind vor einigen Jahren in dem damals neuen Zitatstil gebaut worden. Inmitten eines kleinen, von einzelnen Baumgruppen gebildeten Parks liegen die einzelnen Häuser, die, jedes auf andere Weise, an Baustile der Vergangenheit erinnern. Das Gebäude, in dem die sogenannten Kreativen Abteilungen der Firma untergebracht sind, ist ein weißer, villenartiger Flachbau mit runden und spitzbogigen Fenstern. Die Eingangstür liegt, ein Stück weit in das Haus zurückversetzt, hinter vier Säulen, und auch vor dem Haus, auf der linken Seite des Vorplatzes, stehen zwei Säulenreihen. Die Säulen auf dem Vorplatz, die in unterschiedlicher Höhe abgebrochen sind und so an ein antikes Ausgrabungsfeld erinnern, sind mit Efeu bewachsen. – Der, der zum erstenmal hierher kommt, wird, wenn er das Haus und seine Umgebung sieht, an ein Sanatorium denken und vermutlich nicht recht glauben können, daß in diesem Gebäude die Laboratorien einer Elektronikfirma untergebracht sind.

Stefan Frohnberg sitzt in seinen Sessel zurückgelehnt und hört auf die Musik, die aus den Lautsprechern vor ihm kommt. Dann dreht er den Sessel und blickt auf die efeubewachsenen Säulen vor dem Fenster. Nach einer Weile verzieht er das Gesicht und sagt: »Nein, das ist es einfach nicht! Die Rhythmusgitarre ist irgendwie – zu wenig versetzt. Und der Baß ist zu starr.«

»Ich weiß nicht, ich finde das Programm ganz ordentlich«, antwortet Martin Hammerschmidt. »Ich glaube, mehr ist da einfach nicht rauszuholen.«

»Hör dir doch mal die Aufnahme an! Zum Beispiel – dreihundertvierundzwanzig.«

Hammerschmidt gibt die Zahl in ein kleines Gerät ein, das vor ihm steht, dann drückt er auf eine breite rote Taste, die sich rechts neben dem Zahlenfeld befindet. Eine andere Aufnahme wird eingespielt, und ein Sänger singt jetzt.

»Ich glaube, du läßt dich von der Stimme beeinflussen«, sagt Hammerschmidt. »Ich habe heute morgen das gesamte Programm noch einmal geprüft. Es hat keinen Fehler. Mehr können wir nicht machen.«

Frohnberg sieht wieder hinaus auf die Säulen. Er sagt sich, daß Hammerschmidt recht hat. Sie haben die Aufnahmen dieser alten Schallplatte sorgfältig analysiert, und mehr können sie nicht tun. Das Programm wird am Montag abgeliefert und geht nach dem Gegencheck durch die Kontrollabteilung in Serie. In ein paar Wochen werden es die Leute überall kaufen können, und jeder, der es zu Hause in seinen Syncomposer einlegt, kann unzählige neue Musikstücke anfertigen. Alle werden sie nach dem Muster dieser Schallplatte sein, und trotzdem wird keines dem anderen vollständig gleichen. – Frohnberg hört wieder auf das, was der Sänger singt. Er hat, ehe sie mit der Analyse begonnen haben, die Texte gelesen. Es waren schwarze, dunkel gestimmte Zeilen gewesen, deren Bedeutung ihm ein wenig unklar geblieben war. Aber Texte werden nicht mitgeliefert.

»Gut«, sagt Frohnberg. »Machen wir noch eine Composerprobe, und dann lassen wir es gut sein.«

Hammerschmidt zieht ein kleines Mikrophon heran und schaltet wieder das Programm ein. Dann trommelt er mit den Fingern einen schnellen, unregelmäßigen Takt auf die Tischplatte. Das Mikrophon nimmt die Geräusche auf und leitet sie dem Rechner zu, der sie, wie vorher die Signale aus dem Zufallsgenerator, als vorgegebene Größen in das Programm einsetzt. Nach einigen Sekunden hören Frohnberg und Hammerschmidt das neue Stück.

»Wenn du jetzt noch singen könntest«, sagt Hammerschmidt, »dann wäre es perfekt.«

»Warte nur ab«, antwortet Frohnberg und lacht. »Demnächst singe ich dir was vor.«

Sie hören noch für ungefähr eine Minute der Musik zu, dann sagt Frohnberg: »Na gut, liefern wir am Montag ab.«

Sie stehen auf und schalten die Geräte aus. Dann verlassen sie den Raum. Am Ausgang, als sie in dem offenen Vorraum des Hauses stehen, sagt Frohnberg: »Wir sehen uns dann morgen abend.«

»Ja, wir freuen uns schon«, sagt Hammerschmidt.

Frohnberg stieg zwei Stationen früher aus dem Bus. Er überquerte die Straße. Obwohl die Sonne schien, war es nicht sehr heiß. Die Bäume an der Straße zum Schloß hin waren schon ein wenig gelb. Frohnberg wandte sich nach links und ging den Weg hinunter. Nach ungefähr zweihundert Metern war er zu Hause. Er öffnete die Gartentür, ging durch den Vorgarten und schloß dann die Haustür auf.

Als er durch die halb geöffnete Tür des Wohnraums blickte, sah er Jonna, seine Tochter, auf dem Boden sitzen. Die Bildwand war eingeschaltet.

Frau Borgmeier, die Frau, die auf Jonna aufgepaßt hatte, während er in der Stadt gewesen war, kam aus dem Wohnraum. »So, wieder zurück, Herr Frohnberg?« sagte sie. »War viel los in der Stadt?«

»Nein, eigentlich nicht«, antwortete Frohnberg.

Dann sagte Frau Borgmeier: »Ach, Herr Fronberg, es ist ein Brief für Sie gekommen.«

»Ist er unter *persönlich* gespeichert?« fragte Frohnberg.

»Nein«, antwortete Frau Borgmeier. »Es ist ein richtiger Papierbrief, in einem Umschlag. Jemand von der Post hat ihn vorbeigebracht.«

»Ach so.« Frohnberg war überrascht. »Haben Sie Gebühren bezahlen müssen?«

»Nein, die Gebühren waren schon bezahlt. Ich hab' ihn im Wohnzimmer auf den Tisch gelegt.«

Frohnberg ging an seiner Tochter vorbei. Er sagte: »Na, Jonna, du verstehst wieder einmal alles, was deine Mutter erzählt?«

»Nöh«, sagte Jonna und sah weiter auf die Bildwand.

Frohnberg nahm den Brief vom Tisch. Frau Borgmeier fragte von der Wohnraumtür her: »Dann kann ich jetzt gehen, Herr Frohnberg?«

»Ja, Frau Borgmeier. Vielen Dank! Sie notieren ja die Stunden, nicht wahr?«

Frohnberg brachte die Frau noch zur Haustür. Dann öffnete er, im Flur stehend, den Brief.

›Lieber Stefan‹, stand da. ›Du wirst sicherlich überrascht sein, daß Du nach so langer Zeit wieder von mir hörst. Ich schreibe Dir heute, um Dich zu fragen, ob wir uns noch einmal sehen können. Ich habe hier noch zwei Wochen zu leben, und ich kann *Dich* in dieser Zeit leider nicht besuchen. Du müßtest also hierher kommen, in diese Parzelle, in der ich lebe. Wenn Du kommst, laß es mich vorher wissen. TP 07-422-802. – Christian.‹ Und dann folgte noch: ›P.S. Ich bin körperlich völlig in Ordnung. Du brauchst Dich nicht auf einen Krankenbesuch einzurichten.‹

Auf dem Briefbogen stand, oben links, der Absender: Christian Kuntzeler, Parzelle Wilsede, 3045 Oberhaverbeck.

»Was ist das, Papa?«

»Ein Brief«, antwortete Frohnberg und sah auf die Bildwand, wo seine Frau gerade in einer Großaufnahme gezeigt wurde.

»Warum hat ein Mann den Brief gebracht?« fragte Jonna weiter. Sie wippte auf den Zehenspitzen und sah zur Bildwand hin.

»Ich weiß es nicht. Vielleicht weil der, der ihn geschrieben hat, keinen Printer hat.«

»Wer hat den Brief geschickt?«

»Einer, mit dem ich zur Schule gegangen bin«, sagte Frohnberg.

Frohnberg nahm die Fernbedienung und tippte die Buchstaben ein. WILSEDE erschien auf der Wand. ÄLTESTER DEUTSCHER NATURSCHUTZPARK. IN DER LÜNEBURGER HEIDE. – LAGE: 53° NÖRDL. BREITE. 10° ÖSTL. LÄNGE. HÖHE: 70 – 169 METER (WILSEDER BERG) ÜBER NORMALNULL. Es folgten einige Verweise, und dann stand da noch: PARZELLE WILSEDE. Es folgte eine weitere Verweisangabe.

Frohnberg gab die Verweiszahl ein, und auf der Wand stand: PARZELLE WILSEDE. DROGENPARZELLE. GENEHMIGUNG VOM 21. 07. 2007. CA. 400–500 BEWOHNER. WEITERE DATEN NICHT FREIGEGEBEN (§ 42 PARZ. GESETZ). – BESONDERHEIT: LICHTTURM VON HANS MARTIN NICKEL.

Ein Bild von diesem Lichtturm konnte man, wenn man eine weitere Verweiszahl eingab, abrufen. Auf der Wand erschien, vermutlich von einem Hügel herab aufgenommen, ein Gebilde, das aus vielen parallel in den Himmel hinaufweisenden Lichtstrichen bestand. Die Laserstrahlen, die sich scharf vom nächtlichen schwarzen Hintergrund abhoben, waren gelb, fast weiß.

»Ich habe einen Brief bekommen«, sagte Frohnberg zu seiner Frau. »Christian Kuntzeler – ich bin mit ihm zur Schule gegangen, er hat mich eingeladen. Er lebt in einer Parzelle. In Wilsede.«

»Was für eine Parzelle?« fragte seine Frau. »Religiös?«

»Nein, eine Drogenparzelle«, sagte Frohnberg.

»Und dort sollst du ihn besuchen?«
»Ja, er schreibt, daß er nur noch zwei Wochen zu leben hat. Er möchte, daß wir uns noch einmal sehen.«
»Wo liegt denn dieses – wie heißt die Parzelle?«
»Wilsede. Irgendwo in der Lüneburger Heide.«
»Und dieser – Kuntzeler?«
Frohnberg nickte.
»Der stirbt, weil er zu viel von dem Zeug genommen hat?«
»Ich weiß nicht. Er schreibt, daß er nicht krank ist. Was das mit den zwei Wochen bedeutet, hat er nicht geschrieben.«
»Vielleicht bringen sie sich eines Tages selbst um, wenn sie genug haben«, sagte die Frau. »Fährst du hin?«
»Ich weiß nicht«, antwortete Frohnberg. »Ich glaube nicht. Ich habe Kuntzeler seit dem Abitur nicht mehr gesehen. Wir waren auch nicht irgendwie näher bekannt oder befreundet. Ich weiß nicht, warum er ausgerechnet mich eingeladen hat.«

Nach dem Abendessen sagte Hammerschmidt: »Also ich an deiner Stelle – ich würde fahren.«
Während er das sagte, sah er Helga Meinert, Frohnbergs Frau, an und lächelte, als wollte er sagen, daß Frohnberg ja sowieso nicht fahren werde und daß er also nur so tue, als ermuntere er ihn, Christian Kuntzeler zu besuchen. Und selbstverständlich, so sagte dieses Lächeln, würde er, Hammerschmidt, eine solche Einladung nie annehmen.
Laura Hammerschmidt, die das Lächeln ihres Mannes nicht verstand, sagte: »*Du* würdest fahren?! Für dich ist doch schon die Fahrt nach Bensberg eine Weltreise!«
Hammerschmidt sah seine Frau für einen Augenblick irritiert an. Dann lächelte er wieder und sagte: »Wieso? In so eine Parzelle kommt keiner einfach so hinein, und wenn einer etwas weiß, kommt er nicht wieder heraus. Wenn ich sicher wäre, daß ich nach vierzehn Tagen wieder gehen könnte...?«
Sie diskutierten dieses Thema weiter, und Martin Hammerschmidt, der anfangs ohne rechten Ernst gesprochen hatte, vertrat die Auffassung, die Parzellen seien in der Vergangenheit absolut notwendig gewesen und gegenwärtig seien sie notwendiger denn je. »Die vielen jungen Leute, warum sind die denn heute alle vernünftig? Weil sie unvernünftig sein *könnten*! Nur – dann müssen sie auch die Konsquenzen tragen.«

»Die Parzellen haben doch nichts geändert«, wandte Helga Meinert ein. »Vor zehn Jahren, da haben wir vielleicht noch geglaubt, daß alles anders wird. Wenn jeder, der etwas Neues will, auch die Chance erhält, es zu verwirklichen. Heute leben einige in den Parzellen, verehren Buddha oder Christus oder spritzen sich Morphium, soviel sie wollen. Na und? Du und ich, wir gehen zur Arbeit, sitzen am Abend vor der Bildwand oder gehen zum Bowling – von den Parzellen hören wir nichts. Wir wissen überhaupt nicht mehr, daß es sie gibt. Wilsede – ich habe heute nachmittag noch gar nicht gewußt, wo das liegt und was die, die dort leben, machen.«

Hammerschmidt meinte, das sei gut so. Die Parzellen müßten selbstverständlich sein. Aber jeder wisse, daß es sie gibt. »Unser Jürgen«, sagte er dann, »der ist jetzt vierzehn. Wenn der zum Beispiel in zwei, drei Jahren kommt und sagt ›Ich will nicht mehr zur Schule‹, dann sage ich: ›Gut, was willst du? Wenn du nicht mehr arbeiten willst, dann kannst du ja in eine Parzelle gehen. Du hast es dann nur nicht mehr so bequem wie jetzt.‹«

»Du bist ja wohl verrückt!« sagte Laura Hammerschmidt. »Der Jürgen geht doch gern zur Schule!«

»Doch nur mal angenommen«, sagte Hammerschmidt.

»Ach was! Du würdest doch versuchen, euren Jürgen mit aller Gewalt von den Parzellen abzuhalten. Du würdest ihm erst einmal ausmalen, wie schrecklich es da ist. Obwohl wir über die Parzellen überhaupt nichts wissen. Und dann würdest du ihm sagen, daß er es hier gut hat und daß die Schule ja auch vorbeigeht.« Helga Meinert lachte und trank ihr Glas leer.

»Ja, natürlich! Ich würde ihn nicht einfach in irgendeine Parzelle schicken. Aber wenn er volljährig ist, kann ich sowieso nichts mehr machen. Wenn er glaubt, daß er nur so glücklich wird...«

Am Ende des Abends, als Martin und Laura Hammerschmidt kurz vor ein Uhr gingen, fragte Hammerschmidt: »Und jetzt? Fährst du da hin?«

»Ich weiß noch nicht«, antwortete Frohnberg. »Mal sehen.«

Am Mittwoch der folgenden Woche suchte Stefan Frohnberg im Keller nach einer Partitur, und er stieß dabei auf ein in braunes Packpapier eingeschlagenes Päckchen. Er erwartete nicht, daß dieses Päckchen die gesuchte Partitur enthielt. Als er es trotzdem öffnete, lag da nicht nur die Partitur; zwischen den Notenblättern, als eine Art Lesezeichen, steckte auch eine Postkarte. Auf dieser Karte war eine weite, sandige Ebene abgebildet, und aus der weiten Wüstenfläche ragten, entfernt am Horizont, rote Felsen auf. Frohnberg drehte die Karte um und sah, daß sie von Christian Kuntzeler stammte. ›Lieber Stefan‹, hatte Kuntzeler geschrieben, ›die Indianer erzählen, daß dort hinten bei den Felsen die Wunder wohnen.‹ Jetzt erst erinnerte sich Frohnberg daran, daß er diese Karte ein oder zwei Jahre nach dem Abitur bekommen hatte. Er hatte damals in Hamburg studiert, und sein Vater hatte ihm am Telefon gesagt, aus Amerika sei eine Ansichtskarte gekommen, von einem Christian.

Am darauffolgenden Tag wählte Frohnberg die Nummer an, die Christian Kuntzeler ihm in seinem Brief geschrieben hatte. Er teilte mit, daß er am Sonntag nach Wilsede kommen werde. Er hatte sich bereits eine Zugverbindung ausdrucken lassen. Von Hannover aus fuhr ein Bus, der um 12 Uhr 30 in Wintermoor, der Busstation in der Nähe von Wilsede, eintraf. Die Ankunftszeit des Busses hatte er ebenfalls durchgegeben, und auch, daß er in Wintermoor einen Stadtwagen mieten wollte. Die Antwort aus Wilsede kam umgehend. Er werde in Wintermoor an der Bushaltestelle abgeholt, stand da. Dieser Text war ohne Unterschrift und ohne einen Hinweis auf den Absender.

Zweites Kapitel

Der junge Mann, der Frohnberg an der Bushaltestelle erwartete, hieß Gert Mellert. Sie fuhren nicht direkt nach Wilsede, sondern bogen vorher links ab. Auf der Fahrt durch den Naturschutzpark waren ihnen Pferdekutschen entgegengekommen, und Mellert hatte erklärt, hier, zwischen Niederhaverbeck und Wilsede, dürfe man den Wagen nur benutzen, wenn man eine Sondererlaubnis habe.

»Dort!« sagte Gert Mellert und lachte. Er wies mit der Hand nach rechts. »Das ist der Wilseder Berg.«

Dieser »Berg« war ein flach ansteigender Hügel, der von Heidekrautfeldern überzogen war.

Mellert fuhr langsam weiter, und sie schwiegen eine Zeitlang. »Christian hat mir geschrieben, daß er nur noch vierzehn Tage zu leben hat – jetzt also noch eine Woche«, sagte Frohnberg dann. »Und er hat auch geschrieben, daß er nicht krank ist. Warum glaubt er, daß er sterben wird?«

»Nein, er stirbt nicht«, antwortete Mellert. »Er geht einfach.«

Frohnberg verstand nicht, was Mellert ihm da sagen wollte. Für Mellert schien die Tatsache, daß Kuntzeler die Parzelle verließ, irgend etwas Geheimnisvolles zu sein. Vielleicht nicht das Ende *des* Lebens, aber das Ende *eines* Lebens. Und Kuntzeler selbst hatte ja auch geschrieben, daß er noch vierzehn Tage zu leben habe. Er hatte nicht gesagt, daß er sterben werde. (Mellert redete so, als ob das nicht das gleiche sei, nicht mehr leben und sterben. Was war der Unterschied?)

Frohnberg wollte nicht weiter fragen und schwieg deshalb wieder. Nach einer Weile erklärte Mellert, daß sie jetzt die Grenzlinie passierten. Der Weg führe durch eine Art Niemandsland, und dieses Gebiet werde überwacht. Mellert sagte das in einer Weise, als ob es darum ginge, jemandem den Wert einer Vergünstigung zu erklären. ›In unsere Parzelle kommt noch lange nicht jeder‹, schien er sagen zu wollen. Frohnberg schwieg und betrachtete die Umgebung, die ihm seltsam durchsichtig und verschwommen vorkam.

Sie erreichten eine Baumgruppe, und der Weg machte eine

Biegung nach rechts. »Dort, das ist die Grenze der Parzelle«, sagte Mellert und zeigte auf eine Reihe goldfarbener Würfel von ungefähr einem Meter Kantenlänge. Die Würfel standen in einem Abstand von etwa zwanzig Metern zwischen dem Heidekraut. »Im Innern der Würfel sind Kristalle, die den Laserstrahl senkrecht nach oben lenken.«

»Sind es nicht viele Strahlen?« fragte Frohnberg.

»Nein, es ist nur ein einziger Laserstrahl«, sagte Mellert. »Er wird für Sekundenbruchteile abgeschaltet und auf den nächsten Kristall weitergeleitet. Das geht so schnell, daß man glaubt, es seien viele einzelne Strahlen.«

Der Weg war ein wenig abschüssig, und sie fuhren auf die Stelle zu, an der er zwischen zwei Blöcken hindurchführte. Es war nichts Besonderes zu erkennen. Dann, nach einer weiteren leichten Kurve nach rechts, kamen zwei Baumgruppen, und es tauchten Häuser auf. Die Häuser standen wie aufgereiht in gleichen Abständen nebeneinander.

Mellert hielt den Wagen vor dem ersten Haus an, das, wie er sagte, das ›Gästehaus‹ war.

Frohnberg folgte Mellert, der den Koffer trug und voranging, und sie kamen, als sie in das Haus hineingingen, zuerst in einen kleinen Raum, eine Art Flur. Dann traten sie in ein Zimmer, das, seinen Abmessungen nach zu schließen, der Hauptraum des Hauses war. Das Zimmer war einfach eingerichtet. In der hinteren linken Ecke stand ein Bett und daneben ein ziemlich hohes, leeres Regal, das fast bis zum Fenster reichte. In der rechten hinteren Ecke stand ein Tisch mit zwei Stühlen. Vor dem Fenster war eine Holzplatte an der Wand befestigt, davor stand ebenfalls ein Stuhl. An der rechten Wand war eine Öffnung, ein in die Wand eingelassener offener Kamin. Der Fußboden bestand aus großen, dunkelbraunen Fliesen, und auf den Fliesen lag ein kurzfloriger, heller Teppich, der fast die gesamte Bodenfläche bedeckte. – Der Raum war kahl. Es gab kein einziges technisches Gerät, weder eine Bildwand noch einen Radioapparat, und an den grob weiß verputzten Wänden hing kein Bild.

Mellert zeigte Frohnberg die anderen Räume, eine kleine Küche, eine Dusche, den Wandschrank, dann ging er, um den Wagen wegzubringen und Christian Kuntzeler Bescheid zu sagen.

Als Mellert gegangen war, trat Frohnberg zum Fenster und

sah hinaus. Er sah nur eine weite Fläche, die mit gelblich-bleichem Gras bewachsen war. In einer Entfernung von vielleicht fünfzig Metern standen zwei Birken. Frohnberg starrte auf das Gras und überlegte, wie dieses merkwürdige Gefühl zu beschreiben war, das er verspürte, seit sie die Grenzlinie zur Parzelle passiert hatten.

(Es war eine kalte Unzufriedenheit in ihm. Er wartete auf etwas. Und dann konnte er, einen Augenblick lang, alles sehen. Die Zukunft, und alles, was er während seines Lebens noch tun mußte. Im nächsten Moment verschwand dieses Bild wieder. Die Zeit, die es in Frohnbergs Bewußtsein bestanden hatte, war so kurz, daß das Gedächtnis nichts von dem, was er gesehen hatte, aufbewahren konnte.)

Frohnberg wandte sich um, ging zu dem Einbauschrank, der in die dem Fenster gegenüberliegende Wand eingelassen war, und begann seinen Koffer auszupacken. Als er damit fertig war, legte er sich auf das Bett und wartete. Mellert blieb länger als erwartet fort. Als er nach einer halben Stunde wiederkam, war er allein. Christian könne heute leider nicht kommen, sagte er.

Als Frohnberg erstaunt fragte: »Und warum kann er nicht kommen? Soll ich zu ihm gehen?«, antwortete Mellert: »Nein, das können Sie nicht. Christian lebt im ersten Bezirk.« Er bemerkte gleich, daß Frohnberg nicht wußte, was das zu bedeuten hatte. »Ach so, ja, das muß ich Ihnen erklären. Die Parzelle ist in vier Bezirke eingeteilt. Wenn man ankommt, lebt man für einige Zeit im vierten Bezirk. Anschließend, wenn man sich eingewöhnt hat, wechselt man in den dritten und dann in den zweiten Bezirk. Am Ende, bevor man die Parzelle verläßt, lebt man im ersten Bezirk.«

Mellert erklärte weiter, was es mit dieser Einteilung in Bezirke auf sich hatte. Alle, die hier lebten, nahmen die gleiche Droge, und die Dosis, die jeder pro Tag nahm, bestimmte den Bezirk, in dem er lebte. Die Bewohner im vierten Bezirk nahmen nur ganz wenig. Am meisten nahmen diejenigen, die im zweiten Bezirk lebten. Wer sich im ersten Bezirk aufhielt, brauchte den Stoff nicht mehr. Der Rausch – Frohnberg stellte sich jedenfalls vor, daß es um eine Art Rausch ging – hielt dann an und steigerte sich bis zu dem Punkt, an dem derjenige, der im ersten Bezirk lebte, sich ›verabschiedete‹.

Kuntzeler wohnte jetzt in einem besonderen Haus, das sich weiter im Inneren der Parzelle befand. Mellert sagte, sie könnten zu diesem Haus hingehen, wenn sie wollten. Allerdings – das Haus habe keinen Eingang. In das Haus hineinzugehen, sei also unmöglich.

Als sie dann vor dem Haus standen, zeigte es sich, daß es nicht nur keinen Eingang hatte; es hatte auch keine Fenster. Wie die anderen Häuser hatte es ein Flachdach und weiße, glatte Wände. Da in den Außenmauern aber weder eine Tür noch Fenster zu sehen waren, wirkte es wie ein massiver, innen ausgefüllter Block. (›Das ist ein großer Stein, den sie weiß angestrichen haben‹, sagte Frohnberg zu sich selbst. Im nächsten Moment kam ihm dieser Gedanke seltsam unsinnig vor.)

»Und wie ist Kuntzeler da hineingekommen?« fragte er Mellert.

»Durch einen unterirdischen Gang«, sagte Mellert. »Man steigt vorne in der Bibliothek eine Treppe hinunter und kann dann in dem Gang bis zu dem Haus gehen.« Nach einer Weile fügte er hinzu: »Das Haus hier ist erst später gebaut worden. Als die Parzelle gegründet worden ist, hat es nur die Häuser da vorne gegeben. Sechs oder sieben Jahre später ist dann einer, der in den ersten Bezirk kam, darauf gekommen. Nach seinen Angaben hat man dann dieses Haus und den unterirdischen Gang angelegt.«

»Waren Sie vorhin bei Christian und haben ihm gesagt, daß ich hier bin?« fragte Frohnberg weiter.

Mellert antwortete: »Das können Sie nicht wissen. Wer im ersten Bezirk lebt, hat keinen direkten Kontakt mehr mit den anderen. Vorhin habe ich mit Christian telefoniert.«

»Telefoniert?!« Frohnberg lachte. Der Gedanke, daß sich da jemand auf sein ›Weggehen‹ vorbereitete und dann angerufen wurde, erheiterte ihn. (Er war selber erstaunt: aber er mußte sich sehr bemühen, wieder ernst zu werden.)

»Ja«, meinte Mellert. »Es ist ein ganz alter Apparat. Noch aus dem letzten Jahrhundert.«

Mellert schien keine Lust mehr zu haben, immer nur auf Fragen zu antworten. Er schwieg und schien darauf zu warten, daß Frohnberg Anstalten machte zurückzugehen. »Sie müssen entschuldigen, wenn ich Ihnen ein Loch in den Bauch frage«, sagte Frohnberg. »Aber ich weiß ja überhaupt nichts. Beispielsweise – wie lange ist Kuntzeler schon in diesem Haus?«

»Seit drei Wochen«, sagte Mellert. »Und seit dieser Zeit ißt und trinkt er auch nicht mehr.«

»Aber er muß doch etwas zu sich nehmen! Ich meine, vielleicht kann er sich, in dem fortgeschrittenen Seelenzustand, in dem er ja sein mag, zum Hungerkünstler entwickeln. Aber er kann doch nicht ohne Wasser auskommen!«

Mellert wandte den Blick von einem Wacholderstrauch, den er die ganze Zeit über angesehen hatte. Er lächelte nachsichtig, als er sagte: »Es gibt hier vieles, das Sie sich vermutlich nicht vorstellen können. Wenn es nicht so wäre, wozu bräuchten wir dann die Parzelle?«

Am Abend dieses Tages holte Gert Mellert Frohnberg ab, und sie gingen zu einem Haus, in dem sich zwei große Speisesäle befanden. Während sie aßen, fragte Frohnberg, ob denn alle Bewohner der Parzelle hier versorgt würden. Es stellte sich heraus, daß die Parzelle nur von etwa hundert Menschen bewohnt wurde. Am Anfang, sagte Mellert, ja, am Anfang seien es fast fünfhundert gewesen, die hier begonnen hätten; aber dann, nach drei, vier Jahren, seien weniger als zweihundert zurückgeblieben. Und nun seien schon seit Jahren immer ungefähr hundert Leute hier.

Als sie gegessen hatten, schlug Mellert vor, sie sollten in die *Bar* gehen. Frohnberg war einverstanden. Sie gingen einige Häuser weiter, und die ›Bar‹ war dann ein kleiner, halbdunkler Raum mit vereinzelt stehenden Tischchen.

»Um diese Zeit sind noch nicht viele hier«, sagte Mellert. »Die meisten kommen später.«

Sie setzten sich an einen der Tische, Mellert holte für Frohnberg ein Bier vom Ausschank und trank selbst Orangensaft. Als Frohnberg sich umsah, fiel ihm auf, daß die, die an den anderen Tischen saßen, sich kaum von Menschen außerhalb der Parzelle unterschieden. Schon in dem Speisesaal war ihm das aufgefallen. Er hatte, als er nach Wilsede gefahren war, nicht unbedingt erwartet, daß die, die hier lebten, wilde, exotisch gekleidete Gestalten sein würden. Jetzt aber sagte er sich, daß das doch erstaunlich war – diese Leute, die in der Parzelle ihr Leben verbrachten, waren nach außen hin überhaupt nicht auffällig. Im Gegenteil, wenn es überhaupt etwas gab, das sie von denen, die draußen lebten, unterschied, dann war es eine gewisse strenge Ordentlichkeit. Alle trugen sie Kleider, die zwar ein wenig altmodisch wirkten, aber wie frisch gewaschen aussahen.

Ein Mann kam herein. Er sah sich um, lächelte und ging dann zur Theke und ließ sich ein Bier einschenken. Mellert sagte: »Das ist Michael Sänger, ein Freund von Christian. Er kann Ihnen vielleicht mehr sagen als ich.« Mellert war offensichtlich froh, daß er nicht mehr allein die Fremdenführerrolle spielen mußte.

Mit dem Bierglas in der Hand hatte sich der Mann an der Theke umgedreht. Als er Frohnberg und Mellert sah, ging er auf den Tisch zu, an dem die beiden saßen.

»Darf ich mich setzen?« fragte der Mann, und Frohnberg wunderte sich. (Die Frage war wieder so konventionell. In irgendeinem Gasthaus draußen hätte er genauso fragen können, wenn er an einen Tisch trat.)

»Ja, bitte«, antwortete Frohnberg.

»Sie sind Frohnberg?« sagte der Mann, während er sich setzte. Als Frohnberg nickte, sagte er: »Christian hat mir erzählt, daß Sie kommen. Haben Sie ihn schon gesehen?«

»Nein«, antwortete Frohnberg. »Er ist ja in diesem Haus.«

»Im ersten Bezirk?« Der Mann sagte das so, als ob er sich gerade erst wieder daran erinnerte, daß Kuntzeler in diesem Haus war. »Ach ja. Jaja.« Er nahm einen Schluck aus seinem Glas und sah Frohnberg nicht an.

Es war eine merkwürdige Situation entstanden. Mellert schien sich jetzt, da dieser Michael Sänger an ihrem Tisch saß, von seinen Aufgaben als Auskunftsperson entbunden zu fühlen, und Sänger schwieg und sah stumm vor sich hin.

Nachdem er einige Zeit so dagesessen hatte, fragte Sänger: »Wissen Sie, warum Christian Sie eingeladen hat?«

Erst nachdem er die Frage gestellt hatte, sah Sänger – er war ein ruhiger, schwerer Mann – Frohnberg an. Sänger war nicht alt und nicht jung. (Frohnberg schätzte, daß Kuntzeler, Sänger und er selbst ungefähr im gleichen Alter waren.)

»Nein«, sagte Frohnberg. »Ich habe keine Ahnung. Er hat mir nur geschrieben, daß er nicht mehr lange zu leben hat.«

»Ach so«, sagte Sänger. »Und deshalb sind Sie hergekommen?«

»Ich weiß nicht. Nein, eigentlich nicht. Es war wohl vor allem, weil es mich interessiert hat, wie es hier so aussieht. Außerdem wollte ich Christian einfach sehen. Es ist ja nicht so häufig, daß man die, mit denen man zur Schule gegangen ist, wiedersieht.«

»Hm, ja, das stimmt.« Sänger nahm wieder einen Schluck.

Es war tatsächlich eine merkwürdige Unterhaltung. Mellert saß stumm da, und Sänger schien keine Lust zu haben, über Christian Kuntzeler zu sprechen. Um so erstaunter war Frohnberg dann, als Sänger, nachdem er sein Glas ausgetrunken und sich ein zweites an der Theke geholt hatte, plötzlich sagte: »Sie müssen sich hier ja ziemlich komisch vorkommen. Christian lädt Sie ein und läßt sich nicht blicken. – Sie haben sich vermutlich vorgestellt, daß es hier bei uns viel seltsamer aussieht, und Gert hat Ihnen auch nicht viel erzählen können, oder? Ich kann mir denken, daß Sie es schon bereuen. Ich meine: daß Sie bereuen, daß Sie hergefahren sind.«

»Wohin, mein Sohn, treibt die Welt?« Der alte, weißhaarige Mann strich über seinen langen Bart, der aus spröden Fasern gemacht war. Dennoch war kein Zweifel daran, daß dieser lange weiße Bart echt war und aus dem Gesicht des Alten herauswuchs. – »Siehst du dort diesen Punkt, mein Sohn? Ja? Gut. Und dann sag mir: wohin treibt dieser Punkt?« – Er starrte auf die Fläche, auf der viele tausend flimmernde Punkte durcheinanderwirbelten, und er sagte sich, daß das eine Bildwand sein mußte. Eine Bildwand, die auf Außenantenne geschaltet war. Und sie empfing keinen Sender. Er verstand nicht viel von dieser Technik, aber es war doch so – dieses Flimmern entstand, weil die Hintergrundstrahlung des Weltraums auf die Außenantenne herabfiel. Oder nicht? Doch, ja, so war es. – »Weißt du die Antwort nicht, mein Sohn?« fragte der Alte. – Woher sollte er die Antwort wissen, wenn er nicht einmal wußte, welcher Punkt gemeint war? Und selbst wenn er es gewußt hätte – die Punkte schossen doch in einem wirren Gekräusel durcheinander; es war unmöglich, einen der Punkte auch nur für eine Sekunde im Auge zu behalten. »Nein«, antwortete er, und er wollte hinzufügen: ›Ich weiß nicht, welcher Punkt gemeint ist.‹ Aber gerade in diesem Augenblick verschwand das Geflimmer, und auf der Wand war nur noch ein einziger Punkt zu sehen, und dieser Punkt glänzte dunkel. Und jetzt begann er sich zu bewegen. Er wuchs, dieser Punkt! Er wurde größer, immer größer! Jetzt hatte er die Größe einer Hand, und gleich – ja, jetzt hatte er bereits einen Durchmesser von einem – von zwei Metern! Und der Punkt war auch nicht mehr auf der Bildwand, sondern er stand im Raum, und er wuchs zu einer Kugel, wölbte sich, dehnte sich, wurde zu einem riesigen Ballon. Und er hörte die Stimme des Alten, der von irgendwoher fragte: »Und du weißt immer noch nicht, wohin dieser Punkt treibt, mein Sohn?« – Er wollte schreien. Er wollte es hinausschreien, daß er nun wußte, wohin dieser Punkt trieb, denn er sah, daß die Kugel auf ihn zuwuchs. Er wußte plötzlich, daß diese Kugel, wenn sie ihn erreichte, unendlich groß sein würde. Und sie trieb auf ihn zu. Und er verstand auch, daß er, wenn dieser Punkt, diese Kugel ihn erreichte – daß er dann nicht mehr sein würde als ein Staubkorn, und kleiner, viel kleiner als ein Staubkorn würde er sein. Er war, wenn diese Kugel ihn erreichte, ein Nichts, das, wenn die Kugel es berührte, verlöschen mußte. So gründlich und vollständig würde ihn die Kugel auslöschen, daß es ihn, kaum daß er in die Kugel hinein verschwunden war, niemals gegeben haben würde. Und er schrie, schrie aus Leibeskräften – wollte schreien: ›Er treibt auf mich zu!‹ Da aber berührte ihn die unendlich große Kugel.

Frohnberg erwachte und spürte, daß die Angst bereits ein Stückweit von ihm gewichen war. Während er noch geträumt hatte, war ihm wohl bewußt geworden, daß er träumte, und er hatte gespürt, daß er aufwachen mußte. Jetzt lag er da und ordnete seine Gedanken. Das war ein merkwürdiger Traum gewesen. Er erinnerte sich nicht, daß er jemals vorher solch wirres Zeug geträumt hatte. Es fiel ihm ein, daß er in der Parzelle war, und er fragte sich, ob die Tatsache, daß er hier war, etwas mit dem zu tun hatte, was er eben im Schlaf erlebt hatte. Nachdem er einige Zeit über diese Frage nachgedacht hatte, sagte er sich, daß es keine eindeutige Antwort geben konnte. Seltsame Träume gab es immer wieder. Die Angst, die er gerade noch so deutlich gespürt hatte, sie war weit, weit fort. Nur schlafen – er würde so schnell nicht wieder einschlafen können.

Frohnberg stand auf und ging in die kleine Küche. Im Kühlschrank fand er eine Flasche mit Orangensaft. Er öffnete die Flasche, nahm ein Glas aus einem Regal und schenkte sich ein. Er trank und dachte nach. Der Abend in dieser – Bar. Michael Sänger, der Mann, der an den Tisch gekommen war und dann begonnen hatte zu erzählen.

»Sagen Sie ehrlich: Kommt es Ihnen nicht seltsam vor, daß

Sie heute abend hier sitzen?« – Er hatte die Schultern gezuckt. Natürlich war es merkwürdig, wenn man aus einer Stadt wegfuhr und am Abend desselben Tages in einer Parzelle saß. – Sänger hatte gelacht: »Hat Ihnen Gert denn schon so einiges erzählt?« – Er hatte geantwortet, daß sie bei dem Haus gewesen seien, in dem Christian jetzt lebe, und Mellert – daß er ihm von den verschiedenen Bezirken erzählt habe. (Später dann, als er mit Gert Mellert zu seinem Haus zurückgegangen war, hatte Mellert ihm gesagt, daß dieser Michael Sänger im zweiten Bezirk lebte. Er war also einer, der die Parzelle kannte.) – »Verstehen Sie etwas von Chemie?« – Nein, er verstand so gut wie nichts von Chemie. In der Schule hatte er sich mit Musik, nicht mit Chemie beschäftigt. – »Von unserem *Stoff* hat Gert Ihnen sicher berichtet, nicht wahr? Hat er Ihnen auch gesagt, woraus dieser Stoff besteht? Wir sind nach ein paar Jahren darauf gestoßen. Es ist eine Verbindung, die in jedem Kopf vorhanden ist. ›Körpereigene Halluzinogene‹ – haben Sie schon mal etwas davon gehört?« – Irgendwann hatte er eine Fernsehsendung gesehen. Spurenelemente im menschlichen Körper, die in Extremsituationen ihre Wirkung taten. – »Wir hatten einige Leute hier, die etwas von Chemie verstanden. Wir haben uns hier in der Parzelle informiert, was sich draußen, bei den Pharmazeuten zum Beispiel, so alles getan hat in den letzten dreißig Jahren. Sie wissen es vielleicht nicht, aber die Schmerzmittel, die es heute überall in den Apotheken zu kaufen gibt, sind nicht mehr die gleichen wie die, die Ihre Eltern genommen haben. Man hat entdeckt, daß es Moleküle gibt, die auch im Gehirn der höheren Lebewesen natürlich vorkommen. Man kann also den Schmerz – sozusagen auf normale Art und Weise stoppen. Und man kann auch die Phantasie der Menschen anregen. Haben Sie das gewußt? Alle diese Substanzen sind draußen, kaum daß man sie entdeckt hatte, unter die Bestimmungen der Drogengesetze gefallen. Es waren einfach Halluzinogene, Drogen, Gifte – Rauschgifte. Wir waren die einzigen, die wirklich mit all diesen Stoffen experimentieren konnten. Wir haben sie ausprobiert, und wir wußten bald, daß einer dieser neuen Stoffe etwas ganz Besonderes ist. Kreativität, Phantasie, das sind schwache Ausdrücke. Es sind Begriffe, die in gewissem Sinne auch falsch sind. Nehmen wir einmal an, Sie müßten jemandem, der in der Steinzeit lebt, erklären, was eine Bildwand ist und wie sie funktioniert. Und sie zeichnen ein Bild in den Sand und sagen: ›Bilder – solche Bilder erscheinen dann an der Wand. Sie können übertragen werden, von einem Ort zum anderen. Über eine dünne, gläserne Faser.‹ Ihr Steinzeitmensch weiß nicht, was eine Bildwand ist, bloß weil er dieses Bild im Sand gesehen hat. Und die, die wissen, daß es die normale Phantasie gibt, die begreifen nicht, daß es eine totale, eine alle normale Vorstellung übersteigende Einbildungskraft gibt.« – Er hatte gefragt: »Kann man denn nicht erklären oder wenigstens andeuten, worin der Unterschied zwischen der normalen Phantasie und diesem neuen – Zustand besteht?« – »Andeuten? Doch, ja, andeuten kann man es«, hatte Sänger geantwortet. »Sie sind gewohnt anzunehmen, daß Drogen das Bewußtsein verändern. In Wirklichkeit aber ist es so, daß die Phantasie es ist, die die Wirkung der Drogen bestimmt. So ist es wirklich! Sie schlagen sich mit einem Hammer auf den Daumen, und es ist nicht der Hammer, der die Schmerzen verursacht, sondern die Schmerzen sind es, die bewirken, daß es den Hammer gibt.«

»Sagen Sie ehrlich: Kommt es Ihnen nicht seltsam vor, daß Sie heute abend hier sitzen?« – Frohnberg lauschte in die Stille, und er meinte, die Stimme von Sänger noch zu hören. Doch, ja, es war merkwürdig. Heute morgen noch hatte er sich in seiner vertrauten Umgebung befunden. Und jetzt? Daß es hier, mitten in Deutschland, dieses Gebiet, diese Parzelle gab, das hatte er gewußt. Es gab viele Parzellen. Aber nun – was für ein seltsames Gefühl! Diese Stille eines kleinen, ausgegrenzten Stück Landes mitten in der Heide. Nirgendwo das Geräusch von Maschinen, keine Autos auf einer nahen Straße.

»Was machen Sie morgen?« hatte Sänger gefragt, und er hatte geantwortet – was sollte er schon sagen? Er wollte Kuntzeler treffen; deshalb war er hier. – »Es kann sein, daß Sie Christian morgen auch nicht sehen können. Wenn man sich im ersten Bezirk aufhält, lassen sich die Dinge nicht so genau planen. Also, wenn Christian morgen nicht herauskommt, dann könnten Sie in die Bibliothek gehen.«

›Still ist es hier!‹ sagte Frohnberg zu sich selber, und er fragte sich, ob es möglich war, daß man, wenn man die normalen nächtlichen Geräusche gewöhnt war, nicht schlafen konnte, wenn es *zu* still war. Vielleicht auch, daß diese ungewohnte Ruhe den Traum vorhin verursacht hatte. – Er ging in den Hauptraum zurück und legte sich auf das Bett. Die Arme hinter dem Kopf verschränkt, überlegte er, was Christian Kuntzeler einst bewogen haben mochte, in diese Parzelle zu gehen. Er versuchte sich an die Zeit zu erinnern, damals, vor fünfzehn, sechzehn Jahren war alles –

›Wie war es damals?‹ fragte er sich, ehe er einschlief. ›Wir haben uns schnell aus den Augen verloren nach dem Abitur.‹

Drittes Kapitel

Am nächsten Morgen kam Mellert kurz vor 9 Uhr, und sie frühstückten gemeinsam. Frohnberg fragte nach der Bibliothek, und Mellert ging mit ihm, als sie mit dem Frühstück zu Ende waren, an der Bar und den Speiseräumen vorbei zu einem großen Haus, bei dem zwei flache Etagen aufeinandergesetzt waren. Das war die Bibliothek. – Sie gingen in das Haus hinein. Frohnberg war überrascht, denn nachdem sie einen langen, schmalen Flur, der direkt hinter der Eingangstür begonnen hatte, entlanggegangen waren, kamen sie in einen weiten Raum. Da das Licht, das von den Fenstern her einfiel, das Innere dieses Saales nur wenig erhellte, lag das Zentrum der Bibliothek in einer weichen Dämmerung. Mellert ging voran, Frohnberg folgte ihm und sah sich um. Obwohl es doch recht früh am Tag war, saßen an den Tischen, die zwischen den Bücherregalen aufgestellt waren, viele Menschen und lasen. Manche sahen, als sie vorbeigingen, kurz auf, die meisten aber ließen sich nicht stören, sondern blickten weiter in die Bücher und machten sich gelegentlich Notizen.

In der Mitte des Saales, eingerahmt von Regalen, die hufeisenförmig zusammengerückt standen, saß ein kleiner Mann an einem Schreibtisch. Mellert sprach leise mit ihm. Er sagte dem Mann am Schreibtisch: »Das ist Herr Frohnberg. Er möchte sich in der Bibliothek umsehen.«

Der kleine Bibliothekar schien zu wissen, wer Frohnberg war. Er lächelte, und Frohnberg bemerkte erst jetzt, daß der Mann sehr alt sein mußte. Sein *Gesicht*: es waren nicht nur die Falten, die diesen Eindruck hervorriefen, es waren vor allem die Augen; sie waren blau, fast grau – helle, graubleiche Augen, die zwischen schmalen, aufgefalteten Lidern lagen.

Mellert verabschiedete sich und sagte: »Der Bibliothekar wird Ihnen alles zeigen.« Er sagte nicht, wie der Bibliothekar hieß, und der stellte sich auch nicht vor.

»Wie kann ich Ihnen helfen?« fragte er. Ganz so, als sei er ein Angestellter irgendeiner öffentlichen Bibliothek. »Möchten Sie etwas Unterhaltendes lesen, oder wollen Sie sich über unsere Parzelle informieren.« Als Frohnberg sagte, daß er sich für die

Geschichte dieser Parzelle und für die Geschichte der Parzellen überhaupt interessiere, stand der Bibliothekar auf. »Bitte, kommen Sie mit«, sagte er und ging zu der Seite, die, vom Platz am Schreibtisch aus gesehen, rechts an der Fensterseite lag. »Hier, in diesen beiden Regalen stehen Bücher, die von der Entstehung und der Geschichte der Parzellenbewegung ganz allgemein handeln. Und hier« – der kleine Mann ging um das Regal herum – »hier finden Sie Aufzeichnungen über unsere Parzelle. Sie können sich erst einmal alles in Ruhe ansehen. Das hier« – und er ging wieder zurück zu dem Regal, vor dem er zuerst stehengeblieben war – »sehen Sie, das ist ein Überblick, ganz knapp, und mit Abbildungen.« – »Ja, das werde ich mir erst einmal ansehen«, sagte Frohnberg. »Kann ich mich irgendwo hinsetzen?« – »Wo Sie wollen«, antwortete der Bibliothekar und machte mit der rechten Hand eine Geste, durch die er unterstrich, daß Frohnberg sich irgendwo in dem Raum niederlassen solle.

Frohnberg bedankte sich und ging mit dem kleinen Buch in der Hand zu einem Tisch, der in der Nähe des Fensters stand.

Die Parzellenbewegung war in den USA entstanden, und sie war dort, kurz nach der Jahrhundertwende (die kaum einer eine Jahrtausendwende nennen wollte, damals nicht und auch heute nicht), mit einem konkreten Ereignis eingeleitet worden. Ein junger Rechtsanwalt namens Jerry L. Simmons, erfolgreich in seinem Beruf und nach seiner Freunde Meinung auf dem besten Weg auch politisch Karriere zu machen, hatte bei dem für seinen Wohnort zuständigen Ordnungsamt formell um die Erlaubnis nachgesucht, eine größere Menge Heroin kaufen zu dürfen. In seiner Eingabe hatte Simmons darauf hingewiesen, daß er das Rauschgift ausschließlich für den eigenen Verbrauch erwerben wolle. Simmons war, wie er ausdrücklich betonte, weder süchtig noch hatte er bisher auch nur ein einziges Mal mit Rauschgift Kontakt gehabt.

Was immer Jerry L. Simmons bewogen haben mochte, diesen seltsamen Antrag (der umgehend abschlägig beschieden wurde) zu stellen – die pure Publicity-Sucht war es, wie man schnell herausfinden konnte, mit hoher Wahrscheinlichkeit nicht gewesen. Nicht nur, daß Freunde und Bekannte von Simmons diesen als einen Mann schilderten, der nie danach getrachtet hatte, in irgendeiner Weise aufzufallen; der Anwalt mied auch, soweit dies möglich war, alle öffentlichen Auftritte. Allerdings, und auch das wies darauf hin, daß es Simmons nicht darum zu tun war, lediglich in die Schlagzeilen zu kommen: Er zog, nachdem sein Antrag abgelehnt worden war, vor Gericht und strengte einen Prozeß an, den er natürlich verlor. Als er dann, ungefähr ein Jahr, nachdem er den Antrag bei dem Ordnungsamt gestellt hatte, in die Berufung ging, wußte bereits ganz Amerika, was er wollte: Niemand könne ihm, so argumentierte Simmons, die freie Entscheidung über die Gestaltung seines Lebens absprechen. Schließlich lebe er in einem freien Land, er sei bisher nicht straffällig geworden und werde auch in Zukunft keine Straftaten begehen, und wenn er so, vollkommen freiwillig und klar wissend, was er tue, seinem Leben innerhalb eines Jahres ein Ende setzen und dazu Rauschgift verwenden wolle, so müsse das doch allein seine Angelegenheit sein. Selbstverständlich sei gesichert, daß er niemandem zur Last fallen werde, weder seinen Angehörigen noch staatlichen Stellen. (Und Simmons konnte tatsächlich wohlgeordnete Vermögensverhältnisse nachweisen. Für eine gute Pflege würde sein Besitz, den er vor allem in Aktien und in Grundstücken angelegt hatte, auf jeden Fall ausreichen, und das, wenn die Ansprüche nicht zu hoch waren, über zehn Jahre und länger.)

Simmons hatte, wie nicht anders zu erwarten, auch die Berufungsverhandlung verloren, als sich überall im Lande Menschen zusammenschlossen, um dafür zu demonstrieren, daß Simmons, wenn er es so wollte, das Heroin beziehen konnte. Am Beginn dieser allgemeinen Bewegung sah es so aus, als ginge es nur um eine Sommermode, die bald von anderen Schlagzeilen verdrängt werden würde. Doch dann nahmen sich andere dieser Angelegenheit an und führten, wortreich und hartnäckig, grundsätzliche Erörterungen. Unerwartet und gehörig bestaunt traten plötzlich Hochschulprofessoren und Senatoren auf den Plan, die mit Freude am fundamentalen Streit die Positionen absteckten: Warum solle es denn einem erwachsenen Mann, der im Vollbesitz seiner geistigen und körperlichen Kräfte sei, verwehrt werden, seinem Leben ein Ende zu setzen? Mit welchem Recht? Mit dem Recht, das das *Leben* allemal für sich in Anspruch nehmen müsse, antwortete die Gegenseite, und die, die die ›Simmons-Linie‹ vertraten, fragten in Diskussionen, die landesweit auf die Bildwände übertragen wurden, mit süffisantem Lächeln: Ob denn die Damen und Herren von der ›Lebensseite‹ wirklich meinten, daß *das* ein Argument sei?

Der Streit wäre ein Streit geblieben, wenn nicht plötzlich ältere, konservative Männer sich dafür ausgesprochen hätten, dem Antrag von Simmons stattzugeben. Und so ging es dann weiter. Es verbündeten sich die Gegenseiten. Die einen traten für Simmons ein, weil sie sagten, daß, wo niemandem ein Schaden zugefügt werde, das Recht staatlicher Reglementierungen ein Ende finde. Und diejenigen, welche sonst doch immer gegen solche Beschränkungen angingen, sie hofften, daß alles besser würde, wenn man alle, die sich umbringen wollten, dies auch tatsächlich tun ließe. Zur Abschreckung vielleicht erst einmal. Oder auch, wenn sie denn in größerer Zahl die Gesellschaft verlassen wollten – bitte!

Gerade noch war alles ein Spiel gewesen, eine beinahe fröhliche Auseinandersetzung, die niemand so recht ernst nahm. Und dann stellte sich Simmons zur Wahl und war plötzlich, keine drei Jahre nachdem er seinen ersten Antrag vor Gericht eingeklagt hatte, Gouverneur des Staates Kalifornien. Und lachend und mit erhobenen Händen stellte er sich am Abend der Wahl vor die Fernsehkameras und sagte, daß er seine Zusage einhalten werde. Er werde ein Gesetz einbringen, nach dem es in Zukunft Bürgern erlaubt sein werde, ihr Leben so zu gestalten, wie sie es wünschten. Die einzige Voraussetzung sei, daß jedermann frei – *wirklich frei* – seine Entscheidung treffe und daß die Allgemeinheit für keinerlei Folgekosten von Experimenten aufkommen müsse.

Das war der eigentliche Beginn der Parzellenbewegung. Der Widerstand gegen den ›verrückten Gouverneur‹ war heftig, aber nur ein Jahr verging und das Parzellengesetz war verabschiedet. Jetzt konnte jeder, der es wollte, sich mit Gleichgesinnten zusammentun und ein Stück Land erwerben, für das er dann die Zulassung als Parzelle beantragte. Nachdem die Rahmenbedingungen der Neugründung geprüft waren – bei der Prüfung ging es tatsächlich nur darum, festzustellen, ob bei einem Scheitern der Parzelle keine ungedeckten Kosten entstünden –, wurde der Zulassungsbescheid erteilt.

Es entstanden die Kleingesellschaften der Parzellen. Anarchisten wollten zeigen, daß Gesetze überflüssig waren, die Religionsstifter riefen ihre Gemeinden zu sich und errichteten ihre irdischen Gottesreiche, und eine Vereinigung von Cowboyclubs kaufte ein Gebiet von dreißig Quadratkilometern und baute dort ein Dorf und zwei Farmen. Und es kamen die Drogensüchtigen, die in ihren Parzellen so sterben durften, wie sie es wünschten.

Die meisten Parzellengründungen überstanden die ersten fünf Jahre nicht. Die Anarchisten zogen es vor, in eine Welt zurückzukehren, in der es Strafzettel für verbotenes Parken gab. Die Cowboys, müde geworden vom Leben im Sattel, setzten sich wieder an ihre Schreibtische. Die Meditationen wurden alltäglich, und die, die nach einigen Jahren aus den Gottesreichen in die sündigen Städte zurückkehrten, hatten Gott in der Parzelle nicht gefunden. Einige immerhin verbreiteten unter ihren neuen Bekannten und Freunden, daß sie, während sie in der Parzelle gelebt hatten, einer Offenbarung teilhaftig geworden seien, und Gott, der sich ihnen gezeigt habe, er habe sie beauftragt, in die Welt zurückzukehren, um dort weiter zu wirken.

Als die Amtszeit des kalifornischen Gouverneurs Simmons zu Ende ging, waren von den ehemals fast hundert Parzellen nur noch ein gutes Dutzend übriggeblieben. Die meisten dieser Parzellen, die die Schwierigkeiten des Beginns überstanden hatten, verfügten allerdings über eine neuartige und trotzdem feste Sozialstruktur. Simmons, der Gouverneur, stellte sich nach Ablauf seiner Amtszeit nicht zur Wiederwahl und ging zur Überraschung aller nicht in eine der Drogenparzellen. Er wurde wieder das, was er vordem gewesen war: ein erfolgreicher Anwalt, und er nahm es jedem übel, der ihn auf seine Vergangenheit hin ansprach.

»Möchten Sie vielleicht –«

Frohnberg, in sein Buch vertieft, sah auf.

»– möchten Sie eine Tasse Kaffee mit mir trinken?« fragte der kleine Bibliothekar.

Frohnberg fühlte sich müde und wie von einer weiten Reise zurückgekehrt. Eine Tasse Kaffee war ihm recht. »Ja, gerne«, sagte er, und der Bibliothekar lächelte und sagte: »Gut! Dann kommen Sie bitte mit.«

Sie gingen in eine kleine Stube, an deren Wänden Bücherregale angebracht waren. Die Regale waren vollständig gefüllt, aber auch vollkommen ordentlich eingerichtet. Nirgendwo lag ein Buch herum, das keinen Platz hatte. In der Mitte des Raumes stand ein kleiner Tisch, auf dem zwei Tassen und eine Kaffeekanne standen.

Hier, außerhalb des Leseraumes, sprach der Bibliothekar lauter, und seine Stimme war jung – so jung, daß Frohnberg, wenn er den Bibliothekar nicht ansah, meinte, daß diese Sätze von einem anderen aus dem Verborgenen heraus gesagt wurden. »Ich habe mich vorhin nicht vorgestellt«, sagte der Bibliothekar. »Ich heiße Bernhard Rosemeyer. Und Sie, Sie sind ein Freund von Kuntzeler?«

»Ich weiß nicht, ob ich sagen kann, daß ich ein Freund von Christian bin«, meinte Frohnberg. »Ich habe ihn seit vielen Jahren, seit unserer Schulzeit, nicht mehr gesehen.«

»Ach so!« sagte der Bibliothekar und schwieg dann. Wie es schien, war er überrascht, daß Frohnberg Kuntzeler schon so lange nicht mehr gesehen hatte.

Frohnberg wollte seinerseits eine Frage stellen, doch der Alte schien in Gedanken vertieft. So sah sich Frohnberg in dem Raum um. In der Ecke war, von einem Geländer eingefaßt, eine runde Öffnung im Fußboden, und man konnte erkennen, daß eine Wendeltreppe hinunterführte.

»Ja«, sagte der Bibliothekar unvermittelt, »hier ist der Eingang zum ersten Bezirk.«

»Ich könnte also einfach dort hinuntergehen, durch den unterirdischen Gang bis zu diesem Haus, in dem Christian jetzt lebt.«

»Nein, das könnten Sie nicht«, antwortete der Bibliothekar und lachte. »Das ist vollkommen unmöglich. Hat Mellert es Ihnen nicht erklärt?«

»Ich weiß nicht. Er hat mir nur gesagt, daß Christian in dem Haus lebt und nicht gestört werden darf.«

»Wissen Sie«, sagte der Alte, »ich lebe im zweiten Bezirk. Ich glaube, die Jüngeren nehmen mich nicht so ganz ernst. Ich war schon über sechzig, als ich hierher in die Parzelle gekommen bin. Jetzt aber – ich bin im zweiten Bezirk, und da ist mir klar, daß Sie wissen sollten, warum Sie nicht zu Kuntzeler gehen können. Wir trinken jetzt noch unseren Kaffee aus, und dann zeige ich es Ihnen.«

Der Bibliothekar stellte noch einige Fragen, und Frohnberg erzählte ihm, daß er aus Köln kam, er sprach von seiner Familie und von seiner Arbeit. Rosemeyer war interessiert und wollte vor allem wissen, welche neuen Entwicklungen es bei den Composern gab. Dann, als sie ihren Kaffee getrunken hatten, stand er auf.

»Wenn Sie schon extra aus Köln hierherfahren, dann müssen sie ja wenigstens erfahren, wie der Weg in den ersten Bezirk aussieht. Sie glauben sonst am Ende noch, daß Kuntzeler Sie hereingelegt hat. Dabei – aber Sie werden ja sehen. Kommen Sie!«

Der Bibliothekar ging voran, und Frohnberg folgte ihm. Sie stiegen die Wendeltreppe hinab und kamen, als sie ungefähr die Höhe eines normalen Stockwerks hinter sich gebracht hatten, zu einem schmalen Gang. Der Gang führte mit mäßigem Gefälle in die Tiefe. (›Nein, in die *Tiefe* führt der Gang eigentlich nicht‹, sagte sich Frohnberg. ›Auf zehn Meter höchstens einen halben Meter Gefälle.‹) Und dann, nachdem sie ungefähr 50 Meter weit gegangen waren, standen sie vor dem Ende des Ganges. So schien es jedenfalls. Der kleine Alte drehte sich halb um und lächelte Frohnberg an, wie jemand, der stolz darauf ist, daß er ein Kunststück, das er lange eingeübt hat, vorführen darf.

Die Wände und die Decke des Ganges waren aus Beton; man konnte noch die Abdrücke sehen, die die Verschalungsbretter hinterlassen hatten. Das Ende des Ganges, es war einfach zubetoniert – eine Betonfläche, die ebenfalls die Spuren der Bretter zeigte. – Rosemeyer legte seine Hände auf die Stirnwand des Ganges. (Er legte wirklich nur seine Hände auf, und dennoch bewegte sich die Wand; sie kam in eine drehende Bewegung, wurde zu einem Rad.) Es erschien ein freies Segment, das plötzlich stillstand und eine Tür bildete.

Ein Raum war das nicht. Frohnberg stand da und traute seinen Augen kaum – das war eine riesige Höhle! Eigentlich auch keine Höhle, sondern eine große, weite *Landschaft*, und doch wieder keine Landschaft, denn es war klar, daß sie sich unter der Erdoberfläche befanden, und wenn man nach oben sah, dann konnte man in einiger Höhe die dunstig verhangene Decke der Höhle sehen.

Eine Landschaft? Vielleicht auch ein riesenhaftes Szenarium in diesem unterirdischen Saal. – Da war zuerst einmal die Fortsetzung des Ganges. Er führte als ein schmaler, braun gefliester Weg einfach weiter. (›Wie eine Aschenbahn in einem großen Stadion‹, überlegte Frohnberg und betrachtete den Weg.) Links stiegen breite Stufen auf und bildeten ein großes, leeres Amphitheater. Allerdings – dieses Theater war nicht rund; die Stufen bildeten vielmehr einen großen, flachen Bogen, und das Ende des Bogens lag in so großer Entfernung, daß es nur noch wie ein Schatten inmitten eines hellen Lichtnebels zu sehen war. Nach rechts hin senkte sich ein weites Tal. (›Wirklich, ein großes Theater!‹ dachte Frohnberg und sah in das Tal hinab.) Stärker noch als über den Sitzreihen, die nach hinten hin emporstiegen, lag über dem Tal ein vages, gelbliches Licht. Da unten ragten, so schien es wenigstens, eine Kuppel und ein Turm auf; aber möglicherweise waren das nur einfach dunkle Stellen in dem Lichtvorhang.

Allmählich erst, während er in das Tal hinuntersah, wurde sich Frohnberg der Tatsache bewußt, daß es diese Riesenhöhle in Wirklichkeit nicht geben konnte. Sie waren nicht sehr weit gegangen, und sie waren nicht sehr tief hinabgestiegen. *So* tief wenigstens nicht. Wenn er hinauf zur Decke sah – die Entfernung ließ sich bei diesen Lichtverhältnissen nur schwer abschätzen, aber fünfzig Meter waren das wenigstens. Blieb nur, daß sie sich unter einem Berg oder einem Hügel befanden. Aber einen Berg hatte er draußen nicht gesehen; das Gelände war vollkommen flach und übersichtlich gewesen.

Der Bibliothekar war weitergegangen. Er stand in einiger Entfernung und sah ebenfalls in das Tal hinab. Frohnberg folgte ihm und sagte, als er neben dem Alten stand: »Das muß eine Täuschung sein.«

Er war überrascht, als der Bibliothekar sofort antwortete: »Eine Täuschung ist es nicht.«

»Aber diese Höhle, die *kann* es hier doch gar nicht geben. Da müßte oben, hinter oder neben dem Haus, doch wenigstens ein Hügel zu sehen sein!«

»Das hier unten ist eine andere Welt. Es ist nicht einfach – ich weiß nicht, wie ich es Ihnen jetzt erklären soll; aber eine Täuschung ist das, was Sie sehen, nicht.«

Frohnberg schwieg und dachte nach. Dann fragte er: »Und wo ist Kuntzeler?«

»Das ist es, was ich Ihnen erklären wollte.« Der Bibliothekar wandte sich um und sah Frohnberg an. »Wir wissen es nicht. Wir wissen nie, wo diejenigen sind, die in den ersten Bezirk gekommen sind. Natürlich – sie sind in dem Haus, das Sie gesehen haben. Das nehmen wir jedenfalls an. Aber wie sie dorthin gekommen sind, das wissen wir nicht.«

Der Bibliothekar ging weiter und sagte zu Frohnberg, der jetzt neben ihm ging: »Es ist so: Vor Jahren, als die ersten in diesen Zustand kamen, den wir heute den ›ersten Bezirk‹ nennen, da haben sie diese Möglichkeit hier geschaffen. Wir wissen nicht, wie sie darauf gekommen sind, und die Kräfte, die dazu nötig waren, kennen wir auch heute noch nicht genau. Aber wie auch immer. Seit damals ist es so, daß die, die im zweiten Bezirk leben, hierherkommen und hier herumgehen. Manche gehen allein, andere in kleinen Gruppen. Man kann überall hingehen. Es gibt eben nur diese eine Tür, durch die wir hereingekommen sind. Und nur der, der in den ersten Bezirk kommt, findet die andere Tür. Und später dann, irgendwann, ruft er an und sagt, daß er den ersten Bezirk erreicht hat.«

Frohnberg war nahe daran loszulachen; doch dann sah er wieder in das Tal hinunter. Er hatte keinen Grund über den Alten zu lachen, denn er konnte ja alles wahrnehmen. »Dann weiß also niemand, wie man zu Christian hinkommen kann?«

Der Bibliothekar zuckte mit den Schultern. »Seine Freundin – kann sein, daß sie es weiß. Sie kommt in letzter Zeit häufig her. Aber sie wird uns den Weg nicht verraten.«

Rosemeyer hatte in Richtung der Sitzreihen gedeutet, und als Frohnberg zu den Rängen hinaufsah, sah er dort jemanden sitzen. Er war überrascht, denn er hatte das Mädchen – es war ein *Mädchen*, ohne Zweifel, nicht älter als achtzehn Jahre, eher jünger –, er hatte dieses Mädchen vorher nicht gesehen. Und auch wenn sie in der Zwischenzeit gekommen war, hätte er sie bemerken müssen. Allein schon, weil sie hier, in diesem stillen Höhlendom, auffiel. Sie trug eine weiße Hose, Tennisschuhe, einen hellgrünen Pulli. Sie hatte rötlich-blondes, langes Haar. Aber all das, das Äußerliche, war es nicht. Sie saß still da, die Beine übereinandergeschlagen. Sie sah in das Tal hinunter, und jetzt bewegte sie ein wenig den Kopf und schien auf ihre Fußspitzen zu schauen.

(Alles das, das Äußerliche, war es tatsächlich nicht, was Frohnberg so in Erstaunen versetzte. Vielmehr war es, auch wenn Frohnberg sich diesen Zusammenhang nicht klar machen konnte, die Ruhe, die von diesem Mädchen ausging. Und wenn es auch so war, daß diese übergroße Ruhe durch die äußere Erscheinung, durch das Dasitzen, die Haltung des Kopfes, die Art der Bewegungen, den Blick, sichtbar gemacht wurde, so waren diese sichtbaren Merkmale (Frohnberg ahnte all das, ohne daß er hätte sagen können, auf welche Weise er davon Ahnung bekam) doch nichts als Zeichen für das Andere, das Verborgene, für eine Selbstverständlichkeit, die unabhängig von ihren Erscheinungsformen vorhanden waren.)

Sie waren wieder stehengeblieben, und Frohnberg fragte:

»*Das* ist Christians Freundin?«

»Ja«, antwortete der Bibliothekar.

Viertes Kapitel

Am Nachmittag ging Frohnberg allein spazieren. Wenn er an den Vormittag zurückdachte, beschäftigte ihn vor allem die Frage, wie die Erbauer der Höhle es geschafft hatten, diesen Eindruck eines riesigen Raumes entstehen zu lassen. Er kam zu dem Ergebnis, daß diese Weite und vor allem die Ausdehnung des Tals vermutlich durch eine große Kulisse vorgetäuscht wurden. (Wenn es allerdings stimmte, was der Bibliothekar gesagt hatte, und man konnte wirklich in dieses Tal hinuntersteigen, ohne an eine Wand zu stoßen? Irgendwo mußten da Attrappen sein. Er hatte sich das Gebiet noch einmal angesehen – kein Hügel, schon gar kein Berg, und also gab es da unten keine fünfzig Meter hohe Höhle.)

Und dann das andere. Er hatte vieles erwartet – nein, eigentlich hatte er gar nichts erwartet; aber er hatte sich vorgenommen, nicht gleich überrascht zu sein, wenn in dieser Parzelle seltsame Menschen auftauchten; aber die Menschen waren alle ganz und gar normal – nach außen hin wenigstens, und es gab eine Riesenhöhle, die es eigentlich nicht geben konnte, und Kuntzeler hatte eine Freundin, die sechzehn Jahre alt war. (Sechzehn Jahre alt war das Mädchen. Der Bibliothekar hatte ihm das gesagt. Sie hieß Eva. (»Eva«, sagte Frohnberg laut, während er mit langsamen Schritten voranging, die Augen auf das Gras gerichtet: und dann noch einmal, wie um sich zu vergewissern, laut und mit der Sicherheit, daß ihn hier, einige hundert Meter von den Grenzsteinen der Parzelle entfernt, niemand hören konnte: *»Eva!«* Der Name schien ihm mit einemmal keineswegs zufällig. Es war ihm, als sei es genau dieser Name, den jemand, den er nicht kannte, lange gesucht hatte, um damit dieses rotblonde Mädchen zu benennen. Aber dieser Gedanke, der von nebelartigen, diffusen Gefühlen begleitet wurde, war Frohnberg *zu* verworren und seltsam, und so kehrte er mit seinen Überlegungen zu einem Punkt zurück, an dem er sich heimisch fühlte.)

Was es bedeutete, daß dieses Mädchen die Freundin Kuntzelers war, hatte er den Bibliothekar nicht gefragt. Irgendwie war ihm diese Frage – irgendwie war sie zu direkt. Eine kindliche

Freundin – jugendliche Freundin, ja, gut: *jugendliche* Freundin. Wenn sie jetzt sechzehn war, dann war sie vor einem Jahr fünfzehn gewesen, und nur einmal angenommen, daß sich Kuntzeler und dieses Mädchen seit einem Jahr kannten: dann war das doch eine *sehr* jugendliche Freundschaft. – Es war so vieles unklar. Eigentlich durfte es dieses Mädchen hier gar nicht geben. Hatte es nicht immer geheißen, daß man volljährig sein mußte, ehe man den Antrag auf einen Platz in einer Parzelle überhaupt einreichen konnte? Wenn Kinder geboren wurden, so durften sie nicht in der Parzelle bleiben; sie mußten bis zu ihrem achtzehnten Geburtstag draußen leben, und dann erst konnten sie entscheiden, ob sie in die Parzelle, in der ihre Eltern lebten, zurückkehren wollten oder nicht. Das war, wenn er sich recht erinnerte, einer der wesentlichen Punkte des Parzellengesetzes gewesen: daß niemand gegen seinen Willen in eine Parzelle gebracht werden durfte. (Es sei denn – aber nein, das konnte hier keine Rolle spielen.)

Frohnberg war nervös und verwirrt. Die Erinnerung an diesen Vormittag war merkwürdig unwirklich, und diese Unklarheit der Erinnerung beunruhigte ihn vor allem. Sie waren nicht lange in dieser unterirdischen Höhlenlandschaft geblieben. Das Mädchen, Kuntzelers Freundin Eva, hatte sich während der ganzen Zeit nicht gerührt. Er hatte sich weiter umgesehen; dann waren sie zurückgegangen. Vielleicht, so überlegte Frohnberg, vielleicht gab es hier Mittel, von denen er nicht wußte. Vielleicht hatten sie ihm schon beim Frühstück etwas in den Kaffee gegeben, und er hatte dann diese Höhle gesehen. Es war nicht auszuschließen, daß die Parzellenbewohner etwas erfunden hatten, um so etwas wie diese weite unterirdische Landschaft einem vorzugaukeln. (Gleich konnte Christian auftauchen. Lachend erklären, daß sie ihm einen Streich gespielt hatten.)

Die Heide war hier wellig wie ein erstarrtes Meer. Das Heidekraut bildete die Oberfläche der See. Wenn man hier war, blieb die Zeit plötzlich stehen, und man wußte nicht, warum. Das war – es war mehr als gefährlich.

Frohnberg beschloß, noch an diesem Tag nach Hause zurückzufahren.

Kaum hatte er diesen Entschluß gefaßt – der plötzlich gekommen war und gerade deshalb aber fest, unumstößlich erschien –, wurde er ruhiger. – Er betrachtete die Landschaft: Vor ihm lag ein Hügel, und er befand sich auf einem Weg und ging den Hügel hinauf. Überall war diese blasse, rotbläuliche Farbe des Heidekrauts, das hier – gleichsam sinnlos – wuchs. Er ging weiter, den Hügel hinan.

Als er oben angekommen war, blickte er, von dem Kamm der Welle, hinunter in eine abfallende und erst in weiter Entfernung wieder aufsteigende Bewegung. Überall nur dieses Heidekraut, und dazwischen ein paar Büsche und der Weg, der wie ein... (Die Einförmigkeit der Landschaft war es, auf die sich Frohnberg, gegen seinen wachen Willen, konzentriert hatte, und so kam es, daß er den hellen Fleck, den er wahrnahm, erst einige Augenblicke später bewußt sah. Und obwohl er ihren Namen doch wußte, sagte er zu sich selbst nur: ›*Kuntzelers Freundin...*‹)

Sie ging langsam – langsam den Hügel herauf, und sie ging auf ihn zu. Und er ging weiter. Ebenfalls auf *sie* zu. Sie hatte ihn natürlich gesehen.

Dann, als das Mädchen heran war, sagte er: »Sie gehen – spazieren?«

»Ja, um diese Zeit immer«, antwortete das Mädchen. »Jeden Tag.«

Frohnberg überlegte, ob er ihr sagen sollte, daß er sie vorhin in der Höhle gesehen hatte; aber sie – sie hatte ihn auch gesehen, und sie konnte sich denken, daß der Bibliothekar, Rosemeyer, über sie gesprochen und gesagt hatte, daß sie Kuntzelers Freundin sei. Und daß er ihren Namen bereits wußte, konnte sie sich auch denken. Aber jetzt direkt fragen: ›Was macht denn Christian? Wann haben Sie das letzte Mal von ihm gehört?‹, das ging wohl auch nicht; denn schließlich –

»Ich heiße Eva Landshoff«, sagte das Mädchen.

Er antwortete: »Mein Name ist – (und er zögerte jetzt einen Moment) Stefan Frohnberg.«

»Ich habe schon von Ihnen gehört. Sie sind ein Freund von Christian, nicht wahr?«

»Wir haben uns seit unserer Schulzeit nicht mehr gesehen, und nun hat er mich eingeladen. Nur – getroffen habe ich ihn bisher noch nicht.«

Er hoffte, daß sie diesen letzten Satz als Hinweis und als Aufforderung verstehen würde. Vielleicht konnte sie ihm etwas über Christian sagen.

»Haben Sie etwas vor?« fragte sie, und er verneinte.

»Wir können zusammen gehen, wenn Sie wollen. Wie lange haben Sie Zeit?«

»Den ganzen Nachmittag«, antwortete er, und dann fügte er (wirklich gegen seinen Willen, und er ärgerte sich, kaum daß er den Satz gesagt hatte, über seine Voreiligkeit) noch hinzu: »Ich möchte heute abend wieder zurückfahren. Christian scheint ja nicht kommen zu können.«

»Wir könnten hinübergehen zum Totengrund«, sagte das Mädchen. »Das ist allerdings ziemlich weit.«

»Ist die Parzelle denn so groß?« fragte Frohnberg.

»Nein, der Totengrund liegt nicht in der Parzelle. Er ist drüben, bei Wilsede.«

Frohnberg sah das Mädchen an (und er gestand sich nicht ein, daß er Angst hatte). Der Name, *Totengrund*, kam ihm schaurig und lächerlich zugleich vor, und er war sicher, daß, obwohl das zu einem so jungen hübschen Mädchen nicht paßte – er war sicher, daß dieses Mädchen den Namen erfunden hatte. (Frohnberg nahm seine Unsicherheit nicht so einfach hin, denn immerhin war er mehr als doppelt so alt wie dieses Mädchen, und er sagte sich, daß das eine Verpflichtung beinhalte. Er konnte (warum und wieso) nicht ängstlich sein.)

Das Mädchen sagte: »Der Totengrund heißt wirklich so. Ich glaube, weil da früher einmal die Leichenzüge auf dem Weg zum Friedhof durchgegangen sind. Aber genau weiß ich das auch nicht.«

Das Mädchen hatte fast die ganze Zeit über geschwiegen, und Frohnberg hatte den Drang verspürt, Fragen zu stellen, immer wieder Fragen zu stellen. Dabei kam es ihm wieder lächerlich vor, über die Dinge zu sprechen, die wichtig waren. Wenn er wissen wollte, was da, in diesem Haus, mit Kuntzeler vor sich ging, dann hätte er *das* fragen müssen. Aber er traute sich nicht, so direkt zu fragen. Und all die anderen Fragen – wovon denn die Leute in der Parzelle so lebten zum Beispiel – waren zu simpel. (So ungefähr dachte Frohnberg, während er schweigend neben dem Mädchen herging. Er wußte sehr wohl, daß etwas an diesen Überlegungen nicht stimmte, aber das Fehlerhaft-Bedrückende an diesen Gedanken herauszufinden, war er nicht imstande.)

Dann sagte das Mädchen: »Hier ist die Parzelle zu Ende. Wir dürften eigentlich nicht weitergehen. Warten Sie einen Augenblick!«

Sie ging durch das Gras davon und verschwand hinter Büschen, die in einiger Entfernung standen. Nach ungefähr fünf Minuten kam sie zurück und sagte: »So, jetzt können wir weiter. Ich habe die Absperrung ausgeschaltet.«

»Das ist nicht erlaubt, nicht wahr?« fragte Frohnberg, als sie weitergingen.

»Nein, eigentlich ist das nicht erlaubt«, antwortete das Mädchen. »Ich mache das auch nur, wenn ich spazierengehe.«

Links stiegen die Heidekrautwellen zum Wilseder Berg hinauf. Es war dunkel geworden, und über dem Berg hingen tiefe Wolken.

»Es wird Regen geben, glaube ich«, sagte Frohnberg.

»Nein, es wird nicht regnen«, antwortete das Mädchen. Sie sagte diesen Satz so ruhig und ganz so, als könne sie mit Sicherheit vorhersagen, daß es nicht regnen werde. Dann, nachdem sie eine Zeitlang wieder geschwiegen hatte, sah sie Frohnberg von der Seite her an und fragte: »Sie waren heute früh unten in der Höhle. Waren sie erstaunt?«

Frohnberg war erleichtert, daß sie selbst die Rede auf die Höhle brachte. Er hatte sich vorgenommen, nicht von sich aus zu fragen. »Ja, ich war sehr erstaunt. Vor allem: Ich habe mir vorhin noch einmal das Gebiet rings um die Bibliothek angesehen. Es ist ganz eben, und ich verstehe nicht, wie eine solche Höhle da unten überhaupt Platz hat. Es muß eine optische Täuschung sein.«

»Weshalb glauben Sie, daß es eine Täuschung sein muß?« fragte Eva Landshoff und lächelte.

»Nun ja, einmal, weil die Höhle wie gesagt unter der Oberfläche gar nicht Platz hätte, wenn sie wirklich so groß wäre. Und außerdem – hier gibt es doch keine natürlichen Höhlen, in diesem sandigen Boden. Und um diesen riesigen Hohlraum auszugraben, bräuchte man große Bagger, und es würde dann immer noch sehr lange dauern. Ich glaube nicht, daß Leute hierhergekommen sind, um künstliche Höhlen anzulegen.«

»Nein, wir haben die Höhle nicht gebaut. Da haben Sie recht. Aber eine optische Täuschung ist die Höhle auch nicht.«

»Und was ist sie dann?« fragte Frohnberg.

»Ich weiß nicht, ob Sie das glauben – ob Sie mir glauben, wenn ich es Ihnen sage, aber es ist so: die Höhle ist ein Zauberort.«

»Also doch eine Täuschung!«

»Nein, Sie verstehen nicht, was ich gesagt habe. Die Höhle besteht, weil es einen Zauber gibt.«

Eva Landshoff, das Mädchen, lachte nicht. Sie hatte ihn angesehen, von der Seite her, und nun sah sie vor sich auf den Weg. Frohnberg jedoch, Frohnberg lachte und sah das Mädchen an, und er war erstaunt, als er sah, daß sie, auch jetzt, da er noch lauter lachte, ernst blieb. (Da draußen – nein, *hier*, denn wir sind ja schon draußen, hier gibt es Maschinen, Großcomputer, einen Haufen Technik, und ein Mädchen glaubt, daß eine Höhle durch Zauberei entstanden ist. ›Das gibt es also‹, sagte sich Frohnberg, und er hatte das Gefühl, daß er, auch wenn Kuntzeler nicht aus seinem Haus hervorkommen würde, eine interessante Reise unternommen hatte. ›Leute, die an Zauberei glauben, weil sie irgendeinen Stoff einnehmen!‹, sagte sich Frohnberg, und er lachte.)

Halbhohes, dichtes Buschwerk und das ausgetrocknete gelbliche Gras dazwischen. Das Heidekraut, das zwischen den Grasbüscheln zu wachsen begann. Das dann in einiger Entfernung dichter wurde, eine Fläche bildete, eine abfallende Fläche, die drüben, dort, wo diese Fläche zu dem breiten Laubwaldgürtel hin anstieg, mit vereinzelt stehenden Bäumen und Büschen bewachsen war. (Das eishelle Licht des bewölkten Himmels machte die Landschaft konturenlos ruhig.)

Sie waren hierher gegangen, zu diesem Ort, der Totengrund hieß, er zusammen mit einem jungen Mädchen, das an Zauberei glaubte. Sie war so unvernünftig, diese Kleine, daß alles Reden und Argumentieren nichts genutzt hätte. Also hatte er nur gelacht, und das Mädchen, vielleicht, weil es sich über sein Lachen geärgert hatte, hatte plötzlich zu ihm gesagt: »Wenn Sie wollen, können wir heute abend noch einmal in die Höhle gehen.« Und als er nicht wußte, warum er noch einmal in die Höhle hinuntersteigen sollte, hatte sie gesagt: »Ich glaube, daß man in der Nacht leichter versteht, weshalb es die Höhle gibt.«

Er betrachtete die Landschaft und dachte nach. Wenn er Hammerschmidt von diesem Mädchen erzählte, von der Höhle, von Kuntzeler, davon, daß Eva Landshoff, das Mädchen, mit dem er durch diesen Naturschutzpark spazierte, daß Eva Landshoff Kuntzelers Freundin war? Hammerschmidt würde seine Witze machen; wenigstens versuchen würde er es. Und die Richtung, in die seine Witzeleien gehen würden, war klar.

»Wie lange kennen Sie Christian schon?« fragte Frohnberg.

Sie gingen langsam weiter. (Die Frage, die er soeben gestellt hatte, kam Frohnberg nun vollkommen unpassend vor, und er überlegte, warum er Eva Landshoff eigentlich mit *Sie* anredete. Er wußte es nicht; aber sie zu duzen, war ihm von Anfang an nicht in den Sinn gekommen.)

»Ich weiß nicht«, sagte Eva Landshoff langsam und machte dann eine Pause. Schließlich meinte sie: »Wir haben uns vor einem Jahr hier getroffen. Ich bin vor einem Jahr in die Parzelle gekommen.«

»Sie sind aber doch – Sie dürften doch noch gar nicht in der Parzelle leben!« sagte Frohnberg.

»Ach ja«, antwortete das Mädchen, »das ist eine lange Geschichte. Vielleicht erzähle ich sie Ihnen einmal. Ich glaube, jetzt würden Sie mir nicht glauben. Es ist so ungefähr wie mit der Höhle.«

»Ach Gott, warum sollte ich Ihnen nicht glauben«, sagte Frohnberg ein wenig nebenhin. (Er versuchte ironisch zu sprechen, versuchte es eigentlich die ganze Zeit schon, und bemerkte, daß es ihm nicht recht gelingen wollte, weil das Mädchen so ruhig und selbstverständlich und nachdenklich sprach.)

Sie schwiegen wieder, und Eva Landshoff erzählte trotz seines Einwurfs ihre Geschichte nicht.

Nach einer Weile begann Frohnberg dann wieder zu sprechen. Er berichtete, was er am Vormittag in der Bibliothek über die Entwicklung der Parzellen in Amerika gelesen hatte. Wie es schien, wußte das Mädchen nicht viel über diese Ereignisse, denn sie hörte aufmerksam zu und stellte manchmal Fragen.

Als sie die Grenze zum Parzellengebiet erreicht hatten, ging Eva Landshoff wieder, um die Überwachungsanlage ›auszuschalten‹. Frohnberg, der auf dem Weg stehengeblieben war, sah zum Himmel. Im Westen, jenseits der eigentlichen Parzelle, war eine hohe scharfe Wolkengrenze zu sehen. Die Sonne schien, und der Himmel war, im Kontrast mit der dunklen, breiten Wolkendecke, hell und glänzend. – Frohnberg fühlte sich müde, sehr müde sogar. Das Mädchen hatte ihn aufgefordert, noch einmal in diese Höhle hinunterzugehen, heute, am Abend, und zusammen mit ihr. Warum hatte sie ihn vorher nicht gefragt, ob er seine Rückfahrt nicht verschieben könne? Sie hatte so getan, als sei alles selbstverständlich, und er hatte *(merkwürdig!)* auch keinen Einwand erhoben. (Frohnberg starrte auf den Rand der Wolken, der sich langsam auf sie zuschob, so daß der helle Teil des Himmels immer größer wurde, und er sagte sich: ›Es hat tatsächlich nicht geregnet!‹)

Fünftes Kapitel

Nach dem Abendessen gingen sie zur Bibliothek, in der jetzt, gegen halb acht, immer noch einige Parzellenbewohner saßen. Sie gingen an Rosemeyer vorbei. Der Bibliothekar sah nur kurz von seinem Buch auf und nickte ihnen zu. Frohnberg sagte sich, daß es fast so aussah, als habe Rosemeyer sie erwartet. – Sie stiegen die Wendeltreppe hinunter, gingen den Gang entlang und kamen schließlich in die Höhle hinein – hinein in diese Höhlen*landschaft*, die dunstig und glänzend dalag. Sie hatten, während sie zur Bibliothek gegangen waren (das Mädchen hatte ihn nach dem Abendessen abgeholt), nicht miteinander gesprochen, und sie hatten auch geschwiegen, als sie durch die Bibliothek gegangen waren. Und jetzt ging Eva Landshoff weiter, und Frohnberg blieb einige Schritte zurück und sah zur Decke der Höhle hinauf. Das war am Vormittag nicht zu sehen gewesen: hell glänzende Laserstrahlen-Linien, die ihr Zentrum unten im Tal hatten und die von dort aus sternförmig auseinanderliefen. In der Höhe der obersten Tribünenreihe wurden die Strahlen abgelenkt und stiegen dann senkrecht nach oben. Die Zacken der Strahlen, die Punkte, an denen die Linien durch die Reflexion stumpfwinkelig geknickt wurden und senkrecht stehend im Dunst verschwanden, bildeten einen weiten Kreis, der unten, zum Tal hin zu, im Nebel blaß und unscharf wurde. Das Gefühl, das dieser Laserstern bei Frohnberg auslöste, war ein merkwürdiges Vibrieren und Oszillieren im Kopf (›Das Merkwürdige ist‹, überlegte Frohnberg, während er so dastand, ›daß diese Strahlen so *lautlos* einfach vorhanden sind!‹, und er erwartete ein dunkles Geräusch, eine Art Baßakkord einer Orgel; doch es war vollkommen still in der Höhle, und auch die Schritte von Eva Landshoff, die da vorne ging, wurden von der Umgebung ohne jeden Widerhall aufgesogen.), und das Gefühl wandelte sich schnell und wurde zu einer leisen, aber deutlichen Bedrohung, zu einer kurzen Atemlosigkeit, die eine herannahende Bewußtlosigkeit anzukündigen schien.

Frohnberg wandte den Blick von den in der Höhe verlaufenden Strahlen und ging schnell weiter. Das Gefühl der Bedrohung verschwand. Bald hatte er das Mädchen eingeholt.

Eva Landshoff blieb stehen, als Frohnberg herangekommen war, und sagte: »Könnten Sie hier einige Minuten warten? Ich bin gleich wieder zurück. Ich möchte nur – zu Christian gehen und ihn etwas fragen.«

»Sie wissen, wie man in diesen ersten Bezirk hineinkommt?« fragte Frohnberg.

»Nein«, sagte das Mädchen und lächelte. »Ich gehe nicht in den ersten Bezirk. Dort lebt immer nur einer. Ich habe vorhin mit Christian telefoniert; er kommt mir entgegen, und wir treffen uns da unten im Tal.«

»Dann könnte ich doch mitgehen!« sagte Frohnberg schnell. (Und er ahnte, daß Eva Landshoff ihn – aus irgendeinem Grund, den er nicht kannte – nicht mitnehmen wollte.)

»Nein, das ist nicht möglich«, sagte das Mädchen und lächelte wieder. »Ich kann es Ihnen vielleicht erklären, wenn ich wieder da bin. Es dauert nicht lange.«

Sie wollte gehen, als Frohnberg sie fragte: »Die Laserstrahlen da oben, haben die etwas mit dem – ›Zauber‹ zu tun?«

»Nein«, sagte Eva, »überhaupt nicht. Das ist der Strahl, der durch die Steine geht und den Lichtturm bildet.«

Sie ging über die flach und gleichmäßig abfallende Ebene hinunter ins Tal, und ihre Füße drückten schwache Spuren in den kahlen, sandig-festen Boden. Frohnberg drehte sich um und stieg über die Stufen der Theaterränge ein Stück weit nach oben. Dann setzte er sich und sah hinunter in das Tal, wo das Mädchen nur noch klein und undeutlich zu erkennen war.

Er wartete. Er wartete bereits seit einer Stunde. (›Könnten Sie hier einige Minuten warten?‹ hatte sie gesagt. Und: ›Ich bin gleich wieder zurück.‹) Und er hatte während der vergangenen Stunde dagesessen und nachgedacht. Es war ihm eingefallen, daß er noch nicht zu Hause angerufen hatte.

Das hatte er zuerst überlegt. Zwar hatte er seiner Frau gesagt, daß er vermutlich nicht anrufen könne, weil die Parzelle vielleicht keine Leitung nach draußen habe; aber er war am Nachmittag außerhalb der Parzelle gewesen. Von Wilsede aus hätte er anrufen können. Er hatte es nicht getan. Nicht vorsätzlich, sondern weil er – es war trotzdem keine Erklärung – einfach darauf vergessen hatte. Er dachte an seine Tochter, an Jonna, und er sagte sich, daß sie jetzt wohl schon im Bett lag. Und wie zum Trost sagte er sich, daß das eine gute Zeit war, hier in der Parzelle. Warum hätte er vorschnell abreisen sollen? Das war eine Weise des Urlaubmachens, die man nicht so leicht anderswo fand. Es wurden viele Gegensätze verbunden. Er erlebte seltsam spannende Dinge. Zum Beispiel kannte er jetzt eine Riesenhöhle, die es nicht geben konnte. Und er kannte diese Höhle nicht nur, er saß – jetzt in diesem Augenblick – mitten drin. Und obwohl das doch fremd und aufregend war, herrschte hier überall eine fast grenzenlose Ruhe und Gewöhnlichkeit vor, und er konnte seit einer Stunde in dieses gelblich-goldene Tal hinuntersehen. – Wohin war das Mädchen gegangen? (Frohnberg lachte vor sich hin. ›Christian Kuntzeler hat eine sechzehnjährige Freundin, und das seit einem Jahr!‹) Vermutlich stand sie mit ihrem Freund Christian da unten in dem Nebel, und sie unterhielten sich über Dinge, die nur die Eingeweihten wußten – die überhaupt nur Eingeweihte, Bewohner im zweiten Bezirk, verstehen konnten. Vielleicht lachten sie auch über ihn. Über seine Fragen. Nach dem Ausmaß der Höhle zum Beispiel. Aber eigentlich hatte er nicht das Gefühl, daß sie ein Spiel mit ihm trieben. Wozu auch? Was hätte er ihnen zeigen können? – Daß er vieles nicht verstand? Das war mehr als natürlich, und das hatten sie voraussehen können. Und außerdem war dieses Mädchen, diese Eva Landshoff, für ihr Alter so ernst und erwachsen; sie machte keine solchen Scherze.

Und dann, nach einer Stunde, kam der Ton, und der Ton war nichts, was man hören konnte. Er war eine lautlose Vibration, wie ein Gongschlag, wie ein Zeichen einer großen Uhr, durch das der Stundenwechsel angezeigt wird. Er hörte ihn also nicht, diesen Ton, sondern er spürte ihn, auf der Haut und mit seinem ganzen Körper. Etwas, das ihn umströmte, umfloß, das zitterte und sich durch dies Zittern mit ihm, mit der Oberfläche seines Körpers verband. (Und, über allem seltsam: er hatte keine Angst. Wurde nicht einmal von einer ersten, vorübergehenden Furcht befallen, sondern fand alles normal, und dies war deshalb so, weil, tief in ihm verborgen, schon die Erwartung gewesen war. Die Erwartung, daß der Ton kommen mußte.) Wegen des Strömens und Vibrierens nannte er die Veränderung in seiner Umgebung einen ›Ton‹, und er bemühte sich, ruhig und gelassen, um eine Erklärung für dieses Phänomen. Seit es die Möglichkeit gab, durch die Induktion der Luftteilchen einen großen Platz zu einem einzigen Lautsprecher zu machen, ließen sich auf mehreren Quadratkilometern gleichmäßig ›Stimmen‹ erzeugen. Man ging umher, und wo man auch ging, die Stimme (oder die Musik) war beständig in nächster Nähe. Das war eine völlig normale Sache, eine im Grunde genommen kleine technische Erfindung. (Die Wunder waren technisch bedingt, und wenn man nur einige Zeit darüber nachdachte, dann fand sich auch für diesen unhörbaren Ton eine einfache, technische Erklärung.) – Dann allerdings kam, ungefähr eine Minute nachdem der Ton eingesetzt hatte, etwas anderes hinzu: Die Umgebung veränderte sich. Vor allem das Tal, diese gelblich abfallende Fläche, veränderte sich. Obwohl es in seiner ganzen Weite sichtbar blieb, verengte es sich auf einer zweiten, nebelhaft sichtbaren Ebene zu einem Saal. Die Ausdehnungen, Entfernungen, waren plötzlich zweifach vorhanden, und beides, das Nahe und Kleine wie auch das Entfernte, Große, stand miteinander in Verbindung und bedingte sich gegenseitig. – Er sah also das weite Tal und einen kleinen Saal. Aber das war nicht das eigentlich Besondere. Viel erstaunlicher (und dann doch bedrückend) war: daß er mit einemmal Kuntzeler und das Mädchen sah. Wie sie beieinander standen, miteinander sprachen. Er hörte nicht, was sie sagten, aber er sah sie, wie Stummfilmschatten, und sie sprachen langsam und machten Pausen, in denen sie nachdachten, was sie auf des anderen Worte antworten sollten. – *Film* – das war das richtige Stichwort! Wenn man einen der alten Lichtprojektoren nahm und seinen Strahl auf eine dichte, undurchdringliche Nebelwand richtete, dann mußten solche undeutlichen Bilder dabei herauskommen. Nur: hier war natürlich kein Projektor. (Er wandte sich, überflüssigerweise, um und überprüfte diese Feststellung, und er sah keinen Strahl einer Projektion. Doch das hatte er bereits vorher, ehe er sich umgewandt hatte, gewußt.) – Da also standen sie, Kuntzeler und seine Freundin, und unterhielten sich. Durch den Nebel hin sichtbar, standen sie direkt vor ihm. Kuntzeler wie auch Eva Landshoff, beide waren sie ernst und nachdenklich. Und er war nicht dabei, sondern betrachtete dies alles nur durch die Augen, die ihm durch dieses unhörbare, allgegenwärtige Vibrieren gegeben worden waren. Er verstand nicht und gehörte nicht dazu. (›Kuntzeler werde ich hier in der

Parzelle nicht treffen.‹ Der Teil seines Bewußtseins, der da sprach, kam ihm fremd und unbekannt vor.) Er saß da und wartete auf das Mädchen.

Der Ton, durch den er das alles gesehen hatte, war vier, fünf Minuten lang geblieben, hatte sich, singend und strömend, während dieser Zeit gehalten und war dann allmählich verstummt. Und mit dem Verlöschen des Tons war die Höhle wieder zurückgekehrt, hatte sich in der bekannten Unbeständigkeit, dem glänzenden Verschwimmen unten im Tal wieder in ihrer normalen Gestalt verfestigt, und Frohnberg hatte wieder in dieses Tal hinuntergesehen und (erstaunt über seine eigene teilnahmslose Ruhe) weitere zehn Minuten gewartet. Dann, eineinviertel Stunden, nachdem sie weggegangen war, war Eva Landshoff wieder aufgetaucht. Weit unten im Tal hatte er zuerst nur einen kleinen, dunklen Fleck gesehen, dann war sie langsam heraufgestiegen, und durch die Spur, die sie beim Hinuntergehen hinterlassen hatte, kam sie heran.

»Haben Sie Christian getroffen?« fragte Frohnberg.

Er war ihr ein Stück weit entgegengegangen, und sie standen jetzt ein kleines Stück unterhalb des Weges in der sandigen Fläche.

»Ja«, sagte sie. »Bitte entschuldigen Sie, daß es so lange gedauert hat.«

Sie sah ihn kühl und (so schien es Frohnberg wenigstens, und er empfand dies als sinnwidrig, obwohl er nicht sagen konnte, warum) prüfend an, und sagte dann: »Ich soll Sie von ihm grüßen. Es tut ihm leid, daß er nicht kommen kann. Vielleicht morgen – er weiß es nicht. Ich soll Ihnen aber sagen, daß Sie bleiben sollen.«

»Wie lange soll ich denn noch bleiben?« fragte Frohnberg.

»Nur diese eine Woche. Am Ende der Woche wird Christian ja weggehen.«

Sie kehrten zu dem Weg zurück, und während sie gingen, sagte das Mädchen: »Christian hat mir etwas für Sie mitgegeben.«

Sie streckte die linke Hand aus, und sie hielt ihm ein kleines, elfenbeinfarbenes Gefäß hin.

Er nahm das kleine Döschen und fragte: »Was ist das?«

»Ich habe Christian erzählt, daß Sie nicht glauben können, daß die Höhle durch einen Zauber besteht. Da hat er mir das hier gegeben. Wenn sie jetzt überprüfen wollen, ob es stimmt, was ich Ihnen gesagt habe, dann können Sie es tun.«

Frohnberg runzelte die Stirn, drückte den Kopf ein wenig tiefer auf die Brust und lächelte skeptisch. »Damit?«

»Ja.«

»Und was ist das?«

»Eine Salbe. Sie brauchen sie nur zu nehmen, dann verstehen Sie, was ich meine.«

»Ich wollte Christian sehen«, sagte Frohnberg. »Ich bin nicht gekommen, um dieses Zeug zu nehmen und hier zu bleiben.«

»Das ist kein Som!« sagte das Mädchen. »Christian hat mir gesagt, daß die Wirkung ungefähr vier Stunden anhält und daß Sie sich dann ganz genau wie vorher fühlen.«

»Som?« fragte Frohnberg. »Was ist das?«

»Der Stoff, den wir nehmen.«

»Und wenn es Puderzucker ist«, sagte Frohnberg, »ich werde es nicht nehmen. Hier, bitte!«

Er gab dem Mädchen die kleine Dose zurück, und sie nahm sie und hielt sie, während sie zurückgingen, in der Hand.

In der folgenden Nacht, in der Nacht von Montag auf Dienstag also, träumte Frohnberg wiederum, und er erinnerte sich am nächsten Morgen nur noch vage an die Bilder, die er im Schlaf gesehen hatte. (Obwohl er sich doch, nachdem er am Ende seines Traumes aufgewacht war, vorgenommen hatte, alles genau im Gedächtnis zu behalten.) Er stand mit Eva Landshoff und Gert Mellert mitten in der Heide. Es war ihm völlig klar, daß das die Heide war, und dies, obwohl diese Landschaft derjenigen, die er hier bisher gesehen hatte, nur in einem glich: in dem niedrigen, von Heidekrautfeldern unterbrochenen Grasbewuchs. Ansonsten aber unterschied sich diese Heidelandschaft von der des Wilseder Naturparks; sie war nicht hügelig gewellt, sondern vollkommen eben, und als diese brettartige Ebene erstreckte sie sich bis zu dem in weiter Entfernung sichtbaren Horizont. Die Ebene, die er da sah, war bis auf einen einzigen Gegenstand vollkommen leer (am Morgen, als er diese Vorstellung wiederzubeleben versuchte, sagte er sich, daß diese wüstenhafte Weite ›leer*geräumt*‹ ausgesehen hatte, und er fragte sich nicht, wie er auf dieses Wort kam – hätte wohl auch, wenn er sich diese Frage gestellt hätte, keine Antwort gefunden), und das Gebilde, das da vor ihnen stand, war sehr merkwürdig. Zuerst einmal: es war groß, überraschend groß, und dann war es – es ließ sich nicht anders sagen: überraschend *künstlich*. Unten ein Sockel, vielleicht zehn Meter im Quadrat an Grundfläche, ungefähr zwei Meter hoch und aus weißem Marmor oder einem weißen, blankpolierten Zement. Auf diesem großen steinernen Klotz erhob sich, paßgenau und fugenlos aufgesetzt und also von genau der gleichen Grundfläche wie der Unterbau, ein Glasquader von etwa fünf Meter Höhe. Das Glas war so rein, daß es, von unbedeutenden Brechungen einmal abgesehen, kaum den Blick auf den dahinterliegenden Himmel störte. Das eigentlich Überraschende aber war nun, daß sich mitten in diesem Glasblock ein länglich-senkrechter Hohlraum befand, in dem ein Mann stand, und dieser Mann war Christian Kuntzeler. (Frohnberg *wußte*, daß es sich bei dem Mann um Christian Kuntzeler handelte, auch wenn das Gesicht der Gestalt auf diese Entfernung nicht genau zu erkennen war. Vielleicht, daß das Mädchen oder Mellert ihm das vorher schon gesagt hatten.) – Es war Eva Landshoff, die dann erklärte, was es mit dem Glasblock und dem Mann darin für eine Bewandtnis hatte: »In dem Block sind an verschiedenen Stellen kleine Sprengladungen eingelassen. Der Sprengstoff selbst ist wasserklar und in dem Glas nicht sichtbar. Man sieht nur die Zünder; aber die sind so winzig klein, daß man sie aus der Entfernung nicht erkennen kann. Christian hat in der rechten Hand ein kleines Gerät, mit dem er die Sprengladungen auslösen wird, wenn es soweit ist.« Das Mädchen fügte dann noch hinzu, daß Christians *Geist* ihm eingeben werde, wann der Zeitpunkt für das Auslösen der Ladungen gekommen sei. (Es blieb dabei offen, ob es sich bei diesem ›Geist‹ um Kuntzelers eigenen Willen oder einen Dämon handelte, der für derartige Einflüsterungen sorgte.) – So warteten sie also und sahen unverwandt auf den großen Glasblock und auf Christian, der aufrecht und ruhig in seinem gläsernen Käfig stand. (Er trug einen schwarzen Smoking, ein weißes Hemd und eine silbergraue Fliege.) Frohnberg fühlte sich, obwohl er zu diesem Zeitpunkt schon eine undeutliche Ahnung hatte, daß es sich bei all dem, was er da erlebte, um einen Traum handelte, ängstlich und unwohl und war am Ende, kurz bevor Kuntzeler langsam seine Arme hob, um auf diese Weise anzuzeigen, daß er gleich die Sprengladungen auslösen werde, so nervös und angsterfüllt wie jemand, der zum erstenmal einer öffentlichen Hinrichtung beiwohnt. Dann hob Christian Kuntzeler die Arme, hob sie hoch, hielt sie senkrecht empor, und nachdem er einige Sekunden so gestanden hatte, ließ er seine Hände, hoch ausgestreckt über seinem Kopf, aufeinander zuwandern und löste, genau in dem Moment, in dem seine Hände sich berührten, die Sprengsätze aus. – Eine weiße Welle lief durch das Glas, knisternd, springend, Flächen und Räume bildend. – Es war kein Knall zu hören, und es gab kein krachendes Bersten des Glases. Die kleinen Sprengsätze mußten genau so berechnet gewesen sein, daß sie den Quader nicht auseinanderrissen, sondern nur den Druck in diesem gläsernen Gebilde ansteigen ließen, so daß das Glas langsam zersprang, ohne dabei (vielleicht, weil es sich um eine besondere Glassorte handelte) auseinanderzufallen. Und dann, nach Sekunden erst, erreichte die Welle das Zentrum des Blocks und zerstörte dort vermutlich den Hohlraum, in dem Kuntzeler stand, preßte das Glas zusammen und zermahlte damit (wahrscheinlich war es so) in einer stumpfen und ungeheuer festen Bewegung Christians Körper. Das alles war nicht zu sehen, denn der Glasquader war inzwischen mehlig weiß und undurchsichtig geworden, und durch das mehlige Weiß des zersprungenen Glases schimmerte, schwach nur sichtbar, eine rötliche, längliche Stelle hindurch. Und dann – es war so schrecklich, daß er sich sofort umwandte, um wegzugehen – zeichnete sich mit einemmal ein schmaler, gezackter Riß auf der unteren Hälfte des Blocks ab, wuchs nach unten zu, und Frohnberg brauchte einige Zeit, um zu begreifen, was da vorging. Er stand da und verstand ganz langsam: durch diesen Riß sickerte das Blut Christian Kuntzelers. – Er drehte sich um und ging weg. Rannte nicht, sondern ging mit schweren, müden Schritten und sah aus einiger Entfernung noch einmal zu dem Ort zurück, an dem dies alles geschehen war. Und er sah, daß Gert Mellert und das Mädchen zu diesem wahnsinnigen weißen Denkmal hingegangen waren und nun am Fuß des Sockels standen, über den (so stellte er sich vor) das Blut in einem dünnen, roten Rinnsal zur Erde floß. – Jetzt endlich wollte er schreien: ›Ihr seid alle verrückt!‹; aber da lag er bereits wach, starrte in die Dunkelheit, die ihn umgab, und dachte dann einige Minuten über diesen Traum nach.

Er mußte, so sagte er sich am anderen Morgen überrascht, schnell wieder eingeschlafen sein, und als er sich bemühte, sich an die Einzelheiten seines nächtlichen Alptraums zu erinnern, fiel ihm das schwer, und er hatte, wie er – noch einmal überrascht – feststellte, die genaueren Zusammenhänge vergessen, und die Erinnerungsbilder, die er in seiner jetzt wachen Vorstellung sah, waren neblig und ungenau.

Sechstes Kapitel

Nach dem Frühstück ging Frohnberg allein spazieren. Er wollte mit niemandem sprechen. Er war nicht beunruhigt oder ängstlich. Er war nicht einmal erstaunt. (Er wunderte sich selbst darüber, daß er all diese Dinge, die Höhle, den Ton in dieser Höhle und die Verdoppelung des Raums, nicht erstaunlich fand. Und auch der Traum! Dieser abstruse Alptraum war ja, auf welche Weise auch immer, durch diese seltsame Umgebung verursacht. Zu Hause hatte er auch merkwürdige Träume; aber sie waren doch anders – verworrener, nicht so genau.) Er war nicht erstaunt, sondern neugierig. Hammerschmidt kam ihm in den Sinn, und er fragte sich, wie er, wenn er sich mit Hammerschmidt über diese Höhlenerlebnisse unterhielte – wie er dann versuchen würde zu erklären, was sich da abspielte? So würde er Hammerschmidt gegenüber argumentieren, und so *mußte* man argumentieren: Natürlich kannte er nicht die technischen Möglichkeiten, die es gab, wenn es darum ging, solche Illusionen zu erzeugen. Es war ja – ausschließen konnte er das auf keinen Fall – durchaus denkbar, daß es eine neue Erfindung gab, durch die man solche perfekten dreidimensionalen Projektionen erzeugen konnte. Es gab ein dreidimensionales Kino (auch wenn sich wenige Leute dafür interessierten – in Köln gab es immerhin zwei dieser Paläste), und warum sollte es also nicht möglich sein, ihm mit Hilfe eines technischen Apparats alle möglichen Riesenhöhlen vorzugaukeln! Da hatten die Bewohner der Parzelle vielleicht, nachdem sie ihrer ›inneren Erlebnisse‹ überdrüssig geworden waren, eine raffinierte kleine Maschine in Amerika gekauft – das neueste Modell, das für Las Vegas entwickelt worden war –, und jetzt luden sie, einer nach dem anderen, alte Freunde ein, führten sie in ihre ›Zauberhöhle‹ und amüsierten sich heimlich, wenn diese bürgerlich Zurückgebliebenen, die von *draußen* kamen, aus dem Land, wo man mit einfacher *Arbeit* noch sein Geld verdiente – wenn die dann vor Erstaunen vollkommen aus der Fassung gerieten. Dann noch ein paar Geschichten: zum Beispiel, daß ein gleichaltriger ehemaliger Mitschüler ein junges Mädchen, ein halbes Kind, zur Freundin hatte. Sie verließen sich darauf, daß der, den sie eingeladen hatten, inwendig in Aufruhr geriet, sich an seine eigene, natürlich ungefähr gleichaltrige Frau oder Freundin erinnerte, an sein gewöhnliches, harmloses Leben, das nur als Alltag bestand. Sie sahen zu, wie er neidisch wurde auf seinen ehemaligen Freund. So amüsierten sie sich dann. (Das alles kam ihm so plausibel und wahrscheinlich vor, daß er sich entschloß, diesem Mädchen, Eva Landshoff, für den Rest seines Aufenthalts so weit wie nur möglich aus dem Weg zu gehen.) Und am Ende, wenn der ehemalige Bekannte oder Freund nicht zu sprechen war, weil er sich gerade in diesem ›ersten Bezirk‹ aufhielt, dann schickte er eine Tinktur oder eine Salbe (als Gruß und Entschuldigung sozusagen), und wenn dieser neidisch und neugierig gewordene alte Freund dann etwas von dem Zeug nahm, dann war er vollends aus dem Häuschen, weil er dann – er hatte ja keinerlei Erfahrungen mit diesen Rauschmitteln – plötzlich Engel, Teufel, Geister oder was auch immer ganz und gar plastisch vor sich sah. – Einmal auf die Idee gebracht, würde er Hammerschmidt gegenüber auch gleich einen anderen Gedanken durchspielen: Einmal angenommen, es gelang den Bewohnern der Parzelle, einen ihrer Gäste zu beeindrucken und zu verwirren, und sie setzten den, der auf sie hereinfiel, unter Drogen, redeten ihm, wenn sie ihm (zumindest vorübergehend) seine Vernunft geraubt hatten, irgendwelche Dinge ein. Einmal angenommen, daß es so war! Dann konnten sie diesem armen Kerl bestimmt auch erzählen, daß er etwas für sie tun mußte, daß er für diese schönen Erlebnisse, die sie ihm da in seinem Urlaub verschafft hatten, etwas *bezahlen* mußte. Und wenn das System perfekt gemacht worden war, dann schafften sie es bestimmt, daß dieser ›Gast‹, wenn er die Parzelle verlassen hatte, nach Hause fuhr und von da an regelmäßig pro Monat einen bestimmten Betrag auf irgendein Konto überwies. (Das war *keine schlechte Erklärung*, sagte sich Frohnberg. Hatte er in diesen Tagen, seit er hier war, irgend jemanden wirklich arbeiten sehen? Nein. Und selbst wenn es stimmte und sie lebten hier ganz bescheiden: irgendwoher mußten sie ihr Brot und ihr Bier, den Strom und die Heizung im Winter ja auch bekommen. Davon allein, daß sie fleißig in der Bibliothek herumsaßen und Bücher lasen, konnten sie doch nicht über Jahre hin leben!)

Frohnberg war weitergegangen, hatte den Weg verlassen (zwischen Büschen und Baumgruppen hindurch) und hatte nicht darauf geachtet, wohin ihn sein Spaziergang führte, war am Ende jedenfalls auf den Wilseder Berg zumarschiert, in Gedanken, in einer fast fröhlichen Stimmung, Schritt für Schritt, die Erklärungen hatten sich während dieses Gehens wie von selbst eingestellt, hatten sich zueinander, zu einem Ganzen gefügt, waren am Ende eine Indizienkette: das war das Spiel, das sie mit ihm trieben. (Er wunderte sich selbst ein wenig, daß er es plötzlich durchschaut hatte.) Eigentlich wollte er nicht mehr abreisen, jetzt, wo er sie durchschaut hatte. Jetzt brauchte er auch nicht mehr mißtrauisch und ängstlich zu sein; er mußte nur alles ansehen, jedes Angebot, jede Aufforderung prüfen und mit dem, was er jetzt ahnte – eigentlich: so gut wie *wußte!* – in Beziehung setzen. Und am Ende, wenn diese Woche vorbei war, würde er Sänger, Mellert, diesem Mädchen Eva und vielleicht auch Kuntzeler (warum sollte der, wo doch alles auf Verwirrung hin angelegt war, nicht doch noch erscheinen?) – er würde ihnen gegenübertreten, lächelnd, und sagen, daß er alles durchschaut hatte...!

Eine Stimme, direkt neben ihm, sagte plötzlich eindringlich: »Sie befinden sich an der Grenze der Parzelle. Diese Sperrzone darf nicht betreten werden. Wenn Sie eine amtliche Genehmigung zum Verlassen der Parzelle haben, so benutzen Sie bitte den vorgesehenen Wegkorridor und legen Sie dort die Genehmigung vor.«

Eine leise, angenehme Frauenstimme, und es war niemand zu sehen. Es gab auch keine Absperrung; nur da vorne, in ungefähr fünfzig Metern Entfernung, steckten niedrige, gelb-schwarz gestrichene Pfähle im Boden. Vermutlich die Grenzmarkierungen. – Was also geschah, wenn man nicht stehenblieb? War es gefährlich?

Ohne recht zu wissen, warum, ging Frohnberg weiter, und er hörte wieder die Frauenstimme, die kühl und teilnahmslos sagte: »Sie befinden sich in der Sperrzone der Parzelle«, und im nächsten Moment prallte er mit dem Gesicht gegen etwas, wurde von diesem unsichtbaren Etwas vielleicht auch geschlagen (sicher war: es hatte ein vernehmliches klatschendes Geräusch gegeben), und das, obwohl nichts zu sehen war. Weder irgendeine Absperrvorrichtung noch ein Gerät, das diese Schläge austeilte.

Frohnberg war stehengeblieben und dann einen Schritt zurückgetreten. Dieser Schlag, er war eigentlich nicht schmerzhaft gewesen; nur eben überraschend und, vermutlich *weil* er so aus heiterem Himmel gekommen war, dann doch sehr unangenehm. (›Es ist‹, sagte sich Frohnberg, ›wie wenn man im Dunkeln etwas ins Gesicht bekommt und nicht weiß, was es war, das einen da getroffen hat.‹) Er zweifelte nicht, daß, wenn er weiterging, andere und drastischere Maßnahmen ihn am Verlassen der Parzelle hindern würden, und er erinnerte sich, daß er damals, als die Parzellen eingerichtet worden waren, von den Absperrungen gehört hatte. Jemand, ein Experte aus dem Innenministerium vermutlich, hatte erklärt, daß die Parzellen überhaupt nur eingerichtet werden könnten, weil seit kurzem die technischen Möglichkeiten für eine hermetische Abriegelung von bestimmten Gebieten vorhanden seien. Und natürlich waren diese neuartigen Absperrungen keine Mauern und Zäune, die die Landschaft verunstalteten, sondern es handelte sich um neuentwickelte Impulsgeber, die über weite Entfernungen wirkten. Wobei eine zentrale Rechnereinheit die Landschaft, Sträucher, Bäume und so weiter gespeichert enthielt. Und der Zentralcomputer war sogar in der Lage, Tiere, die die Gebietsgrenze passieren wollten, zu erkennen und dann durchzulassen. Nur Menschen eben, Menschen wurden zuverlässig zurückgehalten. ›Die Versuche während der letzten Jahre‹, so hatte der Beamte aus dem Ministerium gesagt, ›haben gezeigt, daß es für Menschen keine Möglichkeit gibt, aus einem solchen Gebiet herauszukommen. Die Öffentlichkeit kann also sicher sein, daß die Parzellen, die wir einrichten werden, wirklich vollkommen ausgegrenzte Exklaven bleiben werden.‹ – Daß das nicht stimmte, hatte Eva Landshoff gestern ja gezeigt. Die Absperrungen mochten, wenn sie eingeschaltet waren, tatsächlich vollkommen sicher sein; nur – manche Bewohner dieser Parzelle hatten offensichtlich Möglichkeiten gefunden, die Überwachungsstationen auszuschalten und die Grenzen zu passieren. Und das war, wenn man es sich überlegte, eine ungeheuerliche Sache. Wenn die Absperrungen nicht funktionierten, dann – das waren ja keine ungefährlichen Eremiten, diese Parzellenbewohner! (Es war Frohnberg, als liefe ein Kribbeln über seine Haut, hervorgerufen durch winzig kleine Parzellenbewohner, die, während sich die Menschen in diesem Land darauf verließen, daß alles in Ordnung war, durch die Absperrungen sickerten, die Bürger unbemerkt anfielen und – aussaugten, veränderten, krank machten.) Was mochte sich da in den letzten Jahren in diesen angeblich vollkommen sicher abgeschotteten Gebieten alles entwickelt haben! Zum Beispiel – nur einmal *ein* Beispiel – die Erfindung dieses *Som*! Wenn es diejenigen, die hier in Wilsede lebten, darauf anlegten, und sie gingen in die Städte, besuchten alte Bekannte, die gewöhnlich gar nicht wußten, daß sie aus einer Parzelle kamen? Und sie verabreichten dieses *Som* den ahnungslosen Menschen, die dann nicht wußten, wie ihnen geschah, wenn sie plötzlich von merkwürdigen, wahnhaften Eingebungen heimgesucht wurden ...?

Stefan Frohnberg hatte nichts gegen die Parzellen, und er sagte sich während er zurückging, daß er, wie die meisten seiner Bekannten und Freunde, diese Einrichtung von isolierten, kleinen Gebieten, innerhalb derer Menschen tun und lassen konnten, was immer sie wollten, für nützlich hielt. Er hatte es gestern noch in diesem Buch gelesen: Damals, als die Parzellenbewegung nach Europa gekommen war, hatte es eine erstaunliche Verbindung zwischen gegensätzlichen Kräften gegeben. Die Avantgardisten, die, die keine Kompromisse schließen wollten, hatten die Einrichtung von Parzellen heftig verlangt (›Hieß es nicht immer, daß jeder nach seiner Fasson selig werden soll, wenn er nur den anderen keine Vorschriften macht?‹), und die Konservativen, die, die stets der Meinung waren, daß alles so bleiben sollte, wie es nun einmal ist, weil die utopischen Träumereien der Weltverbesserer nur Schaden anrichteten – die Konservativen hatten gemeint, daß es endlich, nach den Wirren der Jahrhundertwende, Ruhe geben müsse. Sollten diese Fortschrittlichen doch tun, was sie für richtig hielten! Sollten sie doch nichts arbeiten und statt dessen über das erfüllte Leben nachdenken, meditieren, beten, Drogen schlucken, sich gegenseitig umbringen, wenn ihnen danach war! Nur: Jetzt mußten sie für das, was sie taten, *geradestehen!* Ein ›vernünftiges Konzept‹, das Anarchisten und Staatsverehrer gemeinsam vertreten hatten. (Nur ein paar Kommunisten hatten sich dagegen ausgesprochen – ›Ein Trick des Kapitals, um unliebsame, kritische Bürger auszuschalten und mundtot zu machen!‹; aber über die hatte man gelacht, weil dieses Gerede ja nun doch *zu* eintönig war.)

Nein, Frohnberg hatte nichts gegen die Parzellen einzuwenden. Er hatte nie in einer Parzelle leben wollen. Auch nicht damals, während seiner Schulzeit, als die Parzellen eingerichtet worden waren und man die neuen Möglichkeiten diskutiert hatte. Selbst als dann die Pseudoparzellen aufkamen, in denen man sich – eine andere Form des Urlaubs – für ein paar Wochen aufhalten konnte, hatte ihn das nicht interessiert. – ›So, und jetzt?‹ fragte sich Frohnberg und schlug mit dem rechten Fuß gegen ein Büschel Heidekraut (eine verlegene, nervöse Bewegung, als ob er einen Fußball treten wollte). Jetzt hatte er sich nach Wilsede locken lassen. Von Christian Kuntzeler – von jemandem, an den er sich kaum noch erinnern konnte. Und Christian hielt sich in diesem ›ersten Bezirk‹ verborgen, schickte ihm (›Das Ganze ist einfach lächerlich!‹) durch ein junges Mädchen Wundersalben – und er wußte jetzt, daß diese Leute hier ihre Parzelle ohne weiteres verlassen konnten. Er hatte überhaupt keine Lust, hier den Detektiv zu spielen und, kaum daß er wieder draußen war, zur nächsten Polizeistation zu gehen. Auf der anderen Seite: daß die totale Isolation nicht durchbrochen wurde, war der Grundsatz eines jeden Parzellenvertrags, und wenn er recht hatte und die Leute in den Parzellen setzten sich über diesen Grundsatz hinweg? Natürlich war es seine Pflicht, das zu melden.

Er würde erst einmal gar nichts unternehmen, sagte sich Frohnberg am Ende. Nur abwarten und schauen. Sie waren alle so auskunftsfreudig gewesen, daß sie, wenn er nicht durch allzu große Neugierde auffiel, vielleicht auch erzählten, was sie taten. Er konnte ja mit Eva Landshoff noch einmal einen Spaziergang machen und dann eine passende Gelegenheit abwarten und so ganz nebenbei fragen: Wann hatte sie denn entdeckt, daß sich die Absperrung ausschalten ließ? Und die anderen in der Parzelle, die wußten natürlich auch, daß man die Parzelle verlassen konnte, nicht wahr?

Jetzt, während des Gehens, spürte er plötzlich einen leicht fauligen Geruch. Wie von abgestandenem Wasser, in dem Pflanzen vermoderten. Er sah sich um. Nirgendwo eine Wasserstelle; überall nur dieses ausgedörrte Heidekraut. Und trotzdem begleitete ihn dieser Geruch über zehn Minuten lang, um dann, als er an den Grenzsteinen des Parzellendorfes vorbeiging, genauso plötzlich, wie er gekommen war, wieder zu verschwinden.)

Er saß mit Sänger beim Mittagessen, als das Mädchen auftauchte und sich, nachdem es sich eine Schale mit Eintopf geholt hatte, zu ihnen setzte. Er hatte erwartet, daß Eva Landshoff und

Michael Sänger sich unterhalten würden; aber beide schwiegen und sahen sich nicht einmal an.

Nachdem sie eine Weile still so gegessen hatten, fragte Eva Landshoff: »Haben Sie wieder Lust auf einen Spaziergang?«

»Warum nicht«, antwortete Frohnberg.

»Wir könnten auf den Berg gehen? Waren Sie schon einmal dort?«

»Nein.«

»Gleich nach dem Essen?«

»Wenn Sie dann Zeit haben?«

»Natürlich habe ich Zeit. Ich gehe ja immer spazieren.«

(Wieder fiel ihm auf: er sagte *Sie* zu ihr, zu einem sechzehnjährigen Mädchen. Aber er konnte sie wirklich nicht duzen. Obwohl er fast keinen von seinen Bekannten so anredete. – ›Wenn Sie dann Zeit haben‹! Aber die Parzellenbewohner waren Fremde. Daß sie deutsch sprachen, so ohne jeden Akzent, war verwirrend. Es waren ja doch im Grunde genommen Exoten. Sie gehörten nicht mehr zu diesem Land; und wenn sie so redeten und normal gekleidet waren, machte das das Ganze nur verwirrender.)

Sie gingen denselben Weg wie am Vortag, und das Mädchen schaltete wieder die Absperrungen aus. Irgendwann kamen sie zu einer Weggabelung und gingen dann, in einem spitzen Winkel wieder zurückwandernd, den Berg hinauf. Eine flach ansteigende Höhe. Rechts und links – als flache Hindernisse, die die Spaziergänger davon abhalten sollten, das Heidekraut an den Wegrändern niederzutreten – liefen Holzstangen den Weg entlang; niedrige, dreißig oder vierzig Zentimeter hohe Barrieren.

Sie hatten auf dem Weg hierher nur über Belanglosigkeiten gesprochen. Wie das Wetter in der Heide war. Der Winter und der Sommer. Und der Herbst war tatsächlich die schönste Jahreszeit? – ›Ja!‹ – Er hatte nur in einer kleinen Andeutung den Versuch gemacht, über die Sache mit der Absperrung zu sprechen, und das Mädchen war nicht darauf eingegangen. (›Es ist ja doch ganz schön, wenn Sie die Parzelle so einfach verlassen können.‹ – ›Ach ja, ich gehe dann halt immer hier draußen spazieren. Es ist schöner, als nur in der Parzelle herumzugehen.‹) Jetzt der Weg zum Berg: breit und sandig, mit schmalen Reifenspuren. Die Leute fuhren mit Fahrrädern da hinauf. Flaches, büscheliges Gras und vorne ein dunkles Wäldchen, darüber eine schwarze Wolke, dahinter eine sehr helle, glänzende. Ausschreiten, große Schritte, den Spaziergang, das Luftholen betonen. Die Ruhe, das Schweigen nicht stören. Die Kleine geht ziemlich schnell, und sie lächelt ein klein wenig.

Sie sprechen noch einmal über die Höhle, und das Mädchen fragt ihn, ob er Angst hat, diese Salbe zu benutzen. Er lacht und sagt, daß er nicht nach Wilsede gekommen sei, um in der Parzelle zu leben. Er habe kein Interesse an Drogen, einfach *kein Interesse*. Sie meint, daß das das falsche Wort ist. Um Drogen geht es schon gar nicht. Nicht einmal um den Stoff, *Som*, den sie in der Parzelle benutzen, und auch das sei ja keine Droge. – Was denn dann, wenn es keine Droge ist? – Sie lacht (seine Gedanken, der sandige Weg, die Stimme des Mädchens, das alles ist eine dünne Einheit, die sich wie eine weißliche Haut über seine Empfindungen legt; auf die Empfindungen, die unterhalb der Gedanken ausgebreitet sind) und sagt, *Som*, das sei eine Einheit aus ganz verschiedenen Dingen. Eine Substanz, ja, sicher; aber eine Substanz, die mache, daß alle Fragen und Unsicherheiten in einem langsamen, sich hinziehenden Prozeß aufgelöst würden. Und dann, am Ende, stünde man eben im ersten Bezirk. – Und er versteht das alles nicht, und er sagt ihr das auch, hält alles für phantasievolles Gerede (und formuliert ihr gegenüber vorsichtiger).

Und sie fragt ihn leise: »Und obwohl Sie alles das nicht verstehen, wollen Sie die Salbe, die Christian Ihnen geschickt hat, nicht nehmen? Auch wenn ich Ihnen sage, daß Sie überhaupt keine Angst zu haben brauchen?«

Er steht vor dem großen Stein, auf dem eine Plakette angebracht ist, eine runde Reliefscheibe, auf der ein Männerkopf im Profil abgebildet ist. Er sieht sich den Mann an: ein fester Mund, das ein wenig vorspringende Kinn, eine spitze Nase, ein Backenbart, strähniges, halblanges Haar. Entschlossene Hagerkeit der Gesichtsknochen. – Darunter ein Schildchen: C.F. Gauss. Hannoversche Landvermessung. Lebensjahre, von-bis, der Zeitraum des Unternehmens, der Messung.

Eine ebene Fläche, ein Gipfel tatsächlich, auf dem sie stehen. Eine ausgetretene Sandfläche mit kleineren Steinen neben diesen großen. Weiter vorn ein noch größerer Block mit Wegangaben:

Wilsede 1,2 km, Undeloh 4,5 km, Einem 2,8 km. Menschen, Spaziergänger, gehen umher und sind merkwürdig still. Er geht auf den Block zu, tritt auf die darum herum kreisförmig ausgelegten flachen Steine und besieht sich die runde, nach oben hin spitz zulaufende Metallhaube, die auf dem Stein angebracht ist. Nahe und ferne Städte sind darauf verzeichnet, und zusätzlich Entfernungsangaben. Moskau, New York, Hamburg. In diese Richtung und in diese, in soundso viel Kilometern.

Er geht zu der Absperrung, von der aus der Berg nach Westen und Nordwesten hin abfällt. Gras, Bäume und Büsche, ein hellerer Streifen, dann Wald, weit ausgedehnter Wald. Waldstreifen, die in großer Entfernung silbrige Horizonte bilden. (Wenn er nicht sicher wüßte, daß man von hier aus das Meer nicht sehen kann, so würde er annehmen, ja, tatsächlich glauben: daß man da hinten das Meer sehen kann. Aber das ist natürlich Unsinn.) Irgendwo dort drüben, dort unten, liegt die Parzelle, nicht weit von hier.

Dann, während er hinüberstarrt auf den Wald, steht Eva Landshoff wieder neben ihm, und sie ist still und sieht ebenfalls auf die Waldstreifen hinüber.

Nachdem sie eine Weile so nebeneinander gestanden haben, sagt das Mädchen: »Dort ist die Parzelle!« Und sie weist mit dem Finger in die Richtung, ein wenig nach links, von seiner Vermutung aus gerechnet.

In diesen Minuten, obwohl ihm später scheinen will, als sei er bereits da, auf dem Wilseder Berg, in einer unerklärlichen Trance befangen gewesen – in diesen Minuten ist er noch ruhig und bei klarem Bewußtsein, und es ist nur die Landschaft, diese kühle, weite Landschaft, die ihn in ihren Bann geschlagen hat. Gewiß: noch vor einer Woche hätte er gelacht, wenn ihm jemand erzählt hätte, daß eine solch einfache, schlichte Aussicht von einem Heidehügel herab ihn an dem Ort, an dem er steht, festbinden kann. *Landschaft,* das schien ihm ein Wort aus einer vergangenen, romantischen Zeit. Aber vor einer Woche – da hatte er die Parzelle noch nicht gekannt, noch nicht diese Höhle, und vor einer Woche, da hatte er noch nicht gewußt, daß es dieses Mädchen gab, Christian Kuntzelers Freundin Eva. Diese kleine (er sprach das Wort innerlich deutlich aus und fand es lustig, dieses Wort; nach dem, was das Mädchen über die Höhle gesagt hatte) – diese kleine *Zauberin*!

Später dann, Monate später, als Frohnberg unter jenen Zuständen lebte, von denen er sagte, daß er sie seinem Aufenthalt in der Parzelle ›verdankte‹, später also sagte Stefan Frohnberg, daß seine Verwandlung, der Wandel in seiner Einstellung, damals auf dem Wilseder Berg begonnen haben mußte. Dort droben, während er in die Weite dieser Landschaft hineinsah. Obwohl er sich hinterher immer noch für einen realistischen, kritischen und wohl auch ironischen Menschen gehalten hatte. Und auf dem Weg zurück zur Parzelle – auch auf dem Weg zur Parzelle, während das Mädchen neben ihm ging und während der ganzen Zeit kaum ein Wort sagte, sondern nur vor sich hin auf den Weg sah und manchmal mit einer leichten, hüpfenden Bewegung einer Vertiefung oder einer sandigen Stelle auswich. Während sie so nebeneinander hergegangen waren, hatte er allerdings (so sagte sich Frohnberg später, wenn er sich über diesen Nachmittag so seine Gedanken machte) nichts von einer Veränderung bemerkt.

Frohnberg also fühlte sich, während er neben Eva Landshoff den Weg vom Wilseder Berg hinab und dann zurück zur Parzelle ging, vollkommen normal. Nichts in seinem Denken deutete darauf hin, daß er am Abend dieses Tages die Salbe, die Kuntzeler ihm geschickt hatte, doch benutzen würde. Zwar dachte er – es war an der Weggabelung, als sie auf die Parzelle zugingen – an die Salbe; aber er war dabei eher ein wenig ärgerlich. Aber auch belustigt. (Schon das Wort – ›Salbe!‹ – schien ihm lächerlich. Und noch lächerlicher war es, daß Christian Kuntzeler glaubte, er werde diese Salbe benutzen.) Und er hielt sich auch nicht lange bei den Gedanken an die Salbe auf. Es kamen ihnen Spaziergänger entgegen, ein Mann und eine Frau mittleren Alters in heller, fast frühlingshafter Kleidung, und Frohnberg fragte sich, wie die, die ihnen da entgegenkamen, sie wohl sehen mochten. Vater und Tochter? Vielleicht doch nicht. Aber natürlich noch viel weniger (er dachte dabei kurz und unkonzentriert daran, daß Eva Landshoff Christian Kuntzelers Freundin war) würde jemand auf den Gedanken kommen, daß sie, er und das Mädchen, ein Paar – ein Liebespaar waren. Onkel und Nichte? Seine Überlegungen schienen ihm nun merkwürdig, und die beiden Spaziergänger waren ja auch schon an ihnen vorübergegangen. Er schob diese Gedanken beiseite und fragte sich dann, was jetzt wohl zu Hause geschah. Jonna, spielte sie gerade, während Frau Borgmeier in einem Sessel saß und strickte? Oder sah sie sich ihre Mutter auf der Bildwand an? Heute hatte Helga am Nachmittag eine ihrer regelmäßigen Life-Sendungen, ›Köln Kultur‹, eine Vorschau auf die Kunstereignisse der kommenden Woche. Und bei diesem Gedanken an zu Hause fiel ihm auf, daß er noch immer nicht angerufen hatte, und er fand das merkwürdig. Dabei machte er sich keinen Vorwurf; er konstatierte das alles nur wie ein Beobachter, und er nahm sich dann vor, am Abend zu Hause anzurufen. (Er hatte sich wirklich vorübergehend wie einen Fremden gesehen, und wenn er sich auf derartige Überlegungen eingelassen hatte, so wäre ihm vermutlich aufgefallen, daß diese kühle Sichtweise zum allerersten Mal in seinem Leben durch seinen Kopf gezogen war. Wie ein rascher Windstoß durch sein Denken geweht war. – Aber so pflegte Stefan Frohnberg nicht über sich nachzudenken, und so entging ihm dieses Neuartige, das zu ihm gehörte oder doch zumindest: bis zu diesem Zeitpunkt nicht zu ihm gehört hatte. Und später dann, als er sich, in Ermangelung einer plausiblen Erklärung, dazu durchgerungen hatte, auch das anzuerkennen, was ihm unvernünftig und sinnlos schien, später sagte er sich, daß *sie* (das Mädchen), ihn verzaubert hatte. Irgendwann an diesem Nachmittag, auf dem Berg. Oder während sie stumm neben ihm hergegangen war.)

Er konnte zu Hause anrufen. Eine Ausnahme zwar, denn normalerweise waren solche Außenkontakte nicht möglich; aber sie sagten ihm: Wenn er wolle, dann könne *er* natürlich anrufen. Und es war dann ein ganz normales Videophon, das sich in dem kleinen Raum neben dem Lesesaal der Bibliothek befand. – Sie ließen ihn mit dem Gerät allein. Er hatte Gert Mellert, den er beim Abendessen wieder getroffen hatte, die Nummer gegeben, und er hatte kaum zwei Minuten gewartet, als der Bildschirm hell wurde. – Seine Frau, die sagte: »Hallo! Ich habe schon geglaubt, daß du wirklich nicht anrufen kannst.« Und sie fragte ihn, ob er diesen – »Christian« – ja, diesen Christian getroffen habe, und ob er denn nun wüßte, was das alles zu bedeuten habe. Er sagte ihr, daß Christian noch nicht zu sprechen sei, weil der (wie sollte man das alles erklären, diese Bezirke und all das andere?) im Moment noch ganz isoliert lebe. »Das gehört zu so einem Ritual, das die Leute hier in der Parzelle ›Weggehen‹

nennen. Was das genau ist, weiß ich noch nicht.« – »Und, wann kommst du zurück?« – »Ja, so wie ich es vorhatte. Nächsten Sonntag. Ich möchte Christian doch noch sehen.« – »Und sonst? Wie war es bisher?« – »Ach, eigentlich nichts Besonderes. Ich gehe viel spazieren. Unterhalte mich mit denen, die hier leben. Das Merkwürdigste ist, daß das alles so ganz normale Menschen sind.«

Dieser letzte Satz kam ihm, kaum daß er ihn ausgesprochen hatte, unpassend und unwahr vor, und über diesem Gefühl, das ihm sagte, daß dieser Satz nicht stimmte, vergaß er etwas anderes. ›Eigentlich nichts Besonderes ...‹ Er hatte seiner Frau nichts von der Höhle erzählt, und er hatte auch nichts von diesem Mädchen Eva gesagt. (Gelogen – natürlich hatte er nicht gelogen. Er hatte nur gewußt, daß er diese Dinge am Videophon nicht richtig erklären konnte. Wenn er zurück war, dann konnte er immer noch erzählen, wie das alles hier so war. Daß er später alles genauer erzählen werde, glaubte Frohnberg an diesem Abend wirklich. Und dann, als er später alles verschwieg und nichts über die Parzelle erzählte, nichts, was der Wahrheit entsprochen hätte, da fragte er sich manchmal, ob diese vollkommene Unfähigkeit, über Dinge aus der Parzelle zu berichten, schon damals, bei diesem Gespräch mit seiner Frau, so angelegt gewesen war.)

Seine Frau rief nach Jonna, und Jonna kam herbei, sah ein wenig mürrisch drein, als ob sie sehr müde sei, und sagte, nachdem sie von ihrer Mutter dazu aufgefordert worden war: »Hallo, Papa!« – »Wie geht's, mein Schatz?« – »Gut.« – »Was hast du denn heute so gemacht?« – Jonna sah in die Kamera, sah kindlich-ungläubig und geistesabwesend aus und sagte dann nichts, sondern zuckte nur mit den Schultern.

So beendeten sie das Gespräch, und Frohnberg sagte, daß er vielleicht noch einmal anrufen werde. Wenn nicht aus der Parzelle, dann bei der Rückfahrt von unterwegs; nur um zu sagen, wann er ankommen würde.

Als er den kleinen Raum, in dem sich das Videophon befand, verließ, wartete Eva vor der Tür. Sie stand an die Wand gelehnt und fragte: »Kommen Sie mit in die Höhle?«

Siebtes Kapitel

An diesem Abend also nahm Frohnberg die Salbe dann doch. Er erinnerte sich, während er neben dem Mädchen auf der untersten Stufe des ›Stadions‹ saß und in das Tal hinuntersah, daß Eva Landshoff, als sie ihn gefragt hatte, ob er mit in die Höhle kommen wolle, einen Moment lang wie ein Kind ausgesehen hatte. Er überlegte (unkonzentriert und mit seinen Gedanken noch bei dem Gespräch, bei dem Bild seiner Frau und seiner Tochter), warum er sofort ja gesagt hatte. Er wußte es nicht, aber es war auch unwichtig. Jetzt saß er wieder in der Höhle, und rechts neben ihm, ungefähr einen Meter von ihm entfernt, saß Christians kleine Freundin, trug jetzt (sie hatte sich nach dem Abendessen umgezogen) eine schwarze Hose und einen schwarzen Pulli und dazu wieder weiße Tennisschuhe; sie hatte die Beine übereinandergeschlagen, stützte ihr Kinn in die Hand; sie sah hinunter ins Tal, sah ihn an, saß ganz aufrecht und stellte das Döschen hin. Genau in die Mitte zwischen sich und ihn. Sie sagte nichts, stellte die *Salbe* einfach so hin und sah dann wieder wie vorher hinunter in das Tal. Und er nahm das Döschen, hielt es in der Hand, betrachtete es und fragte dann: »Was müßte ich jetzt tun?«

»Sie müßten ein wenig davon auf ihre Stirn und auf die Schläfen auftragen«, antwortete das Mädchen, ohne ihn anzusehen.

»Und dann?«

»Dann könnten wir zusammen in das Tal hinuntergehen, und Sie würden alles besser verstehen.«

Er nahm die kleine Dose, öffnete sie, sah die Salbe: weiß-glatte Oberfläche. Er hob die Dose hoch, roch an der Salbe, und der Geruch erinnerte ihn an etwas, das lange, sehr lange zurücklag. Dieser leichte Geruch (nachtfeuchte Blätter, die an einem sonnigen Herbstvormittag in hellem Licht daliegen) wies auf nichts hin, das gefährlich war. Tatsächlich: Er hatte erwartet, daß die Salbe scharf riechen würde, oder doch zumindest süß, wie Parfüm. Und hätte sie so gerochen (so sagte er sich später), so hätte er die Dose wahrscheinlich wieder zugeschraubt und dem Mädchen zurückgegeben. Die Salbe aber roch mild und erinnerte ihn an etwas, von dem er nur wußte, daß es mit Ruhe, Vertrautheit und Sicherheit zu tun hatte. (Wäre er zu seiner Erinnerung vorgedrungen, von der er jetzt nur eine ungefähre Ahnung hatte, so hätte er sich an einen milden Herbsttag erinnern müssen: Ein klarer und dabei sehr blasser Himmel. Ein Kirchturm in der Ferne, über dem, in halber Höhe und nach links hin, die Sonne steht. Der Kirchturm; ein Teil des Kirchendaches über einem Hausgiebel; ein sehr schmales, spitzes Reitertürmchen auf dem Kirchdach; und alles das in einem dunklen Grau und nur als Silhouette erkennbar. Der obere Teil eines Baumes vor dem Fenster, von dem senkrecht stehenden Stück eines Fensterrahmens zum Teil verdeckt. Auf den Rand der Baumkrone zu rötlich-gelbes Laub, und innen, in der Nähe des Stammes, die noch grünen Blätter.) Er berührte die Salbe, leicht und vorsichtig, mit dem Zeigefinger seiner rechten Hand. Nahm ein wenig Salbe. Tupfte sie sich auf die Stirn. Wartete einen Moment, ob sich eine Wirkung zeige. Tupfte sich dann ein wenig Salbe auf die Schläfen und begann die Salbe zu verreiben. Nahm mehr Salbe. Massierte am Ende mit den Fingerspitzen beider Hände seine Schläfen, dort, wo er eine leichte, runde Vertiefung spürte.

Das Mädchen war aufgestanden, während er (sie sah) noch immer dasaß und erwartete, daß sie lächeln würde. Doch Eva Landshoff lächelte nicht, sondern sah ihn ernst an und schien in Gedanken. Dann sagte sie (er spürte die Salbe überhaupt nicht): »Wir können gehen.«

Er stand auf und fragte sich, warum er dies getan hatte. Er war doch so sicher gewesen, daß er sich auf so etwas nicht einlassen würde. Warum also?

Eva Landshoff ging voran. Über den Weg hin, durch den sandigen, weichen Untergrund. Er folgte ihr und ging dann neben ihr her. – Als sie ungefähr fünf Minuten gegangen waren, drehte er sich um und sah zurück. Er sah die Sitzreihen, die von dem Weg aus aufstiegen. Alles in Ordnung, alles normal. (Wenn man das jetzt noch sagen wollte.)

Sie gingen schweigend weiter, kamen immer tiefer und näherten sich allmählich dieser Stadt, die unten im Tal lag. (Er war jetzt sicher, daß die Schatten, die er in diesem gelben Nebel sah, die Gebäude einer Stadt anzeigten. Obwohl er noch immer keine Einzelheiten erkennen konnte.) Der Boden – es war wirklich sandiger Heideboden, der soweit ausgetrocknet war, daß kaum

Gras darauf wuchs. (Vielleicht lag es auch daran, daß hier unten zu wenig Licht war.) Streckenweise gingen sie jetzt allerdings doch über Gras hin, über eine Grasdecke, die aus niedrigen, fahlen Büscheln bestand.

Er drehte sich wieder um, und nun waren die Sitzreihen kaum noch zu erkennen. Er konnte sie schon nicht mehr sehen, sondern er sah nur waagrecht aufsteigende, unscharfe Streifen. Und die Stadt (diese Schatten, die er für die Gebäude einer Stadt hielt), sie war noch weit entfernt. Oder vielleicht auch nicht mehr so weit. Entfernungen ließen sich bei diesem Licht nur schwer abschätzen.

Die Salbe spürte er im übrigen überhaupt nicht. Natürlich sagte er sich, daß die Wirkung erst später, vielleicht Stunden später, einsetzen konnte; aber er hatte doch erwartet, daß es leichte Anzeichen geben würde, die auf das Spätere hindeuteten. So jedoch konnte er nicht einmal, als er mit der Hand über die Stirn strich, feststellen, daß sich seine Haut verändert anfühlte.

Dann fragte er sich, wo die kleine Dose wohl geblieben war, denn er hatte sie, nachdem er sich die Salbe auf die Stirn gerieben hatte, wieder verschlossen, wieder auf die Sitzreihe gestellt. Er wollte das Mädchen eben fragen, als er sah, daß sie die Dose in der linken Hand hielt. Sie hatte sie also mitgenommen.

Sie gingen weiter, immerzu weiter, und es schien ihm, als wisse er, daß er mit Eva Landshoff jetzt, während sie in das Tal hinabgingen, nicht sprechen dürfe. Sie sprachen also, während sie gingen, nicht miteinander, und erst als sie die Straße erreichten, fragte das Mädchen: »Spüren Sie schon eine Wirkung?«

»Nein, überhaupt nicht«, sagte er.

Daß er von der Salbe nichts spürte, schien ihr recht zu sein, denn sie nickte und sagte nur: »Gut.«

Sie waren tatsächlich auf eine Straße gestoßen. Auf eine breite, vielleicht zehn oder zwölf Meter breite Pflasterstraße, die nur noch ungefähr einen Kilometer weit leicht abschüssig verlief, um dann als ebene Fläche in die Stadt hineinzuführen. (Denn es war tatsächlich eine unterirdische Stadt, das, was er von oben und aus der Entfernung nur als Schatten gesehen hatte.)

Während sie an niedrigen Vorstadtvillen vorbeigingen, blickte Frohnberg hinauf. (Wohin? Zur Decke der Höhle? Es war für ihn natürlich, zu sagen, daß er zum ›Himmel‹ hinaufsah.) Die kalten, gelben Laserstrahlen schienen jetzt doch weiter entfernt zu sein, und über diese neue Entfernung der Strahlen versuchte er abzuschätzen, wie tief sie während der vergangenen Stunde hinuntergestiegen waren.

Die Stadt, zumindest die Vorstadt, war menschenleer, und die Häuser, die in einem dumpfen und vagen Licht zu beiden Seiten der Straße standen, glichen Ruinen am Rande einer Wüste. Und auch als er sich klar machte, daß diese Häuser keineswegs baufällig oder heruntergekommen aussahen, sondern im Gegenteil den Eindruck erweckten, als seien sie vor kurzem erst renoviert worden – trotzdem: Diese Häuser, aus Sandstein gebaut und mit Säulen und Ornamenten versehen, waren tot. Wie eine verlassene – *Goldgräberstadt* sahen die Häuser aus. (Er bemerkte die Sinnlosigkeit dieses Vergleichs, der ihm da eingefallen war, denn die Häuser in den Goldgräberstädten hatten sicherlich anders ausgesehen; es waren ja kaum Stadthäuser gewesen, wie diese Bauten hier.)

»Was ist los? Möchten Sie sich hier umsehen?«

Eva Landshoff war stehengeblieben und sah zurück. Sie war ungeduldig; man konnte es erkennen. (Obwohl sie ja, ernst und sicher wie sie war, auch vorher nicht wie ein normales sechzehnjähriges Mädchen ausgesehen hatte – jetzt wirkte sie endgültig vollständig erwachsen. Mehr als nur erwachsen sah sie aus. Sie wirkte wie eine Person, die gewohnt ist zu befehlen. Und dabei war es nicht so, daß sie froh darüber war, daß sie die Macht hatte, sondern sie war eine Führerin, die einfach tat, was ihre Pflicht war. Ihre Pflicht war es, ihn zu ermahnen, damit er nicht, wenn es keinen Grund gab, einfach stehenblieb und sich die Häuser ansah.)

Frohnberg ging weiter. – Fragen waren hier überflüssig; er war sicher. Dennoch: Was war das für eine Stadt?

»Was für eine *Stadt* ist das?« fragte er.

Und dann (noch bevor Eva Landshoff antwortete) zog eine Empfindung durch seinen Kopf, und er dachte, ohne daß ihn dieser Gedanke sonderlich erregt hätte: ›So also setzt die Wirkung der Salbe ein.‹

»Kennen sie sie nicht?«

»Nein.«

Es war eine wellenförmige Bewegung, die er verspürte, und er war nicht sicher, wie diese Bewegung zu beschreiben war. Zuerst meinte er, daß es sich um *Licht* handelte, und er sagte sich weiter, daß es senkrecht stehende Lichtfelder waren; schmale Licht- und Schattenstreifen. Aber dann kam es ihm (in der Erinnerung, denn die eigentliche Wahrnehmung hatte nur den Teil einer Sekunde gedauert) so vor, als sei dies doch eher eine *Klangempfindung* gewesen: ein schwebender, interferierender Ton. Es war unklar. Sicher war nur, daß die Bewegung im Inneren seines Kopfes gewesen war und, gleich hinter der Stirn, mit einiger Geschwindigkeit von rechts nach links gezogen war.

Durch dieses Nachdenken über die plötzliche und unmotivierte Warhnehmung abgelenkt, mußte er sich die letzten Sätze ins Gedächtnis zurückrufen. Hatte sie nicht, fragte er – ja, doch: Sie hatte ihn gefragt, ob ihm diese Stadt nicht bekannt sei. Nein, sie war ihm nicht bekannt. Es fiel ihm nicht einmal ein Vergleich ein – eine andere Stadt, an die er sich beim Anblick dieser Straße und dieser Häuser erinnert fühlte.

Er betrachtete wieder die Häuser. Auffällig war, daß sie über die ganze Außenfläche hin – seltsam, daß ihm das nicht sogleich aufgefallen war: Die Häuser waren gleichmäßig eingefärbt. Nicht angestrichen eigentlich, sondern überpudert mit einer gleichmäßigen Sandschicht. (›Ach so‹, dachte er, ›daher der Eindruck, als ob die Häuser am Rande einer Wüste, einer *Sandwüste* stünden.‹) Auch die Türen und Fenster waren auf diese Weise mit Sand überzogen; und die Scheiben der Fenster, obwohl sie ebenfalls von dieser Schicht bedeckt waren, glänzten ein wenig: Staub – feiner, in der Farbe des Sands glänzender Staub lag auf den Fensterscheiben.

Was für eine weite, endlose Straße! Vollkommen gerade wie ein Korridor führte sie in die Stadt hinein. Und er ging an der Seite eines Mädchens auf dieser Straße in eine tote Stadt. (Er wollte sich sagen, daß dies eigentlich lächerlich war. Dann aber, obwohl er sich wünschte – *dringend* wünschte, daß er das hier lächerlich fände, gelang es ihm nicht. Er hätte gerne über sich und über diese gesamte Situation gelacht. Er hätte gerne einen Witz oder doch wenigstens eine witzige Bemerkung gemacht. Und das um so mehr, als er sich ja überhaupt nicht ängstlich oder bedroht fühlte. Es gelang ihm nicht, weil das hier so ohne jede Frage, so ganz offensichtlich *kein Traum* war.) In eine tote Stadt hinein, in der alle Häuser mit einer Sandschicht überzogen waren. Kein Mensch sonst auf dieser breiten, gepflasterten Straße. Nur das Mädchen noch, das nicht wollte, daß er stehenblieb und sich die Umgebung genauer ansah.

Die Häuser waren, je weiter sie in die Stadt hineingekommen waren, immer höher geworden, und nun standen zu beiden Seiten der Straße wahre Paläste – große, ragende Gebäude mit Säulenvorbauten. Mehrstöckige, genau und dabei doch grob gegliederte Fassaden. Von der Hauptstraße, auf der sie gingen, führten viele schmalere Straßen weg, und wenn man in diese Seitenstraßen hineinsah, dann wurde man gewahr, daß sie sich nach einer bestimmten Strecke zum Stadtzentrum hin weitläufig krümmten und offensichtlich ringförmig angelegt waren.

Frohnberg blieb wieder stehen, und Eva Landshoff, die ebenfalls stehengeblieben war, sah ihn an und sagte (in einem ruhigen und sogar ein wenig gelangweilten Ton): »Es ist nicht mehr weit.«

»Wo gehen wir hin?«

»Zum Mittelpunkt der Stadt.«

»Und – was erwartet uns dort?«

Das Mädchen lächelte. »Kommen Sie. Wir sind wirklich gleich da. Sie werden es dann ja sehen.«

So gingen sie weiter, und schon bald, nach wenigen hundert Metern, standen sie am Rande des Zentrums dieser unterirdischen Stadt.

Eva Landshoff wollte weitergehen, den großen Platz überqueren, um zu dem kleinen tempelartigen Häuschen in der Mitte des Platzes zu kommen, doch Frohnberg blieb noch einmal stehen, denn der Platz war – (er schaute nur. Alle Worte waren fort aus seinem Kopf. Und während er über den Platz hinsah, entstand allmählich wieder – und wieder in der Nähe der rechten Schläfe – dieses Leuchten von Licht und Schatten. Jetzt bemerkte er es von Anfang an, und er verfolgte den Weg, den das Licht auf der Innenseite seines Kopfes nahm. Und dabei betrachtete er den Platz.)

›Was – was zum Teufel ist das?‹ fragte er sich. (Und er fragte es wörtlich genau so; denn obwohl er nun doch schon an Überraschungen gewöhnt war, schien ihm dieser Platz doch noch eine Steigerung der Merkwürdigkeiten. Und das vielleicht, weil er seine ganze Ungewöhnlichkeit zumindest auf den ersten Blick einer einzigen Eigenschaft verdankte, nämlich der, daß er *schwarz* war. Keine Farbe, dieses Schwarz, sondern nur ein Glanz. Schwarzer Marmor. Ja, natürlich: schwarzer Marmor.

Die Häuser – nein, keine Häuser, sondern große, riesengroße Bauten. Manchmal sahen sie aus wie aneinandergeklebte, vielfach verbundene Steinschachteln. Und alles, überhaupt alles war schwarz. Auch das Pflaster.

»Kommen Sie, bitte!«

Sein Denken, sein *vernünftiges* Denken war in Ordnung. Er stellte das, während er hinter dem Mädchen her über den Platz ging, mit Befriedigung fest. Er sagte sich, daß er also doch diese Salbe genommen hatte, und nun hatte er irgendwelche Visionen von einer toten Stadt und einem schwarzen Platz. Und das Besondere an dieser Salbe war, daß er so überhaupt nicht imstande war, dies, was er jetzt sah, als eine Sinnestäuschung auch nur zu erahnen. Einzig und allein seine Vernunft (die Vernunft, die vor seiner Wahrnehmung und unabhängig von dieser funktionierte) sagte ihm, daß das, was er hier sah – in allen Einzelheiten tatsächlich *sah* –, nicht wirklich vorhanden sein konnte.

Sie standen vor dem kleinen schwarzen Haus, das in der Mitte des großen Platzes wie ein liegengebliebenes Spielzeug aufragte. Wenn man einmal außer acht ließ, daß die Wände auch bei diesem Häuschen aus schwarzem Marmor (oder marmorartigem Material) gemacht waren, so war nur eines auffällig: Die Tür, durch die sie jetzt eintraten, war nur als Öffnung vorhanden, und es gab also nicht eigentlich eine Tür, die man hätte schließen können. Fenster immerhin gab es, und die Fensterscheiben waren sauber und spiegelten die Umgebung wider.

»Hier ist unser Ziel«, sagte das Mädchen, als sie in dem Haus standen.

»Aha.« Frohnberg lächelte. (Er dachte daran, daß sie mitten in einer Täuschung standen – *in einer Täuschung standen!*) »Und was müssen wir jetzt tun?«

»Nicht mehr viel. Am einfachsten wäre es, wenn Sie noch einmal die Salbe nehmen. Es ist nicht unbedingt notwendig, aber es geht alles schneller, wenn Sie sie nehmen.«

»Na gut.«

»Setzen Sie sich, bitte.« (Sie sagte diesen Satz so einfach und leicht.)

In dem Raum standen, und dies war das einzige »Mobiliar«, drei steinerne Ruhebänke. Flache Liegen ohne Rückenlehnen. Frohnberg setzte sich auf die Bank, die der Türöffnung gegenüber stand, und das Mädchen öffnete die Dose, trat hinter ihn und tupfte ihm die Salbe auf die Stirn und auf die Schläfen.

»Schließen Sie bitte die Augen.«

Er saß aufrecht und mit geschlossenen Augen da, und es gelang ihm *(endlich)*, eine ironische Bemerkung zu machen. »Das ist ja fast wie beim Friseur!«

Das Mädchen lachte leise und massierte, von der Mitte zu den Schläfen hin, seine Stirn.

»Werde ich denn wenigstens Christian sehen, jetzt, wo ich doch schon diese Creme nehme?«

»Nein. Die Stadt hier und das Haus, das alles verdanken wir Christian; aber Sie können ihn *hier* nicht treffen. Es ist nur – vielleicht werden Sie besser verstehen, was wir bis jetzt herausgefunden haben.«

Dieser überraschend kräftige Druck der Fingerspitzen, die langsamen, kreisenden Bewegungen an seinen Schläfen – Frohnberg bog den Kopf weit zurück zwischen die Schulterblätter.

»Möchten Sie denn, daß ich es verstehe?«

»Ja.« (Er hörte ein leises Lachen in ihrer Stimme.)

Sie drückte seinen Kopf gegen ihren Bauch.

Er hielt die Augen noch immer geschlossen und spürte, wie sie atmete.

Das Mädchen, Eva Landshoff, Christian Kuntzelers Freundin. Christians – *Freundin*! (Die seinen Kopf, während sie ihm fest über die Stirn strich, an ihren Bauch drückte, so daß er sie, zum erstenmal und gegen seinen Willen, *berührte*.)

Christian Kuntzeler, mit dem er zur Schule gegangen war, der also in seinem Alter war, und das Mädchen (ihr *Atem* und ihre *Hände*), sie waren miteinander befreundet? – Irgendwie war diese Freundschaft zwischen Christian Kuntzeler und Eva – irgendwie war diese Freundschaft ungehörig. (Er war gewiß kein Puritaner, und ob die beiden, Christian und Eva Landshoff, das Mädchen, wirklich etwas miteinander gehabt hatten, war ja doch auch unsicher. Das war es nicht, was diese Verbindung ungehörig erscheinen ließ. Nur waren sie, er und Christian, Männer aus einer anderen Zeit und gleichsam (es war notwendig, daß er jetzt lächelte, wenn er das so bedachte) aus einem anderen Leben. (Was Stefan Frohnberg, während er die Augen geschlossen hielt, dachte, war ungenau, unwörtlich; denn ein Erwachsenenstolz, eine Abneigung gegen alles übertriebene Phantasieren, hielt ihn davon ab, solchen Gedanken Aufmerksamkeit zu schenken. Bilder freilich und unbestimmte Assoziationen stiegen dennoch in ihm auf, und er sah sich und Christian schemenhaft und andeutungsweise, und sie, alle beide, waren sie *Bären*. Kurzhaarige, tapsige Bären, die um ein Kind, ein Mädchen in einem dünnen Seidenkleidchen, herumtanzten. Auch wenn dieses Bild rührend war ...) Und das also war das eigentlich Ungehörige: daß, wenn erwachsene Männer mit einem solchen Mädchen »befreundet« waren, alles unehrlich sein *mußte*. Im Grunde genommen war es ja doch so, daß, selbst wenn Eva Landshoff so ernst und erwachsen war wie eine dreißigjährige Frau – es war doch immer noch so, daß sie fast noch ein Kind war.) Es gab doch etwas, daß ihn jetzt davon abhielt, diese Berührung *(ihr Atem)* als eine wirkliche Berührung zu nehmen. Das Mädchen da war keine Frau.

»Am besten ist es, wenn Sie sich jetzt für ein paar Minuten hinlegen und ausruhen.«

»Kann ich die Augen wieder aufmachen?«

»Ja, natürlich.«

Er lag da, hatte die Hände, weil diese Steinbank so hart war, hinter dem Kopf verschränkt und sah hinauf zur Decke. Die Decke war, wie er erst jetzt bemerkte, in unregelmäßigen Windungen, die aus einzelnen hervorstehenden Steinen gebildet wurden und insgesamt doch eine Spirale ergaben, zu einer Kuppel gewölbt. Obwohl das Haus von außen her gesehen ein Flachbau war. (Vielleicht war die Deckenwölbung wieder nur eine Vorspiegelung, eine optische Täuschung.) Er lag da und wartete auf die Veränderung. Auf irgendeine merkliche Veränderung seiner Wahrnehmung oder seines Bewußtseins. Er spürte ein leichtes, brennendes Ziehen auf seiner Stirn; doch es war das nur eine ganz gewöhnliche Folge der vorherigen Massage. – Das Mädchen schien weggegangen zu sein. Er hörte es jedenfalls nicht. Dann, als er den Kopf ein wenig drehte, sah er sie jedoch. Sie saß auf der linken Bank.

Er war müde (es war ja auch schon spät, und sie hatten einen Nachtspaziergang hinter sich) und schloß die Augen, als er Schritte hörte, die sich näherten. (Nein, geschlafen hatte er noch nicht.)

»Herr Frohnberg!« sagte Eva Landshoff (mit der ihr eigenen überkorrekten Redeweise).

»Ja?«

Er setzte sich auf, setzte sich. Sah zu der Türöffnung hin. Woher kam plötzlich – (er wollte sich fragen, woher der *Spiegel* kam; doch er bemerkte sogleich, daß das eine sinnlose Frage war, denn der Mann dort stand aufrecht, während er selbst auf der Bank saß.) Das also war es!

Er sah hinüber zu dem Mädchen. Eva Landshoff saß still und nachdenklich da. Für sie war das keine Überraschung.

»*Das* also ist der Trick?«

Der Mann, der vor ihm stand, antwortete an Stelle des Mädchens: »Das ist kein Trick!«

Es war tatsächlich seine eigene Stimme. (Wiederum meldete sich seine Vernunft und sagte ihm, daß das nicht möglich war. Also doch ein Trick. Eine Vorspiegelung, eine Halluzination. Nein, er hatte keinen Zwillingsbruder.) Seine eigene Stimme, und dabei nur ein wenig dünner; eben so, wie die eigene Stimme klingt, wenn sie von außen kommt und nicht im eigenen Kopf (er bedachte das ruhig) Resonanz hat.

Es war kein Zweifel möglich: Der, der da vor ihm stand und sagte: ›Das ist kein Trick‹, das war, in allen Einzelheiten, er selber.

Diese weite, trockene, stille Ebene. Gelbes, fast braunes Gras. Der Blick von diesem Abhang über die Ebene hin. Und dabei das Wissen, daß man allein ist auf dieser Welt. Der einzige Mensch, den es gibt. (Woher dieses Wissen kam, auf welche Gründe es sich berufen konnte, war ganz und gar unklar. Dennoch war es ein vollkommen sicheres Wissen.) Der Wind, dieser zähe, hinstreichende Wind, der von rechts (von Osten?) her weht. Tiere – ja, vielleicht gibt es Tiere in dieser Ebene. Aber sie halten sich verborgen. Wenn es sie gibt, die Tiere, dann müssen es flache, an den Boden gepreßt lebende Arten sein. Schlangen, Käfer und Schildkröten. Und andere, größere, die nur bei Nacht hervorkommen und tagsüber sich verborgen halten. (Wo aber sollten sie sich verbergen? In dieser Ebene gab es keinen Baum und keinen Strauch. Keinen Ort, an dem sie sich während des Tages verstecken konnten. Immerhin war es auch möglich, daß die größeren Tiere während des Tages hinter dem Horizont lebten. Dort, wo er sie, auch von hier, vom Abhang aus, nicht sehen konnte.)

Hier also lebte er, allein und in vollkommener Abgeschiedenheit. Und wäre der Gedanke nicht zu vermessen, beinahe größenwahnsinnig gewesen, so hätte er ihm während der langen Monate nachgeben können. Damals, vor einem Jahr, hatte er hier, genau an dieser Stelle des Abhangs stehend, überlegt, ob nicht auch die Farbe des Grases auf seine Anwesenheit zurückging. Vielleicht waren, so hatte er überlegt, auch die Pflanzen abgestorben, weil sie ihn, seine Anwesenheit hier, nicht ertragen konnten. Denn das Gras – war es früher nicht grün und saftig gewesen? Und hatten nicht weit da draußen große Herden geweidet, Büffel oder Antilopen oder sonst irgendwelche Großtiere? (Er hatte sie auf die Entfernung nicht eindeutig erkennen können.) Aber nein, diese Vorstellungen gab ihm der Wahn ein. Seine Vorstellung färbte in der Erinnerung das Gras grün. Seine Phantasie bevölkerte die Ebene mit Tieren. Und in Wirklichkeit war er – wann war er hierhergekommen? – immer nur allein gewesen mit diesem gelben Gras und mit dem Wind, der beständig aus der einen Richtung wehte. Und niemals waren die Wolken, diese hellgrauen Flächen am Himmel, aufgerissen. Es mußte auch hier die Sonne geben. Aber er hatte sie nie gesehen, und auch der Himmel – der Himmel war oberhalb dieser dichten Wolken blau. Doch auch den blauen Himmel hatte er nie gesehen.

So also hatte er die Kunst des Selbstgesprächs erlernt. Er besprach in ehrgeizigen Dialogen den Weg, den sein Leben genommen hatte, mit einem Gegenüber.

›Warum bist du hierhergekommen?‹ fragte ihn diese andere Stimme an manchen Tagen.

Er antwortete: ›In der Welt, in der ich gelebt habe, ehe ich hierhergekommen bin – *freiwillig* hierhergekommen bin! – war ich ein weiser Mann und durchaus bekannt und angesehen.‹

›Und warum bist du weggegangen, wenn du so angesehen warst?‹

Manchmal begann er auch selber. ›Ich war in der Welt, in der ich vordem gelebt habe, ein durchaus angesehener Mann, und ich habe als ein Weiser gegolten.‹

Auch dann, wenn er selber anfing zu reden, fragte die Stimme zurück: ›Und warum bist du weggegangen ...?‹ Und er meinte dann, in den Fällen, da er selbst das Wort ergriff, einen gewissen unterdrückten Hohn in dieser anderen Stimme zu hören.

›Einer meiner Zuhörer hat mich, vielleicht ohne daß er es wollte, dazu gebracht, alles aufzugeben und hierher zu gehen.‹

›Ach! Einer deiner Schüler? Denn ich nehme ja an, daß die, die einem Weisen wie dir zuhören, die Schüler des Weisen sind.‹

›Ich hatte Schüler, ja. Aber dieser, von dem ich spreche, dieser eine war nicht mein Schüler. Er war nur ein Zuhörer. Wäre er mein Schüler gewesen, so hätte er nicht gewagt, solch eine Frage zu stellen.‹

›Und was hat er gefragt?‹

›Nun, es war eine Frage, die dieser Zuhörer mit einigen Erläuterungen einleitete. Er sagte zu Beginn, daß er ja wohl davon ausgehen könne, daß ich mein Leben lang um Wissen und Einsicht bemüht gewesen sei. – Dies konnte ich ihm, in der gebührend zurückhaltenden Form natürlich, bestätigen. – Und dann fragte er mich, was denn das Ziel meines Suchens und Strebens gewesen sei, und ich antwortete, das Ziel, das sei ich selbst gewesen. Und ich wollte gerade mit einigen Erklärungen fortfahren, als er mir das Wort abschnitt und sagte, ob ich denn nicht bemerkt hätte, daß das nicht der Wahrheit entspreche. In Wahrheit sei es mir doch immer nur um die ganz einfachen, menschlichen Dinge gegangen. Um Ruhm, Macht und vor allem um ein bequemes Leben. – Natürlich widersprach ich auf das heftigste. Gerade das – Ruhm und Ehre und Macht – *das* gerade sei es ja, worauf ich verzichtete. Mit allem Vorsatz verzichtete! – Und darauf er: Dann dürfe ich meine Zuhörer nicht so anblicken. Mein Blick verrate mich; er sei lauernd und verrate meine Gier, Macht über andere zu gewinnen. Nicht in der einfachen, der gleichsam politischen Weise. Nein, das nicht. Mein Blick sei kälter noch als der Blick der politisch Mächtigen, und das bedeute ja am Ende nichts anderes, als dies: daß ich nicht über die Körper und die Handlungen anderer Macht gewinnen wolle, sondern über ihre Seelen. Indem ich nämlich danach trachte, das tief in den anderen verborgen Liegende zu bestimmen – und eben das versuchte ich mit meinem alles einfrierenden Blick –, wollte ich sie ganz beherrschen. Und seine Frage bestand dann nur noch aus dem einen Satz: Ob ich denn wirklich behaupten könne, daß das, was er soeben gesagt habe, nicht wahr sei.‹

›Und dann? Was hast du geantwortet?‹

›Nichts. Ich habe gelächelt. Denn er hatte ja recht. Und am selben Tag noch bin ich aufgebrochen und hierhergekommen.‹

›Und hier, was suchst du nun hier?‹

›Nur eine Nebensächlichkeit. Etwas, das einem wie mir, das

einem, der sein Leben sucht, noch bleibt.‹

An dieser Stelle schwieg er dann meistens, um der Stimme Gelegenheit zum Nachfragen zu geben. Der andere sagte dann: ›Und was ist das, was dir noch bleibt?‹

Er lächelte dann überlegen und antwortete: ›Ich versuche jetzt nur noch, meine Landschaft zu beschreiben. Die *Landschaft*, wenn du verstehen kannst, was ich meine. Ich habe mir eine Landschaft ausgesucht, die ganz einfach ist, wie du siehst. Keine großen Wechsel, Erhebungen oder Tiefen. Keine wechselnden Vegetationen. Keine Tiere. Der Wind weht immer in gleicher Stärke aus der gleichen Richtung. Nicht einmal das Licht ändert sich während des Tages. Und trotzdem, obwohl diese Landschaft doch so einfach ist, werde ich bis zum Ende meines Lebens damit beschäftigt sein, eine ihr angemessene Bestimmung zu entwerfen.‹

Und der andere sagte dann immer (nach einem kurzen Zögern, das auf Überraschung schließen ließ): ›Ach so! Ich verstehe. Die Landschaft beschreiben. Ja, natürlich. Ich verstehe.‹

Und dann hörte er, wie der andere, den er nicht sah, eine Weile heftig und laut lachte.

»Und nun?« fragte Frohnberg und sah das Mädchen an.

Eva Landshoff sagte nichts. (Nur der Mann, sein Doppelgänger, der ging nun zu der dritten Bank und setzte sich rechts von ihm nieder. Und Frohnberg konnte jetzt, da der andere nicht mehr in der Türöffnung stand, wieder hinaus auf den Platz sehen.)

Auch der Doppelgänger wandte sich an Eva Landshoff: »Du mußt Nachsicht mit ihm haben, Eva. Er ist noch ein wenig unsicher und überrascht von all den Neuigkeiten, die er hier zu sehen bekommt.«

Frohnberg lachte. Die Ellbogen auf die Oberschenkel gestützt, vornübergebeugt, saß er da, ließ den Kopf wie ungläubig-überrascht hin und her pendeln. (Ein Doppelgänger, der mit Eva Landshoff vertraulich tat. Großzügig für ihn um Nachsicht bat. – Das war alles einfach *zu* verrückt!)

»Wie sollen wir miteinander umgehen?« fragte Frohnberg zu seinem Doppelgänger gewandt.

»Wir sollten uns einfach unterhalten«, sagte der andere. »Du hast Eva ja so gut wie nichts von dir erzählt.« Er schwieg einige Sekunden lang, dann fuhr er fort: »Du hast dich die ganze Zeit über wie der allernormalste Angestellte von Componant aufgeführt. Findest du das richtig?«

Frohnberg fühlte das Bedürfnis, diesen anderen mit »Sie« anzureden. Auch wenn damit das Verrückte dieser Situation noch einmal gesteigert wurde. (Der andere da war ja wirklich sein genaues Ebenbild. Und, wie um die Ähnlichkeit mit einem betonenden Akzent zu versehen, trug dieser andere nicht die gleiche Kleidung wie er, sondern er hatte sich der Umgebung hier angepaßt: schwarze Hosen, ein schwarzes Jackett und schwarze, seltsam hochhackige Schuhe. Wenn man ihn so ansah, dann machte das alles zusammengenommen einen ziemlich gekkenhaften Eindruck. Und dann noch diese Vertraulichkeiten und dieser herablassende Tonfall!)

»Ich bin hierher gefahren, weil ich Christian Kuntzeler sehen wollte. Eigentlich hatte ich nicht vor, mich von einer anderen Ausgabe meiner Person lächerlich machen zu lassen.«

»Pah!« sagte der andere mit geheuchelter Überraschung. »Wenn es darauf ankommt, formuliert er ja wirklich präzise und brillant.«

»Ich weiß, daß Sie (jetzt mußte es einfach sein, dieses *Sie!*) nur eine Einbildung sind. Ich habe ja diese Salbe genommen, und ich gebe zu, daß das, was ich hier so erlebe, alles sehr real aussieht. Trotzdem! Es ist doch einfach lächerlich, wenn wir uns auf diese Weise miteinander unterhalten. Meinen Sie nicht?«

»Nun hör schon auf wie ein Rechtsanwalt zu reden. Du bist ich und ich bin du. Das weißt du. Sollen wir uns gegenseitig mit *Sie* anreden? Und außerdem: Glaub bitte nicht, daß das mit deinem Phantasieren so einfach ist! Du redest dir im Augenblick vermutlich tatsächlich ein, daß ich nur eine Einbildung von dir bin. Daß du die Salbe genommen hast und nun wirre Visionen hast, die ganz real aussehen. Aber so einfach ist das nicht. Hier!« – der Doppelgänger klatschte in die Hände – »das bin ich, und dort, da drüben, da sitzt du.«

Frohnberg überlegte sich, daß es eigentlich keinen Sinn mehr hatte, mit dieser Spiegelfigur zu reden. Der Kerl war eine Marionette, und das Schlimme war nur, daß er selber die Fäden zog und nichts dagegen unternehmen konnte, weil diese Fäden, mit denen diesem seltsamen Wesen Leben eingegeben wurde, in seinem eigenen Bewußtsein befestigt waren. Und sein Bewußtsein – seine Phantasie projizierte ständig dieses Bild vor seine

Augen. Die Sätze, die diese Gestalt sprach, die waren in seinem eigenen Kopf entstanden – in *seinem* Kopf, nicht in dem Kopf dessen, der da drüben saß. Wenn es überhaupt eine Möglichkeit gab, diesen Schwätzer zum Schweigen zu bringen, dann ließ sich das vermutlich nur dadurch bewerkstelligen, daß er selber kein Wort mehr sagte.

Doch es zeigte sich sogleich, daß der Doppelgänger durch Frohnbergs Schweigen nicht dazu gebracht wurde, seinerseits still zu sein. Er wandte sich jetzt an das Mädchen und sagte: »Du mußt wissen, Eva, Stefan Frohnberg hat sich seine Gefühle schon in jungen Jahren abtrainiert. Und dann, nachdem ihm das einigermaßen gelungen war, ist er dazu übergegangen, sich auch noch das Denken über seine Art zu leben abzugewöhnen. Dann hat er geheiratet und eine Tochter bekommen, und seitdem lebt er glücklich und zufrieden und ist damit beschäftigt, der Firma Componant Composerprogramme zu entwerfen.«

(Frohnberg – er, der ›echte Frohnberg‹, der, der in der Mitte saß –, er ärgerte sich vor allem über den vertraulichen Ton, in dem dieses Phantasiegebilde mit Eva Landshoff sprach. Obwohl das Mädchen auf diesen ironischen Ton nicht weiter achtete; weder lächelte sie, noch ging sie auf das, was dieses Spiegelbild vorbrachte, ein. Das immerhin beruhigte Frohnberg. Allerdings: der andere ließ sich davon, daß das Mädchen so erkenntlich kein Interesse an seinen ironischen Bemerkungen hatte, von seinen Sticheleien nicht abbringen. Er redete einfach weiter und grinste dabei.)

»Ich meine: es ist durchaus nicht so, daß Stefan nicht imstande wäre, über das, was so aus ihm geworden ist, nachzudenken. Er könnte durchaus! Das siehst du ja an mir.« (Lachen. Ein unangenehmes, meckerndes Lachen, und Frohnberg dachte sich: ›Ist das mein Lachen, meine Stimme? Um Gottes willen!‹)

»Ich könnte dir das ja gar nicht sagen, wenn Stefan nicht in der Lage wäre, über sich selbst in der rechten kritischen Weise nachzudenken. Doch doch! Er kann das. Nur – er hat es sich eben abgewöhnt. ›Weil es nichts bringt‹, wie er zu sagen pflegt. Oder, Verzeihung, nein! Er sagt so etwas natürlich nicht, denn das wäre ja schon viel zu viel an Bekenntnis. Nein, er *denkt* es sich, und auch das nicht mehr allzu häufig. Überhaupt ist Frohnberg *vernünftig* geworden. So nennt er seinen jetzigen Zustand. Und es ist ihm wirklich ernst damit. Du bist mit ihm durch die

Heide gegangen, du warst mit ihm oben auf dem Berg, er hat mit dir gesprochen, dich angesehen, und trotzdem: du kannst beruhigt sein; er hat während der ganzen Zeit nicht einmal zu sich selbst etwas Ungebührliches gesagt. Natürlich hat er gesehen, daß du schön bist; aber das durfte keine Bedeutung haben. Er hat statt dessen gesagt – so spricht er dann nämlich zu sich, unser Stefan –, daß du ›verdammt jung‹ bist. Und er hat nicht an sich gedacht, sondern an seinen Schulkameraden Christian, der jetzt auf die Vierzig zugeht und dabei solch eine junge Freundin hat.«

Frohnberg saß da und dachte, während der Doppelgänger all das hervorsprudelte, darüber nach, auf welcher Stufe sich diese Begegnung wohl abspielte. (Wiederum dachte er ruhig und planvoll, obwohl er sich über das, was der Doppelgänger sagte, durchaus ärgerte.) Es konnte sein, daß er, nachdem er die Salbe genommen und sich auf die Stirn gerieben hatte – daß er da einfach in einen Trancezustand gefallen war. Er war dann gar nicht mit dem Mädchen in das Tal hinabgegangen. Das alles hatte er nur als eine deutliche Vision erlebt. Und der Mann, der da rechts von ihm saß und immerzu redete, der war ein Teil dieser Phantasie. Oder er war tatsächlich noch mit Eva Landshoff in das Tal hinabgegangen, und seine Wahrnehmungen hatten sich ganz allmählich und ohne daß er es bemerkt hatte, verändert. Die Stadt mit den Sandhäusern und dieser schwarze Platz, das waren in Wirklichkeit vielleicht nur ein paar Steine, die herumlagen, und er hatte diese Steine in seinem tranceähnlichen Zustand zu Häusern und großen Bauwerken gemacht. – Egal aber, wie sich das am Ende verhielt; die Frage war immer, ob Eva das wirklich mit ihm zusammen erlebte. Konnte sie diesen redseligen Doppelgänger hören? Nein, sicherlich doch nicht! Der Mann *und* sie, beide waren sie Teile seiner Vorstellungswelt. Und selbst wenn er einmal davon ausging, daß es die Stadt, den Platz und dieses kleine Haus hier wirklich so gab und daß das Mädchen wirklich da drüben saß, dann mußte es doch so sein, daß sie diesen Mann da, seinen Doppelgänger, nicht sah und nicht hörte. Denn den Doppelgänger hatte die Salbe ›gemacht‹, und diese Salbe wirkte nur auf *sein* Gehirn ein. (Es störte Frohnberg natürlich, daß er so gar keine Nebenwirkungen der Salbe verspürte; er hatte weder Gleichgewichtsstörungen noch sah er das, was er sah, flimmernd und unklar. Daß diese Bilder so überaus klar und deutlich waren und daß der Mann da so ganz genau mit seiner Stimme sprach, das war unangenehm. Aber es blieb ihm, so sagte er sich, nichts anderes übrig, als zu sagen, daß die Leute in der Parzelle wirklich erstaunliche Stoffe kannten. Und am Ende waren diese Stoffe womöglich so erstaunlich auch wieder nicht. Denn, wenn er es genau überlegte: er hatte ja überhaupt keine Erfahrungen mit solchen Halluzinationen erzeugenden Drogen. Wie auch immer – sicher blieb, daß diese Gestalt da drüben, die er so erstaunlich klar sehen und hören konnte, nicht in der Wirklichkeit vorhanden sein konnte.)

Das Mädchen hörte dem Doppelgänger offenbar aufmerksam zu. Dabei machte es ein skeptisches Gesicht. Wie – (Die Szene war jener ähnlich, die Frohnberg vor Monaten in einem Kriminalfilm auf der Bildwand gesehen hatte: Eine Kommissarin hatte einem Ganoven, den sie als Kronzeugen einzusetzen gedachte, zugehört, und diese Frau hatte diesen Gesichtsausdruck gezeigt. Interesse, sogar großes Interesse auf der einen Seite, aber andererseits auch eine kritische und berufsbedingte Voreingenommenheit gegenüber dem, was der Mann da erzählte. Dies also war die Szene, mit der Frohnberg das, was sich jetzt gerade abspielte, vergleichen wollte. Doch er erinnerte sich nicht mehr an den Film.)

»Er beneidet Christian Kuntzeler nicht. Nein, nein. Er ist zufrieden mit seinem Leben. Seine Frau, mit der er sich versteht und mit der er sich ehevertraglich für die Zeit der Erziehung seiner Tochter verbunden hat. Sein Beruf, von dem er immer wieder behauptet, daß er ihm auch heute noch, nach fast zehn Jahren, Spaß macht. Das Haus, das neue Auto. Ach, apropos Auto! Hat er dir das schon gesagt? Daß er, wenn's um den gesellschaftlichen Fortschritt geht, die Entwicklung und die Serienproduktion des wasserstoffangetriebenen Autos für die größte Errungenschaft der letzten dreißig Jahre hält? Aber doch, ja, so ist er! Ein Mann, der nie auf den Gedanken gekommen wäre, in einer Parzelle leben zu wollen.«

Sorgfältig vermied er es, in eine auch nur leichte Form der Unkonzentriertheit zu geraten. Wenn er den Abhang hinunterging, so war er mit seinen Gedanken ganz bei der Sache. Daß er jetzt den einen Fuß vor den anderen setzen mußte, sagte er sich. Und auf die Unebenheiten, die manchmal hinter großen

Grasbüscheln verborgen waren, auf die mußte er achten, wenn er nicht hinfallen und vielleicht sogar den Abhang hinunterrollen wollte. – Er fiel niemals hin. Immer kam er, ruhig einen Fuß vor den anderen setzend, am Ende des Abhangs an. Er hockte sich ins Gras und sah stundenlang über die Ebene hin, die von hier aus noch weiter und grenzenloser schien.

›So. Und wie würdest du die Landschaft jetzt beschreiben?‹ fragte dann nicht selten die Stimme.

Und er antwortete dann: ›Ich weiß es nicht. Ich studiere sie ja noch. Wie soll ich die Landschaft beschreiben können, bevor ich sie mir ganz genau angesehen habe?‹

›Und wann, glaubst du, bist du mit dem Betrachten fertig?‹

›Das kann ich noch nicht sagen.‹

›Ich finde das trostlos. So gar nicht zu wissen, wann du mit dem Beschreiben beginnst. Und dann, tagein, tagaus, nur auf diese Ebene sehen. Wie hältst du das bloß aus?‹

›Ich weiß, daß ich es eines Tages schaffen werde, diese Landschaft zu beschreiben. Ich bin mir völlig sicher. Und aus dieser Sicherheit heraus kann ich leben.‹

›Aus dieser Sicherheit heraus!‹ spottete die Stimme dann. ›Du hättest überhaupt nicht hierherkommen sollen. Schließlich warst du dort, wo du früher gelebt hast, ein angesehener Mann. Und nur wegen eines so billigen Vorwurfs von jemandem, der doch wahrscheinlich gar nichts von dem verstanden hat, was einen weisen Mann so umtreibt, bloß wegen eines solchen Vorwurfs alles liegen und stehen zu lassen und in diese gottverdammte Einsamkeit zu gehen, das war ja so ungefähr das Dümmste, was du machen konntest.‹

Er lächelte, wenn die Stimme so sprach, und sah weiter auf die Ebene hinaus. Er wollte sagen, daß er diese Landschaft erst dann beschreiben könne, wenn er nach langem, vielleicht Jahre dauerndem Betrachten keinen Unterschied mehr zwischen sich und der Landschaft fühlen konnte. Aber er schwieg dann doch. Daß jemand – und schon gar einer, den es nur als Stimme gab – dies verstehen konnte, war, wie er sich sagte, unmöglich.

»Weißt du, Eva, – weißt du, was ich denke? Du solltest unseren Stefan aus seiner Lethargie herausreißen. Ja. Und ich wüßte auch schon wie. Du müßtest nur einfach zu ihm hingehen und ihn – *küssen!*«

Frohnberg wußte nicht so recht, wie er diese schwarzgekleidete Zweitausgabe seiner selbst nennen sollte. Einen Witzbold? Eigentlich war das nicht das richtige Wort. Warum hatte er nur einen Doppelgänger, der auf so ironische Weise aggressiv war? Dieses Reden, mit dem der andere ihn lächerlich machen und vor dem Mädchen bloßstellen wollte, war ihm selber doch vollkommen fremd! Er selbst sprach nie auf diese Weise.

Während er das bedachte, hatte Frohnberg durch die Türöffnung auf den Platz hinausgesehen, und so hatte er nur halb und wie verspätet wahrgenommen, daß das Mädchen aufgestanden war. – Sie kam zu ihm herüber. Zu ihm, nicht zu seinem Doppelgänger. Er verstand nicht; nicht sofort jedenfalls. Sie hatte das, was der andere so dahergeredet hatte – sie hatte es doch so offensichtlich nicht ernst genommen! Sie war, ganz und gar kühl, nur Beobachterin der Szene gewesen. *Und nun?* Sie stand vor ihm. Ihre Hand – mit der rechten Hand faßte sie in sein Haar. Ganz leicht, aber eigentlich nicht zärtlich, sondern bestimmt und sicher. (Er war so voll der Überraschung, daß er alles wie unbeteiligt bemerkte und sich nicht rührte.) Dann beugte sie sich nieder und küßte ihn. Einen Augenblick lang ganz leicht. Er nahm das für einen Scherz. (Und wie einer, der sich auf einen Scherz eingelassen hat, gegen seine Verlegenheit so tut, als spiele er mit, so öffnete er jetzt seinen Mund ein klein wenig, um anzudeuten, daß er bei diesem Spiel mitmache. Aber natürlich – dann sollte es auch zu Ende sein.) Doch sie ließ ihn nicht los. Er spürte ihre Zunge. (Und er bemerkte, daß er das nicht mehr wollte, und deshalb registrierte er leidenschaftslos alles, was geschah. Wie um Anlauf zu nehmen. Denn gleich würde er dieses Mädchen fest bei den Oberarmen packen und wegschieben. Und er würde sagen: ›Nein! Wir sollten nicht auf ihn hören.‹) Sie hatte ihren linken Arm jetzt um seinen Nacken gelegt und hielt ihn fest. Saß, an seine Brust gelehnt, halb auf seinem Schoß. Und dann, als er sie gerade von sich wegschieben wollte, löste sie ihre Finger aus seinem Haar. Einen Augenblick lang spürte er noch ihren Mund.

»Wunderschön!« sagte der andere, der aufgestanden war. »Wirklich, wunderschön. Ich bin froh, daß ich das sehen durfte. Aber ich muß jetzt leider gehen. Ich glaube nicht, daß wir uns noch einmal sehen werden. Aber – wie auch immer.«

Der andere kam auf ihn zu und streckte die Hand aus. Das

Mädchen stand jetzt links neben ihm. Er wollte die Hand nicht nehmen. Fand das alles endgültig lächerlich.

»Na, was ist?« fragte der andere. »Wann hast du schon einmal die Gelegenheit, dir selbst die Hand zu geben? Und wir werden uns wahrscheinlich tatsächlich nicht mehr sehen.«

Er gab ihm nicht die Hand.

»Gut«, sagte sein Doppelgänger. »Macht auch nichts. Aber nun muß ich gehen.«

Sie gingen den Weg zurück, den sie gekommen waren. Über den schwarzen Platz, durch die Straßen mit den Sandhäusern, und den Abhang hinan. Eva Landshoff redete, während sie gingen, kein Wort, und Frohnberg schwieg ebenfalls. Er dachte wieder darüber nach, was mit ihm geschehen war, nachdem er die Salbe genommen hatte. Sicher war er sich nur in einem: daß er diese vergangenen zwei Stunden nicht wirklich durch eine Stadt gegangen und in ein schwarzes Haus gekommen war. Und Eva Landshoff, die jetzt neben ihm ging, sie hatte ihn auch nicht geküßt, nachdem sie von seinem Doppelgänger dazu aufgefordert worden war. Überhaupt dieser Doppelgänger! Nein, vermutlich war er während der ganzen Zeit da oben am Weg geblieben, und die Salbe hatte gemacht, daß er diese seltsamen Bilder und Begebenheiten gesehen hatte. Ja, es war sogar denkbar, daß er in Begleitung von Eva Landshoff zu seinem Haus, dem Gästehaus, zurückgegangen war und sich hingelegt hatte. Schlafen – nein, geschlafen hatte er nicht, denn das, was er erlebt hatte, war kein Traum gewesen. Das war ja das Irritierende, daß es auf keinen Fall ein Traum gewesen war.

Irgendwann unterwegs sagte das Mädchen plötzlich und ohne ihn anzusehen: »Wie fühlen Sie sich?«

Sie riß ihn mit ihrer Frage aus seinen Gedanken, und er antwortete: »Ich weiß nicht. Ich denke darüber nach, von wann an ich mir alles nur eingebildet habe.«

Sie lachte leise und schwieg dann wieder.

Sie kamen an den Weg und gingen zurück zur Bibliothek. In der Bibliothek war niemand mehr. Im schwachen Schein einer gelblich strahlenden Notbeleuchtung erreichten sie den Ausgang. Der Eingang der Bibliothek war nicht verschlossen.

Dann standen sie vor der Bibliothek, und Frohnberg hatte aufgehört, darüber nachzudenken, ob das jetzt noch ein Teil seiner Halluzination war oder ob er schon wieder, übergangslos, in eine normale Geistesverfassung zurückgekehrt war.

»Kann ich Sie noch nach Hause bringen?« fragte er das Mädchen.

»Ja«, sagte Eva Landshoff. »Ich wohne nicht weit von hier.«

Sie wandten sich nach rechts, und nach dreihundert, vierhundert Metern standen sie vor dem Haus, in dem Eva Landshoff wohnte.

Zum Abschied sagte Frohnberg: »Sie haben mir gesagt, daß ich besser verstehe, was es mit der Höhle auf sich hat, wenn ich die Salbe verwende. Jetzt habe ich sie genommen und bin mit Ihnen in das Tal hinabgegangen, und nun verstehe ich überhaupt nichts mehr.«

»Warten Sie ab«, antwortete das Mädchen. »Morgen früh verstehen Sie vielleicht schon alles. Gute Nacht!«

»Gute Nacht!«

Frohnberg ging zurück. Als er zum Himmel sah, konnte er keine Sterne sehen. Vermutlich waren Wolken am Himmel. Und obwohl es keine Wegbeleuchtung gab, so daß vollkommene Dunkelheit herrschte, sah er die Häuser, die Sträucher und die Bäume recht genau. Er wunderte sich einen Augenblick lang, daß er in dieser Finsternis so gut sehen konnte; dann dachte er wieder über das nach, was er in den vergangenen Stunden erlebt hatte. – Er war müde geworden. (Und jetzt war da noch etwas anderes, das er kaum wahrzunehmen vermochte.) Er spürte, wie sich etwas in ihm lösen wollte und doch nicht loskam. Es hing fest, obwohl es sich schon gelockert hatte. Es war winzig klein, dieses Etwas, so klein, daß er nicht sicher war, daß es dieses Teilchen überhaupt gab.

Achtes Kapitel

Im Halbschlaf, noch bevor er ganz erwacht war, erinnerte sich Frohnberg an die Bewegung, die er im Innern seines Kopfes gespürt hatte, nachdem er mit Eva Landshoff in die Stadt gekommen war. Er wunderte sich (noch immer war er nicht aufgewacht), daß er auf dem Rückweg nicht mehr daran gedacht hatte. Dann erwachte er und fragte sich, ob er jetzt besser verstand, wieso dieser Eindruck einer großen Höhle entstehen konnte, und er war, während er das überlegte, sicher, daß er eine Nacht lang geschlafen hatte. Er wollte aufstehen und bemerkte, daß es dunkel war. Er sah auf seine Armbanduhr. Es war kurz nach Mitternacht. Er hatte noch nicht einmal eine volle Stunde geschlafen? Dabei war er vollkommen ausgeruht.

Er hörte ein Geräusch. (Das Knarren eines Stuhls.) Es war jemand im Raum. Er hatte, nachdem er zurückgekommen war, nicht abgeschlossen. (Wie auch? – Es gab keine Schlösser an den Türen.)

»Sind Sie wach?«

Eine Stimme, die leise fragte.

»Ich glaube, ich bin eingeschlafen«, sagte die Stimme und lachte dann leise.

Das war (er war sich jetzt sicher) Eva Landshoff. War sie ihm, nachdem er sie nach Hause gebracht hatte, gefolgt und hatte sich dann, als er eingeschlafen war, ins Haus geschlichen?

»Ich habe schon geglaubt, daß Sie eine Woche lang schlafen. Die Salbe war ziemlich stark, glaube ich.«

Weil er noch immer nicht verstand, erklärte sie ihm alles. Er hatte eine Nacht und den ganzen darauffolgenden Tag geschlafen, und diese halbe Nacht noch dazu. – Sie sei besorgt gewesen, sagte sie, doch sie habe ihn nicht wecken dürfen.

»Und ich verstehe noch immer nicht, wieso man diese Höhle sehen kann. Wir sind sogar hinunter in das Tal gegangen.«

Sie ging auf das, was er sagte, nicht ein, sondern fragte: »Haben Sie Kopfweh?«

Dieses kühle und distanzierte Sprechen fiel ihm wieder auf. (Dabei war es, von Anfang an, vollkommen selbstverständlich gewesen. Auch wenn es irgendwie nicht recht begreiflich war, so war er doch mehr als doppelt so alt wie sie.)

»Nein, ich bin vollkommen klar.«

»Gut.«

»Ich bin auch nicht mehr müde. Also wird es das beste sein, wenn ich jetzt aufstehe.«

»Warum wollen Sie denn schon aufstehen? Sie machen doch Ferien hier!«

Sie lachte wieder, und er fühlte sich unbehaglich.

Rasch und ohne nachzudenken, sagte er: »Auf jeden Fall *muß* ich jetzt erst einmal aufstehen.«

Er ging im Dunkeln hinüber zur Toilette, schaltete das Licht ein, ging in den kleinen Toilettenraum hinein und schloß die Tür hinter sich. Dann, während er dastand, wandte er den Kopf nach rechts und sah sich im Spiegel. Er, im Schlafanzug (ein beiger Schlafanzug) und bleich im Gesicht.

Er ging in den Wohnraum zurück. Als er die Tür öffnete, sah er das Mädchen. Ein Schatten, vornübergebeugt. Er machte das Licht aus, ging durch das Zimmer und setzte sich auf die Bettkante.

Seine Augen gewöhnten sich an die Dunkelheit, und er sah jetzt, daß das Mädchen aufstand und auf ihn zuging. Sie ging sehr langsam und setzte, Schritt für Schritt, sorgfältig einen Fuß vor den anderen. Es war, als wollte sie über eine Eisfläche gehen und mit jedem Schritt prüfen, ob daß Eis sie noch trug.

»Wir kommen nicht weiter.«

Frohnberg hörte (das Knistern des Eises und den kalten Wind, der über die rauhe, sich in der Kälte verstärkende Fläche des breiten Flusses wehte und es doch eigentlich nicht zuließ, daß jemand noch einen Satz sprach) den Satz, den das Mädchen gesagt hatte, und er glaubte, daß die Bilder, die in seinem Kopf waren, noch mit der Wirkung der Salbe in Zusammenhang standen. Er konzentrierte sich und bedachte, was der Satz bedeutete. – »Womit?« fragte er.

»Es ist etwas – es ist schwer zu erklären. Wir spüren es alle. Es gibt etwas, das hinter dem liegt, was wir mit Hilfe von Som entdeckt haben.«

»Es tut mir leid«, sagte Frohnberg, »ich weiß ja nicht einmal, was man durch dieses Som entdecken kann. Was *dahinter* liegt, weiß ich natürlich erst recht nicht.«

»Christian glaubt, daß *Sie* es herausfinden können.«

»Ich?«

»Ja.«

»Ich habe doch nicht einmal von dem, was hier normalerweise gemacht wird, eine Ahnung. Ich kenne dieses Som nicht. Ich will auch nicht in einer Parzelle leben. Wieso soll *ich* irgend etwas entdecken?«

»Christian meint, daß Sie Voraussetzungen haben, die wir alle nicht haben.«

»Und wie kommt er darauf?«

»Als er in den ersten Bezirk gehen wollte, hat er sich plötzlich an Sie erinnert. Er hatte gerade Som genommen und hatte sich auf ein Kissen gesetzt, um die Wirkung abzuwarten. Und da war er auf einmal aufgeregt und hat mir gesagt, daß er eben etwas entdeckt hat. Ich weiß nicht, wie er darauf gekommen ist; ich glaube, er hat es plötzlich ganz sicher gewußt.«

Frohnberg wußte nicht, was er zuerst fragen sollte, und je länger er nachdachte, um so mehr verging ihm die Lust, überhaupt noch irgend etwas zu fragen. Christian und seine Freunde hatten ihn hierherkommen lassen, hatten ihm bis jetzt nicht gesagt, was sie von ihm wollten, und jetzt sagte ihm Christian Kuntzelers kleine Freundin, daß er eine Fähigkeit – angeblich eine Fähigkeit hatte, die ihnen allen abging, und daß sie ihn deshalb in die Parzelle gelockt *(gelockt)* hatten.

»Es wäre ja vielleicht gut gewesen, wenn mir Christian gesagt hätte, was er von mir will.«

»Wir haben vorher darüber gesprochen. Christian hat gemeint, daß Sie nicht kommen würden, wenn wir Ihnen die Wahrheit sagen.«

Frohnberg lachte und legte sich auf das Bett zurück. »Da hat er allerdings recht. Trotzdem ...«

»Christian war sicher, daß Sie, wenn Sie die Parzelle erst einmal gesehen haben –, daß Sie uns dann auch helfen werden.«

»Gut. Jetzt habe ich sie gesehen. Ich war sogar in dieser Höhle und in der Stadt, die da unten liegt, und ich verstehe noch immer nicht, was hier vor sich geht. Ich bin auch überhaupt nicht damit einverstanden, irgend etwas ›herauszufinden‹.«

Frohnberg hatte leise gesprochen. Seine Stimme zeigte, daß er, obwohl er sich bemühte, ärgerlich zu wirken, nicht wirklich verärgert war. Eher war er überrascht und verwirrt und dabei bestrebt, seine Verwirrung zu verbergen.

Eva Landshoff kam noch näher, und Frohnberg sah, auf seine Ellbogen gestützt, wie sie ging, sah genau auf ihre *(eisknisternden)* Füße und war mit einemmal – wußte gegen seinen Willen, daß es so war – einer, der auf etwas Unbestimmtes und Gefährliches wartete.

Er war durch die Ebene gewandert. Einen Tag lang war er nur immerzu gegangen. Immer weiter in Richtung auf den Horizont zu. Und die Stimme, seine Stimme, war neben ihm hergeflattert wie ein kleiner geschwätziger Vogel.

›Was willst du dort hinten?‹ hatte sie ihn gefragt.

›Ich will Erfahrungen sammeln. Wenn ich das Land hier beschreiben will, muß ich es kennen. Ganz genau kennen.‹

›Und du glaubst, daß du es kennenlernst, wenn du durch diese verlorene Steppe gehst?‹

›Ich weiß nicht. Es ist ein Versuch.‹

›Du solltest dir deine Kräfte für vernünftigere Dinge aufsparen.‹

›Was könnte für mich, in meiner Situation, vernünftiger sein als diese Wanderung?‹

›Zum Beispiel könntest du jetzt am Abhang sitzen, vor einem kleinen Feuer, und du könntest dir eine Suppe kochen. Und du könntest, mit einem Teller heißer Suppe in der Hand, auf die Ebene hinaussehen und dir in aller Ruhe überlegen, wie man diese Landschaft beschreiben muß.‹

›Aber du weißt doch, daß ich kein Feuer habe. Und schon gar keinen Teller. Wie soll ich mir eine Suppe kochen? Es gibt doch nichts zu essen hier.‹

Die Stimme war ein Stück weit vorausgeflogen und hatte ihn von vorne, nicht von der Seite her angesprochen: ›Ja, eben! Weil du dich nicht darum gekümmert hast! Wenn einer so etwas tun – eine solche Landschaft beschreiben will, dann sollte er sich erst einmal um die praktischen Dinge des Lebens kümmern. Er sollte darüber nachsinnen, wie er Feuer machen kann. Wie er Geschirr verfertigen kann. Woher Fleisch und Gemüse für eine Suppe oder einen Braten kommen sollen. Wenn er das alles weiß, dann hat er sich die Voraussetzungen geschaffen, um in einiger Behaglichkeit an seine eigentliche Aufgabe heranzugehen. Was du machst, dieses wilde Herumrennen, das hat keinen Sinn. Irgendwann dann einmal für Stunden dasitzen und in die Gegend starren. Das bringt nicht die Fähigkeit, das alles beschreiben zu können.‹

›Vielleicht bin ich nicht praktisch genug veranlagt. Ich bin jedenfalls nicht in der Lage, eine Methode zu erfinden, mit der ich Feuer machen kann. Und woher soll ich das Fleisch für einen Braten nehmen, wenn es keine Tiere gibt?‹

›Du hast niemals einen Versuch gemacht. In keine Richtung. Hast du jemals nach Spuren von Tieren Ausschau gehalten? Vielleicht gibt es sie ja, die Tiere, und du hättest eine Falle bauen können. Für den Anfang hätten deine Hände genügt. Du hättest eine kleine Fallgrube ausheben können.‹

›Aber du weißt doch, daß ich keine Nahrung brauche.‹

Er hatte, verwundert über den Eifer der Stimme, gelächelt.

›Nein, um zu überleben, mußt du nicht essen. Aber hast du dir einmal überlegt, daß das Essen nicht allein dazu da ist, um das Überleben zu garantieren?‹

So also war er durch die Ebene gewandert und hatte sich mit der Stimme unterhalten. Dann, am Abend, hatte er sich niedergelegt und war, ermüdet durch den ungewohnt langen Fußmarsch, sogleich eingeschlafen.

Frohnberg war bei klarem Bewußtsein, und er wußte, was nun mit ihm geschah. Es war nicht Zwang oder Gewalt, denn er *wollte* das, was Eva Landshoff nun tat. Sie war noch einige Schritte auf ihn zugegangen. (Wieder hatte das Eis geknistert.) Dann hatte sie die Hand ausgestreckt. Er hatte gefühlt, wie ihn diese eine Bewegung lähmte. Er war unfähig, sich zu bewegen. Und das Mädchen griff zwischen seinen Gedanken hindurch nach jenem Etwas, das sich schon so weit gelockert hatte und doch immer noch an einem dünnen Faden hing. Sie suchte es und fand es mit ihrer hin und her rührenden Bewegung nicht, denn es war wirklich unfaßbar klein. Er wünschte sich so sehr, daß sie es endlich nahm und losriß, denn er hatte keine Hand, die dahin reichte, wo dieses Atom ruhelos in einem Luftstrom pendelte.

In dieser Nacht war er aus tiefem Schlaf plötzlich erwacht und hatte für einige Zeit wie benommen dagelegen. Er hatte sich gefragt, ob die Stimme ihn geweckt hatte; aber von der Stimme war nichts zu hören. Sie schlief. Und dann hatte er mit einemmal gewußt, warum er erwacht war. Er sah, schwach leuchtend, die Landschaft.

Seine Landschaft!

›Was ist los?‹ fragte die Stimme, die soeben erwacht war.

Er antwortete: ›Ich habe sie gefunden.‹

›Wen?‹ fragte die Stimme schlaftrunken.

›Meine Landschaft‹, sagte er.

Ganz gegen ihre sonstige Gewohnheit schwieg die Stimme, und wenn es noch eines Zeichens bedurft hätte, so wäre dies für ihn das Zeichen gewesen. Er hatte seine Landschaft gefunden, und er konnte sie jetzt beschreiben, weil er sie gefunden hatte.

›Was ist?‹ fragte die Stimme. Sie war (er hörte es) verwirrt.

›Was soll sein?‹ sagte er. ›Ich werde die Landschaft beschreiben.‹

›Was? Jetzt auf der Stelle?‹

›Ja. Warum soll ich warten? Ich sehe sie ja deutlich vor mir.‹

›Gut!‹ sagte die Stimme, die jetzt ihren alten ironischen Tonfall wiedergefunden hatte. ›Beschreib sie, diese Landschaft. Wir werden ja sehen, ob es etwas wird.‹

Es war wie ein unerträgliches Kitzeln, und Frohnberg wollte sich, um diesem unerträglichen Reiz zu entgehen, herumdrehen. Das Mädchen aber sagte: »Warten Sie! Nur noch einen Augenblick.« Sie stand vor ihm und hatte immer noch die Hand ausgestreckt. Dann, mit einemmal, fand er diese Situation grotesk und lächerlich. Er wollte aufstehen. Unbedingt und jetzt wollte er aufstehen und all dem, was da vor sich ging, ein Ende machen.

Dann, als er sich gerade anschickte aufzustehen, überkamen ihn die Zweifel. Er sagte sich, daß ihn dieses kleine, lose pendelnde Atom sein ganzes Leben lang nicht mehr verlassen würde. Beständig würde er es spüren und unfähig sein, etwas daran zu ändern. Nur das Mädchen da konnte es losreißen. Vielleicht auch die anderen hier, die, die dieses Som nahmen. Vielleicht aber auch nicht. Und wenn Eva Landshoff die einzige war, die mit einer seltsamen, unsichtbaren Hand danach greifen konnte, vielleicht auch nur jetzt, in dieser Nacht danach greifen konnte, dann konnte es sein, daß er jetzt aufstand und sich für kurze Zeit Erleichterung verschaffte, um dann für den Rest seines Lebens von diesem unendlich kleinen Staubkorn geplagt zu werden.

Er entschied sich also dafür liegenzubleiben und fand so für einen Augenblick Ruhe. Gleich darauf überkamen ihn jedoch erneut Zweifel, weil er deutlich sah, daß er sich so auf das einließ, was Christian und das Mädchen sich ausgedacht hatten. Die Situation, in der er sich befand, war ohnehin unglaublich. Er lag auf diesem Bett, seine Füße standen auf dem Boden, vor ihm stand mit ausgestrecktem rechten Arm ein sechzehnjähriges Mädchen, das in seinen Kopf *(in seinen Kopf?)* hineingriff, um etwas, etwas unerklärlich Kleines, zu fassen, zu erhaschen, loszureißen. Wie konnte sie in seinen Kopf hineinfassen?

Dann wollte er aufstehen. Er hatte sich von seinen Überlegungen losgemacht und war entschlossen. ›Jetzt ist Schluß mit dieser Verrücktheit‹, sagte er sich.

Die Beschreibung seiner Landschaft: Er und auch die Stimme, sie beide wußten, daß es einfach war, die Gültigkeit der Beschreibung zu überprüfen. Er mußte nur beginnen. Wenn das, was er sagte, die richtige Beschreibung war, dann würde vor ihren Augen, das heißt: vor seinen Augen zumindest (denn ob die Stimme, in der Art und Weise, in der sie unsichtbar existierte, Augen hatte, wußte er nicht) – vor seinen Augen würde die Landschaft entstehen, so wie er sie beschrieb.

Er sagte: ›Der Abhang, auf dem ich sonst immer stehe, um auf die Ebene hinunterzusehen, dieser Abhang hat eine Fortsetzung. Die Ebene ist eine große Schräge, die ein großes – ein sehr großes Tal bildet. Und in diesem Tal liegt eine Stadt. In den äußeren Bezirken der Stadt sind die Häuser ganz und gar mit einer Sandschicht überzogen. Auch die Fenster. Alles an diesen Häusern ist mit dieser Sandschicht überzogen. In der Innenstadt aber, dort, wo sich das Gebäude mit der großen Kuppel befindet und der Turm, der gleich links neben der Kuppel aufragt, in der Innenstadt ist jedes Haus schwarz. Und auch das Straßenpflaster ist schwarz.‹

›Was? Jedes Haus ist schwarz?‹ fragte die Stimme.

›Ja.‹

›Und die Häuser, die am Stadtrand stehen, sind mit einer Sandschicht überzogen?‹

›Ja!‹ sagte er ungeduldig, denn er wollte in seiner Beschreibung fortfahren.

›Glaubst du wirklich, daß es solch eine seltsame Stadt in deiner

Landschaft gibt?‹ kicherte die Stimme.

Er achtete nicht mehr auf die Stimme. ›Am wichtigsten aber ist, daß mitten in der Stadt, mitten auf dem größten Platz der Stadt, ein Haus steht. Ein ziemlich kleines, ebenfalls schwarzes Haus. Dieses Haus hat Fenster mit sauberen Scheiben. Aber es hat keine Tür. Man kann es nicht verschließen, dieses Haus. Die Öffnung, durch die man ins Innere gelangt, ist für jeden da, und jeder, wenn er erst einmal in die Stadt gekommen ist, kann in das Haus hineingehen.‹

›Aber diese Stadt ist doch unbewohnt!‹

›Ja, sie ist unbewohnt. Aber manchmal kommt doch jemand in die Stadt.‹

›Wer soll denn den Weg hierher finden? Nur einmal angenommen, daß deine Beschreibung richtig ist – woher sollte jemand wissen, daß es diese Stadt gibt?‹

Dann schwieg die Stimme, denn sie sah nun wohl (ob sie nun Augen hatte oder nicht), was er sah. Der dunkle Himmel war ein wenig – ein ganz klein wenig nur – heller geworden, und vor diesem schwach leuchtenden Hintergrund hob sich ganz deutlich die Silhouette einer Stadt ab. Die Kuppel und links daneben der Turm. Und einige weitere Türme weiter nach links zu.

Er saß da und starrte auf dieses Bild. Er hatte noch viel zu beschreiben, denn seine Landschaft war noch unvollständig. Aber jetzt, jetzt wollte er erst einmal schauen. *Er hatte seine Landschaft gefunden!* Jetzt, da er das wußte, würde ihm die weitere Beschreibung leichtfallen. Er konnte sich Zeit nehmen und in aller Ruhe betrachten, was da vor ihm lag.

›Du hast tatsächlich die richtige Beschreibung gegeben‹, sagte die Stimme nach einiger Zeit. Sie konnte eine gewisse erstaunte Hochachtung nicht verbergen. ›Das hätte ich nicht gedacht.‹

›Was hättest du nicht gedacht?‹

›Nun ja, ich habe eigentlich nie geglaubt, daß du deine Landschaft – daß du sie überhaupt jemals würdest beschreiben können. Aber davon einmal abgesehen. Daß es so schnell gehen würde! Erstaunlich.‹

Er saß noch für eine ganze Weile stumm da, und auch die Stimme schwieg. Dann fuhr er in seiner Beschreibung fort.

Sie hatte das an einem spinnwebfeinen Faden pendelnde Staubkorn erfaßt. Mit ihrer unsichtbaren Hand hatte sie eine Bewegung nach rechts gemacht, dieses kleine Etwas war, durch die bloße Bewegung angestoßen, ausgewichen. Und doch nicht schnell genug, denn auf dem Handrücken mußte sie es plötzlich gespürt haben. Ihre Hand hatte sich geöffnet, hatte zugegriffen, es gefaßt.

Frohnberg hörte Eva Landshoffs Stimme, die ein wenig heiser klang, mit Verwunderung. »Das war schwierig!«

Mit einer leichten Bewegung riß sie das Staubkorn los.

Natürlich hatte er nicht mehr schlafen können. Er war, nachdem er eine Zeitlang schweigend die Silhouette der Stadt betrachtet hatte, in seiner Beschreibung fortgefahren. Die Straßen und Plätze, alles wollte noch geschaffen sein. Und er wollte alles gut und genau beschreiben, damit nichts vage und undeutlich blieb.

›Die Wirklichkeit der Landschaft ist immer eine Sache der genauen Beschreibung‹, sagte er zu der Stimme, als er am Morgen eine Pause einlegte.

›Ich muß es dir wohl glauben‹, antwortete die Stimme. ›Einem wie dir muß man so etwas wohl abnehmen. Wenn es einem gelingt, seine Landschaft zu finden – einen solchen Menschen muß man wirklich ernst nehmen.‹

Die Stimme sprach wieder in ihrem alten ironischen Tonfall; aber er hörte dennoch, daß sie beeindruckt war.

Frohnberg lag da und atmete schwer. Es war, als habe er sich in den vergangenen Minuten übermäßig angestrengt. Dabei hatte er nur auf dem Bett gelegen und hatte beobachtet, wie das Mädchen in seinem Kopf dieses winzige Etwas gesucht und dann gefunden und losgerissen hatte. Wie es dazu gekommen war, daß er sich so sehr angestrengt hatte, wußte er nicht; zu sehr hatte er sich auf die unsichtbare, dennoch aber so klar zu erkennende Hand in seinem Kopf konzentriert. Nun, da sich die Hand zurückgezogen hatte – Eva stand noch immer vor ihm, sie hatte jedoch den Arm, den sie ausgestreckt gehalten hatte, sinken lassen –, konnte er wieder klar denken, trotz aller Atemlosigkeit.

Er sagte sich sofort, daß alles das, woran er sich jetzt so klar erinnerte, Unsinn war. Es gab keine Hand, mit der man in die Köpfe anderer Leute greifen und Staubkörner, die an feinsten

Fäden aufgehängt waren, losreißen konnte. Sie hatten ihn in eine Falle gelockt, und er hatte sich in die Falle locken lassen. Er hatte die Salbe genommen, die ihm, als sie anfing zu wirken, die Stadt und das, was in der Stadt geschehen war, vorgegaukelt hatte.

Am Morgen dann, als es hell wurde, war die Stadt genauer zu sehen. Das Licht hatte sich verändert. Gelblich wie ein Schleier umschloß es die Häuser.

›Und da hinunter müssen wir jetzt gehen?‹ fragte die Stimme.

›Ja, da hinunter werden wir jetzt gehen.‹

›Und was dann?‹

›Warte es ab.‹

›Du weißt es also auch noch nicht?‹

›Nein, ich weiß es auch noch nicht.‹

›Und was vermutest du? Ist dort unten das Leben zu Ende?‹

›Nein. Aber das braucht *dich* nicht zu interessieren.‹

Sie gingen hinunter in die Stadt, und während sie gingen fuhr er in seiner Beschreibung fort. Er richtete die Häuser und Straßen der Außenbezirke ein und gestaltete, als sie näherkamen, den schwarzen Platz, das Zentrum der Stadt. Und ganz zum Schluß, gerade als sie die ersten Häuser erreichten, richtete er das kleine Haus auf dem Platz ein. Nein, keine Tür, durch die man das Innere des Hauses von dem Platz trennen konnte, sondern eine freie Öffnung, durch die das Haus jederzeit zugänglich war. Und nur drei harte, schmucklose Sitzgelegenheiten. Flache Bänke ohne eine Rückenlehne.

Und dann erreichten sie die Außenbezirke, und alles war so, wie er es beschrieben hatte. Die Häuser waren mit einer Sandschicht überzogen. Und auch die Fensterscheiben glänzten glatt und stumpf, weil sie mit einer feinen Auflage aus Sandstaub verschlossen waren. Der innere Platz aber war schwarz. Über das schwarze Pflaster ging er, begleitet von seiner Stimme, die jetzt schwieg. Er betrachtete die hochragenden, schwarzen Gebäude am Rande des Platzes. Die Stille – diese dunkle, schwere Stille, die über der Stadt lag, kam sie aus diesem Haus mitten auf dem Platz? – Ja. Ja, vermutlich hatte sie ihren Ursprung in diesem Haus.

Sie standen vor der Türöffnung.

›Warte‹, sagte er zu der Stimme. ›Ich werde zuerst eintreten.‹

›Ja‹, antwortete die Stimme.

So ging er in das Innere des Hauses, und die Stimme folgte ihm, als er sie rief.

Auch die Hand in seinem Kopf, auch die hatte er gespürt, weil er die Salbe auf seine Stirn gestrichen hatte. – Er war wirklich an allem selber schuld.

Es war, als habe dieses Eingeständnis, daß er selbst die Verantwortung zu tragen hatte, befreiend gewirkt. Frohnberg fühlte eine Heiterkeit in sich aufsteigen, die ihm unerklärlich war. Er mußte sich zusammennehmen, um nicht zu lachen.

Er richtete sich auf, blieb aber auf dem Bettrand sitzen. Eva Landshoff, die noch immer unbeweglich vor ihm stand, flüsterte etwas. Er verstand nicht, was sie sagte.

›Aber ich verstehe immer noch nicht, was wir hier eigentlich tun wollen‹, sagte die Stimme. ›Wo sind wir nun eigentlich?‹

Er antwortete: ›Das hier ist der *erste Bezirk*.‹

›Aha‹, sagte die Stimme, und er spürte, daß sie sich ängstigte. ›Und was tun wir in diesem ersten Bezirk?‹

›Nichts. Wir warten.‹

›Und das ist alles?‹

›Ja.‹

Neuntes Kapitel

Es regnete in Strömen. Doch das war nebensächlich. Frohnberg bemerkte kaum, daß seine Kleidung vollkommen durchnäßt war. *(Natürlich war es nebensächlich.)*

Sie gingen spazieren. Trotz des Regens und der Kälte gingen sie spazieren. Frohnberg hatte den rechten Arm um das Mädchen gelegt. (Sie war ein *Kind*.)

Er verstand, obwohl das, was er nun wußte, sich nicht in klare Worte fassen ließ. Es war gegen alle Vernunft. Er hatte dennoch mit Eva darüber gesprochen. Sie waren (mit vorsichtig tastenden Schritten) durch die Nacht gegangen, waren schnell vollkommen durchnäßt gewesen, und er hatte von dem gesprochen, was er nun zu wissen glaubte.

Diese Höhle – Kuntzeler hatte diese Höhle geschaffen. Sie war sein Werk. Wie auch immer er es angestellt hatte, daß dieser Eindruck einer großen Höhle entstand, in der eine ganze Stadt Platz hatte. Er wußte, daß die Höhle nicht einfach eine große optische Täuschung war; aber er wollte nicht mehr darüber nachdenken, wie sie, wenn das so war, vernünftig erklärt werden konnte.

Eva war auf einmal stehengeblieben, hatte sich ihm zugewandt und hatte ihn flüchtig und unsicher geküßt. Deshalb, weil er endlich verstanden hatte, vermutete er.

Warum hatte sie ihm das alles nicht gleich gesagt. – Nein, er habe das alles selbst entdecken müssen, sonst hätte er es nicht verstanden.

Er mußte aufhören zu fragen, wie der Eindruck der Höhle und der Stadt zustande kam …

Von der Bibliothek aus konnte man über einen unterirdischen Gang zu dem Haus gehen, das er gesehen hatte. Ja, zu dem Haus ohne Tür und ohne Fenster, dem ersten Bezirk. Normalerweise war da, wenn man diesen Gang ein Stück weit entlangging, ein größerer Raum. Ein einfacher, niedriger Raum mit einigen wenigen Sitzbänken. Der unterirdische Saal, in den der Gang mündete, war drei Meter hoch und ungefähr hundertzwanzig Quadratmeter groß. Das andere dann, das sich begebe, wenn einer in den ersten Bezirk gehe (und so sei es immer): Der im ersten Bezirk denkt darüber nach, welche *Landschaft* erschaffen werden muß. Und wenn er sie dann gefunden hat, seine Landschaft, dann beginnt er damit, sie sich in allen Einzelheiten auszumalen, und unten, in dem einfachen weißen Saal, entsteht dann genau die Landschaft, die er in seiner Vorstellung gesehen hat. – Jeder könne sie dann sehen, diese Landschaft.

Frohnberg war müde gewesen, und er hatte nicht mehr gefragt. Gab es eine Erklärung für das alles?

Sie waren durch den Regen gegangen. Immerzu und ohne ein Wort zu sagen.

›Es ist alles ohnehin nur ein Traum‹, sagte sich Frohnberg. ›Ich habe diese Einladung angenommen und bin in einen Irrgarten gekommen, in dem andere Gesetze gelten. Nicht die Gesetze der normalen Welt.‹

Nein, hierher gehörte er nicht. (Und kaum daß er diesen Gedanken gedacht hatte, überfiel ihn eine merkwürdige Angst, und er sagte zu sich selbst, daß er jetzt noch nicht gehen wollte.)

Er zog das Mädchen fest an sich.

»Ich träume doch nicht, oder?«

»Nein, ganz bestimmt nicht«, antwortete Eva Landshoff.

»Und wie geht dann alles weiter?«

»Christian wird sich am Ende der Woche von uns verabschieden. Wir werden alle hinunter in den Raum gehen. Er wird kommen. Sich noch einmal zeigen. Vielleicht sagt er auch etwas zu uns. Und dann geht er. Und wenn er geht, dann nimmt er die Landschaft, die er gemacht hat, wieder mit.«

»Das ist alles?«

»Ja. – Und du wirst am Ende der Woche wieder zurückfahren.«

»Ja«, sagte er und kniff die Augen zusammen, weil ein Windstoß ihnen den Regen ins Gesicht trieb.

Kurz vor 6 Uhr in der Frühe kamen sie von ihrem Spaziergang zurück.

»Willst du nicht noch mit hereinkommen?« fragte Frohnberg.

»Nein, ich gehe nach Hause.«

Sie lachte. Er nahm sie in die Arme. Sie schob ihn von sich weg.

Er stellte sich unter die Dusche. Das heiße Wasser floß ihm über den Kopf und den Rücken. Er fühlte sich müde, obwohl er doch so lange geschlafen hatte.

Dann trocknete er sich ab, rasierte sich, zog frische Wäsche an.

Als er in den Hauptraum zurückging, sah er neben dem Stuhl, der vor seinem Bett stand, ein Buch auf dem Boden liegen. Er nahm es und schlug es aufs Geratewohl auf. Kleine Geschichten unter Überschriften, vor denen jeweils eine Zahl stand. Er hielt das Buch, ohne es zuzuschlagen, in der Hand und blätterte nach vorn. Die Geschichten waren durchgezählt. Eva mußte das Buch mitgebracht haben. Möglich, daß sie tags zuvor hier gesessen und gelesen hatte, während sie darauf wartete, daß er aufwachte. Er begann zu lesen. Dort, wo er das Buch zuerst aufgeschlagen hatte.

Die Geschichte, auf die sein Blick fiel, stand unter der Überschrift ›Die Jungfrau von Radolfshausen‹ und erzählte von einem Mädchen, das sich geweigert hatte, einen Grafen zu heiraten, worauf die Mutter des Grafen eine Verwünschung aussprach. Das Mädchen sollte dreihundertfünfundzwanzig Jahre lang um Mitternacht durch einen Wald, das Ebergötzer Holz, wandern. Die Verwünschung tat ihre Wirkung, das Mädchen befand sich, kaum daß die Mutter des Grafen ihren Fluch ausgesprochen hatte, in dem Wald und mußte von da an in jeder Nacht umherwandern. Während des Tages aber saß es, unter einer Tarnkappe verborgen, auf einer Bank.

Es gab die Möglichkeit der Erlösung für das Mädchen. – Wenn jemand, dem sie nachts begegnete, die Worte ›Es helfe dir Gott‹ sprach, sollte der Fluch von ihr genommen sein. Und wirklich: nach dreihundert Jahren ritt ein Husar durch den Wald, das Mädchen zeigte sich, sagte ›Hilf mir!‹, der Husar fragte ›Wer kann dir helfen?‹ und das Mädchen, die Jungfrau von Radolfshausen, antwortete: ›Niemand!‹ Daraufhin sagte der Husar erschrocken: ›So helfe dir Gott!‹

Das war eine merkwürdige Geschichte, sagte sich Frohnberg, als er weiterlas, denn das Mädchen war nun nicht etwa sofort befreit, sondern sagte: zwar sei sie jetzt erlöst, weil sie aber erst dreihundert Jahre gewandert sei, müsse sie noch fünfundzwanzig Jahre lang durch den Wald gehen. Als diese fünfundzwanzig Jahre vergangen waren, war die Jungfrau erlöst, aber sie war nun eine alte Frau, ›gelb und ganz zusammengeschrumpft‹, wie es in der Geschichte hieß, und sie starb drei Jahre später.

Jemand klopfte.

»Ja. Bitte!« sagte Frohnberg.

Es war Eva. Sie trat ein, blieb nach einigen Schritten unschlüssig stehen und fragte schließlich: »Kommst du mit frühstücken?«

Frohnberg sah, daß sie sich umgezogen und geschminkt hatte. (Sie trug wieder, wie in der Höhle, als er sie zum erstenmal gesehen hatte, weiße Hosen und einen grünen Pullover und Tennisschuhe. In ihrer glatten jungen Haut schienen sich ihre rotblonden Haare wirklich zu spiegeln.) Sie sah ihn nicht an, sondern sah zum Fenster hinaus. Vielleicht tat sie auch nur so, als ob sie durch das Fenster nach draußen sehen wollte.

»Ja«, sagte Frohnberg. »Gerne. Natürlich.«

»Komm!«

Sie gingen, ohne sich anzusehen, nebeneinander her.

»Ich habe in dem Buch gelesen«, sagte er schließlich.

»In welchem Buch?«

»In dem Buch, das du mitgebracht hattest.«

»Ach so. – Was hast du gelesen?«

»Die Geschichte von der Jungfrau, die verflucht wird und dreihundertfünfundzwanzig Jahre durch einen Wald irrt. Als sie schließlich erlöst wird, ist sie eine alte Frau.«

»Das ist die Geschichte, die ich zuletzt gelesen habe«, sagte Eva Landshoff.

»Das ist merkwürdig, nicht? Warum wandert sie, als sie erlöst ist, weiter? Irgendwie macht das keinen Sinn. Da hätte sie dieser Mann, dieser Husar, ja gar nicht erlösen müssen.«

»Wenn er diesen Spruch nicht gesagt hätte, wäre sie vielleicht nur befreit, aber nicht *erlöst* gewesen.«

Sie saßen sich gegenüber. Eva Landshoff tauchte ihr Hörnchen in den Kaffee.

(Warum war sie traurig?)

»Wie muß man es anstellen, damit das, was man in seinem Leben sagt oder tut, nicht lächerlich ist?«

»Ich glaube –«, sagte Frohnberg und zögerte dann (er bemerkte, daß das, was er jetzt sagte, nicht *seine* Antwort war. *Er* hatte soeben noch zurückfragen wollen: ›Was meinst du damit?‹) »Wir werden uns nicht darum kümmern, was die anderen sagen.«

Nachdem sie gefrühstückt hatten, sagte das Mädchen: »Ich muß gleich gehen.«

»Wohin gehst du?« fragte Frohnberg.

»Ich muß noch einmal zu Christian.«

»Ach so. – Und ich kann wieder nicht mitkommen?«

»Nein.«

Sie sagte ihm nicht, warum er sie nicht begleiten konnte. Sie saßen stumm da und sahen sich an. (Frohnberg versuchte sich zu erinnern. ›Diese vergangene Nacht...‹, sagte er zu sich.)

»*Ich* weiß nicht, wie es weitergeht«, sagte Eva und verzog den Mund, um zu zeigen, daß sie wirklich ratlos war.

Als sie nach draußen gingen, begegneten sie Gert Mellert. Frohnberg erwartete, daß Mellert stehenbleiben und einige Worte mit ihnen wechseln würde; doch Mellert sah sie nur – zuerst Frohnberg und dann Eva Landshoff – wie verwirrt an, murmelte ein ›Guten Morgen‹ und ging dann an ihnen vorbei in die Bar.

»Was machst du heute?« fragte Eva, während sie zusammen zur Bibliothek gingen.

»Ich weiß noch nicht genau«, antwortete Frohnberg. »Ich werde erst einmal noch ein wenig lesen. Und dann mache ich vielleicht einen Spaziergang.«

»Das Wetter ist nicht gerade zum Spazierengehen.«

»Aber das macht *uns* doch nichts aus.«

Frohnberg lachte. Sie sah ihn an. (Mit einem seltsamen Blick. Frohnberg wünschte sich auf einmal, daß er mehr über die Art, wie sie ihn jetzt ansah, sagen könnte. Mehr als nur: *daß sie ihn ernst und ruhig ansah und darum schön war*.)

In der Bibliothek stand Rosemeyer, der Bibliothekar, vor einem Regal und las in einem Buch. Als er sie sah, legte er das Buch beiseite und fragte, ob sie wieder zusammen ›hinuntergehen‹ wollten.

»Nein«, sagte das Mädchen nur.

Und Frohnberg fügte hinzu: »Ich wollte wieder ein wenig lesen.«

»Bis später dann.«

Eva Landshoff ging. (Frohnberg sah sie weggehen. Langsam und müde. Er wollte rasch hinter ihr hergehen und sie fragen: ›Soll ich nicht doch mitkommen?‹ Es war ihm, als müsse er sie beschützen. (Doch wovor eigentlich?))

»Möchten Sie ein bestimmtes Buch lesen?« fragte Rosemeyer.

»Nein. Ich wollte nur – mich noch ein bißchen informieren. Kann ich mir die anderen Bücher ansehen, die drüben stehen?«

Frohnberg wies mit der Hand zum Fenster hin. Dorthin, wo er gesessen hatte, als er zum erstenmal hier gewesen war.

»Ja. Natürlich.«

Er ging zu dem Regal, in dem die Bücher zur Geschichte der Parzellenbewegung standen. Nachdem er sich einige der Bücher angesehen hatte, nahm er eines mit dem Titel ›Parzellen in Deutschland‹. Er setzte sich und begann zu lesen.

Auch das war bereits in der Tradition der amerikanischen Parzellen angelegt gewesen: Wenn sich eine Parzelle dazu verpflichtete, solche Leute aufzunehmen, die von einem Gericht wegen bestimmter Delikte rechtskräftig verurteilt waren, so konnte sie mit staatlichen Zuschüssen rechnen. Außerdem wurden, wie sich bald zeigte, Anträge auf Gebietserweiterung stets wohlwollend geprüft, wenn sich die Parzelle ›kooperationsbereit‹ gezeigt hatte.

Wie nicht anders zu erwarten, so waren die Parzellen, die verurteilte Kriminelle aufnahmen, zu Gebieten geworden, in denen die blanke Gewalt der Stärksten und Skrupellosesten sich durchsetzte. Die amerikanische Öffentlichkeit hatte freilich wenig erfahren, denn die ›co-parcels‹ legten Wert darauf, daß nichts von dem, was in ihnen vorging, nach draußen drang. Erst nachdem einer, der für mehr als drei Jahre in einer Kriminellen-Parzelle gelebt hatte und dann zurückgekehrt war, ein Buch über seine Zeit in der Parzelle geschrieben hatte, erfuhr man durch diesen Bericht, wie es dort zuging. Allgemein überraschte am meisten, daß, zumindest in der Parzelle, von der hier gesprochen wurde, nicht das pure Chaos herrschte. Der Verfasser beschrieb die allgemeine Lage vielmehr als eine Mischung aus Gefängnisleben und absoluter Monarchie. In einer strengen Hierarchie stand an der Spitze der Parzelle ein ›Boß‹, zu dessen Führungsmannschaft Männer und – einige wenige – Frauen gehörten, die sich durch Schlauheit und Gewalttätigkeit auszeichneten. Diese herrschende Gruppe bestimmte, was zu geschehen hatte. Allerdings kümmerte sie sich wenig darum, wie Streitigkeiten, die auf den unteren Ebenen der Hierarchie entstanden, ausgetragen wurden. Solange sich die ›Ritter‹, wie die mittleren Ränge genannt wurden, untereinander bekriegten, stand es den Beteiligten frei, die Mittel der Auseinandersetzung zu bestimmen. Daß es auf diese Weise immer wieder zu blutigen Schießereien kam, lag, wie es der Verfasser jenes Berichts ausdrückte, ›in der Natur der vorherrschenden Umstände‹. Niemand von den an diesen Auseinandersetzungen Beteiligten habe große Angst oder gar Panik erkennen lassen, wenn es wieder einmal auf eine Schlacht auf Leben und Tod hinauslief. Die ›Ritter‹ hätten vielmehr am Vorabend der Tage, an denen die so bezeichneten *show-downs* stattfanden, große Mengen Alkohol, besonders Whisky, getrunken. Und dann seien sie anderntags, in der Regel am späten Vormittag, gegeneinander angetreten. In leichteren Fällen hätten sie sich nur verprügelt; in wichtigeren Angelegenheiten seien die Streitereien immer mit altertümlichen Schußwaffen ausgetragen worden. (Obwohl der, der den Bericht geschrieben hatte, doch offensichtlich aus der Parzelle geflüchtet war, sprach er mit einer gewissen Hochachtung von den Kämpfen, die er miterlebt hatte. Beeindruckt hatte ihn wohl, daß, auch wenn Hinterhältigkeiten an der Tagesordnung waren, doch ein ungeschriebener Codex der Grausamkeit galt, und einer, der diesen Codex brach, hatte nicht mehr lange zu leben.) – Natürlich gab es Männer (seltsamerweise *nur* Männer), die die Härte der Auseinandersetzungen in dieser Parzelle unterschätzten. Die Gerichte boten Gewalttätern regelmäßig die Möglichkeit, daß sie sich, statt ins Gefängnis zu gehen, in eine der entsprechenden Parzellen einweisen ließen. Und so kam es auch vor, daß kleine Verbrecher, die eines Tages, mehr aus Verzweiflung denn aus Grausamkeit und Wut, jemanden mit einem Messer umgebracht hatten, sich in die Parzelle sperren ließen. Wie jeder der Neuankömmlinge wurden sie zuerst einmal ›Sklaven‹ und trugen (in der Parzelle, von der dieser Bericht handelte) rote Kleidung. Durch ihr Äußeres als ›Sklaven‹ erkenntlich, liefen sie dann bald einem ›Ritter‹ über den Weg, der sich über sie ärgerte und sie darum umzubringen suchte. Und wenn es ihnen dann, mit welchen Mitteln auch immer, gelang, den ›Ritter‹ zu töten, dann nahmen sie seinen Platz ein und hatten Chancen, bei entsprechender Skrupellosigkeit und Härte ein ›Boß‹ zu werden. Den kleinen Messerstechern gelang es aber so gut wie nie, einen ›Ritter‹ zu besiegen; und wenn sie es, durch glückliche Umstände begünstigt, doch einmal schafften, dann fielen sie dem ersten besten Kampf der ›Ritter‹ zum Opfer.

In Amerika hatte dieses Buch einiges Aufsehen erregt, und es hatte eine Welle von Aufnahmegesuchen gegeben. Nicht nur verurteilte Verbrecher wollten in den Kriminellen-Parzellen ihre Härte und ihr Durchsetzungsvermögen erproben; auch viele unbescholtene Bürger waren, seltsam fasziniert durch diesen ›Härtetest‹, in solche Parzellen gegangen. Nur wenige dieser Normalbürger hatten das Abenteuer dort überlebt. Wie eine zwei Jahre nach dem Erscheinen des besagten Buches eingesetzte staatliche Untersuchungskommission feststellte, waren die Normalbürger fast ausnahmslos schon kurze Zeit, nachdem sie in den Parzellen eingetroffen waren, umgebracht worden. (Es gab eine später dann berühmte Ausnahme: Ein gewisser Joe Fitzgerald Collingwood, in seinem ursprünglichen Beruf Änderungsschneider in New York, nicht vorbestraft und damit ›Freiwilliger‹, brachte es in einer texanischen Anarcho-Parzelle bis zum ›obersten Boß‹. Diese Machtstellung hatte er geraume Zeit inne und kehrte dann nach New York zurück, wo er eine Zeitlang der Star vieler Fernsehsendungen war.)

Das deutsche Parzellengesetz des Jahres 2004 untersagte ausdrücklich die Genehmigung von Anarcho-Parzellen. Nur die ›weltanschaulich geprägten Parzellen‹, zu denen auch die Drogenparzellen gehörten, konnten sich zur Zusammenarbeit mit den Behörden und Gerichten bereiterklären. Drogenparzellen, die dies taten, nahmen Drogenabhängige auf, gliederten sie in den Verband der Mitglieder ein und schafften es so, daß sich die Eingewiesenen, wenn ihnen nur eine beliebige Menge an Rauschmitteln zur Verfügung gestellt wurde, binnen kurzer Zeit selber umbrachten. Das war durchaus im Sinne dieser Parzellen, denn ihr Glaubensbekenntnis besagte, daß der Mensch das Recht hatte, in einem wenn auch kurzen Leben, alle Erlebnismöglichkeiten seines Körpers auszuschöpfen: dies sei jedenfalls besser, als nach einem langen Leben voller Langeweile und Gewöhnlichkeit zu sterben.

Frohnberg blätterte in dem Buch, in dem er gerade gelesen hatte. Es gab da eine Übersicht, die zeigte, wann die einzelnen deutschen Parzellen gegründet worden waren; außerdem waren die Ziele der Parzellen zusammenfassend dargestellt. *Wilsede* – nicht viel mehr als das, was er schon wußte. Die Gründung 2007, das mit dem Lichtturm von Nickel, die Anzahl der ›Bewohner‹ war hier mit ca. 250 angegeben, und dann – ja: die Parzelle Wilsede, hier stand es, war keine kooperative Parzelle, und das bedeutete, daß keiner der Parzellenbewohner aufgrund eines Gerichtsbeschlusses zwangsweise in die Parzelle gekommen war.

Frohnberg wußte nicht, warum dies so war (und er dachte nicht über diese Frage nach); dennoch aber war er beruhigt und beinahe fröhlich, als er das las. Er stand auf und stellte das Buch ins Regal zurück. – Es war jetzt kurz nach 12 Uhr, und er hatte vor, einen Spaziergang zu machen. Er war nicht hungrig.

Vor der Bibliothek stehend überlegte er, daß es am besten sei, wenn er zunächst zu dem Gästehaus ging und seinen Mantel holte. Er sah zum Himmel; die Wolken hingen tief und waren gleichmäßig hell-grau. Im Süden, tief am Horizont, war, auffällig und wie erstarrt, ein goldgelber Streifen.

Er ging den Weg zurück. Eine Frau kam ihm entgegen. Sie grüßte ihn und lächelte freundlich, als sie an ihm vorüberging. Er grüßte ebenfalls. Dann, während er weiterging, überlegte er, daß ihm diese Frau irgendwie bekannt vorgekommen war. Sie war wohl ungefähr in seinem Alter, und es war ihm, als habe er sie vor langen Jahren einmal gesehen. Obwohl er sich minutenlang bemühte, herauszufinden, an wen ihn die Frau erinnerte, gelang es ihm nicht, sie mit einer konkreten Person in Verbindung zu bringen.

Nachdem er den Mantel geholt hatte, verließ Frohnberg das Dorfgebiet der Parzelle und wanderte, die Hände in den Manteltaschen, den Hügel hinauf. Es war der Weg, den er gegangen war, als er mit Eva zum erstenmal, zufällig, zusammengetroffen war.

Frohnbergs Gedanken sprangen, während er ging, hin und her und waren vage und zusammenhanglos. (Dennoch wäre es nicht richtig zu sagen, er habe *unkonzentriert* dieses und dann jenes überlegt; denn obwohl er in seinem Nachdenken unsystematisch verschiedene Fragen durchging, standen alle Fragen mit einem zentralen Problem in Verbindung. Dieses Problem, das Frohnberg sehr beschäftigte, war recht abstrakt; er war – das war das Problem – erstaunt darüber, daß er so vollkommen ruhig war. Es war doch wirklich paradox: Wenn es in diesem Moment etwas gab, das ihn unruhig machte, dann war es diese nahezu vollkommene Ruhe und Ausgeglichenheit, mit der er die Erlebnisse der vergangenen Tage betrachtete. Dabei hatte er, wie er sich sagte, allen Grund, verwirrt zu sein. Diese Fahrt hierher, in eine Parzelle, die man normalerweise nur mit strengen Sonderauflagen und nach einem ziemlich langwierigen Genehmigungsverfahren betreten durfte. Dann die Tatsache, daß Kuntzeler, der ihn doch eingeladen hatte, sich nicht blicken ließ. Die Höhle, die Kuntzeler mit seiner Vorstellungskraft ausgestaltet und mit einer riesigen Geisterstadt ausgestattet hatte. Daß es diese Stadt gab und doch nicht geben konnte. (Wieso akzeptierte er diesen Widerspruch? Warum sagte er sich so einfach, daß Kuntzeler eben die Stadt geschaffen hatte? Er hatte nicht die geringste Erklärung für das Zustandekommen dieser Landschaft und der Stadt, und er sagte sich trotzdem, daß es die Stadt in der Höhle *gab*. Keine Erklärung, und er war dennoch vollkommen ruhig und sicher.) Das Mädchen schließlich, Eva. Die vergangene Nacht. Er fühlte sich in keiner Weise mehr verunsichert. Er war nicht einmal mehr überrascht. Die unsichtbare Hand, auch das mußte so sein, damit alles das, was geschehen mußte – tatsächlich: *geschehen mußte* – seinen Weg ging. – Er war müde. Obwohl er so lange geschlafen hatte. Eine freilich angenehme Ferienmüdigkeit, die ihn, wie von außen kommend, eng umschloß.

Frohnberg sah über die Heidekrautfelder hin und hatte plötzlich das Bedürfnis, sich auf den Boden zu setzen, und das, obwohl der Boden noch ganz feucht vom Regen war. Er sah sich, nachdem er sich hingesetzt hatte, um. – Von weit her kam das Geräusch eines Flugzeugs. Frohnberg blickte auf und sah ein großes Transportluftschiff, das langsam über die Heide flog, und er sah einen Schwarm kleiner, dunkler Vögel, die sich nicht um die riesige, träge Maschine kümmerten.

Es gab keine Schwierigkeiten, und eigentlich waren auch keine Überraschungen mehr zu erwarten. Kuntzeler würde sich ›verabschieden‹, und er würde, wenn er Eva richtig verstanden hatte, bei diesem Verabschieden dabei sein. Ob er Kuntzeler noch einmal sprechen konnte? Eigentlich war es nicht wichtig. Es war vielleicht sogar besser, wenn sie sich nicht mehr trafen. – Was hätten sie sich sagen können? (Die vergangene Nacht hatte alles verändert. Alles war erklärbar geworden. Auch wenn es sich nicht aus der Vernunft heraus erklären ließ. – War hier ein Widerspruch? Welcher?)

Er überlegte weiter: Er sollte etwas herausfinden, was die anderen Parzellenbewohner trotz dieses *Som* nicht finden konnten. Das war natürlich wirklich Unsinn. Bestenfalls kam es dahin, daß ihm alles vertrauter wurde. (Eva zum Beispiel, zu der er jetzt ohne alle Absprache *du* sagte, einfach weil er sie jetzt besser kannte.) Aber – sollte er versuchen zu verstehen? War es nicht so, daß das, was er hier in der Parzelle erlebte, seine Erlebnisfähigkeit einfach überstieg? Er war doch, so sagte er sich, einer von draußen, ein normaler Mensch, kein Parzellenbewohner, kein Phantast, und um all das, was er hier gesehen hatte, wirklich im Gedächtnis behalten zu können, hätte er einer dieser Leute hier sein müssen. Aber das war er nicht, und deshalb waren seine Erinnerungen an das Vergangene schon jetzt grau und undeutlich. – Frohnberg, der sich bemüht hatte, dies so zu bedenken, war mitten in seinen Überlegungen steckengeblieben, hatte nicht mehr vor noch zurück gewußt und war am Ende – denn dieser Ausweg blieb ihm jederzeit – hinaufgeflohen in die Ebene, die direkt über diesem Moor aus verwirrenden Gedanken lag, hinauf in sein eigenes, ihm wieder vertrautes, einfaches Denken, und dort sagte er sich mit Schaudern, daß es Menschen geben mochte, die beständig dort unten in dem Moor aus schwarzen Gedanken lebten, und er hatte plötzlich den Verdacht, daß Christian Kuntzeler ein Bewohner dieses Sumpfes war.

Frohnberg sah mit einem wohligen Gefühl auf das Heidekraut und betrachtete dann den wolkenverhangenen Himmel. Er war damit beschäftigt, die Verwirrungen, die ihn vorübergehend umgeben hatten, abzuschütteln, und er spürte, daß ihm das, hier und jetzt, leicht gelingen würde. Er stand auf und klopfte sich, verwundert darüber, daß er sich so einfach auf den Boden gesetzt hatte, kleine, krümelige Heidekrautblätter vom Mantel; dann wandte er sich um und ging zurück zur Parzelle.

Zehntes Kapitel

›Mein Gott, *Mut*! Nur zu!‹ schrie die Stimme. Sie kreischte vor Begeisterung. ›Gleich hast du es geschafft!‹

›Was?!‹ fragte er verständnislos zurück.

›Es ist alles in Ordnung!‹ brüllte die Stimme weiter.

›Was ist in Ordnung?‹

›Na, was ist denn? Warum kommst du nicht?‹

Er hörte, wie die Stimme näherkam. Sie war wieder einmal ein Stück weit vorangelaufen, und jetzt rannte sie zurück.

›Willst du hier sitzenbleiben?‹ fragte die Stimme. (Sie war jetzt ganz nahe bei ihm.) ›Jetzt, wo du es geschafft hast? Du hast es geschafft, Mann! Verstehst du! *Geschafft!*‹

›Bist du sicher?‹

›Aber natürlich. Weißt du es denn nicht mehr?‹

›Was?‹

›Waswaswas!‹ kläffte die Stimme ungeduldig. ›Manchmal verstehe ich wirklich nicht, wie du es geschafft hast, deine Landschaft zu beschreiben. Du kannst jetzt gehen, Mann! Weggehen!‹

›Ach so, ja.‹

›Jetzt tu nicht so. Du hast es doch nicht vergessen.‹

›Doch, ja.‹

›Was? Du hast vergessen, daß du jetzt gehen kannst? Daß du es geschafft hast?‹

›Ja.‹

›Also das kapier einer. Da kommst du hierher. Ein Weiser. – Hast du nicht einmal erzählt, daß du ein Weiser gewesen bist, dort, von wo du gekommen bist? Jetzt sag mir nicht, daß das hier nicht wichtig ist! – Also: Du kommst hierher, beschreibst deine Landschaft, bist erfolgreich, und jetzt willst du mir einreden, daß du vergessen hast, was das für dich bedeutet.‹

›Jaja, ist ja schon gut!‹ sagte er. ›Ich komme ja schon.‹

Frohnberg traf Eva Landshoff am Nachmittag. Er hatte am Mittag zusammen mit Michael Sänger ein spartanisches Mahl eingenommen, und sie hatten sich, Sänger und er, über die Parzelle unterhalten. Frohnberg hatte gefragt, woher sie, die

Leute, die in der Parzelle lebten, ihren Unterhalt bekämen. Sänger hatte gelacht und geantwortet, es sei ganz einfach: sie würden arbeiten, und Frohnberg hatte ein wenig spöttisch zurückgefragt, ob sie denn etwa irgendwo Ackerbau betrieben. Er war sehr erstaunt gewesen, als Sänger das, zumindest teilweise, bestätigte: Ja. Nicht Ackerbau im großen Stil; aber immerhin Gartenbau. Große Gärten, ein Stück weit von hier im Westen des eigentlichen Parzellengebiets gelegen, die würden sie bebauen. In der Hauptsache aber arbeiteten die Parzellenbewohner in ihren angestammten Berufen. Soweit sich das in der Abgeschlossenheit tun ließe. Alle möglichen Dinge würden gemacht. Forschung einerseits; wie man sich denken könne, vorzugsweise auf pharmazeutischem Gebiet. Aber auch andere Forschungsrichtungen seien vertreten. Es gebe eine Reihe von Künstlern. Daneben aber auch Leute, die durchaus praktische Dinge täten; Schreiner, Schlosser und Bauhandwerker. Und alle arbeiteten sie so viel, daß alles, was in der Parzelle zum Leben benötigt werde, eingekauft werden könne.

Nach dem Mittagessen war Frohnberg zurück zum Gästehaus gegangen und hatte sich aufs Bett gelegt. (Er war müde gewesen, hatte aber nicht einschlafen können.) – Dann, als er ungefähr eine Viertelstunde so dagelegen hatte, kam Eva Landshoff. Sie klopfte, trat ein und setzte sich. Er wollte aufstehen.

Sie sagte: »Bleib liegen! Ich gehe auch gleich wieder. Ich wollte dir nur sagen, daß Christian schon morgen weggehen wird.«

»Hat er das selbst gesagt?«

»Ja.«

»Und? Kann ich ihn vorher – kann ich ihn treffen?«

»Ach so! Nein – leider. Es geht nicht.«

»Hat du ihn gefragt?«

»Nein, er ist selbst drauf zu sprechen gekommen. Seine Stimme hat ihm klar gemacht, daß dafür keine Zeit mehr ist. Oder eigentlich: Um die Zeit geht es gar nicht. Er darf mit niemandem sprechen.«

»Nur mit dir darf er sprechen?«

»Ja, nur mit mir.«

»Und was ist mit dieser ›Stimme‹?«

»Seit er in den ersten Bezirk gegangen ist, hat er eine Stimme, die ihn ständig begleitet, hat er mir erzählt. Er ärgert sich oft über sie, weil sie dummes Zeug sagt. Aber am Ende hört er dann doch manchmal auf sie.«

Frohnberg hatte sich halb aufgerichtet und stützte sich auf seinen rechten Arm. Jetzt lachte er leise und schüttelte den Kopf.

»Warum lachst du?«

»Ich weiß nicht. Mir kommt das alles wieder sehr seltsam vor. Dieser ›erste Bezirk‹ und dann diese ›Stimme‹.«

»Was hast du erwartet? Daß hier alles ganz genauso ist wie draußen?«

»Nein, nein, überhaupt nicht. Ich hatte mich auf alles eingestellt. Wenn hier unter jedem Baum einer gelegen hätte und high gewesen wäre, hätte mich das nicht gewundert. Aber das mit dem ersten Bezirk und der Höhle –«

Frohnberg sah Eva Landshoff an; dann sagte er: »Und schließlich – du. *Dich* habe ich auch nicht erwartet.«

Sie sah ihn an und lächelte; dann sagte sie, ohne noch auf das einzugehen, was er gesagt hatte: »Ich muß jetzt gehen. Ich muß noch ein paar Dinge für Christian besorgen.«

Sie stand auf, und Frohnberg fragte: »Und wie ist das dann morgen?«

»Ganz einfach«, sagte Eva Landshoff. »Ich hole dich gegen zehn Uhr ab, und wir gehen mit den anderen zusammen in die Höhle. Christian wird dann kommen und weggehen.«

»Und wie wird das vor sich gehen?«

»Warte es ab. Du wirst es ja sehen.«

Sie wandte sich zum Gehen, als Frohnberg noch fragte: »Und sonst? Hat Christian sonst noch etwas gesagt. Du hast doch gesagt, daß er alles weiß.«

»Was meinst du?«

»Nun ja, das mit gestern – mit heute nacht.«

»Ach so. Nein, davon hat er nicht gesprochen.«

Sie sagte das langsam und wie abweisend. – Frohnberg brachte sie noch zur Tür und fragte, als sie ging: »Kommst du heute abend noch einmal vorbei?«

»Nein, tut mir leid. Heute abend habe ich keine Zeit.«

›Hast du Angst?‹

›Wovor soll ich Angst haben?‹

›Na, vor dem Weggehen.‹

›Wieso sollte ich davor Angst haben? Ich bin froh, daß es endlich soweit ist. Wie lange bin ich jetzt schon hier?‹

›Was schätzt du?‹

›Ich weiß es nicht. Ein paar Jahre. Aber so genau weiß ich das nicht.‹

›Nicht ganz vier Wochen.‹

›Du bist verrückt! Ich habe tausendmal erlebt, daß es dunkel und hell geworden ist, und die Tage waren nicht kürzer. Sie waren so lang, wie Tage eben lang sind. Vierundzwanzig Stunden.‹

Die Stimme lachte ein freundliches, gutmütiges Lachen: ›Da kann ich dir nicht widersprechen. Aber ich nehme an, daß du gefragt hast, wie lange du weg warst – in der Zeit der Leute, die in der Parzelle oder sonstwo auf der Erde leben. Und für diese Menschen warst du ungefähr vier Wochen weg.‹

›Ich kann es nicht glauben; aber andererseits erinnere ich mich jetzt wieder: Die anderen, die die vor mir weggegangen sind, sind auch nur ungefähr vier Wochen im ersten Bezirk geblieben.‹

›Willst du mich auf den Arm nehmen?‹ fragte die Stimme.

›Nein, warum?‹

›Und ich habe geglaubt, daß du wirklich nicht weißt, wie lange du hier in dieser Landschaft gelebt hast.‹

›Nein! Ich *habe* nicht gewußt, wie lange ich hier war!‹

›Tjaja, ist schon gut. Du weißt alles, was man nur wissen kann. Nur, wie lange du hier bist, das weißt du nicht. So wird's wohl sein.‹

Er überlegte. Die Stimme hatte diese letzten Sätze wieder ironisch gesagt, so, daß er wußte: sie meinte das nicht ernst, was sie sagte. Und während er noch überlegte, verstand er mit einem Male, warum die Stimme so gesprochen hatte. Es war ihm, als drehe er sich (*er* in seinem eigenen Kopf) um, und es war, als sähe er nach hinten. Und da stand sein Gedächtnis, da standen seine Erinnerungen. Da war das, was er wußte. Er sah das Mädchen. Ihre hellen, rötlichen Haare. *(Eva!)* Die Häuser, die Wege. Bäume und Sträucher. Die Heide. Andere Häuser. Städte. – Ein Mann. Ein schlanker, ein wenig unsicherer Mann. (Doch daß er unsicher war, sah man, wenn überhaupt, erst auf den zweiten Blick.)

Er wußte alles, und er hatte es schon immer gewußt. Nur: Er hatte sich von seinem Wissen abgewandt, hatte es übersehen, wie man ein Bild übersieht, das man, immer am gleichen Platz, immer schon wahrgenommen hat. Stefan Frohnberg sah Eva an.

Frohnberg, den er eingeladen hatte. Hier vom ersten Bezirk aus. (Eva hatte den Brief abgeschickt.) Und Frohnberg war gekommen. Er hatte gewußt, daß Frohnberg kommen würde, weil er ja gewußt hatte, daß Frohnberg – daß er schon da war. (Er schloß die Augen und ging mit geschlossenen Augen weiter.) – Beide, Frohnberg und Eva Landshoff, gingen durch den Regen, und es war alles dunkel. Und dort gingen sie in die Stadt und in das kleine Haus auf dem schwarzen Platz. Es hatte alles seine Richtigkeit. So mußte es sein, weil es so sein mußte. Und er wunderte sich, während er mit geschlossenen Augen ging, nicht über diesen seltsamen Satz, den er da gedacht hatte. Und natürlich auch Eva und Stefan Frohnberg in jener Nacht. (Er hielt die Augen immer noch geschlossen, ging weiter, lächelte. Frohnberg, der unsicher war und dann wieder sicher und auch neugierig. Frohnberg, der ein ordentlicher Mann war.) Warum eigentlich Stefan Frohnberg? Ja, warum eigentlich der?

›Ich verstehe nicht, warum es ausgerechnet Frohnberg sein muß‹, sagte er und öffnete die Augen.

Niemand antwortete. Es war still, und vor ihm lag die sanft ansteigende Fläche.

›Hast du eine Ahnung, warum Stefan Frohnberg herkommen mußte?‹

Wieder erhielt er keine Antwort.

›He, bist du noch da?‹ fragte er.

Die Stimme, dieser Geist, der ihn immer aufs neue geärgert hatte, die Stimme, an die er sich gewöhnt hatte, die seine Einsamkeit mit ihm geteilt hatte, sie war fort. Gegangen – für immer gegangen.

Obwohl er wußte, daß er die Stimme nicht mehr hören würde, fragte er doch: ›Wo bist du?‹

(Stille. Nur das leise Geräusch seiner Schritte.)

Er atmet tief durch und betrachtet geistesabwesend den Abhang. Er denkt nach und sagt sich, daß er von nun an seine Fragen wieder selber beantworten muß. Es ist niemand mehr da, dessen Einwände er entkräften kann. Aber – er kennt ja die Antworten. Frohnberg zum Beispiel – was war mit Frohnberg? Der mußte hierherkommen, weil nur er zu diesem letzten Geheimnis vordringen kann. Stefan Frohnberg, der nie daran gedacht hat, in eine Parzelle zu gehen, er ist in der Lage, alles zu verstehen. (Sein Blick, auf den Abhang gerichtet, dringt durch das fahle Gelb hindurch in die Zukunft. Und diese Zeit liegt in der Vergangenheit. Wieder lächelt er. Frohnberg kann das verstehen. Auch wenn er jetzt noch nicht weiß, daß er imstande ist, alles zu verstehen. – Es ist alles hell in dieser vergangenen Zukunft. Ein heller, kalter Tag im Spätherbst. Ein Blick aus einem Fenster. Das Haus gegenüber mit seinem dunklen Dach. Darüber, über diesem dunklen Hausdach, ein silbriger, leuchtender Himmel, in dem sich das ferne Blau verbirgt. Der Baum vor dem Haus, der jetzt, teilweise ohne Laub, sattgrüne Blätter trägt. – Er betrachtet den Baum und sagt sich dann, daß diese grünen Blätter nicht die Blätter des Baumes sind. Eine Kletterpflanze ist das, die sich an dem Baumstamm und an den Ästen emporwindet und den Baum nur benutzt, um so hoch wie ein Haus hinaufzuwachsen in den Himmel.)

Er geht schneller. Die anderen sollen nicht warten, und er muß noch ein gutes Stück weit gehen. Er kneift die Augen ein wenig zusammen: Ist dieser dunklere Streifen dort schon der Weg mit den Theaterrängen darüber? Vielleicht aber auch, daß er sich täuscht. Er geht noch ein wenig schneller, denn zu spät kommen darf er nicht.

Frohnberg hatte keine Lust mit anderen zu sprechen. Am späten Nachmittag war er in die Bibliothek gegangen und hatte den Bibliothekar gefragt, ob er sich für den Rest des Tages ein oder zwei Bücher ausleihen dürfe. Rosemeyer hatte geantwortet, daß das zwar nicht üblich sei, aber für ihn (›Sie sind ja unser *Gast*!‹ hatte er betont) mache er natürlich eine Ausnahme.

So lag er dann am Abend, nachdem er rasch und ohne noch mit jemandem zu sprechen eine Kleinigkeit gegessen hatte, auf dem Bett und las zuerst in dem Buch, das die deutschen Parzellen beschrieb. Dann, nach ungefähr einer halben Stunde, nahm er das andere Buch und schlug es auf. Der Bibliothekar hatte es ihm empfohlen: ein Band mit unterhaltsamen Geschichten; gerade recht für diese Zeit seien diese Geschichten, hatte Rosemeyer gesagt.

Dann fiel ihm ein, daß er sich eine Flasche Rotwein aus der Bar mitgenommen hatte, und er stand auf und öffnete die Flasche, nahm ein Glas aus dem Wandschrank, schenkte sich ein und stellte das Glas neben dem Bett auf den Fußboden. Während er sich wieder hinlegte, überlegte er, daß es merkwürdig war, wenn in einer Drogenparzelle Rotwein getrunken wurde, denn natürlich erwartete jeder, daß es hier stärkere Rauschmittel als Rotwein gab. Die Leute hier aber hatten nur diesen einen Wunderstoff, *Som*, und damit lebten sie auf den ersten Bezirk zu, um sich dann zu verabschieden – um *wegzugehen*.

Es war ein wenig umständlich. Frohnberg stützte sich auf seinen rechten Arm und nahm das Glas vom Boden auf. Er trank, stellte das Glas zurück, legte sich wieder hin und stellte dann, bevor er wieder zu dem Buch griff, fest, daß er sich wohlfühlte und daß er sich nur wünschte –

Die erste Geschichte in dem Buch, das ihm der Bibliothekar mitgegeben hatte, hieß »Die Begegnung«, und sie begann mit einer Einleitung, in der ein Erzähler –

Er wünschte sich *(sehr)*, daß Eva jetzt hereinkäme und von dem erzählte, was sie mit Christian besprochen hatte. Überhaupt nichts weiter. Er wollte keine geheimen Dinge mehr wissen. (Nur mit ihr *sprechen*.)

– begründete, warum es wichtig sei, diese Geschichte mit konzentrierter Aufmerksamkeit zu erzählen. Der erste Satz dieser Einleitung lautete: ›Zwei Einsame, die einander begegnen, sind eine große Gefahr füreinander.‹

Frohnberg fühlte sich angezogen von dem, was da stand, obwohl das, was berichtet wurde, ziemlich unsinnig schien. Ein kaum vierzehnjähriger Junge, der ein um ein Jahr älteres Mädchen trifft. (Die Geschichte spielte, wie man einem Hinweis in der Einleitung entnehmen konnte, in den sechziger Jahren des vorangegangenen Jahrhunderts.) Der Junge und das Mädchen trafen sich zufällig, kannten sich nicht, gingen aneinander vorüber, sahen sich nur flüchtig in die Augen. Zwei Tage nach dieser Begegnung erkrankte der Junge schwer an einer seltenen Fieberkrankheit. Länger als ein halbes Jahr lag er im Bett, von Fieberanfällen geschüttelt, und in den Nächten, in denen er nicht wie bewußtlos nur einfach dalag, träumte er wieder und wieder von dem Mädchen, das er da auf dem Feldweg zum Nachbardorf (die Geschichte spielte auf dem Lande) getroffen hatte. Diese wiederholten Träume waren seltsam vor allem deshalb, weil der Junge in den zwei Tagen, die zwischen jener Begegnung und dem Ausbruch der Krankheit gelegen hatten, überhaupt nicht mehr an das Mädchen gedacht hatte. Ja, er hatte das Mädchen, wie er später, genesen von seiner Krankheit, zu sich selber sagte, vollkommen vergessen gehabt. Wie also kam es, daß er so oft von ihr geträumt hatte? – So also suchte der Junge, als er wieder gesund war, nach jenem Mädchen. Er fragte die Leute im Dorf und dann die Bewohner der Nachbardörfer, beschrieb immer wieder, wie das Mädchen aussah. Niemand wußte, von wem er sprach. – Dies Nachfragen war ihm längst zur Gewohnheit geworden, als er nach zwei Jahren vor einer älteren Frau in einem Gasthaus hörte. Sie wohnte dort seit einer halben Woche, zusammen mit ihrer Enkelin, sagte der Mann, der ihm von der Frau und dem Mädchen erzählte. Und auf die Enkelin treffe die Beschreibung zu. Ja, vor allem ihre Haare: die seien silbrig und fast grau, und das, obwohl das Mädchen erkennbar nicht älter als siebzehn oder achtzehn Jahre alt sei...

Er hatte die Geschichte zu Ende gelesen. – Nachdem er erwacht war, erinnerte sich Frohnberg daran, daß er, auf der letzten Seite angekommen, müde und unzufrieden gewesen war. Er hatte noch versucht, über die Geschichte nachzudenken, und war dann eingeschlafen. So wie er jetzt dalag, hatte er die Nacht hindurch geschlafen, ohne auch nur einmal aufzuwachen. (Nicht einmal ausgezogen hatte er sich, und jetzt fühlte er sich unwohl.) – Er stand auf und sah zum Fenster hinaus. Ein schöner, heller, frühherbstlicher Tag. Der Tag, an dem sich Kuntzeler (Kuntzeler, der ihn eingeladen hatte, dessen Einladung er gefolgt war, den er nicht zu Gesicht bekommen hatte) verabschieden wollte. Die Zusammenhänge, sie waren unklar. Wohin er ging? – Die Sonne warf harte Schatten. Drüben, bei den Bäumen, fielen einzelne Blätter ins Gras. – Eva wollte ihn abholen; er hatte noch Zeit. Es war kurz nach 8 Uhr. So also konnte er jetzt in aller Ruhe duschen, sich rasieren, sich anziehen. (Er hatte ein Gefühl, das ihm sagte: es war wichtig, daß er sich gut anzog. Eine Hose, die er hier in der Parzelle noch nicht getragen hatte, und ein frisches Hemd.)

Dort oben sind sie alle. Er sieht sie, und er wünscht sich, daß die Stimme jetzt da wäre, denn er möchte sie jetzt gerne überraschen. Mit einem einfachen Hinweis. ›Schau‹, möchte er ihr sagen, ›da oben warten sie, weil sie wissen, daß ich heute weggehe.‹ Und die Stimme, so stellt er sich vor, würde antworten: ›Ein schönes Aufgebot für deinen Abschied.‹ Oder auch: ›Ach, wie rührend!‹ – Sie war immer ironisch und manchmal sogar ziemlich frech gewesen, diese Stimme. Aber sie war auf dem Weg hierher zurückgeblieben. Sie lebte weiter dort unten. Hierher hatte sie ihm nicht folgen wollen.

Da oben also stehen sie. Sie sehen ihn jetzt schon, und er sieht sie. Und da oben, in der siebten oder achten Reihe, steht eine Gestalt, die nicht weiß gekleidet ist wie die anderen. Das ist Frohnberg. Der hatte um den Brauch, sich bei der Verabschiedung weiß anzuziehen, nicht wissen können.

Und neben ihm, links neben ihm, steht Eva und sieht zu ihm her. Sieht ihn, wie er, ermüdet vom schnellen Laufen, schnell atmet.

Wer ist er jetzt? Ein Phantom, das sich den Körper eines Menschen übergestreift hat, weil dieser Mensch, der vordem in diesem Körper gelebt hatte, in den ersten Bezirk gegangen ist? Denken die da oben das von ihm? (Er erinnert sich an die vielen Verabschiedungen, die er selbst mitgemacht hat, und er sagt sich, daß er jedesmal gerade ein solches Gefühl gehabt hatte: Der, der da kommt, ist nicht mehr derselbe wie der, den du einmal gekannt hast. Nur die äußere Hülle ist geblieben.) – Aber er ist noch er selbst. Freilich: seine Landschaft hatte er geschaffen, und wenn einer seine eigene Landschaft beschrieben hat, dann ist er nicht mehr einfach nur ein Mensch. Und so ist es auch verständlich, daß die dort schweigend stehen und mit einer gewissen Scheu zu ihm herabsehen. Er ist jetzt ein Mittelglied zwischen ihrer Welt und der anderen Zeit, die sie nur erahnen. Trotz Som nur erahnen, weil sie ihre Landschaften noch nicht beschrieben haben. Weil sie noch nicht im ersten Bezirk gewesen sind. (Vielleicht mit einer Ausnahme. Aber der, der diese Ausnahme ist, weiß nichts davon. Er wird es erst noch erfahren müssen.) Sie warten alle darauf, daß sich der erste Bezirk ihnen öffnet.

Er sieht jetzt, daß sich die Menschen, die da oben stehen, ein wenig bewegen, und er weiß, daß sie jetzt den Ton hören, den er selbst ausstrahlt und den er, weil dieser Ton beständig um ihn ist, selbst nicht wahrnehmen kann. Noch fünfzig Schritte bis zum Weg. Und er lacht. Und alle, die ihm gegenüberstehen, lachen unhörbar. Ihre Zähne, ihre Augen – diese heilen, freundlichen Gesichter!

Als er den Weg betritt, möchte er zu ihnen sprechen, doch er hat – er weiß es – keine Stimme. Und so hebt er nur ganz langsam die rechte Hand, um die, die ihn da erwarten, zu grüßen.

Frohnberg verzichtete auf das Frühstück. Nachdem er sich geduscht und angezogen hatte, räumte er das Zimmer auf und setzte sich dann ans Fenster, um in dem Buch, das er von Rosemeyer hatte, weiterzulesen. Gegen 10 Uhr kam Eva Landshoff. Sie trug eine weiße Hose, eine weite, weiße Bluse mit einer ärmellosen Jacke (auch die Jacke war weiß) und Tennisschuhe, die, wie es schien, neu waren.

Auf dem Weg zur Bibliothek trafen sie andere Bewohner der Parzelle, die alle ebenfalls weiß gekleidet waren. (›Es gibt also doch Äußerlichkeiten und Bräuche hier‹, sagte Frohnberg zu sich selbst. ›Ganz so gewöhnlich, wie ich am Anfang gedacht habe, geht es doch nicht zu.‹ Dann überlegte er, was er in den vergangenen Tagen alles erlebt hatte, und fügte, wieder nur für sich selber, hinzu: ›Nein, wirklich, das Leben in dieser Parzelle ist schon außergewöhnlich.‹)

Die Menschen, die sich auf dem Weg zur Bibliothek trafen, grüßten einander und gingen dann in kleinen Gruppen weiter: durch die Bibliothek in einer langen Schlange, über die Wendeltreppe hinunter, durch den Gang vor der Höhle. Als sie in die Höhle traten, sah Frohnberg, daß viele der Parzellenbewohner (alle in Weiß) bereits da waren. Er fiel auf, in seiner dunkelblauen Hose und mit der grauen Jacke. (›Das macht nichts‹, hatte Eva gesagt. ›Du konntest ja nicht wissen, daß wir bei den Verabschiedungen immer weiße Kleidung tragen.‹) – Die Menschen standen in der Mitte des Theaterrunds, ungefähr auf der Höhe der siebten oder achten Sitzreihe, zusammen und wirkten in diesem riesigen Halbrund wie verloren.

Sie stiegen über die Sitzreihen hinauf zu den anderen. Sänger war bereits da, und Gert Mellert kam wenig später. Rosemeyer, der Bibliothekar, stand in einiger Entfernung und grüßte, indem er die Hand hob. Er trug, und das sah halb lustig und halb sehr feierlich aus, einen weißen, ein wenig verknitterten Anzug und dazu eine schmale, weiße Fliege. (Ein Gedanke kam Frohnberg: Er sah Rosemeyer an einem hellen Strand stehen; am Meer, wie ein einsamer Sommerfrischler, blickte er hinaus auf das dunkle Wasser. – Der Gedanke, der von irgendwoher in Frohnbergs Bewußtsein getrieben war, verschwand sogleich wieder, und

Frohnberg, der noch immer nicht gewohnt war, auf solcherlei Erscheinungen zu achten, vergaß auf der Stelle, was er da in seiner Phantasie gesehen hatte.) – Die Bewohner der Parzelle unterhielten sich, und Michael Sänger fragte Frohnberg, ob ihm bei all dem, was er hier erlebe, ein wenig mulmig werde.

»Nein«, sagte Frohnberg (er sah Gert Mellert an, während er das sagte, und Mellert blickte ein wenig verlegen drein und schaute schließlich, als ob ihn etwas oben in der Höhe besonders interessierte, zur Decke der Höhle hinauf), »eigentlich nicht. Es ist natürlich alles ziemlich merkwürdig, was hier so vor sich geht. Aber ich muß sagen, daß ich die Parzelle am Anfang, als alles ganz normal und gewöhnlich aussah, noch viel merkwürdiger gefunden habe. Schließlich erwartet man ja nicht, daß sich Menschen aus der Gesellschaft zurückziehen, um genauso weiterzuleben wie vorher.«

»Und jetzt? Mal von den praktischen Dingen abgesehen – was halten Sie von unserem Leben hier?«

»Wie meinen Sie das?«

»Würden Sie, wenn keine praktischen Überlegungen dem im Wege stünden, hier leben wollen?«

»Ich weiß nicht; ich habe mir das noch nicht überlegt.« (Frohnberg sah Eva Landshoff an.) »Aber ich glaube – daß ich das nicht könnte. Nein.«

Die Unterhaltung mit Sänger wurde Frohnberg, schon nach diesen wenigen Sätzen, zunehmend unangenehm. Die Fragen, die Sänger stellte, und seine eigenen Antworten – all das war zu persönlich. So mit anderen zu sprechen (und das noch dazu vor weiteren Anwesenden, hier, im Beisein von Mellert und Eva) schien ihm wie eine Offenlegung von Bereichen, die normale, erwachsene Menschen bedeckt und verborgen zu halten hatten, und er war froh, daß die Umstehenden in ihren Gesprächen jetzt innehielten und in das Tal hinabschauten. Eine Gestalt, klein und weit entfernt noch, eine Gestalt, die sich mit raschen Schritten vorwärts bewegte und näher kam. Und dazu wieder ein Ton, ein Ton von der Art, wie er ihn gehört hatte, als er zum erstenmal zusammen mit Eva in der Höhle gewesen war – unhörbar, eine zitternde, vibrierende Bewegung auf der Haut, unter der Haut, eine Bewegung, die durch den ganzen Körper hindurchdrang und jetzt, stärker werdend, die Innenseite des Körpers erfaßte und die Organe aus festen Verankerungen zu lösen schien.

Frohnberg schloß, überrascht von der Intensität dieses lautlosen Tons, die Augen. Als er sie wenige Sekunden später wieder öffnete und Eva Landshoff ansah, lächelte Kuntzelers Freundin.

»Ist das Christian?« fragte er leise.

»Ja«, antwortete das Mädchen nur und sah dann wieder ins Tal hinab.

Der Ton erfaßte alle. Frohnberg sah sich um. Alle Parzellenbewohner standen in der gleichen Haltung da: die Arme und Hände wie frierend an den Körper gepreßt. (Manche rieben sogar die Hände aneinander oder hielten die Hände vor den Mund, um sie durch ihren Atem zu erwärmen.) Und tatsächlich wurde es zunehmend kälter. Frohnberg sah Eva Landshoff wieder an. Ihr Atem kam in kleinen Nebelschwaden aus dem Mund hervor, und jetzt rieb sie sich mit der Hand über die Nase.

Alte Formen der Verabschiedung fallen ihm ein, während er vor ihnen auf dem Weg steht. Er sieht sich die Reihen abschreiten und jedem von ihnen die Hand schütteln. Manch einer umarmt ihn, und er spürt den Körper eines Menschen als einen festen und dabei doch haltlos dahintreibenden Gegenstand (ein Körper, der sich in schwerelosem Zustand mit ausgestreckten Armen und Beinen inmitten eines schwarzen, unendlichen Weltraums dreht, weil ihn, vor Tausenden von Jahren, einmal eine kleine Bewegung angestoßen hat), der sich an ihn klammern will, um endlich zur Ruhe zu kommen.

Vorstellungen, Einbildungen sind das. Er schüttelt niemandem die Hand, und niemand umarmt ihn. Er steht nur da, wie alle anderen vor ihm dagestanden waren. – Und warum ist er gekommen? (Warum sind *sie* gekommen?) Weil er ihnen noch einmal zeigen muß, daß dies hier, das Tal und die fern unten liegende Stadt: daß das *seine Landschaft* ist. Und er wird es ihnen noch einmal vor Augen führen, indem er die Landschaft, wenn er geht, mit fortnimmt.

Noch aber steht er da, und der Ton, der aus seinem Innern kommt, macht sie frieren. Und er wird noch einige Minuten zuwarten, um ihnen Mut zu machen. Jeder, der hier steht, um sich zu verabschieden, hat die Aufgabe, den Zurückbleibenden zu zeigen, daß es den ersten Bezirk gibt. Sie werden zurückkehren zu ihren Arbeiten, ihrem Nachdenken, zu den schwachen Bildern und Tröstungen, die das Einnehmen von Som ihnen gewährt, und sie werden in ihrem Wissen um den ersten Bezirk bestärkt sein. So wie er selbst durch jeden, der sich verabschiedet hat, in seiner Hoffnung auf den ersten Bezirk bestärkt worden ist.

Er friert, und alle anderen frieren. Da unten auf dem Weg steht Christian Kuntzeler. In schwarzen, abgetragenen Kleidern. Schuhe, Hose, Jacke – alles ist ziemlich abgenutzt. (Frohnberg registriert dieses Bild, das ihm vor Augen steht, mit sorglos-heiterer Gelassenheit, und die Kälte, die ihm bis unter die Haut dringt, bewirkt nur, daß er sich wie an einem blauen Wintertag fühlt, in der Zeit kurz vor Weihnachten.) Christian Kuntzeler steht nur da. Er ist wieder ernst geworden. Vorhin, kurz bevor er den Weg erreicht hat, hat er gelacht. Jemand, der von einer weiten und gefährlichen Reise wohlbehalten zurückgekehrt ist. Fast wider eigene Erwartung und entgegen den Erwartungen aller seiner Bekannten ist er am Leben. Und die anderen haben gelacht, Christian Kuntzeler haben sie entgegengelacht. Doch jetzt ist er wieder ernst und konzentriert.

Frohnberg wartet fröstelnd und gespannt darauf, was nun geschehen wird, und er ist zunächst enttäuscht, als er sieht, daß Christian Kuntzeler sich langsam umdreht und geht – dahin zurückgeht, von wo er gekommen ist. (Hat Christian ihn überhaupt wahrgenommen?) Dann freilich staunt er, denn er sieht, daß Christian ein Stück weit über dem Boden zu schweben scheint. Dort, wo sich das fahle Erdreich befindet, sind Christians Füße nicht. Sie treten höher und höher (und je weiter er kommt, in desto größerem Abstand befindet er sich vom Erdreich) über dem Grund fest auf. Das ist das eigentlich Erstaunliche: daß Christian so sicher geht, als stünde er auf einer massiven Fläche.

Schließlich sieht er, warum Christian Kuntzeler so in der Luft zu schweben scheint. Kuntzeler geht auf einem normalen Fußboden, und das Tal, der sandige, fahle Heideboden, weicht vor ihm zurück. – Es dauert noch einmal fast eine Minute, ehe Frohnberg versteht: Christian Kuntzeler geht in den Raum hinein und nimmt seine Landschaft mit sich. Sie verschwindet mit jedem Schritt, den Kuntzeler geht, ein Stück weit. Er erinnert sich daran, daß Eva ihm schon gesagt hat, was geschehen wird. – Das also ist es: die Auflösung der Landschaft.

Kuntzeler ist ganz langsam gegangen, und manchmal ist er

auch stehengeblieben; jetzt ist er vermutlich am Ende des kleinen Saals angekommen. Das Tal ist jetzt schon fast ganz verschwunden. Geblieben ist nur eine gelbliche Fläche im Hintergrund, die dem Raum, der kaum mehr als ein großes Zimmer ist, eine Perspektivverzerrung aufprägt. Die einfache, glatte Decke, obwohl etwas höher als eine normale Zimmerdecke, ist erdrückend niedrig, und noch immer scheint es, als könne Kuntzeler immer weiter gehen, ohne je an eine Wand zu stoßen.

Frohnberg fragt sich, wie Kuntzeler jetzt ›weggehen‹ will, wenn er doch die Höhle auflöst und dann vor nichts anderem als einer massiven Wand steht. Er fragt sich das noch, als er plötzlich die gegenüberliegende Wand des Saales sieht: fest, weiß gestrichen, ohne jede sichtbare Öffnung. Kuntzeler aber ist nicht mehr da. (Der Ton, der einen Augenblick vor dem Sichtbarwerden der Wand noch zu hören war und für einen Moment lauter wurde, dann mit einem lauten – nein, nicht *Knall*, sondern mit einem Geräusch, wie es entstehen mochte, wenn eine dicke Saite auf einem Kontrabaß zerspringt, verschwunden war.)

Er weiß, daß dieser Gedanke lächerlich ist, und er kann dennoch nicht anders; er muß diese Überlegung anstellen: Dort hinten, in der Wand, könnte eine verborgene Tür sein. – Frohnberg sieht sich um. Die anderen stehen da, dicht gedrängt. Sie stehen (und er mit ihnen) tatsächlich auf einer Art Treppe, auf einfachen, steinernen Stufen. Und viel höher als dahin, wo sie jetzt stehen, könnten sie nicht hinauf, weil sie sonst mit den Köpfen gegen die Saaldecke stoßen würden. – Frohnberg dreht sich um (›Das ist kein Täuschungsversuch‹, sagt er sich.) und sieht, daß sich die Stufen in der Bemalung der Wand fortsetzen. Schmale, nach oben hin immer schmaler werdende Streifen. Doch erkennt man auf den ersten Blick, daß diese Querstreifen nur eine einfache Attrappe sind. (Und vorher? – ›Bevor Christian weggegangen ist, hätte man da weit hinauf steigen können‹, überlegt Frohnberg. ›Es ist nicht nur so, daß Christians Anwesenheit dies alles zu einer besseren Täuschung gemacht hat. Solange er da war, war alles wirklich vorhanden. Wie diese Stadt. Ich war dort, ohne allen Zweifel.‹)

Die Leute aus der Parzelle beginnen miteinander zu sprechen. (Obwohl ihm das nicht recht passend erscheint, sieht Frohnberg auf seine Armbanduhr und stellt erstaunt fest, daß sie eine gute Stunde in dem unterirdischen Raum zugebracht haben. Diese

Begegnung mit Christian ist ihm viel kürzer vorgekommen. Eine Viertelstunde, höchsten zwanzig Minuten.) Sie gehen auf den Ausgang zu, gehen hinaus, durch den Flur, hinauf zur Bibliothek. Frohnberg folgt Sänger, der vorangeht; Eva Landshoff geht neben ihm.

»Ich möchte ja wissen, ob es in der Wand eine Tür gibt oder ob Christian durch die Wand gegangen ist«, sagt Frohnberg. (Die Frage kommt ihm töricht und unpassend vor, aber er will jetzt etwas sagen, und anderes fällt ihm nicht ein.)

»Er ist durch eine Tür gegangen«, antwortet Eva. »Durch eine Tür, die nur er kennt und die es nur für ihn gibt.«

»Und wenn ein anderer ›weggeht‹, findet er auch diese Tür?«

»Nein, diese Tür war nur für Christian da. Wenn ein anderer in den ersten Bezirk geht und seine Landschaft macht, dann findet er eine andere Tür.«

»Für jeden gibt es eine eigene Tür.«

»Ja.«

Sie sieht ihn an. Dann wiederholt sie nur: »Es gibt für jeden eine eigene Tür.«

Diese Wand, auf die er zugeht, ist so undurchdringlich, daß er Angst hat. (›Ich werde mich verletzen!‹ denkt er, als er unmittelbar vor der Wand steht. ›Es gibt hier doch überhaupt keine Tür.‹)

Er steht vor der Wand. Eine Ahnung steuert seine Hand, so daß er sie ausstreckt. (›Hier ist die Tür!‹) Eine Tür, die in Farbe und Oberfläche der Wand gleicht, in die sie eingelassen ist; doch er spürt den Türgriff. – Noch zweifelt er, und er denkt zurück an die Landschaft, an die Stadt. Und am Ende an das kleine Haus. Er zieht an dem Knauf, und die Tür öffnet sich leicht und wie von selbst.

›Es ist vorbei‹, sagt er sich und denkt zurück an die Stimme, die ihn während seiner Wanderung in der Ebene begleitet hat. – ›Wo bist du?‹ fragt er.

»Passen Sie doch auf!« sagt jemand, den er wohl irgendwie angerempelt hat.

»Bitte entschuldigen Sie!«

Er geht weiter.

›Ich bin da!‹ sagt er, und er wundert sich, daß er über das, was er doch schon vorher gewußt hat, so erstaunt ist.

Elftes Kapitel

Frohnberg saß im Zug, als ihm zum erstenmal in aller Deutlichkeit bewußt wurde, daß er über das, was in der Parzelle geschehen war, nicht sprechen konnte. Er wußte nicht, warum dies so war, aber er war sicher, daß er am Ende sogar irgendwelche Lügengeschichten erzählen würde, um nicht von dem sprechen zu müssen, was er wirklich erlebt hatte. Es schien ihm (aber das war, wie er sich sagte, natürlich kein wirklicher Grund für ein so radikales Berichtsverbot), als sei etwas in ihm, das, kaum daß er über die Parzelle reden wollte, wie ein starkes, nicht zurückzudrängendes Ekelgefühl aufstieg und ihn am Sprechen hinderte.

Er hatte sich doch in den vergangenen Tagen immer wieder ausgemalt, daß er gefragt würde, von seiner Frau, von Hammerschmidt oder von sonst irgend jemandem, wie es denn gewesen sei in der Parzelle, und er hatte sich vorgestellt, daß er dann von den Begebenheiten der vergangenen Tage erzählen würde. (›Glaubt es oder glaubt es nicht, aber es war wirklich so! Diese Landschaft ist verschwunden, und am Ende war auch Kuntzeler nicht mehr da, er ist durch die Wand gegangen.‹ – Nicht von dieser Nacht und der Hand in seinem Kopf, aber von all dem anderen kann er erzählen, hat er gedacht.)

Jetzt, nach noch nicht einmal einer Woche, die er in der Parzelle verbracht hatte, fuhr er nach Hause zurück. (Natürlich, es war so, als ob er jetzt – eigentlich wirklich *jetzt* erst, hier im Zug – aufgewacht sei. Hier, wo alles gewöhnlich und vertraut war.) Gert Mellert hatte ihn wieder zum Bus gebracht. Von Sänger und von Eva hatte er sich schon vorher verabschiedet. Sänger hatte er beim Frühstück getroffen (›Bleiben Sie noch ein paar Tage?‹ – ›Nein, ich fahre heute mittag zurück.‹), und Eva war noch mit in das Haus gekommen. Sie war wieder kühl gewesen, so ruhig und erwachsen. Sie hatten nicht mehr über das gesprochen, was in der Stadt geschehen war (was *in seinem Kopf gewesen war*). Ihr sicherer Blick hatte ihn nervös und verlegen gemacht. Dann, bevor sie ihm die Hand gegeben hatte (sie hatte ihm die Hand gegeben und einfach auf Wiedersehen gesagt, und dann war sie gegangen), hatte sie ihm etwas gegeben:

›Das soll ich dir geben, hat Christian gesagt.‹ Und er hatte gefragt: ›Was ist das?‹ – ›Ich weiß es nicht. Christian hat es mir nicht erzählt. Wenn später einmal irgendwelche Probleme auftreten, dann sollst du es nehmen. Aber nur, wenn die Schwierigkeiten sich nicht mehr anders lösen lassen.‹ – ›Was für Schwierigkeiten denn?‹ – ›Ich weiß es wirklich nicht, und ich habe Christian auch nicht danach gefragt. Vielleicht brauchst du es auch gar nicht; und wenn, dann wirst du es schon merken, nehme ich an.‹ Sie hatte das wie einen Vorwurf gesagt, und er hatte herausgehört, daß ihr seine Fragen überflüssig und kindisch vorkamen. So hatte er die kleine Tüte in der Hand gehalten und nachgesehen, was darin war. Das Tütchen enthielt eine einzige weiße Pille, und Eva hatte, als er sich die Tablette angesehen hatte, gesagt: ›Man kann sie in Wasser auflösen.‹ (Einen Augenblick lang hatte er darüber nachgedacht, daß sie, wenn sie ihm das sagen konnte, vermutlich doch mehr als sie zugab über diesen Stoff und über diese möglichen *Probleme* wußte. Aber er hatte nicht weiter nachgefragt.) Er hatte die Pille dann, als Eva schon gegangen war, in eines der kleinen, festen Fächer in seinem Koffer gelegt. Dort oben im Koffer war sie jetzt. (›Das einzige Souvenier, das ich mitgenommen habe, ist eine Tablette, von der ich nicht weiß, was sie bewirkt‹, sagte er sich jetzt. ›Alles ist ganz normal. Welche Probleme sollte es geben?‹)

Frohnberg fühlte sich wohl, und er war selbst ein wenig verwundert darüber, daß er sich so ruhig und entspannt in den Sitz zurücklehnen konnte. (Nicht einmal das gelegentliche Zurückdenken an das Mädchen konnte seine Ruhe stören. Obwohl er erwartet hatte, daß er ein schlechtes Gewissen haben würde, wegen dieser Lügengeschichte, die er sich ausgedacht hatte.) Aber es war ein Abenteuer gewesen. Ereignisse, die so seltsam und unerwartet gewesen waren, daß er sie, auch wenn er wußte, daß sie sich wirklich zugetragen hatten, doch nicht mit vollem Ernst als tatsächliche Erlebnisse ansah. Das war die beste Erklärung dafür, daß er jetzt so gelassen auf das Summen des Zugs hörte, zum Fenster hinaussah, wo die Bäume und die Häuser undeutlich verwischt vorbeiflogen. (Er sah auf die Geschwindigkeitsanzeige auf der gegenüberliegenden Wand und ließ sich ohne Widerstand beeindrucken: *dieses hohe, lautlose Tempo . . .!*) Bald wieder in Köln, und dann mit dem Bus (er tippte die Zeichenfolge in den Anschlußanzeiger und ließ sich die Abfahrtszeiten der Busse vorführen) nach Hause. – Erzählen würde er nichts. Oder doch, natürlich mußte er berichten (›Wenn jemand eine Reise tut ...‹), aber seine Geschichte war schlicht und unverdächtig. Er hatte also Christian Kuntzeler getroffen; sie hatten sich über ihre gemeinsame Schulzeit unterhalten, und am Ende – es war das beste, wenn Kuntzeler am Ende mit einer Überdosis eines Rauschgifts im Blut sanft einschlief. Das erwarteten alle, sagte sich Frohnberg.

Ein wenig erschrak er nun doch, denn er war kein Mensch, der sich leicht unwahre Geschichten ausdachte und anderen Leuten erzählte. (Daß ihm sein Bericht so einfach und ohne daß er sich angestrengt hatte, ins Bewußtsein gekommen war, verwirrte ihn, und um sich von dieser Verwirrung freizumachen, sah er sich in dem Abteil um.) – Dort drüben, die junge Frau an der gegenüberliegenden Fensterseite, die beiden Mädchen auf den Mittelsitzen, beide zehn oder elf Jahre alt; alle drei waren schon in dem Abteil gewesen, als er in Hannover in den Zug gestiegen war. Das Mädchen neben ihm plapperte in einem fort, und aus dem, was sie erzählte, konnte er heraushören, daß die beiden Kinder zu einem Internat fuhren, dessen besondere Attraktion darin bestand, daß man dort in der Freizeit reiten konnte. Die beiden kannten sich wohl noch nicht lange, denn die redselige Kleine fragte das andere Mädchen immerzu nach irgendwelchen Nebensächlichkeiten. – Frohnberg sah hinüber zu der jungen Frau am Fenster, und er registrierte das, was er sah: Sie blätterte eine Zeitschrift durch. Jetzt setzte sie sich auf einen Fuß. Den Schuh hatte sie ausgezogen. Rosa, Wildleder, merkwürdig abgetragen, an Ballettschuhe erinnernd, flach. Auf der Innenseite ein schwarzes Muster. Ein Kleid, an der Seite geschlitzt, so daß jetzt, wenn sie so dasaß, der Unterrock zu sehen war. Überflüssig und hinderlich, der Unterrock. Braune Beine und rosa lackierte Fußnägel. Kleine rote Blumen auf dem Kleid. Dunkelblond, und immerzu ein Verlegenheit andeutendes Lächeln. Ein schmaler, an den Mundwinkeln leicht nach oben gezogener Mund. Ja, schüchtern war sie. Dabei ein ebenmäßiges Profil.

Die ruhigere der beiden Kleinen wollte jetzt nicht mehr mit ihrer Kameradin sprechen, und diese sah sich unschlüssig um. Frohnberg wich dem Blick aus und sah wieder auf die Geschwindigkeitsanzeige. Das Mädchen fing an, die Frau am Fenster auszufragen, und die Frau antwortete in einem gut verständlichen, jedoch fremdartig klingenden Deutsch. Sie kam aus Stockholm. (Frohnberg wunderte sich, und er sagte sich dann, daß natürlich nicht alle Schweden hellblond waren. Aber die dunklen, fast schwarzen Haare der Frau – eher hätte er vermutet, daß sie eine Französin sei.) – Es wäre die Gelegenheit gewesen, ein Gespräch zu beginnen. Schon um die Frau von den bohrenden Fragen der Kleinen zu befreien. Aber es ging nicht; die Frau war zu verlegen. (Und Frohnberg, obwohl er sich das nicht eingestand, war zu schüchtern, um sie dennoch anzusprechen.)

Dann, nachdem sich die Frau mit kurzen, ausweichenden Antworten von den Fragen des Mädchens gelöst hatte, gingen die beiden Kinder auf den Flur hinaus. Frohnberg stand auf, holte ein Lesegerät aus der Seitentasche seines Koffers und schob eine Cassette in das Gerät.

Frohnberg rief die Ankunftzeit ab, und die Anzeige sagte ihm, daß der Zug in 17 Minuten in Köln ankam. Die beiden Mädchen waren schon ausgestiegen. Die Frau saß noch da. Sie hatte die Zeitschrift beiseite gelegt und sah zum Fenster hinaus. (Er spürte ein leichtes Kribbeln in der Gegend der rechten Schläfe, das er nicht weiter beachtete, und aus dem Kitzel heraus kam ein Gedanke: Er würde gleich aussteigen, und die Frau dort am Fenster würde weiterfahren. Und er würde sie nie mehr wiedersehen. Es war nichts an dieser Frau, das ihn besonders anzog; aber sie war da. *(Nie mehr.)* Und der Gedanke war richtig und durchaus vernünftig und also kein Anlaß zu langem Nachdenken. Das war das Neue – die Deutlichkeit, mit der diese schlichte Überlegung sich in seinem Bewußtsein ausbreitete, um dann schließlich wie ein flaches, den ganzen Körper durchströmendes Gefühl vollkommen gegenwärtig zu sein.) Jetzt nahm die Frau die Zeitschrift wieder auf und blätterte darin. Einige Minuten später flackerte an der Wand die Anzeige auf, und gleichzeitig kam die Lautsprecherdurchsage: In ein paar Minuten erreichte der Zug Köln.

An diese Szene erinnerte sich Frohnberg später ganz genau. Die beiden kleinen Mädchen, die Frau am Fenster; das Nachdenken darüber, daß sich Wege für Stunden kreuzen – kurze, alltägliche Begegnungen in Zügen zum Beispiel –, um anschließend in den Entfernungen sich zu verlieren. Die Bilder, die dann in seinem Gedächtnis waren, standen neben anderen, die ebenfalls vollkommen deutlich wurden, und in ihrer Gesamtheit waren diese Erinnerungsbilder etwas, das nicht aus seiner eigenen Person kam. Noch ahnte Frohnberg nichts von dem, was auf ihn zukam. Als er, kurz nachdem der Zug den Bremsvorgang eingeleitet hatte, das Abteil verließ, kostete es ihn ein klein wenig Überwindung; aber er sagte dann doch: »Auf Wiedersehen!«

Die Frau sah von ihrer Zeitschrift auf und blickte ihn überrascht und verwirrt an. Dann sagte sie mit starrem Gesicht: »Auf Wiedersehen.« Und auch der leise Klang dieser Stimme grub sich in Frohnbergs Gedächtnis ein, so daß er sie immer wieder hören konnte. *(Stete Gegenwart dieser Stimme, dieser Wörter: ›Auf Wiedersehen‹.)*

Frohnberg hatte von Hannover aus zu Hause angerufen, und seine Frau erwartete ihn am Bahnsteig. Er war jetzt nicht einmal eine Woche weggewesen. Die Begrüßung war dementsprechend kurz.

Während sie zum Wagen gingen, fragte sie: »Na, wie war's denn nun? Ist – wie heißt er noch? Ist der jetzt tot?«

»Christian? Ja, er ist gestorben.«

»Und wie war das?«

Frohnberg erzählte seine Geschichte: Gleich nach seiner Ankunft hatte er Christian Kuntzeler getroffen. (Er erzählte alles schnell und mit großer Sicherheit, und wie um seine Sicherheit sich selber gegenüber noch zu betonen, fügte er Einzelheiten hinzu, die ihm einfielen und mit einemmal plausibel schienen. Christian habe gut ausgesehen, sagte er zum Beispiel. Gar nicht irgendwie vom Rauschgift angegriffen. Äußerlich jedenfalls nicht. Nein, ganz im Gegenteil; Christian sei ihm sogar ausgesprochen jung und gesund erschienen.) – Und dann? Wie war es weitergegangen? – Ja, die Gespräche über die gemeinsame Schulzeit erst einmal, und dann natürlich Gespräche über dieses Leben in der Parzelle. Er hatte Christian natürlich gefragt, weshalb er in diese Parzelle gegangen sei, und Christian hatte geantwortet: ›Ach, weißt du, es ist nicht leicht zu erklären. Aber es sind am Ende immer zwei Gründe. Ich meine, wenn ich selber überlege, warum ich nach Wilsede gegangen bin, dann sage ich mir, daß es zwei Gründe waren, die mich dazu gebracht haben. Auf der einen Seite hatte ich, nachdem ich aus Amerika zurück war, keine Lust, vierzig Jahr oder länger immerzu das gleiche zu arbeiten. Dieser Trott, den ich voraussehen konnte, hat mir Angst gemacht. Und dann habe ich mir auch gesagt, daß wir so viele Möglichkeiten in unserem Kopf, in unserem Gehirn haben. Ich habe ein paar Bücher darüber gelesen. Gefühle, Visionen, alles ist möglich, wenn wir die Mittel haben, um sie hervorzurufen. Ich wollte alles *erleben.*‹ – Und daß sie ihn, Frohnberg, überhaupt in die Parzelle hineingelassen hatten? Die Erklärung war einfach: Sie hatten nichts zu verbergen. Sie führten im Grunde genommen ein ziemlich normales Leben. – Daß sie dann irgendwann freiwillig starben – es war kein Selbstmord. Zum Selbstmord gehörte die Verzweiflung oder doch wenigstens Überlegung und Vorsatz. Was er da in der Parzelle erlebt hatte, war nicht so. Christian hatte nicht vorsätzlich gehandelt. Nicht wie Selbstmörder handeln. Aber es war schwer zu erklären.

»Und wie ging das dann vor sich?« fragte Helga Meinert.

»Am Ende, als Christian gestorben ist, war ich nicht dabei«, sagte Frohnberg. »Aber er hat mir vorher erklärt, wie es sein würde. Ein helles Zimmer; einer aus der Parzelle, der bei ihm war. Er schluckt dieses Mittel und schläft ein.« (Nein, keine Spritze! Keine Verletzungen!)

Die Geschichte, die er erzählte, war schlüssig und glaubhaft, und die Antworten, die er gab, wenn seine Frau nachfragte, gingen wie von selbst aus der Geschichte hervor. Manches konnte er so schildern, wie er es tatsächlich gesehen hatte. Die Häuser und andere Äußerlichkeiten. Auch, daß nur ungefähr hundert Menschen in der Parzelle lebten. Männer und Frauen, ja, ganz normal. Keine Kinder allerdings. (Frohnberg dachte an das Mädchen, an Eva Landshoff, und es schien ihm vollkommen natürlich, daß er nicht von ihr erzählte. Sie gehörte nicht in seine Geschichte. Und obwohl er klar unterscheiden konnte – das mit Eva und die Begebenheiten in der Höhle, das hatte er tatäschlich erlebt, und das andere hatte er sich ausgedacht, weil er über das, was geschehen war nicht sprechen durfte –, waren beide, die erfundene und die wahre Geschichte, gleichberechtigt. (Das Gefühl, das aus dieser Gleichstellung hervorging, war für Frohnberg wiederum vollkommen neu. Es war ein Schweben in einer Unwirklichkeit, die verschiedene Möglichkeiten enthielt, und dieses Schwebegefühl machte, daß Frohnberg die vertraute Umgebung genauer und klarer zu sehen meinte.))

So also waren die Erlebnisse in der Parzelle schnell erzählt. Kuntzeler war tot, und er wurde heute begraben. Das Begräbnis hatte er nicht mehr abgewartet. – Bald erkundigte sich Frohnberg danach, ob es hier, in Köln, Neuigkeiten gab.

»Hammerschmidt hat gestern angerufen«, sagte Helga Meinert. »Ich glaube, euer neues Programm geht ganz gut. Ich habe ihm gesagt, daß du heute zurückkommst. Er will sich am Abend noch mal melden.«

»Und Jonna?«

»Sie war vorgestern abend ein wenig blaß. Ich hatte schon Angst, daß sie krank wird. Gestern ist sie dann nicht in den Kindergarten gegangen. Am Nachmittag war Frau Borgmeier bei ihr.«

Sie fuhren die Kölner Straße hinauf. Frohnberg sah seine Frau, die den Wagen steuerte, an. Sie war ruhig, zufrieden, sicher. Sie hatte sich (wieso hätte sie sich ändern sollen) in dieser vergangenen Woche nicht geändert. Hier hatte sich nichts verändert.

»Und wie geht es ihr heute?«

»Ach, sie ist wieder ganz fidel. Sie wollte mit zum Bahnhof fahren. Aber bei diesem Wetter wollte ich sie noch nicht rauslassen.«

Frohnberg blickte auf die graue, dichte Wolkendecke über den Häusern am Berg. Leichter Nieselregen schlug auf die Scheiben. Als sie nach links abbogen, dachte er gerade: ›Es besteht kein Anlaß, ein schlechtes Gewissen zu haben.‹

Hammerschmidt hatte am Abend nicht mehr angerufen. Als am nächsten Vormittag das Videophon summte und Hammerschmidt sich meldete, erfuhr Frohnberg, daß das Programm, das sie abgeliefert hatten, die ersten Verkaufstests hervorragend überstanden hatte. Zuerst freilich fragte Hammerschmidt nach, wie es Frohnberg in der Parzelle ergangen sei, und Frohnberg wiederholte die Geschichte, die er auch seiner Frau erzählt hatte. (Es waren an dieser Geschichte keine Ecken, an denen sich Fragen hätten festhaken können. Die Geschichte war vielmehr glatt und logisch. Frohnberg staunte jetzt ein wenig über sich selbst. So *(genau so)* hätte alles ablaufen können.) Wieder erfand er einige neue Einzelheiten, und diese fügten sich ohne Schwierigkeiten in die vorhandene Erzählung ein, und er wunderte sich dann noch, daß Hammerschmidt so rasch zufriedengestellt war.

Hinterher, als sie von den Tests der Verkaufsabteilung gesprochen hatten, sagte er sich, daß sich Hammerschmidt im Augenblick wohl mehr für das neue Programm interessierte. Deshalb hatte er nur zwei Fragen gestellt.

»Ja, also paß auf!« sagte Hammerschmidt. »Hier hat sich in der vergangenen Woche auch so einiges getan. Die Programme sind bei den Sendern und auch bei den Käufern sehr gut angekommen. Am Donnerstag hat mich Warnke, der vom Marketing, angerufen. Der Testindex ist der beste, den Componant überhaupt jemals hatte.«

»Aber diese Tests liegen doch meistens schief«, wandte Frohnberg ein.

»Ja, schon. Aber auch innerhalb der normalen Fehlerquote haben wir noch ein hervorragendes Ergebnis.«

»Du glaubst, daß wir in die Liste kommen?«

»Ich kann dir nur sagen, was Warnke mir gesagt hat: Wir kommen, auch wenn man den ungünstigsten Prognosefall annimmt, auf einen Mittelplatz in der Liste.«

Frohnberg sah in die Aufnahmerichtung und schob die Unterlippe vor. Dann lachte er. Er glaubte nicht an den Erfolg des Programms. (Oder – nein, das war es nicht. Im Augenblick spielte er doch nur den Skeptischen. Wenn sich das Programm, das Hammerschmidt und er entwickelt hatten, wirklich gut verkaufte – ein guter Platz in der Liste konnte sie mit einem Schlag bekannt machen.)

»Ich glaube, wir sollten uns nicht jetzt schon Hoffnungen machen. Dazu ist es noch zu früh.«

»Jetzt warst du eine Woche bei Leuten, die sich immerzu Hoffnungen machen, und du kommst zurück und bist ganz der Alte.«

»Wie kommst du darauf, daß sie sich *Hoffnungen* machen?« fragte Frohnberg. (Und kaum daß er diesen Satz gesagt hatte, war ihm klar: so etwas durfte er nicht fragen. Es gab ein Verbot. Ein großes, dunkles Verbot, das, wenn er es nicht beachtete, sein Leben bedrohte. Der Satz, diese Frage, sie hatte noch nicht bis an die wirkliche Grenze des Verbots herangeführt; aber mit der Frage hatte er sich in eine gefährliche Richtung voranbewegt. – In seinem Kopf waren Eindrücke, und er versuchte, diese Eindrücke zu ordnen. ›Was ist verboten?‹ fragte er sich. Er fand keine Antwort.)

»Was ist los mit dir?«

»Wieso?«

»Du machst ein komisches Gesicht«, sagte Hammerschmidt und lachte. »Ich glaube, unser Erfolg hat dich geblendet, was!«

(Hammerschmidt verstand nicht, und das war gut. Frohnberg war erleichtert. Er beeilte sich, auf die Dinge, von denen Hammerschmidt sprach, einzugehen.)

»Das mit der Liste glaube ich erst, wenn ich es sehe«, sagte Frohnberg.

»Mein Gott, Frohnberg! Wir werden es schaffen! Auch wenn du das Programm für schlecht hältst.«

Am Nachmittag des darauffolgenden Tages tastete Frohnberg zerstreut durch die Fernsehprogramme. Eine der amerikanischen Satellitenstationen brachte einen experimentellen 3-D-Film. Landschaften, die sich wie vor einem großen Fenster weithin ausdehnten. Frohnberg hielt den Senderdurchlauf an und sah auf die Bildwand. Ein kleiner Bach, Birken, blauer Himmel. (Der Effekt, der das Bild in dreidimensionaler Tiefe erscheinen ließ, führte dazu, daß die Bildwand leicht zu zittern schien.) Er schloß die Augen und hörte dem Plätschern des Baches zu. – Er spürte die kleine Hand auf seinem Arm. Es war Jonna, die leise herangekommen war. Jonna hatte wohl geglaubt, daß er schläft.

»Papa!« sagte sie leise.

»Ja, Jonna?«

»Das ist schön«, sagte Jonna und deutete auf die Bildwand.

»Ja«, sagte Frohnberg, »das ist schön.«

Und dann kommt ihm ein Gedanke. Ein Wunsch, der normal und vollkommen alltäglich ist. Er steht auf, faßt seine Tochter unter den Armen und hebt sie mit Schwung hoch.

»Wollen wir spazierengehen, Jonna?«

»Ja«, sagte Jonna.

Er holt für Jonna einen Mantel, eine Mütze und einen Schal. Sie will alles selbst anziehen und kommt dann, während er seine Jacke aus dem Schrank nimmt, mit dem Mantel doch nicht zurecht. Er hilft ihr und bindet ihr anschließend den Schal um.

Die Bildwand ist bis jetzt weitergelaufen; nun schaltet er sie (ein hoher, zerklüfteter Berg) aus.

Sie gehen. Nach links, den Weg hinauf, und dann zum Schloß. Jonna trippelt neben ihm her, und er hält sie an der Hand. Dann will sie alleine gehen; er läßt sie los, und sie läuft ein Stück weit voraus. Es ist ein stiller, herbstlicher Tag. Die Wolken hängen tief. (Eine Erinnerung an die Heide, ein Bild von weiten, violetten Hügelwellen, ist in seinem Kopf, doch er will jetzt nicht daran denken und schiebt das Bild beiseite, indem er sich überlegt, was er morgen, wenn er zur Arbeit gefahren ist, als erstes tun wird.) – Als sie den Hang entlang zurückgehen, sieht er hinunter ins Tal. Der dunkle Wald (es ist ihm, als starre der Wald ihn an) liegt ruhig da, und er sagt sich, daß es lange her ist, seit er zum letztenmal hier durch den Wald gegangen ist.

Jonna kommt und zeigt ihm einen Stein, den sie vom Weg aufgelesen hat: »Guck, Papa!«

Er nimmt den Stein und sieht ihn sich an. Ein runder, silbrig glänzender Kiesel.

»Das ist ein schöner Stein«, sagte er. »Willst du ihn mitnehmen?«

»Ja«, sagte Jonna kurz und betont und wie um zu unterstreichen, daß dieser Stein sehr wichtig ist.

Er gibt ihr den Stein, und sie hält ihn in der Hand und schaut ihn an, ehe sie ihn in die Manteltasche steckt.

Sie gehen weiter. Frohnberg hat ein wortloses Gefühl in sich, das er nicht versteht (weil es wortlos ist) und nicht beachtet. Ein Gefühl wie Helligkeit und Ruhe. (Und wenn er es fertigbrächte, dieses Gefühl zu beachten, dann würde er vielleicht sagen: ›Ich bin wieder zu Hause.‹) Wenig später, während er erneut ins Tal hinuntersieht, ist er stolz darauf, daß er eine so schlüssige Geschichte erzählt hat (die Geschichte, in der das Mädchen, Eva, nicht vorgekommen ist), und gleich anschließend springen seine Gedanken zu dem, was Hammerschmidt ihm erzählt hat. Das Programm, das er wirklich nicht für besonders gut gehalten hat und das möglicherweise doch genau das ist, was die Leute wollen: es kommt am Ende vielleicht tatsächlich in die Liste.

Jonna, die vorausgelaufen ist, wartet an der Wegbiegung auf ihn. Als er bei ihr ist, fragt er: »Hast du noch deinen schönen Stein?«

Jonna sieht ihn einen Moment lang unschlüssig an, und es ist, als ob sie nicht weiß, wovon er spricht; dann greift sie in die Tasche und holt den Stein hervor.

»Ein schöner Stein!« sagt er noch einmal.

Zwölftes Kapitel

Montags fuhr Frohnberg für gewöhnlich nicht nach Paffrath, sondern ordnete zu Hause Papiere und sah Partituren durch, die vom Zentralrechner bei Componant ausgedruckt worden waren, und er versuchte dann, ein Konzept für das zu erstellen, was er in der anstehenden Arbeitswoche tun wollte. An diesem Montag allerdings fuhr er mit dem Bus um 10 Uhr doch zur Firma, weil er sich mit Hammerschmidt treffen wollte. Sie hatten in der Woche vor seiner Reise zu der Parzelle Pläne entworfen, und während er in Wilsede gewesen war, hatte Hammerschmidt einige Tests gestartet. Jetzt lagen Analyseentwürfe bereit, und sie mußten versuchen, möglicht bald zu einer Entscheidung zu kommen. Wenn es irgendwie ging, wollten sie die nächste Arbeit noch in dieser Woche bei der Zentrale zur Genehmigung vorlegen.

An diesem Tag – einem entgegen der Wettervorhersage hellen, frühherbstlichen Tag, an dem gegen Mittag die Wolken dunstig und durchsichtig wurden – begann für Frohnberg also wieder die normale Arbeit. Die sich anschließende Woche, die, weil keine dringenden Dinge anstanden, ruhig und ohne Besonderheiten verlief, endete damit, daß die Zentrale einen der Vorschläge genehmigte. (Frohnberg sagte sich, daß es diesmal eben ausnahmsweise schneller gegangen war mit der Erteilung der Genehmigung. Daran, daß das Programm, das sie vorher abgeliefert hatten, diese schnelle Erledigung der Anfrage bewirkt haben könnte, dachte er nicht.) Am Dienstag der folgenden Woche wollten sie die ersten Kontaktanalysen vornehmen.

Am Donnerstag, kurz nachdem die Genehmigung gekommen war, wurden Frohnberg und Hammerschmidt in das Haus der Geschäftsleitung gerufen und von einem freundlichen älteren Mann empfangen, der sich als »Meyer-Seydlitz« vorstellte. (Friedrich Meyer-Seydlitz, der Leiter dieser Niederlassung von Componant.) Er kam ohne Umschweife zur Sache: Das Programm, das sie vor kurzem geliefert hätten, sei ›unaufhaltsam auf dem Weg nach oben‹, und das sei natürlich nicht nur ein schöner Erfolg für die Firma; sie seien ja sozusagen die geistigen

Urheber dieses Erfolgs.

Frohnberg hörte ein wenig unkonzentriert zu. Diese kurze Ansprache des Direktors klang wie ein einziger, langgezogener Glückwunsch, und irgendwie begriff Frohnberg nicht, warum sie, Hammerschmidt und er, etwas Besonderes vollbracht haben sollten. (Er erinnerte sich daran, daß er dieses Programm sogar für ausgesprochen mittelmäßig und unfertig angesehen hatte.) – Der Direktor hatte, wie er sagte, Vorabinformationen: und die wiesen alle darauf hin, daß ihr Composerprogramm schon in der nächsten Liste sein werde. ›Auf einem beachtlichen Platz!‹ wie er hinzufügte.

›Ich wette‹, sagte sich Frohnberg, ›daß er nicht einmal weiß, wie sich das Programm anhört. Er hat nur die Verkaufszahlen im Kopf.‹

Meyer-Seydlitz, als ob er diesen Gedanken gehört hätte, sagte: »Das, was Sie da abgeliefert haben, ist ja auch wirklich gelungen.«

Er drückte einen Knopf auf der Schalttafel, die vor ihm in den Schreibtisch eingelassen war. Dann schnippte er mit den Fingern wie der Dirigent einer Big Band, und das Programm nahm diese rhythmischen Geräusche auf, und aus Lautsprechern, die irgendwo in der Wand installiert waren, kam eine breit vibrierende, fließende Musik. Eine Baßgitarre, die durch die harten, trockenen Schläge einer Rhythmusanlage in ein sich beschleunigendes Tempo gezwungen wurde. (›Jetzt müßten gleich ...‹, dachte Frohnberg, und ehe er noch den Satz formuliert hatte, war schon der volle Background da: die zwei anderen Gitarren und die Orchestrierung aus dem Hintergrund. Da in dem Direktorenzimmer eine sehr gute Composeranlage eingebaut war, entstand ein weiter, hallender Klang, der, wenn man nur die Augen für kurze Zeit schloß, die Wände hinwegzunehmen schien. (Ein großes, weites Feld, das abgeerntet ist.) Und das, was sie da gemacht hatten, war ja wirklich gar nicht so schlecht ...)

»Ich fühle mich gleich wieder jung!« Der Direktor saß mit geschlossenen Augen da, wippte auf seinem Stuhl vor und zurück und lachte. »Wissen Sie, ich habe diese Musik, als ich jung war, noch im Original gehört.«

Wenige Augenblicke später fiel ihm wohl ein, daß er, wenn er sich so im Takt der Musik bewegte, an seiner Vorgesetztenwürde einbüßte, und er streckte schnell die Hand aus, und die

Musik wurde (die Wände waren Schwämme, die Töne aufsaugten) leiser. Gleich darauf war es wieder vollkommen still in dem Zimmer.

»Ja, meine Herren, hoffen wir das Beste. Ich bin sicher, daß sie in den nächsten Wochen noch von mir hören werden.«

Der Direktor stand auf und verabschiedete sich mit Handschlag.

Kurz bevor sie in das Haus zurückgingen (auf dem Platz mit den abgebrochenen Säulen), sagte Hammerschmidt: »Was für eine Ehre, Mann! Meyer-Seydlitz empfängt uns persönlich. Hättest du *das* gedacht?!«

»Und jetzt?« fragte Frohnberg.

»Abwarten! Die Gratifikationen sind nicht schlecht, glaube ich. Es kommt drauf an, wie hoch wir in der Liste klettern.«

Die ›Liste‹, das war die bracheninterne Verkaufsaufstellung für die verschiedenen kommerziellen Programme. In diese Liste zu kommen, war das Ziel nicht nur der Firmen, die solche Programme vertrieben; auch die Teams der Forschungs- und Analyseabteilungen studierten die wöchentlich erscheinenden Übersichten.

»Und was machen wir, wenn wir am Ende vielleicht tatsächlich berühmt werden?«

»Was *ich* mache, weiß ich noch nicht«, sagte Hammerschmidt. »Aber *du* wirst bestimmt anfangen, eine Symphonie zu schreiben. ›Freude, schöner Götterfunken!‹«

Das Programm, dem die Verkaufsabteilung den Titel »Trauer und Steine« gegeben hatte, stieg schnell in der Liste. (›Es ist wie bei einem Artilleriegeschoß‹, sagte sich Frohnberg, der von Geschossen und Kanonen überhaupt nichts verstand; ›man kann aus der Geschwindigkeit, mit der ein Projektil *(Projektil?)* den Lauf verläßt, erschließen, wie hoch es fliegen wird.‹) Nach drei Wochen war das Programm auf Platz eins angelangt. Frohnberg und Hammerschmidt arbeiteten während dieser Zeit nur mit halber Konzentration, und es gab niemanden, der ihnen das übelnahm. Alle Mitarbeiter von Componant/Paffrath saßen an den Samstagen vor der Bildwand und verfolgten den Aufstieg des Programms. Die Kommentatoren der Hitliste ließen Tanzgruppen auftreten, die mit ihren Bewegungen Woche für Woche neue Musikstücke schufen. Und immer war es die gleiche hohe

Begeisterung in den Stimmen der Fernsehleute. – »Wieder auf Platz Nummer eins: ›Trauer und Steine‹!«

Es war ein Programm, das in diese Zeit hineinpaßte. (›Das ist das ganze Geheimnis‹, sagte sich Frohnberg. ›Mit Gespür und einer guten Portion Glück findet man ein Programm, das den Nerv der Zeit trifft, und dann kaufen es die Leute – es kostet ja nicht viel.‹) Die Idee, das war klar und niemand erwähnte es gesondert – die Idee war aus der Vergangenheit entlehnt; neu aber war, daß die Gesetze der Musik in einem kleinen Plättchen gespeichert waren, so daß jeder, der dieses kleine Ding zu Hause in seinen Composer schob, sich immer wieder neue Stücke schaffen konnte. Die elektronische Musik klang aus allen Lautsprechern. Immer verschiedene Melodien. Und auf den Bildwänden erschien, klein und kaum sichtbar, die Buchstabenfolge FROHNBERG/HAMMERSCHMIDT.

Für die Käufer des Programms waren sie unwichtig, und nur die berufsmäßigen Beobachter der Szene achteten auf die Namen: Erfolg war Qualität. Schon in der Woche, in der ihr Programm zum ersten Mal unter den ersten zehn der Liste erschien, tickerte am Abend der Printer, und eine Münchner Firma schickte ein Angebot. – Hammerschmidt, dem dieses Angebot ebenfalls zugegangen war, zeigte sich am nächsten Morgen begeistert; er dachte nicht daran, nach München zu gehen, aber er genoß den Erfolg, der sich in dem Schreiben der Konkurrenzfirma ausdrückte.

Die Angebote häuften sich in den folgenden Wochen, und sie wußten, daß Componant reagieren würde. Also warteten sie ab. Dann, in der zweiten Oktoberwoche, rief die Geschäftsleitung an, und Meyer-Seydlitz kam persönlich. Eine Frau aus der Pariser Zentrale von Componant begleitete ihn. Diese Frau, aus deren Sprechweise Frohnberg und Hammerschmidt nicht heraushörten, welcher Nationalität sie war (Amerikanerin, Engländerin oder Französin), sprach kühl und dabei mit einer Art geschäftlicher Anteilnahme: Der Erfolg des Programms, das sie, Frohnberg und Hammerschmidt, geschaffen hätten, sei in Paris bekannt, und sie sei zunächst einmal hier, um ihnen den Dank der obersten Geschäftsleitung zu übermitteln. Weiterhin habe sie mit Herrn Meyer-Seydlitz über die ›Anerkennung‹ gesprochen, die mit dieser außerordentlichen Leistung verbunden sei.

Die Frau lächelte und ging auf Frohnberg zu. Sie gab ihm,

dann Hammerschmidt die Hand und sagte: »Herr Meyer-Seydlitz wird alles Weitere mit Ihnen besprechen! Ich muß mich leider schon wieder verabschieden.«

Und Meyer-Seydlitz, der hinter der Frau herging, sagte (recht leise): »Könnten Sie morgen um vier Uhr in mein Büro kommen? Wir können dann alles Weitere regeln.«

»Ich will dir was sagen«, meinte Hammerschmidt, als die Frau und Meyer-Seydlitz wieder gegangen waren. »Die fährt jede Woche in der Weltgeschichte herum, um irgendwelchen Leuten die Glückwünsche aus Paris zu überbringen. Jede Wette! Diesmal waren wir dran.«

»Wie kommst du darauf?« fragte Frohnberg.

»So wie sie spricht – die spricht sieben Sprachen fließend. Mindestens! Und damit beglückwünscht sie alle die, die Erfolg haben. – Der Erfolgsengel von Componant!«

Frohnberg lachte und war, ohne daß er es recht bemerkte, sehr zerstreut. (Daß Hammerschmidt so etwas sagte, war ungewöhnlich, denn Hammerschmidt war der Sachlichere von ihnen beiden. Daß das Programm Erfolg hatte, beflügelte seine Phantasie und ließ ihn solche Sätze sagen. Über eine Frau mit halblangen, grauen Haaren und einem kalten, klaren Blick, mit dem sich mühelos Erfolg und Mißerfolg voneinander scheiden ließen.)

»Das werden wir dann ja morgen nachmittag sehen.«

Frohnberg saß im Sessel vor der Bildwand und hatte die Füße auf einen Hocker gelegt. Er war wieder zerstreut. Obwohl er sich sagte, daß er allen Anlaß hatte, sich zu freuen, fühlte er sich müde und sogar niedergeschlagen. (Andererseits: er war froh, daß er realistisch blieb und über das, was Meyer-Seydlitz ihnen am Nachmittag gesagt hatte, nicht in Jubel ausgebrochen war.) – Das Programm hatte ihm und Hammerschmidt viel eingetragen. Mehr Geld monatlich, und dann (eine Art Sonderzulage) die Möglichkeit, über zwei volle Monate hin ›eigenständig zu arbeiten‹. Diese Formulierung hatte Meyer-Seydlitz ihnen erklärt: Wenn sie wollten, konnten sie in den kommenden Monaten, im November und im Dezember, Urlaub machen; sie konnten aber auch eine Arbeit anfangen, die sie selbst schon immer einmal hatten machen wollen. Alle Einrichtungen der Firma standen ihnen dafür zur Verfügung. Aber niemand (›*niemand!* – ich muß das ausdrücklich betonen‹), würde es ihnen übelnehmen, wenn sie in dieser Zeit eine schöpferische Pause einlegen und überhaupt nichts tun würden. In diesen Monaten bekamen sie ihr normales Gehalt und einen Anteil am Gesamtgewinn. Hammerschmidt hatte einmal nachgerechnet: Mit dem Anteil konnten sie auch den teuersten Südseeurlaub bezahlen. Und er konnte also auch (Frohnberg wollte die Sendung ansehen, die seine Frau moderierte – ›Köln Kultur‹) eine alte Idee aus der Zeit seines Studiums wieder aufnehmen. Von damals, als er noch davon geträumt hatte, Komponist zu werden.

Der kurze, laute Paukenwirbel des Vorspanns lenkte ihn ab.

»Guten Abend, meine Damen und Herren!« sagte Helga.

Frohnberg hörte nicht zu, und auch das Bild, das vor ihm auf der Bildwand stand, nahm er nicht bewußt wahr. (Helga, in einem rosa Pulli, sicher und nachdenklich wie immer. Die Hände leicht und unverkrampft übereinandergelegt. Glänzende Lippen und leise, beherrschte Bewegungen. Ihre kühle, ruhige, metallisch-glatte Stimme, die voll von ironischer Gelassenheit war. Eine Brosche am V-Ausschnitt des Pullis. Zwei kleine Silberplatten. Und dazu ein schmales Silberkettchen, das sie um den Hals gelegt hatte. Ihre Haare, wie ein auf den Kopf gestelltes Herz. In die Stirn gekämmt. – Die leicht vorstehenden Wangen unter den ein wenig schief stehenden, ironisch-ernsten Augen. Leichte, an unsichtbare Ecken anstoßende Bewegungen des Kopfes während des Sprechens.)

Diese Idee von damals. Das mit der Linienmusik, hinter der es eine Flächen- und eine Raummusik geben mußte. Das war eine Zeit gewesen, in der er sich vieles erlaubt hatte. Natürlich für sich allein, aber ohne Angst. Zeit – er hatte viel Zeit gehabt. Sich die Zeit einfach genommen.

»In der Galerie Schluchter in der Berrenrather Straße wird am kommenden Wochenende die Ausstellung mit Bildern des jungen Malers Andreas Nöhlke eröffnet. Nöhlke zeigt, indem er Einzelheiten von normalen Gegenständen hervorhebt und auf großformatigen Tafeln exakt malend darstellt ...«

Die Strecke – was eignet sich besser für die Darstellung einer Strecke als eine Saite, die an zwei Nägeln befestigt ist – wird geteilt, und die Teilung ergibt die Oktav des Grundtons, zweimal. Einmal rechts und dann links von dem Teilungspunkt ... (Helga wirkte anziehend, weil sie die Vernunft in Person war. Eine Frau, die so vernünftig und ruhig sprach, in allen Einzelheiten so vernünftig und beherrscht war. Hammerschmidt, der lange genug mit Laura verheiratet war, um in leicht verständlichen Andeutungen von den Frauen seiner Kollegen zu schwärmen, hielt es für das Wichtigste an einer Frau überhaupt, daß sie kühl und vernünftig war. – ›Das Gegenteil ist dann nicht weit. Alles zu seiner Zeit.‹)

An diesem Abend, während Frohnberg vor der Bildwand saß, nahm die Veränderung ihren Anfang. Diese Veränderung in Frohnbergs Denken und Bewußtsein, sie begann unmerklich, und weder an diesem Abend noch in den darauffolgenden Wochen waren ihre Auswirkungen erkennbar. Sie war eine stete, sich beschleunigende Bewegung auf einer schiefen, allmählich immer steiler werdenden Fläche.

In den Anfangswochen zeigte sich die Veränderung nur gelegentlich, und sie trat dann in der Maske einer allgemeinen und unmotivierten Nervosität auf. Frohnberg wurde, wenn er in dieser Weise abgespannt und nervös war, von Gedanken und Vorstellungen heimgesucht, die ihm fremdartig und sinnlos vorkamen. Und eben deshalb, wegen dieser unangenehmen Fremdartigkeit, bemühte er sich, solche Gedanken beiseite zu schieben. (Etwas, das ihm zunächst ohne Schwierigkeiten gelang. An diesem Abend, als die Erinnerung an das Mädchen aus der Parzelle in sein Bewußtsein kam und so deutlich war, daß er Eva Landshoffs Gesicht klar (scharf gezeichnet wie auf einer Fotografie) ausmachen konnte, starrte er mit instinktiver Konzentration auf die Bildwand, wo gerade eine silbrig glänzende Metallrohrskulptur gezeigt wurde, und es gelang ihm auf diese Weise, das Gedächtnisbild zum Verschwinden zu bringen. Später, etwa von Anfang Dezember an, waren alle Anstrengungen vergebens; die Erinnerungen und die fremdartigen Gedankengänge blieben und waren beständig.) Die Nervosität, von der er geplagt wurde, führte Frohnberg darauf zurück, daß das Erfolgsprogramm ihn innerlich bedrückte, so daß er sich gezwungen fühlte, auch beim nächsten Mal eine vergleichbare Leistung zu erbringen. (›Aber so etwas läßt sich nicht planen und herbeizwingen‹, sagte sich Frohnberg.)

»Was ist los?«

»Nichts. Wieso?«

»Du siehst so müde aus.«

»Ich *bin* müde«, antwortete Frohnberg.

»Und warum bist du nicht ins Bett gegangen?«

»Ich wollte warten, bis du zurückkommst.«

»Hat dich die Sehnsucht gequält, mein Liebster?« (Helga lächelte.)

Frohnberg zuckte die Schultern; dann sagte er (ein wenig ratlos): »Jaja.«

Er sah auf die abgeschaltete Bildwand und blieb so ein oder zwei Minuten lang sitzen. Dann, als seine Frau eben den Wohnraum verlassen wollte, stand er plötzlich auf, lief mit einigen schnellen Schritten hinter ihr her und faßte sie bei den Schultern.

Die Frau drehte sich um und tat so, als sei sie soeben sehr erschrocken. Sie sah ihn mit weit geöffneten Augen an und ahmte ein ängstliches Zittern nach.

»Stefan!«

Sie sagte das übertrieben und wie hilflos. (Manchmal, in Augenblicken wie diesem, spielte die vernünftige und ernsthafte Moderatorin eine kleine Rolle, die ihr Frohnberg, obwohl er sie doch schon oft so erlebt hatte, immer von neuem nicht zutraute: daß Helga albern sein konnte.) Dann lachte sie und sah jedoch im gleichen Moment, daß Frohnberg grenzenlos müde und gleichzeitig angestrengt (als ob er von weitem zu ihr herunterstarrte und sich bemühte, ihre Augen zu erkennen) und wie schlaftrunken dastand.

»Ich glaube, du bist erkältet, hm?«

»Ach was!«

Sie legte die Hand auf seine Stirn. »Ich dachte, du hast vielleicht Fieber; aber du leidest ja eher an Unterkühlung, Mensch.«

Er hielt sie noch immer an den Schultern fest. Dann, als ob sein Wille langsam und mit Verzögerung arbeitete, zog er sie näher an sich heran und küßte sie leicht auf den Mund.

»Oh, was sind Sie heute abend stürmisch!« Sie wandte den Kopf ein wenig und sah ihn aus den Augenwinkeln heraus und mit hochgezogenen Brauen spöttisch an. Dann legte sie die Arme um seinen Hals und war im gleichen Augenblick wieder ernst.

»Irgendwas ist doch los mit dir!«

»Nein. Ich bin nur schon den ganzen Abend über sehr nervös. Ich weiß nicht, warum.«

»Ist die Besprechung bei Meyer-Seydlitz nicht so ausgefallen, wie du's dir vorgestellt hast?«

»Nein, ganz im Gegenteil.« (Er wunderte sich, daß er nicht gleich von der Besprechung bei Meyer-Seydlitz erzählt hatte; aber diese Unterredung wie überhaupt der ganze Erfolg des Programms waren – zu seiner eigenen Überraschung – weit entfernt und unwichtig.) »Wir haben mehr bekommen, als wir erwartet haben. Und im November und Dezember haben wir frei.«

»Und da sitzt du hier rum und bist nervös?!«

»Ach, ich weiß nicht.«

»Ja. Der Erfolg hat dich halt überrascht, nicht?« Sie lächelte wieder. (Und sie war jetzt (wie gewohnt das doch war) ganz nahe bei ihm.) »Komm, machen wir uns einen schönen Abend.«

Sie zog ihn, die Hände hinter seinem Hals, zur Tür. Er lachte müde und sah sie an, und sie – ihr Gesicht kam auf ihn zu, und sie küßte ihn. (Er sagte zu sich selbst: ›Sie ist ...‹ Er sagte etwas, aber seine Gedanken waren weit entfernt, in einem tiefen, glatten Verlies, das den Hall seiner Stimme hin und her warf, so daß er am Ende selbst nicht verstehen konnte, was er sagte. ›Nein!‹ sagte er dann (ganz nahe). ›Quatsch!‹ Und seine unverständlichen Gedanken verschwanden hinter einer starken, undurchdringlichen Tür, die, kaum daß er sich selbst zur Ordnung gerufen hatte, ins Schloß gefallen war.)

Er lachte weiter und sagte leise: »Da bin ich ja mal gespannt.« (Irritiert bemerkte er, als er so lachte, daß sich an seinen Augenwinkeln kleine Fältchen spürbar eingruben.)

Sie gingen, untergehakt wie ein junges Paar während einer Besichtigungsreise, aus dem Wohnraum und dann weiter, durch den Flur und die Treppe hinauf, ins Schlafzimmer.

Wie war es möglich (so fragte sich Frohnberg in den folgenden Tagen und Wochen immer wieder), daß er in dieser Parzelle gewesen war und in der Riesenhöhle, daß er dieses Mädchen, Eva, getroffen (nicht nur *getroffen*) hatte und daß er jetzt so weiterlebte, als sei das alles nicht geschehen. Er fragte sich das wie nebenher, gleichsam in den Denkpausen seiner normalen, alltäglichen Überlegungen, und er fand nie eine Antwort. (Weil er nicht darauf aus war, eine Antwort zu finden. Es genügte ihm, wenn er mit gelindem Erstaunen feststellen konnte, daß er, trotz all der Dinge, die er erlebt hatte, nicht erstaunt war.) – Die

Geschwindigkeit nahm zu, und nur der Tatsache, daß es auf der Ebene, auf der er dahinglitt, keine (oder doch fast keine) Reibung gab, verdankte er es, daß er von dieser bald rasend schnellen Fahrt lange Zeit nichts bemerkte. – Ein schlechtes Gewissen hatte er nicht; nicht, weil er gelogen und eine Geschichte erfunden hatte. Denn er sagte sich, daß ihn dieser Aufenthalt in der Parzelle nicht verändert hatte. Er war der gleiche geblieben, lebte hier wie vorher auch.

Alles, *alles* war weit fort, und Frohnberg begriff erst spät, daß sein Leben, das Leben, das ihn umgab, ruhig war, während er selbst in einer schnellen und immer schnelleren Bewegung dahinflog. Er war auf dem Weg zu einem Unten. (Und weil die Dimension des Ortes, auf den er nun zutrieb, nicht innerhalb der Welt lag, in der er sich in seinem normalen Leben bewegte, schien ihm alles, was geschah, unbedeutend und alltäglich, und einzig und allein die Tatsache, daß er von einem bestimmten Punkt an die Geschwindigkeit einfach nicht mehr ignorieren *konnte*, nur diese Tatsache war es, die ihn am Ende aufwachen ließ. So weit war es aber in diesen Tagen, im Oktober, noch nicht.) Dieser unendlich tiefe Punkt, auf den er zufiel, war voller Gegensätze: vollkommen schwarz und dabei auch strahlend hell, bis zum Nichtvorhandensein winzig und zugleich unfaßbar groß, geheimnisvoll unwirklich, ein Märchen, und dennoch so real, daß er später all das, was die alltägliche Wirklichkeit Frohnbergs ausmachte, mit Leichtigkeit in sich hineinsaugen konnte.

Noch aber ging alles gewöhnlich dahin. Nur manchmal, vor allem in den Morgenstunden, kurz vor dem Erwachen, hatte Frohnberg Halbschlafträume, die ihm sehr eigenartig vorkamen. So sah er sich eines Morgens (er wußte schon, daß das, was er sah, nur in seiner Phantasie existierte) in einem Zirkus sitzen, und er sagte sich, als er sich nach links und rechts hin umblickte: ›Diese Menschen hier, die Zuschauer, wollen Sensationen sehen. Gefährliche Sensationen, bei denen Menschen ihr Leben riskieren. Und trotzdem besteht die selbstverständliche Vereinbarung, daß die Zuschauer nicht gefährdet sein dürfen. Wenn einer vom Trapez fällt, dann wird er so fallen, daß er immer noch in der Arena oder in einer freien Zugangsgasse aufschlägt, und um die Löwen und Tiger herum werden Käfige aufgebaut.‹ Diese Sicherheit, auf die die Zuschauer wie selbstverständlich Anspruch erhoben, schien Frohnberg mit einem Male unsinnig, und wie zur Bestätigung dieses Gedankens kam plötzlich, angekündigt durch Fauchen und Brüllen, ein Rudel Löwen mit lässig federnden Schritten in die Arena gelaufen. Der erste der Löwen, der Anführer, sah sich einen Moment lang um, dann sprang er mit zwei Sätzen mitten unter die Zuschauer (vielleicht zwanzig Meter von Frohnbergs Platz entfernt, links, stand er jetzt), und die anderen Tiere folgten ihm. Dicht gedrängt standen sie so, jeder Löwe hatte schnell ein oder zwei der schreienden Zuschauer niedergerissen, und nicht aus Hunger oder Wut, sondern wie in Erfüllung eines Auftrags töteten die Raubkatzen die Zuschauer mit Bissen und mit den Hieben ihrer Pranken. Frohnberg, der ja schon wußte, daß ihm diese Szene von seiner Phantasie vorgespielt wurde, fragte sich dennoch, ob die Löwen wohl durch ein Versehen frei gekommen waren oder ob vielleicht ein Dompteur, der ebenfalls darüber nachgedacht hatte, daß die Zuschauer, satt und sensationsgierig wie sie waren, immer andere in die Gefahr schickten – ob ein Dompteur die Tiere mit Vorsatz auf die Zuschauer gehetzt hatte.

Verwundert sagte sich Frohnberg an diesem Morgen, daß er auf einen solchen Gedanken doch eigentlich für gewöhnlich nicht kam, und es war ihm, als sei eine fremde Stimme in sein Bewußtsein eingebrochen, um ihm diese wirren Überlegungen zuzuflüstern.

Dreizehntes Kapitel

In den folgenden Wochen, bis kurz vor Weihnachten, war Frohnbergs Leben vom Erfolg des Programms bestimmt. Hammerschmidt hatte beschlossen, im November wegzufahren. (›Nordafrika oder irgendwohin. Und allein. Laura hütet die Geschäfte.‹ Und Laura Hammerschmidt war dann doch beleidigt gewesen, als Hammerschmidt allein abgereist war.) Eine Zeitlang hatte Frohnberg überlegt, ob er nach Italien oder nach Spanien fahren sollte, aber dann, ohne daß er sagen konnte warum, blieb er zu Hause. Er wollte einmal vier Wochen lang einfach nur spazierengehen, sagte er Martin Hammerschmidt.

Er hatte diese Idee aus seiner Studienzeit wieder hervorgeholt. (Die ›Idee‹ hatte über Jahre hin, eingeschlagen in Packpapier und versehen mit dem Kennwort *Würfel*, in einer Pappschachtel im Keller gelegen. Zeichnungen und Notizen, die Frohnberg nun, da er das Päckchen aufgemacht hatte, mit einer Mischung aus Erstaunen und selbstverständlichem Wissen betrachtete.) Er wollte nur prüfen, ob das, was er sich damals ausgedacht hatte, heute noch halbwegs wichtig und vernünftig erschien.

Seine Schrift hatte sich geändert; das war das erste, was Frohnberg feststellte, nachdem er das Päckchen geöffnet hatte. Während heute alles, was er mit der Hand schrieb, aus dünnen, huschenden Zeichen bestand, hatte er damals steilere, größere Buchstaben hingeschrieben. – Warum hatte er diesen Gedanken nicht weiter verfolgt, fragte sich Frohnberg, während er nach einer Zeichnung suchte, die er damals angefertigt hatte. Vermutlich weil das, was er sich in jenen Jahren (vierzehn oder fünfzehn Jahre war das schon her) ausgedacht hatte, nicht wichtig war. Oder vielleicht (er zog, während er das dachte, die linke Schulter hoch) war es wichtig, und er hatte nicht genügend Kraft besessen, um es weiter zu durchdenken, durchzusetzen. Statt dessen hatte er jetzt ein Programm durchgesetzt. Zusammen mit einem anderen, den er im Grunde genommen nicht kannte, hatte er es möglich gemacht, daß Tausende von Leuten eine kleine, flache Scheibe voller gebündelter Informationen in ein Gerät schoben und daß durch das Fingerschnippen von Menschen, die vollkommen unmusikalisch waren, unzählige neue Stücke entstanden.

Und das, was er sich hier ausgedacht hatte vor Jahren? Es war nichts anderes; es war nur eine einzige Idee. Wenn er jetzt die Zeit nutzte und diese Überlegungen in ein reales Programm umschrieb, dann würden, das war vollkommen sicher, alle Möglichkeiten in einer großen, nur den computerisierten Anweisungsreihen der Composer verständlichen Kette zusammengesetzt, und wieder konnte jeder solch ein Plättchen nehmen und Musik entwerfen.

Frohnberg blätterte in den Aufzeichnungen und starrte auf das, was er Jahre vorher notiert hatte. (Er hatte Mühe, seine Gedanken in Ordnung zu halten. Zu seinen Erinnerungen und zu dem, der er selber in seinen Erinnerungen war, hatte er kein gutes Verhältnis. Er hatte damals von allem möglichen geträumt und nichts durchgehalten, nichts durchgesetzt. Lauter sinnlose Ideen, damals.)

Frohnberg ging am Rande des Waldes spazieren, und Jonna trippelte vor ihm her. ›Da hast du es!‹ sagte er, als er an die Stimme von vorhin, aus dem Radio, dachte. Er versuchte, sich sein Gefühl auszureden. (Die Abwärtsbewegung war nicht zu spüren, also konnte er noch versuchen, diese Trauer zu verscheuchen, die ihn seit einigen Tagen verfolgte. *Trauer* – das war etwas, was Frohnberg nicht zuließ, nicht einmal als Wort, und daß die Leute vom Marketing aus irgendwelchen Gründen das Programm ausgerechnet mit diesem Wort bezeichnet hatten, war ihm von Beginn an unangenehm gewesen.) Jonna bückte sich und lief dann zurück, auf ihn zu.

Er sah (schnelle Schritte auf kleinen Beinen und das runde Kindergesicht) seine Tochter an.

Und noch während er das sah, kam etwas *(ein Gefühl)*, das er nicht kannte, auf ihn zu, und er fühlte sich sofort schwach und krank. Und zufällig war eine Bank in der Nähe, so daß er auf die Bank zugehen konnte. – Er setzte sich und ließ seinen Oberkörper nach vorne fallen, fing ihn mit den Händen auf und saß, als Jonna heran war, vornübergebeugt da und war einer Ohnmacht nahe.

Die *Räume* aus Klängen hat es doch schon im vergangenen Jahrhundert gegeben; aber alle haben übersehen – besser: *über-*

hört, wie wichtig die Wahrnehmungen sind. Warum haben sie nicht Klänge aus Räumen gemacht?

Wie?

Indem die normale Linie, auf der die Töne der Tonleiter liegen, umgebogen wird zu räumlichen Figuren. Die Beziehung zwischen den Punkten im Raum bestimmt die Harmonieverhältnisse.

»Schau, Papa!« sagte Jonna.

Sie hielt einen roten Stein in der Hand; vielleicht ein Stück von einem Ziegelstein, das im Wasser rundlich geschliffen worden war. – Frohnberg saß vornübergebeugt. Diese Erinnerung war plötzlich dagewesen: Wie er, irgendwo auf einem Flur im Erdgeschoß eines Universitätsgebäudes in Hamburg, sich mit einem – einem Bekannten unterhalten hatte. (Die Beziehungen zu diesem Bekannten – Michael, ja, Michael – waren merkwürdig gewesen. Michael war der Freund von Clara, damals in Hamburg, und mit Clara war er, Frohnberg, noch einmal Jahre davor zum erstenmal ausgegangen. Hier in Köln. Er mußte siebzehn – ja, ungefähr siebzehn... Und er hatte Clara auf einem Tanzabend der Klasse kennengelernt. Jedenfalls hatte er das Mädchen bald wieder aus den Augen verloren. Sie war zu einer Verabredung einfach nicht mehr erschienen. Und Jahre später hatte er sie in Hamburg wieder getroffen. Zufällig wieder getroffen. Und da war sie mit diesem Michael zusammen gewesen. Michael war an der Akademie und wollte Maler werden; sie, Michael und er, hatten sich dann einige Male unterhalten.) Er hatte gehofft, daß Claras Freund sich für diese Idee eines räumlichen tonalen Systems interessieren würde. Aber er hatte sich nicht dafür interessiert. Es war gleich zu merken gewesen. Michael hatte skeptisch zugehört. Nicht nur skeptisch. Blond, mit Brille; ein blasierter Typ ohnehin. Michael, der Clara immer wieder zeigen mußte, daß er der Überlegene war. – Und die Sonne hatte geschienen an diesem Tag. Gleich neben einem großen Fenster in diesem Flur hatten sie gestanden, und der andere hatte mit kaum verborgenem Desinteresse einige Hinweise gegeben, die allesamt nicht sonderlich vernünftig gewesen waren. Er hatte zum Beispiel gesagt – vielleicht, weil er an der Akademie gerade einen Kurs in perspektivischem Zeichnen besuchte –, daß man die perspektivischen Verkürzungen berücksichtigen könne. Er hatte nichts verstanden, dieser andere. – Und es war hell gewesen. Sehr, sehr hell.

Wie durch ein Echo aus Erinnerung sah Frohnberg auf den roten Stein in der Hand seiner Tochter, und er war voll von einem merkwürdigen Gefühl des Unverständnisses. Die Frage lag direkt vor der Bewußtseinsschwelle Frohnbergs: wohin all diese Stunden und Tage von damals gegangen waren. Daß er sich diese Frage stellte, ließ Frohnbergs Vernunft jedoch nicht zu. Und so war ihm schlecht geworden, und er hatte sich auf die Bank gesetzt.

»Was machst du jetzt?«

»Wieso?«

»Nein, ich meine: in diesem Monat. Und im Dezember.«

»Ich weiß noch nicht genau. Spazierengehen, nachdenken. Ich habe mir alte Papiere rausgekramt.«

»Willst du was Eigenes machen?«

»Nein«, sagte Frohnberg, »ich glaube nicht.«

Er fühlte sich unwohl. Ein Samstag – und sie saßen im Wohnraum und tranken Tee. Er hatte ein Vivaldi-Programm in den Composer geschoben, und die dünnen Violintöne bildeten einen unruhigen Hintergrund. – Draußen war es neblig. Man konnte nicht einmal bis zum Weg hin sehen.

An diesem Nachmittag war Frohnberg nahe daran, die Geschwindigkeit zu bemerken, mit der er sich abwärts bewegte. Noch aber gelang es ihm (er bemühte sich mit aller Kraft, diese Wahrnehmung auszuschalten, auch wenn er jetzt noch nicht wußte, wieviel Mühe ihn diese Abwehr der Warnehmung kostete), diese nun schon sehr hohe Geschwindigkeit zu übersehen, und in einer Gegenreaktion sagte er sich, daß alles ruhig und still war. *(Der Nebel dämpft alle Bewegungen und alle Geräusche.)*

Dennoch hatte sich Frohnberg schon verändert. So vermied er es jetzt häufig, seine Frau anzusehen, und auch mit seiner Tochter sprach er oft zerstreut und wie ein Fremder. Alltägliche und banale Dinge – das Wetter, auffallende Bewegungen fremder Menschen auf der Straße oder Wortfetzen, die er hörte, wenn er durch eine belebte Straße ging – zogen dafür seine ganze Aufmerksamkeit an. Und diese Art der Veränderung bemerkte Frohnberg durchaus, denn er wußte, daß er vorher, bevor er nach Wilsede gefahren war, auf all das nicht geachtet hatte.

Irgendwie, so sagte sich Frohnberg, hing alles mit diesem Aufenthalt in der Parzelle zusammen; obwohl er auf der anderen Seite keinerlei Zusammenhang erkennen konnte. Alles, was er beachtete und sah, wollte *er* sehen. Das Interesse wurde durch *seinen* Willen gesteuert.

In der ersten Dezemberwoche kam Hammerschmidt zurück, und er war voller Eindrücke und Erlebnisse. Über Spanien war er nach Nordafrika gefahren, hatte in besten Hotels gewohnt, hatte Menschen kennengelernt (er schwärmte in vielen Andeutungen von ›den Frauen‹), es war – mit einem Wort – *verrückt* gewesen. ›Verrückt!‹

Frohnberg hörte Hammerschmidt zu, wenn er erzählte, und wenn auch alles unzusammenhängend blieb – Einzeleindrücke von einer Urlaubsreise –, so war Frohnberg doch an allem interessiert. Manchmal fragte Hammerschmidt, was in der Zwischenzeit geschehen sei, hier in Köln, und er studierte (woran sich zeigte, welchen Geschehnissen seine Frage galt) die Entwicklung der Liste. Von der Tatsache, daß »Trauer und Steine« während seiner Abwesenheit auf dem ersten Platz geblieben war und jetzt, nach seiner Rückkehr immer noch an der Spitze stand, zeigte er sich begeistert.

›Ich bin nicht da!‹ sagte sich Frohnberg, und er drückte auf diese Weise aus, was ihn während dieser Tage, im Dezember, vor allem beschäftigte. Er fühlte sich merkwürdig getrennt von seiner Umgebung. Die Menschen, die er kannte, schienen jetzt oft in weiter Entfernung von ihm zu leben, und je mehr er sich bemühte, diese Entfernung zu überbrücken, desto deutlicher wurde sie ihm. Er spürte, daß er anders lebte als noch vor einem halben Jahr; dennoch aber, obwohl er es deutlich spürte, *wußte* er nicht um diese Gefühle, denn sie waren unterhalb der Schwelle, von der an Frohnberg sich bewußt Gedanken machte. Die Glasscheibe, die sich manchmal zwischen seine Augen und das, was er wahrnahm, schob, diese Scheibe war hart, und er stieß sich manchmal daran *(irgendwie)*. Das Erschrecken war dann jedesmal größer als der Schmerz, der eigentlich kein Schmerz war, sondern nur die Erinnerung. Etwas hatte soeben seine Stirn berührt. Kühl und unsichtbar war dieses Etwas gewesen, wie Glas. Die Scheibe, sie war so blank geputzt, daß er sie nicht sehen konnte. Er konnte sie niemandem zeigen, nicht Helga, seiner Frau, und nicht Hammerschmidt. (›Und nicht einmal Jonna‹, sagte er sich noch und wunderte sich gleich darauf, denn dieser Satz, den er einfach so vor sich hingesagt hatte, schien ihm unsinnig.)

An diesem Nachmittag im Dezember, an einem Montag, sagte Frohnberg also: ›Ich bin nicht da.‹

Er sah zum Fenster seines Arbeitszimmers hinaus. Den ganzen Vormittag über hatte es geregnet. Der Wind hatte die Regentropfen gegen das Fenster gedrückt; da hingen sie, ein silbriges Gesprenksel. Gestern hatte er sich mit Hammerschmidt über seine Idee unterhalten. Er hatte Hammerschmidt gesagt, wie er sich die Prinzipien der Komposition vorstellte, und Hammerschmidt hatte zugehört und am Ende gesagt, das sei alles sehr einfach zu realisieren.

Die Prinzipien sind einfach. Ein Würfel, dessen acht Ecken die acht Töne einer Oktav darstellen. Der Ton, der eine Oktav höher ist als der Grundton, liegt direkt über diesem. Und wir legen fest, daß die Strecke, die zwischen den einzelnen Punkten liegt, den Rhythmus bestimmt. Solange sich die Töne der Oktav aneinanderreihen, ist es ein vollkommen gleichförmiger Rhythmus. Aber dann! Die Töne können auch über die Diagonalen, die bei einem Würfel möglich sind, zueinanderkommen. Wenn sie aber den Weg über die Diagonalen wählen, egal ob es die Diagonalen in den Flächen oder die Raumdiagonalen sind, dann *müssen* sie, erstens, den Zwischenton, der durch den Diagonalenschnittpunkt gebildet wird, mit anschlagen, und zweitens, der Rhythmus verändert sich dann nach dem Streckenverhältnis. Die Rhythmusverschiebung ist das eigentlich Wichtige. Und natürlich die Zwischentöne, die ungewöhnlich klingen; aber weil sie gesetzmäßig entstehen und sich mit dem Takt der Musik sogar nach klaren, festen Regeln verbinden, wird diese Musik auch vertraut klingen. Nur am Anfang wird sie fremdartig sein.

»Das habe ich mir ja fast gedacht! Keine Symphonie, dafür aber so was. Hast du dir das ausgedacht, während ich weg war?«

»Nein, ich habe in alten Notizen gekramt. Es ist schon Jahre her, daß ich mir das überlegt habe.«

Hammerschmidt hatte gelacht; und er hatte dann gefragt: »Glaubst du, daß es schwierig ist?«

»Das Programm? Nein, überhaupt nicht. Ausgeruht wie ich bin, schreibe ich es dir noch heute abend, wenn du willst. Aber es wird schrecklich klingen. Ich weiß noch nicht wie, aber schrecklich auf jeden Fall. Lauter moderne Kompositionen werden bei deiner Idee herauskommen. Klänge, die sich niemand anhören kann.«

Noch während Frohnberg über das Gespräch nachdachte, rief Hammerschmidt an. »Ihr Auftrag für den Programmierer ist fertig, Herr Frohnberg«, sagte er und grinste. »Es klingt so, wie ich es gesagt habe: *schrecklich*.«

»Hast du es schon fertig?«

»Ja, ich hab' es schon eingelegt. Du kannst es dir überspielen, wenn ich auflege. Aber damit kommen wir nicht in die Liste.«

»Bist du so sicher?« fragte Frohnberg und versuchte, auf Hammerschmidts Spott einzugehen. – »Also, dann danke ich dir erst einmal. Der Lohn kommt später. Ich hole es mir gleich. Hast du meine Nummer schon eingetickt?«

»Ja. Du brauchst nur auf den Knopf zu drücken. Dann bin ich die Verantwortung für deine Kunst los.«

Frohnberg bedankte sich noch einmal, bevor er das Gespräch beendete. Dann, als er aufgelegt hatte, drückte er die Speichertaste, holte eine leere Cassette und überspielte das Programm.

Er war wieder nervös, aber jetzt hatte seine Nervosität einen Grund. Er war gespannt, wie sich diese Klänge anhören würden. Er wollte sich konzentrieren. (Er schaltete den Impulsor ein.) Laut, egal, wie es klang.

So lehnte er sich im Sessel zurück und löste das Programm aus.

Die ersten Tonfolgen waren zu schnell, und Frohnberg nahm die Fernbedienung, um die Geschwindigkeit zu verringern. Anschließend lehnte er sich wieder zurück.

Ein langgezogener erster Ton war zu hören, und dann ein zweiter, ebenfalls langanhaltender Ton. (›Es sucht seine Möglichkeiten‹, kam es Frohnberg in den Sinn, während er wartete.) Ein dritter, vierter Ton, und noch immer nichts Besonderes. Dann aber, plötzlich, zerbrach dieses einfache Gefüge. Es war *(seltsam)* so etwas wie ein Auftakt, aus dem diese zersplitternden Töne hervorquollen. Und bald, nach einer kurzen Pause, bildeten sich Harmonien. (Hammerschmidt, ironisch gestimmt, hatte zwei Programme synchronisiert. Oder sogar, wenn es recht zu hören war, ein zusätzliches Synchronisierungsprogramm gemacht.)

Später dann folgten einfache, dunkle Akkorde, bei denen Frohnberg, obwohl der Begriff unsinnig war, zu sich selbst sagte, daß das in diesem Tonsystem eine Moll-Tonart war.

Nachdem er ungefähr zehn Minuten dieser echoähnlich zukkenden Musik zugehört hatte, stand er auf (er stand wie unter Zwang auf, und dieser Satz – ›Ich bin nicht da‹ – war wieder in seinem Kopf) und nahm einen Kopfhörer. Er schaltete die Lautsprecher aus und regelte die Lautstärke des Kopfhörers fast bis zum Anschlag hoch. Als er den Kopfhörer aufsetzte, waren die Töne schmerzhaft laut.

Frohnberg setzte sich wieder und lehnte sich, die Beine weit von sich gestreckt, in dem Sessel zurück. Er schloß die Augen. Er wartete (auf irgend etwas) auf etwas.

Was zunächst auf ihn zukam, war ein warmes, vertrautes Gefühl. Er hatte, so sagte er sich, diese alte Idee nicht vergessen, und jetzt hatte er sie, mit Hammerschmidts Hilfe, in ein Programm umgesetzt. Er dachte zurück. An sein Hamburger Zimmer, in dem er die Notizen gemacht hatte. Jahre – mehr als zehn Jahre war das alles her. (Das Bett, das immer knarrte, bei der leisesten Bewegung. Rechts, hinten in der Ecke, von der Tür aus gesehen. Der Schreibtisch vor dem Fenster. Direkt rechts der alte, braune Schrank, an den er mit Klebstreifen Bilder geklebt hatte. Und zwischen Bett und Schrank der runde Tisch mit dem roten Wachstuch darauf. Der kleine, altertümliche Fernseher mit der Bildschirmröhre – auf dem Schränkchen. (War es weiß gewesen? Direkt neben dem Fernseher die elektrische Kochplatte. wohin ging nur all diese Zeit! Er erinnerte sich an eine Freundin. Diese Spiele in dem Zimmer. Was hatten sie eigentlich gemacht? Er wußte es nicht mehr.) An Einzelheiten – nein, er erinnerte sich nicht an Einzelheiten. Nur daran, daß der schwere Sessel, der sonst immer vor dem runden Tisch gestanden hatte, eine Rolle gespielt hatte. Hatte sie meistens in dem Sessel gesessen? Oder er?) Er ging von dieser Erinnerung weg und hörte auf die Musik. Machte dann die Augen auf und sah hinaus. Der Himmel vor dem Fenster war dunkel. Obwohl das schmutzige Weiß der Wolken eigentlich doch leuchtete, war es dunkel, und auch der Himmel war dunkel.

Er schloß wieder die Augen. Dachte an nichts mehr, sondern hörte nur zu. Und während er jetzt zuhörte, kam ein anderes Gefühl. Eine Ahnung eigentlich. Und diese Ahnung – sie ging weg von dieser Zeit *(weg von dieser Zeit)*, und dann (plötzlich?) fiel er.

Nein, er fiel nicht *plötzlich*, denn diese Fallbewegung war ja schon vorher dagewesen, und während der vergangenen Tage hatte sie sich immer mehr beschleunigt. Aber nun bemerkte er mit einemmal, daß er fiel.

Die Musik steigerte sich, und die Lautstärke war wirklich kaum zu ertragen. Trotzdem blieb er sitzen, die Beine von sich gestreckt. Er war erstaunt. (›Ich falle ja!‹) Noch war er ohne Angst. Nur überrascht. Er kam sogar dazu, sich Gedanken über dieses Fallen zu machen, und er sagte sich, daß er eigentlich nicht sicher war, daß er fiel, weil ihm jeder Bezug zu einem Oben und Unten fehlte. Da, in dem Raum, in dem – durch den hin er sich bewegte, war alles schwarz. Die Nacht war vollkommen. Und die Geschwindigkeit, die bemerkte er doch nur, weil diese Kraft, die seine Bewegung beständig beschleunigte, auf ihn einwirkte. (›Wenn ich nicht weiß, woran ich mich orientieren soll, dann kann ich auch sagen, daß ich falle. Diese Empfindung war zuerst da.‹)

Die Musik, die fremden Töne im Kopfhörer – die hatten Bedeutung. Sie hatten gemacht, daß er diese rasende Bewegung wahrnehmen konnte. (›Daß ich falle, glaube ich vermutlich, weil die Kraft auf den Kopf und die Schultern einwirkt, so daß ich mich mit den Füßen voran durch den Raum bewege. Und wo die Füße sind, ist unten.‹ – Solcherlei Gedanken, komplizierte und dabei zugleich spekulative Gedanken, hatte sich Frohnberg während seines bisherigen Lebens nie gemacht, und das, was er da überlegte – frei und wie selbstverständlich überlegte, verwirrte ihn nun, weil er bisher nicht gewußt hatte, daß er zu solchen Spekulationen fähig war, und die Töne *waren in der Bewegung*. Nicht die Bewegung selbst, sondern der Antrieb. Sie drückten auf seinen Kopf und auf seine Schultern, und wie schnell er auch immer dahinrasen würde, die Kraft der Töne würde nicht nachlassen.)

Es dauerte nicht lange, und Frohnberg begriff, daß die Beschleunigung, der er unterworfen war, nicht von dem, was er da hörte, abhing. Die Töne waren da, auch wenn sie der Composer nicht produzierte. So wie die Radiowellen durch den Raum zogen, auch wenn kein Empfänger eingeschaltet war. Und obwohl die Töne in ihrem Klang und ihrem Takt von perfekter

Beliebigkeit waren (denn als Impulsgeber gab es nur den Zufallsgenerator des Geräts), waren sie dennoch von irgendwoher vollkommen bestimmt, und der Zufall gehorchte einem fremden Gesetz. Also: er konnte nichts ändern, nichts verlangsamen. (Wieder war Frohnberg auf das äußerste verwirrt, weil er, kurz nachdem er dies überlegt hatte, nicht glauben konnte, daß *er* über solche Dinge nachdachte.) Und natürlich war die Frage, ob es für diese Beschleunigung, der er unterworfen war, eine Grenze gab. Wohin würde er kommen, wenn er mit dieser sich ständig steigernden Geschwindigkeit weiterflog? Immer und immer nur weiter? Immer nur durch diesen Raum, in dem er (ein *Punkt*, ausdehnungslos, ohne alle Masse) eine Linie wurde?

Er nahm, langsam, den Kopfhörer ab und legte ihn neben sich. Dann saß er ruhig da. Seine Nervosität, die ihn während der vergangenen Woche beständig geplagt hatte, war fort, und er erinnerte sich an die Hand in seinem Kopf, die diesen Punkt losgerissen hatte.

Er wußte viel in diesem Augenblick. Nicht alles, aber viel. Er wußte, daß er über diesen Zustand mit niemandem reden würde. (Und sogleich dachte er daran, daß er über die Parzelle ebenfalls mit niemandem gesprochen hatte. Aber das jetzt war noch einmal anders.) Es gab keinen Zwang zum Verschweigen dessen, was er nun wußte und fühlte; aber es gab keine Sprache, keine *vernünftige* Sprache, durch die er das, was er da wahrgenommen hatte, einem anderen mitteilen konnte.

Frohnberg stand auf. Er ging im Zimmer umher. (Das Programm war noch immer eingeschaltet, und aus dem Kopfhörer kamen leise Töne an sein Ohr. Er war, nicht nur von der großen Lautstärke, die er vorher eingestellt gehabt hatte, betäubt, und der dünne Klang aus dem Kopfhörer war ein gipsern und bröckelig daherschwimmender Strom.) Als er vor dem großen Fenster stand, sah er hinaus, und die Umgebung, die er so oft gesehen hatte, daß sie ihm selbstverständlich geworden war, erschien ihm neu und wie aus sonderbar originellen Teilen zusammengesetzt.

Vierzehntes Kapitel

Die Tage vor Weihnachten waren für Frohnberg die Zeit des Ordnungmachens. Vieles war in den vergangenen Wochen, seit er aus der Parzelle zurückgekehrt war, liegengeblieben. Es war so (er sagte sich das selbst mit seinen neuen, ihm immer noch ein wenig fremden, aber dennoch klaren und vollkommen durchsichtigen Gedanken), wie ein Zurückdenken, das einer, der ein hohes Alter erreicht hat, anstellt, wenn irgendein bedeutendes Fest vorübergegangen ist. – Während dieser Tage dachte Frohnberg wieder an die Parzelle. Es war seltsam, so sagte er sich jetzt, daß er, nachdem er aus der Parzelle zurückgekommen war, die ungewöhnlichen Dinge, die ihm widerfahren waren, einfach beiseite geschoben hatte. (›Wieso habe ich einfach so weitergelebt, als ob nichts geschehen wäre?‹) Er hatte tatsächlich so weitergelebt, als ob nichts geschehen wäre. Dann dieser Erfolg des Programms, an den er nicht geglaubt hatte. Die Wochen der Ruhe, die ihm dieser Erfolg beschert hatte. – Manchmal wanderten seine Gedanken zurück zu dem Mädchen, Eva, und dieser Teil seiner Erinnerungen erschien ihm deutlicher und zugleich unwahrer als die anderen Gedächtnisbilder.

Seine Vernunft zerteilte alle Eindrücke, an die er sich erinnerte, in Einzelbilder, die er streng prüfte. Die meisten dieser handlichen Pakete, die er auf den Prüftisch legte, wog er (lächelnd und gleichsam mit inneren Händen) und fand, daß sie mit einem Etikett versehen werden mußten, auf dem stand: *Unverständlich.* – Es war alles oder doch beinahe alles unverständlich. Wie war es gekommen, daß er überhaupt nach Wilsede gefahren war? (›Wie, um alles in der Welt, ist das überhaupt möglich gewesen?‹) Dann auch die Höhle – dieser Raum. So etwas konnte es doch nicht geben. Und wenn doch, dann nur als eine Täuschung. Aber es war keine Täuschung gewesen.

So also machte Frohnberg Ordnung, und als er mit dem groben Sortieren fertig war, fand er, daß sein bisheriges Leben hinter einem Berg von ordentlich aufgestapelten und mit der Aufschrift ›Unverständlich‹ versehenen Tatsachenpäckchen verschwunden war. Hinzu kam, daß er jetzt, Mitte Dezember, dieses Gefühl des Dahinrasens nicht mehr los wurde. Vor allem an Abenden, an denen er durch die Einkaufsstraßen in Köln ging, umströmt von Menschen, die alle in einer anderen Welt (in der *normalen* Welt, in der er, ehe er nach Wilsede gefahren war, auch gelebt hatte) lebten, vor allem an diesen Abenden spürte er den sanften Druck auf seinen Kopf und seine Schultern einwirken. Und obwohl es keine Orientierungsmöglichkeit gab, um die Geschwindigkeit abzuschätzen – der Raum war immer noch vollkommen dunkel, und es gab auch keine Luft, an deren Widerstand und Rauschen er seine rasende Geschwindigkeit erkennen konnte –, war Frohnberg doch vollkommen sicher – er *wußte*, daß er, ein Stäubchen ohne reales Dasein, immer und immer schneller durch die Nacht schoß.

Noch vermochte er mit diesem Gefühl zu leben, und es erfüllte ihn, besonders bei seinen abendlichen Gängen durch die Straßen, sogar eine fremde, klingende Heiterkeit. Seine Schicksalsergebenheit belustigte ihn dann, so wie es einen bis zum Lachen erstaunen kann, der in einem Flugzeug ohne Steuermöglichkeit dahinrast, die Erde wie eine Wand auf sich zukommen sieht und doch feststellt, daß er jetzt, in diesem Augenblick, in einer übersichtlichen, vibrationslos klaren Kabine sitzt und weder friert noch schwitzt. – Noch also vermochte er so zu leben; aber er sah doch auch klar, daß er bald, wirklich in naher Zukunft, seine Gelassenheit verlieren würde. (Er war jemand, der die Wirkung eines Stoffs, der ihm soeben gespritzt worden ist, aus früheren Versuchen schon kennt und weiß, was kommen muß. Der Schüttelfrost, die Hitze und Kälte in rascher Folge, das (und daß es schmerz*los* ist, ist das eigentlich Schlimme) vollkommen schmerzlose Entsetzen.

Noch tat er, normal und erfüllt von einer betäubenden Gleichgültigkeit, was die Zeit verlangte. Er besorgte Geschenke, sprach mit seiner Frau darüber, wie sie die Weihnachtstage verbringen wollten, und las Jonna manchmal eine Geschichte oder ein Märchen vor. Mit Hammerschmidt unterhielt er sich darüber, was sie im Januar tun wollten, und zur Vorbereitung hatte er auch schon mehrere alte Rock-and-Roll-Schallplatten angehört. (Die vom Marketing sagten voraus, daß solche Programme im Frühjahr verlangt würden.)

So vergingen die letzten Tage vor Weihnachten. Frohnberg besorgte noch einen Weihnachtsbaum, den er dann am Heiligen

Abend, nachdem er Jonna zu Frau Borgmeier gebracht hatte, schmückte. Helga war noch im Studio und moderierte eine der Weihnachtssendungen. Frohnberg sah, während er Lamettafäden über den Baum warf, auf die Bildwand. (Helga sagte: »... wünschen wir Ihnen und uns ein schönes, ruhiges Weihnachtsfest!«, und dann verschwand ihr Gesicht, und auf der Bildwand spiegelten sich nur die beiden Kerzen, die er auf den Tisch gestellt und angezündet hatte.)

Helga kam gegen 7 Uhr nach Hause. Sie hatte noch letzte Kleinigkeiten in Geschäften besorgt, die auch an diesem Tag länger geöffnet hatten. Frohnberg hatte Jonna inzwischen wieder abgeholt und in ihr Zimmer gebracht, wo sie sich jetzt eine Geschichte anhörte, die eine Frau im Radio vorlas. Er erlebte diese Stunden seltsam gespannt und fröhlich gestimmt, und als dann, später, nachdem die Geschenke schon verteilt waren, der Geruch von Punsch aus der Küche kam, fühlte er sich ein wenig wie ein Kind. Eine glückliche Ruhe lag im Zimmer, und diese Ruhe war vor allem deshalb so deutlich, weil Frohnberg an diesem Abend wieder in aller Klarheit sah, daß sich das Gefühl, das mit der Geschwindigkeit verbunden war, nicht mehr lange würde beherrschen lassen.

Am ersten Weihnachtstag kamen Helga Meinerts Eltern zum Mittagessen. Jonna bekam noch einmal Geschenke (ansonsten bestand die Vereinbarung, mit den Eltern nur Kleinigkeiten auszutauschen), und die Unterhaltung, die sie nach dem Essen führten, war ohne alle Besonderheiten. Um 3 Uhr begann es stark zu schneien, und die Eltern, die in Köln wohnten und mit dem Bus gekommen waren, fuhren früher als ursprünglich geplant zurück, weil sie befürchteten, daß die Busse wegen des schlechten Wetters später vielleicht nicht mehr fahren würden.

Als seine Schwiegereltern sich verabschiedet hatten, tat Frohnberg etwas, was er in dem Leben, das er bisher geführt hatte (in seinem alten, dem normalen Leben), nicht getan hätte: Er zog seinen Mantel an und ging nach draußen. Trotz des schlechten Wetters wollte er spazierengehen, und als ihm der Wind den Schnee ins Gesicht trieb, stapfte er voran und fühlte bald darauf, wie eine (eine *höhnische*) Freude in ihm aufstieg.

Dann, nachdem er eine Weile ziellos durch die Straßen gegangen war, stand er vor der Kirche. Er ging nie in die Kirche. Vor Jahren war er einmal ungläubig geworden, nachdem er vorher immer, wenn die Rede darauf kam, gesagt hatte, daß er durchaus an Gott glaube, aber nicht wisse, wer dieser Gott sei. Er war damals aus der Kirche ausgetreten, und seitdem vermied er es, Kirchen zu betreten. So als ob er nun kein Recht mehr hätte, in diese Gotteshäuser hineinzugehen.

Jetzt ging er ohne weiteres Nachdenken zur Kirchentür und fand sie zu seinem Erstaunen unverschlossen. Er trat ein, ging durch das schwach erleuchtete Kirchenschiff nach vorn, hin zum Altar, und während er ging (der Geruch von Weihrauch lag in der Luft) kam ihm wieder zu Bewußtsein, daß er so rasend schnell sich bewegte, daß alles Licht hinter ihm zurückblieb.

›Ich fliege‹, sagte er zu sich selber, während er sich in eine Bank setzte, ›schon lange viel schneller als das Licht. Und weil ich von allen Lichtquellen fortfliege, ist es hier so dunkel. Das Licht bleibt hinter mir zurück.‹

Er sah auf die kleine rote Lampe, die vorne am Altar brannte. Dieser rote Punkt zog seinen Blick an, saugte so lange, bis seine Augen fest darauf hafteten, und er mußte nach einigen Minuten einige Kraft und Konzentration darauf verwenden, um den Blick wieder davon loszureißen.

Als er hinaufsah, seinen Blick über die Kirchenfenster hin nach oben gehen ließ, sah er hoch oben links (er mußte die Augen ein wenig zusammenkneifen, um die Schrift lesen zu können) die Worte EGO VERITAS. Die Worte lösten eine heitere, kindliche Freude in ihm aus. Das war eine kleine Lateinprüfung! Und das verstand er immer noch: ›Ich bin die Wahrheit‹.

Gleich darauf streunten seine Gedanken wieder umher wie kleine Tiere, liefen dahin und dorthin und versammelten sich schließlich alle wieder auf einem kleinen Platz, wo sie sich (›Wie kleine Hunde!‹ sagte sich Frohnberg und fand diesen ungereimten Ausdruck ausgesprochen lustig) niedersetzten und alle in die gleiche Richtung sahen. Sie sahen alle auf ihn hin. *(Seine eigenen Gedanken sahen ihn an.)* Sie sahen zu, wie seine Person, sein Selbst, hier, während er in dieser Kirchenbank saß, alle Freude fallen ließ, um sich auf etwas zu zu bewegen (›Was ist das?‹), das er erst nach einiger Zeit als seine Angst erkennen (er sagte seltsamerweise ›entziffern‹) konnte.

Als er sich fragte, warum er denn plötzlich ängstlich geworden war, fand er die Erklärung sofort. Er brauchte nur wieder in sich hineinzufühlen, dahin, wo er selbst als das Staubkorn durch den Raum flog, dann war es ganz einfach. Er war bisher immer in gerader Linie geflogen, und die Kraft, die ihn fortwährend beschleunigt hatte, hatte sanft auf ihn eingewirkt. Diese Kraft war immer noch da; aber nun kam eine andere hinzu, die gefährlich zog und drückte. Noch war sie schwach, die andere Kraft, und kaum zu spüren; andererseits war er dort, wo er dieser energiegeladene Punkt war, auch ein äußerst empfindliches Meßgerät, und es fiel ihm leicht, festzustellen, daß diese Einwirkung größer wurde. Und sie geriet in Konkurrenz zu der anderen Kraft, die ihn weiter vorantrieb. Sie war nicht einfach nur Widerstand und Bremse, diese zweite Kraft, sondern sie veränderte seine Bahn; sie machte, daß er nicht mehr als eine Gerade durch den Raum raste –

(›Das ist es! *Das ist es!* Die Bahn wird jetzt *gekrümmt!*‹)

Er lief auf eine bestimmte Kurve zu, und diese Kurve sah er vor sich. (Es war – die Bezeichnung wußte Frohnberg nicht mehr – eine Hyperbel.) Diese neue Kraft würde ihn in diese Kurvenbahn hineinzwingen, und sie würde so groß und gewaltig sein, daß er alle Qualen leiden würde. Er würde sich, er wußte es schon jetzt, tausendmal wünschen zu sterben. Aber sterben würde er nicht, denn dieser Punkt da war unsterblich.

Frohnberg stand auf. Das, was in ihm vor sich ging, machte sich auch nach außen hin, in seinem Körper, bemerkbar. Er war auf einmal müde und schwach und zerbrechlich. (Gedanken und Assoziationen überschwemmten sein Bewußtsein. Gedanken, die ihm schrecklich fremd und sinnlos erschienen. ›Ich bin wie dünnes Porzellan‹, sagte er zum Beispiel, und solche Vergleiche, die sich ihm aufdrängten, erschienen ihm unvernünftig und gefährlich.)

Als er wieder auf der Straße stand, war das Schneetreiben nicht mehr so dicht wie vorher. Er ging zurück. Nachdem er einige hundert Meter gegangen war, beschloß er, nicht direkt nach Hause zurückzukehren, sondern den Weg am Schloß vorbei zu nehmen. Er wollte noch ein wenig Zeit haben und sich beruhigen. Wie er sich jetzt fühlte, mußte er einen kläglichen, kranken Eindruck machen, und er wollte seine Frau nicht erschrecken.

Während der folgenden Tage, in der Zeit zwischen Weihnachten und Neujahr, versuchte Frohnberg mit aller Anstrengung zu seiner früheren Lebensweise zurückzukehren. Er sprach geduldig mit seiner kleinen Tochter, er unterhielt sich mit seiner Frau über die Probleme, die sie an ihrer Arbeitsstelle hatte, er rief seinen Vater, der über die Feiertage in den Schwarzwald gefahren war, an und berichtete, was sie an den Weihnachtstagen gemacht hatten. Dann telefonierte er mit seiner Mutter. (Seine Eltern hatten sich, als er elf Jahre alt gewesen war, scheiden lassen. Seine Mutter hatte dann nach einem Jahr wieder geheiratet, während sein Vater unverheiratet geblieben war.) Er war froh, daß seine Mutter, nachdem sie ihn am Bildtelefon gesehen hatte, nicht auf sein verändertes Aussehen hinwies, denn er selber fand, daß sich sein Aussehen verändert hatte. Wenn er in den Spiegel sah, dann war ihm, als sei sein Gesicht eine Maske aus Eis. Das Gesicht eines Erfrorenen, auf das sich der Hauch der letzten Atemzüge als ein Rauhreif gelegt hatte. Silvester, am frühen Nachmittag, überlegte er, ob es möglicherweise so war, daß nur er diese Veränderung sah. Wie hätte es sonst sein können, daß Helga, die ihn ja aus nächster Nähe anschaute, diese Veränderung nicht bemerkte?

Am Abend dieses 31. Dezember waren sie zusammen mit einigen anderen Leuten bei Hammerschmidts eingeladen. Kurz vor Mitternacht war Laura Hammerschmidt so betrunken, daß Martin Hammerschmidt sie ins Bett bringen wollte. Laura wollte nicht und setzte sich, nachdem sie versucht hatte, ihren Mann zu einem Fangspiel zu bewegen, bei dem dieser aber nicht mitgemacht hatte, auf Frohnbergs Schoß.

»Stefan!« hauchte Laura Hammerschmidt. (Mit gespielter Frivolität. Frohnberg roch ihren Whisky-Gin-Atem.) »Du bist ja ein *Künstler*, Stefan! Ich habe mir dein Programm angehört. Das mit dem Würfel. Es klingt gräßlich – wie Kunst. Martin kann so etwas nicht. Der kann nur immerzu an seiner Kiste sitzen und Programme machen. Aber selbst auf eine Idee kommen, das kann er nicht.«

Hammerschmidt stand in einiger Entfernung und unterhielt sich mit anderen. Er war bemüht, über das, was seine Frau sagte, hinwegzuhören. Laura Hammerschmidt fingerte derweilen in Frohnbergs Haar und näherte sich Frohnbergs Gesicht, betrunken wie sie war, mit einer Kußschnute.

»Ich liebe Künstler, Stefan!« sagte sie mit tiefer Stimme, und ihr gespitzter Mund ging an Frohnbergs Mund vorbei. Mit geschlossenen Lippen drückte sie Frohnberg einen Kuß auf die rechte Wange.

Frohnberg versuchte, das Spiel mitzumachen, obwohl es ihm peinlich war und er am liebsten weggelaufen wäre. »Ich werde im kommenden Jahr nur klassische Stücke komponieren«, sagte er. »Ein Konzert für zwei Blecheimer und fünfzehn Composerprogramme. Die Partitur für die Eimer schreibe ich, und Martin macht die Programme für die Composer.«

Laura ging nicht auf das ein, was er sagte. Sie starrte auf den Abdruck, den ihr Lippenstift auf Frohnbergs Wange hinterlassen hatte, und sagte dann nur: »Ooh!« (Ein langgezogener, klingender Laut.) Ihr Lachen war gemischt mit Entsetzen. Dann sank sie langsam zur Seite.

Frohnberg glaubte, daß das zu Lauras Spiel gehörte, und er blieb daher, während Laura Hammerschmidt umsank, untätig sitzen. Erst im letzten Augenblick begriff er, daß Laura wirklich ohnmächtig geworden war. Er faßte zu und verhinderte, daß sie zu Boden fiel.

Martin Hammerschmidt kam herbei. Er nahm seine Frau (so wie er sie hielt, fühlte sich Frohnberg an das Bild eines Ehemannes erinnert, der seine junge Frau über eine Schwelle trägt) und trug sie aus dem Zimmer.

Laura war betrunken gewesen, sagte sich Frohnberg. Aber sie hatte ihn am Ende so entsetzt und nüchtern angestarrt. Vielleicht hatte sie wirklich erkannt, was mit ihm los war, und sie war dann vor Schreck ohnmächtig geworden. (›Nein, nicht Laura!‹)

Als dann Hammerschmidt zurück war – er hatte, als er wieder ins Zimmer gekommen war, zu Frohnberg hingesehen und nur mit den Schultern gezuckt und den Mund verzogen –, war Frohnberg von dieser Meinung wieder abgekommen. Laura, sie war nur sehr betrunken.

Und das andere? Das mit ihm? Frohnberg fand, daß Hammerschmidts Geste, mit der dieser das Zimmer betreten hatte, alles ausgedrückt hatte. Den Mund verziehen und mit den Schultern zucken, das war alles, was auch er jetzt tun konnte. (Er schoß weiter durch den unendlichen, schwarzen Raum, und die zweite Kraft, die, die ihn in diese schreckliche Kurve zwang, war stärker geworden.) Noch war ja alles in Ordnung, und noch beherrschte er diese innere Wahrnehmung. – Er nahm sein Glas und nippte an dem Orangensaft, den er sich eingeschenkt hatte. Alkohol wollte er nicht trinken. Nicht allzuviel jedenfalls. Er hatte Angst, daß er, wenn er betrunken war, die Beherrschung verlieren würde. Das mit der Parzelle, das, was dort *wirklich* gewesen war, das würde er auch dann nicht erzählen, wenn er betrunken war; aber dieser Eindruck des Dahinfliegens war, seit er begonnen hatte, diese Kurve zu fliegen, so stark geworden, daß die Gefahr bestand – wenn er betrunken war, dann konnte es sein, daß die Angst aus ihm herausplatzte, daß er alles erzählte.

Eine Frau (ungefähr dreißig Jahre alt, rothaarig – Frohnberg dachte, als er die Haare sah, sogleich wieder an das Mädchen in der Parzelle) kam und setzte sich neben ihn. Eine Freundin Lauras vermutlich. Frohnberg kannte die Frau nicht.

»Du sitzt so einsam hier herum?«

»Ach, ich ruhe mich nur aus«, sagte Frohnberg.

»Bist du nicht Stefan Frohnberg?«

»Ja.«

»Euer Programm, das ist wirklich toll!«

Frohnberg wußte nicht so recht, was er jetzt sagen sollte. An das Programm hatte er während der vergangenen Tage kaum noch gedacht. Es stand noch immer auf einem der vorderen Plätze in der Liste, und es hatte gute Aussichten, das meistgekaufte Programm des Jahres zu werden. – Wie sollte er der Frau klarmachen, daß ihn diese ganze Sache nicht interessierte.

»Ich heiße Elisabeth«, sagte die Frau, als Frohnberg eine Weile geschwiegen hatte. »Ich bin eine Kollegin von Laura.«

»Bei der Bank?«

»Ja, bei der Stadtsparkasse.«

Sie unterhielten sich noch eine Zeitlang über Belanglosigkeiten. Dann, als es auf Mitternacht zuging, kam Frohnbergs Frau und gab ihm ein Glas Sekt. Elisabeth (die, wie Frohnberg in dem Gespräch noch erfahren hatte, mit Nachnamen Maler hieß) ging. Einige Minuten später sah Frohnberg, daß sie sich mit einem anderen – vermutlich war es ihr Mann oder ihr Freund – unterhielt.

Obwohl es in dem Zimmer ruhiger geworden war, war Frohnberg überrascht, als seine Frau ihn in den Arm nahm und küßte.

»Ein gutes Jahr, Stefan!«

Sektkorken knallten, und durch das Fenster konnte man sehen, wie Raketen in den Himmel stiegen.

Die Szene war, wie sich Frohnberg später erinnerte, durchsichtig und unwirklich, und daß seine Frau – dieses Gesicht und dieser Körper – nahe bei ihm stand, verstärkte diese Empfindung. Er kannte Helga so gut. (›Jonnas Mutter‹, kam es ihm in den Sinn. Sie war (wieder einer dieser Vergleiche, deren er sich nicht erwehren konnte) eine schöne, silbrige Christbaumkugel, die aber, wenn man mit einem harten Gegenstand versehentlich gegen sie stieß, leicht und mit einem klirrend-knisternden Geräusch zerbrach.) Sie war eine ruhige, klar und bestimmt denkende, erwachsene Frau. Und trotzdem war sie *(silbrig)* weit von ihm weg. Oder doch nicht weit weg, sondern lebte in jener anderen, in der alten, normalen Welt, von der er, seit er wußte, daß er in seinem Inneren durch diesen Raum raste, abgetrennt war.

»Prost, Stefan!« sagte Hammerschmidt und stieß mit ihm an. »Auf ein gutes Neues!«

»Prost, Martin!« sagte Frohnberg und lachte dann plötzlich so laut, daß ihn Hammerschmidt einen Moment lang irritiert ansah.

In den folgenden Tagen und Wochen war Frohnberg wechselnden Zuständen unterworfen. Es gab Tage, oder doch zumindest Stunden an gewissen Tagen, in denen er sich ausgeglichen und sicher fühlte. Das innere Gefühl des Dahinrasens verschwand dann fast ganz. (Wenngleich ein Rest, den er leicht aktivieren konnte, wenn er nur in sich hineinsah, immer blieb.) Er war dann auch plötzlich wieder zuversichtlich, glaubte, daß es möglich sein müsse, mit einiger Anstrengung von dieser Bedrohung wegzukommen. Zumindest wollte er versuchen, sie so fest einzuschließen, daß er selbst keinen Zugang mehr hatte. Er sagte sich – und es schien ihm, wenn er das bedachte, als sei er ein Stück weit von sich selbst entfernt –, daß die Fähigkeit, so durch einen Raum zu fliegen, in allen anderen Menschen auch angelegt war. Aber die anderen gingen nicht in eine Parzelle, sie fanden kein junges Mädchen, das mit einer unsichtbaren Hand in ihren Kopf greifen und dieses festgebundene Teilchen losreißen konnte. Die zweite Kraft aber, die Kraft, die die Ablenkung aus der geraden Bahn bewirkte, diese Kraft war nicht in jedem. (›Hat Kuntzeler *das* gewußt?‹)

Während sich Frohnberg mit seinem Nachdenken über das, was ihm da widerfuhr, immer mehr in ein Labyrinth verirrte und daran, daß er hin und wieder an Stellen kam, an denen er, manchmal mehr als einmal, schon gewesen war, erkannte, daß er sich im Kreis oder doch jedenfalls nicht systematisch suchend voranbewegte, verlief sein Leben nach außen hin noch planvoll und geordnet. (Und vor allem, wenn er in seinem Gedankenlabyrinth an jene Stellen kam, an denen seine Überlegungen von vordem wie Haufen modrig-feuchter Blätter lagen, wunderte sich Frohnberg, daß es ihm noch gelang, dieses Leben weiterzuleben.) Nur manchmal kam es vor, daß er Dinge tat, die, zumindest für ihn, ungewöhnlich waren. So machte er sich eines Abends, an einem Freitag Ende Januar, zu einem Dauerlauf auf, und das, obwohl er seit mehr als zweieinhalb Jahren überhaupt keinen Sport mehr getrieben hatte. Er war am Morgen dieses Tages sehr früh aufgewacht, hatte einen leichten Druck in der Herzgegend verspürt und hatte, geplagt von hin und her irrenden Gedanken, wach gelegen. Während dieses Wachliegens war er auf die Idee gekommen, daß er, wenn er sich durch Laufen ermüden würde, besser Schlaf finden könnte. So also zog er an diesem Abend seinen alten Trainingsanzug an und begann, kaum daß er vor der Haustür stand, mit einem zuerst müden, dann immer schnelleren und schließlich verbissen gleichmäßigen Trab. Zwischen diesen drei Abschnitten des Laufs legte er kurze Pausen ein, in denen er in einem schnellen Fußgängertempo ging und verwundert feststellte, daß er begierig darauf war, sich in dem nächsten Laufabschnitt weiter und noch ein bißchen mehr als vorher zu quälen. Erst als er zum drittenmal wieder zu laufen begann und mit konzentrierter Entschlossenheit und dann am Ende wie in gedämpfter Wut eine leicht ansteigende Straße hinaufstampfte, kam ihm eine Erklärung dafür, weshalb er dieses selbstquälerische Gefühl wollte. Er erkannte, daß, während er mit kurzen, schmerzhaften Atemzügen dahinrannte, das Gefühl in seinem Innern allmählich taub zu werden begann. Statt dessen kamen verspielt wirkende Assoziationen in seinem Kopf auf und wurden deutlicher, bis er sie schließlich ungefähr so sehen konnte, wie er in der Nacht Bilder eines Traums sah. Vor allem waren es dunkle Gebäude, und er wußte jedesmal, wenn er ein neues Gebäude sah, was es war. Er konnte sich dieses Wissen nicht erklären, denn nach außen hin waren sich die Häuser ähnlich, wenn man einmal davon absah, daß in einigen Licht brannte, während andere dunkel dalagen. – Das Haus, das er zuerst sah, war hell erleuchtet, und er wußte, daß es ein Krankenhaus war. Dann lag da, links von ihm, jenseits einer langen, geraden Straße (die nicht die Straße war, auf der er lief, sondern eine Straße, die nur in seiner Vorstellung existierte), ein aus ineinander verschachtelten Teilen bestehendes Altersheim. Aber vorher noch – er versuchte sich zu erinnern und spürte unter sich den Takt seiner dahintreibenden *(sehr müden)* Schritte – war er, bei dieser dunklen Mauer, an einem Friedhof vorbeigelaufen. Es waren dies, wenn man sie so nehmen wollte, drohende Wegmarken; aber Frohnberg wußte, daß das Krankenhaus, der Friedhof und das Altersheim keine Symbole waren. Es waren wirkliche Einrichtungen (irgendwo waren sie wirklich vorhanden), die ihm von seiner Vorstellung zugespielt wurden. Genauso wie die Schule, die jetzt rechts lag und vor der er (in Gedanken) nach rechts hin abbog. Eine stark befahrene Querstraße, an der jemand, der diese Strecke wirklich *(Echo)* gelaufen war, sicherlich haltmachen und Autos vorbeifahren lassen mußte. Und dann weiter, über die Straße, an Wohnhäusern und an dem seltsamen, grauen Bau einer Polizeiwache vorbei.

An dieser Stelle zerflossen die Bilder in einem dunklen Schwarz-Grau, und Frohnberg, der jetzt wieder auf den Weg achtete, bemerkte, daß er es nicht mehr weit nach Hause hatte. Den Weg hinunter noch, und er war da. Wieder zu Hause. – Jetzt spürte er, daß er sich bis zur Erschöpfung angestrengt hatte. Seine Beine drohten bei jedem Schritt wegzuknicken. Dafür aber war der Innenraum verschwunden, und selbst wenn er sich, wie im Übermut, vollkommen auf die Stelle konzentrierte, an der er vorher beständig dieses die Linie ziehende Staubkorn gewesen war, fand er nur eine dünne, fühllose Haut vor. Und hinter dieser Haut, so sagte er sich eilig, befand sich weiter nichts als die normale Masse seines Gehirns.

An diesem Abend, während er unter der Dusche stand und sicher sein konnte, daß die neu gewonnene Freiheit auch jetzt, da er wieder zu Atem gekommen war, anhielt, war Frohnberg zum letztenmal voller Hoffnung. An diesem Abend glaubte er noch einmal, daß dieses bedrohliche Gefühl vielleicht einfach wieder verschwinden würde. Und wenn es, am nächsten oder einem der darauffolgenden Tage, wiederkommen sollte, dann würde er wieder laufen. So lange, bis es vertrieben war.

Er versuchte es nach diesem Rezept. Als er am anderen Morgen erwachte und den endlosen Raum in sich vorfand, blieb er gelassen, und am Abend lief er wieder durch die Straßen. – Der Raum blieb, so sehr er sich auch anstrengte. Er versuchte es, zunehmend ratlos und am Ende verzweifelt, noch einige Male. Es blieb nicht nur der Erfolg aus; er merkte bald, daß die körperliche Anstrengung die andere, die zweite Kraft nun eher stärker werden ließ.

So begann für Frohnberg die Zeit einer beständig wachsenden Angst vor einem unbekannten Ziel, auf das er, abgelenkt und in der Richtung korrigiert, mit unendlicher Geschwindigkeit zuflog. Er erinnerte sich nun immerzu und ohne daß er aus den Erinnerungen irgendwelchen Rat schöpfen konnte, an die Tage, die er in Wilsede zugebracht hatte. Er erinnerte sich auch an die Tablette, die Kuntzeler ihm mitgegeben hatte. Sie lag, in einem weißen Tütchen, in seinem Schreibtisch. Aber er nahm keine Drogen. Und was konnte diese Tablette anderes sein als eine Droge. Vermutlich enthielt sie dieses Som, von dem Eva Landshoff gesprochen hatte. Und – nein! Auch wenn es ihm schlecht ging – er würde diese Tablette nicht schlucken.

Anfang Februar bemerkte dann Helga Meinert, daß sich Frohnberg verändert hatte.

»Was ist los, Stefan? Du hast doch irgend etwas!«

Frohnberg wunderte sich in diesem Augenblick nur darüber, daß seine Frau, das, was mit ihm vor sich ging, nicht schon längst gesehen hatte.

Frohnberg sagte: »Ja, ich fühle mich nicht wohl.«

»Willst nicht mal zum Arzt gehen?« fragte seine Frau.

»Morgen früh gehe ich hin.«

»Oder geht es dir schlecht – soll ich gleich anrufen?«

»Nein, nein. Es geht schon«, sagte Frohnberg und stand auf.

Er ging zur Toilette und sah in den Spiegel. Sein Gesicht war grau. Das war nicht im übertragenen Sinne gesprochen. Die Haut war, vor allem auf der Stirn und um die Augen herum, stumpf grau. Frohnberg stützte sich auf und sah sich in die Augen. – Und in ihm begann die Linie (wenn er noch einmal annahm, daß er zuerst in ein *Unten* gestürzt war) unter der Gewalt der anderen Kraft über eine waagrechte Fläche dahinzuschießen.

Fünfzehntes Kapitel

Es folgten helle, stille Tage. Am Morgen ging die Sonne an einem leuchtenden Horizont auf, zog während des Tages über den wolkenlosen Himmel und ging am Abend in einem klaren, kalten Dämmerlicht unter. Frohnberg machte nun oft, meist in den Abendstunden, einen Spaziergang, und er sah dann mit halb geblendeten Augen in die Umgebung, die ihm zunehmend fremd wurde. Die Kälte war nicht allein eine Sache des Wetters. Es war Frohnberg, als seien er und diese schneelose, winterliche Zeit miteinander verbunden. Als mache das, was er nun fühlte, daß alles so klar und kalt war.

Er war beim Arzt gewesen, und der hatte ihn untersucht. Er war gesund. In seinem Körper war keine Krankheit. In seinem Körper nicht. Allerdings, so hatte der Arzt gesagt: nervös sei er, hochgradig nervös und überreizt. Ob er sich denn in letzter Zeit unter einem besonderen Druck, vielleicht beruflich, befinde. – ›Nein‹, hatte er geantwortet. ›Nein, weder beruflich noch privat.‹ – Der Arzt, ein Internist, hatte ihm dann doch noch eine Überweisung für einen Nervenarzt geschrieben, weil alles, wie er sagte, auf eine schwere nervliche Erschöpfung hindeute. –Auch der andere Arzt hatte nichts weiter feststellen können. Nur eben: die Erschöpfungszustände. – ›Was haben Sie in den letzten Monaten gemacht? Ist irgend etwas passiert?‹ – Nein, es war nichts passiert. Nein, alles war in Ordnung gewesen in der letzten Zeit.

Der Nervenarzt hatte ihm ein Beruhigungsmittel verschrieben, und das nahm er jetzt, regelmäßig dreimal am Tag. Das Medikament half nicht viel. Es machte nur, daß er, so wie an diesem Abend wieder, spazierengehen konnte. Es hielt ihn, die äußeren Schichten seiner Person, ganz ruhig, und er wollte so konzentriert beobachten, was innerhalb seiner äußerlichen Schalen vor sich ging. Das Bild hatte sich nicht verändert. Er flog (nichts erreichte ihn hier) in seinem einsamen Flug über die Ebene. Die Dinge, die in der Welt geschahen, waren Eisgebilde – aus einer Atmosphäre kondensierte Wasser und gefror zu konkreten Ereignissen der Wirklichkeit.

Helga kaufte sich einen Mantel.

Jonna fiel hin und schlug sich das Knie auf.

Jonna kam herbeigerannt und fragte, ob sie mitgehen dürfe.

Manchmal nahm er sie mit, und dann lief sie vor ihm her, und alles, was sie tat, gefror auf der Stelle zu einem kleinen Gegenstand, der dann in der Zeit stehenblieb. Kalt und unbeweglich für immer in der Zeit stehenblieb. Zwar zerbrechlich, doch es war niemand da, der (›Die Ewigkeit zerbricht keine Handlungen.‹) ihn zerbrechen konnte.

Er riß sich von seinen Gedanken los. Dieses Staubkorn, das nun mehr Energie in sich trug als ein ganzes Weltall voller Sonnen, sah er. (›Ich *selbst*!‹)

Es war ein rosa Leuchten am Himmel. Dort hinten, auf Köln zu.

Es hatte Männer gegeben, die wohl das gleiche empfunden hatten. Aus ganz anderen Gründen. Große Männer, mit denen er ansonsten nichts zu tun hatte. Sie hatten, von einem Zimmer aus, Kriege geführt. Von kurzen Frontbesichtigungen abgesehen, waren sie nie dort gewesen, wo ihre Befehle ihre Wirkung taten. Alles hatte sich in weiter Ferne abgespielt. In einer Geschichte, die *die* Geschichte war. Und dann, eines Tages, nachdem sich das Netz der feindlichen Linien schon vorher immer enger zusammengezogen hatte, war sie da, die Kapitulation. Unterzeichnet von jemandem aus dem Generalstab, in immer noch beträchtlicher Entfernung. – So waren diese Männer gegangen. In der Kälte. Mochte auch der heißeste Sommer sie umgeben, sie gingen in der Kälte. In einem Garten, durch den einer gegangen war, der sich immer noch »Kaiser« nannte, mochten die Kirschen geblüht haben. Er ging, und es war still wie immer. *Die Kälte:* Er wußte, daß das Land jenseits dieser Gartenmauer nun ein fremdes Land war. Aus irgendeinem Grund warteten sie noch hin, ehe sie kamen und ihn abholten. Nein, sie würden ihn nicht töten. Sie würden ihn am Ende vielleicht sogar wieder hierher zurückbringen. Sein Palast, der dort hinter den Kirschbäumen lag, blieb vielleicht sein Aufenthaltsort. Aber das Land ringsum, das Land, das ihn gewärmt hatte, würden sie mit der Macht, die ihnen nun gegeben war, von ihm abtrennen, sie hatten es schon abgetrennt von ihm. Und deshalb fror er in der Zeit der Kirschblüte.

Die Gedanken zogen ruhig durch Frohnbergs Bewußtsein. Noch vor kurzem hätte er sich gewundert, wenn ihn derartige

Einfälle heimgesucht hätten. Nun aber – vielleicht lag es auch an dem starken Beruhigungsmittel, das er nahm – blieb er gefaßt. Solche Bilder, zu denen ihm sogar, jetzt, da er sich nicht mehr gegen sie wehrte, Worte der Beschreibung einfielen, solche Bilder spiegelten sich ja doch nur auf den äußeren Schalen. Und im übrigen – natürlich verglich er sich nicht mit den Männern, die Kriege geführt und verloren hatten. Er hatte mit ihnen nichts gemein. Nur die Kälte, dieses eine Gefühl, das mochten auch sie gespürt haben.

Aber weg davon! Was hatte er in Wirklichkeit *damit* zu tun. Er wartete und wußte, daß er nicht mehr weit von der Entscheidung entfernt stand. Und *er* redete über das Wetter. Denn mehr als ein Reden über das Wetter war es ja nicht, dieses Ausmalen solch plötzlicher Einfälle. – Andererseits: Was blieb ihm anderes, als seine Zeit hinzubringen? Und wie er die verbleibende Zeit verbrachte, war letzten Endes gleichgültig. Warum also nicht über das Wetter sprechen und der Phantasie freien Lauf lassen.

Nur eben: bald mußte er bereit sein. Viel Zeit blieb ihm nicht mehr. – Er hatte sich schon alles zurechtgelegt; er wußte, was er tun wollte, wenn es soweit war. Er wollte sich unten, in Köln, ein Zimmer nehmen. Allein sein. Warum, wenn es geschah (und daß er daran zerbrechen würde, war sicher), Helga und Jonna damit belasten.

Die Parzelle, war sie schuld? War Kuntzeler schuld? Oder das Mädchen, Eva, weil es ihn mit in diese Stadt genommen hatte? Solche Fragen waren ihm lange schon egal. Sie waren ihm im Grunde genommen immer egal gewesen. Hatte sie etwas mit dieser Einladung bezweckt? Suchten sie nach Opfern? Er sollte etwas *herausfinden? Er?* Jeder, der ihn kannte, wußte, daß er nichts finden würde. Aber egal, *egal.* – Seine Gleichgültigkeit war, was diese Dinge anging, fast vollkommen. Sie ging so weit, daß er nicht einmal sagen konnte, ob er, vor die Wahl gestellt, noch einmal nach Wilsede fahren würde. – Das war ein Widerspruch, ohne Zweifel. Er wußte es. Denn er hatte Angst vor dem, was kommen würde. Er hatte große Angst. Er zitterte, wenn er daran dachte. Da wäre es logisch und konsequent gewesen, wenn er diese Fahrt nach Wilsede verflucht hätte. Er war aber, wie paradox das auch immer klingen mochte, nicht sicher, daß er, wenn er sich noch einmal hätte entscheiden müssen, nicht doch noch einmal nach Wilsede gefahren wäre.

Wenn Frohnberg am Morgen erwachte, war er jetzt voller Zweifel. Am Morgen erschien ihm das, was ihn während der Tage zuvor bedrängt hatte, lächerlich und sinnlos. (Es war ihm für einige Augenblicke so, als glitte er auf dem, was er vorher gedacht hatte, aus wie auf einer Bananenschale, und er hatte das Gefühl, als fiele er nach hinten.) Er fragte sich dann, warum er nicht alles das, was geschehen war, einfach beiseite schob. Und er sagte sich (meistens in der Zeit unmittelbar nach dem Aufstehen), daß dieser Raum und diese rasende Fahrt doch nur irgendwie *in ihm* waren, und damit waren der Raum und das Staubkorn, das in diesem Raum dahinraste, nicht *objektiv* vorhanden. Er bildete sich, so sagte sich Frohnberg am Morgen, alles doch nur ein. Und dann – was immer er an diesen Tagen auch tat – kamen während der Vormittage mit stumpfer Regelmäßigkeit alle Empfindungen zurück, und sie *waren objektiv*, und an den Abenden, wenn er unter der Last der Bewegung fast zusammenbrach, lachte er über sich und über das, was er am Morgen gedacht hatte.

Dann, an einem Spätnachmittag, an dem der Himmel wieder eisklar war, sagte Frohnberg zu seiner Frau: »Ich werde mir ein Zimmer nehmen.«

Helga Meinert ließ das Lesegerät, mit dem sie gerade eine Zeitschrift durchblätterte, sinken und sagte nur: »Wo?«

(Sie fragte das so schnell, und Frohnberg erkannte sogleich, daß sie nur einfach eine Gegenfrage stellte, weil sie es sich angewöhnt hatte, Überraschung zu verbergen.)

»Unten in Köln«, sagte er.

»Und wann?«

»Morgen.«

»Aha.«

Sie war kühl und vernünftig, und also dachte sie nach. Vermutlich hatte sie schon während der vergangenen Woche immerzu Überlegungen angestellt.

»Hör mal, Stefan. Irgend etwas ist mit dir los, und du sagst mir nicht die Wahrheit. Vermutlich sagst du niemandem die Wahrheit – nicht einmal den Ärzten.«

Sie hatte sich ihm zugewandt, er sah ihren (so ruhigen) Mund, die Augen, Lippen, ihre Haare, und er wußte schon, bevor sie weitersprach, was sie ihn nun fragen würde.

»Hat es etwas mit Wilsede zu tun?«

Sie war eben kühl und vernünftig. Es war keine Frage: sie hatte ihn immerzu beobachtet, auch wenn sie nichts zu ihm gesagt hatte. Vermutlich wußte sie schon – vermutlich wußte sie fast alles. Nicht konkret und in Einzelheiten, aber so, daß sie sich eine plausible Geschichte zusammenreimen konnte. – Dabei war ihm selbst nicht mehr klar, ob sein jetziger Zustand etwas mit Wilsede, mit dem Aufenthalt in der Parzelle zu tun hatte. Es war natürlich ziemlich wahrscheinlich. Solche Gefühle und Empfindungen hatte er vorher nicht gekannt. – Aber sagen durfte er nichts. Daß sie auf diese Frage gekommen war, war schon mehr als schlimm. Aber auch – nicht zu schnell und bestimmt nein sagen. Denn das bestätigte sie nur in ihrer Vermutung.

Er neigte den Kopf ein wenig zur Seite und sah sie nicht an.

»Ich weiß nicht.«

Und nach einigen Sekunden fügte er hinzu: »Nein, ich glaube nicht.«

»Und wie stellst du dir das jetzt praktisch vor. Ich meine: was sollen wir mit Jonna machen?«

Sie versuchte nicht, ihn aufzuhalten, und sie reagierte nicht aufgeregt. Weil sie vernünftig war. Sie war immer vernünftig. (Und das hatte er an ihr immer geschätzt. Er schätzte es auch jetzt.) Wenn sie Einwände machte, dann waren diese begründet und galten praktischen Problemen.

»Ich habe schon mit Frau Borgmeier gesprochen. Sie hat Zeit. Und natürlich übernehme ich die Kosten auf mein Konto.«

»Und – meinst du nicht, daß es besser wäre, wenn du richtig Urlaub machst? Nach Italien fährst, oder irgendwohin? Vielleicht bist du wirklich nur abgespannt.«

Sicher war, daß sie nicht glaubte: daß er nur abgespannt war und Erholung brauchte. (Er konnte deutlich fühlen, wie sie dachte. Auch das war neu.) Sie dachte weiter an Wilsede. Aber sie sprach es nicht aus. Sie respektierte, daß er nicht darüber reden wollte.

»Nein, ich habe mir das alles überlegt. Ich glaube, so ist es am besten. Vielleicht bleibe ich auch nur zwei, drei Tage.«

Das glaubte *er* nicht, und er wußte, daß sie es ihm nicht abnahm; aber er wollte doch wenigstens den Verusch machen, diese Sache (das Wort ›Maßnahme‹ kam ihm in den Sinn) herunterzuspielen. Ohnehin war es ihm peinlich, daß er so aus der Ordnung, ihrer privaten Ordnung, heraustrat und dadurch auch das Leben seiner Frau mit Schwierigkeiten belastete.

»Ach ja, das wird schon gehen. Wenn Frau Borgmeier Jonna nimmt, wenn ich in der Redaktion bin.«

Sie schwiegen, und als er sie ansah, sah er, daß sie auf einen Punkt in der Zimmerecke, nahe dem Fußboden, starrte und lächelte. Er überlegte, was er ihr noch sagen konnte.

Während er noch überlegte, sah sie auf und sagte: »Hoffentlich stört dich der Karneval nicht.«

Er hatte noch nicht weiter darüber nachgedacht – eigentlich überhaupt nicht. Er mochte den Karneval nicht. (Helga wußte es.) Manchmal, früher, hatte er in der letzten Karnevalswoche Urlaub genommen und war weggefahren. Und jetzt hatte die Karnevalswoche gerade begonnen, und wenn er sich in Köln ein Zimmer nahm, dann würde der Trubel über ihm zusammenschlagen. Die Leute auf den Straßen und in jeder Kneipe, das laute Singen und Grölen, der Bierdunst und die zerbrochenen Weinflaschen an den Bürgersteigrändern. Er hatte wirklich nicht daran gedacht. – Es blieb ihm keine Wahl. Er mußte das machen. Auch wenn er nicht wußte, woher diese Eingebung, diese fraglose Eingebung, kam: er war vollkommen sicher, daß er das jetzt tun mußte. (Und gerade in diesem Augenblick war er wieder in dem Raum und bei dem Staubkorn, und der Druck, der auf ihm lastete – die Kurve war jetzt ganz flach geworden, aber die Geschwindigkeit war so groß, daß diese flache Abwärtsbewegung genügte, um die Kraft unendlich groß werden zu lassen – dieser Druck war kaum noch zu ertragen.)

»Vielleicht kannst du dir ja ein Zimmer am Stadtrand nehmen. Dort, wo's nicht zu laut ist.«

»Ja«, sagte er. »Mal sehen.«

Er nahm sich dann doch ein Hotelzimmer in der Innenstadt, in der Nähe des Doms, und daß er nun hier wohnte (›sich hier einquartiert hatte‹, sagte er zu sich selbst), verdankte er wie so vieles von dem, was er in diesen Tagen tat, dem Zufall. Er war am Tag nach jenem Gespräch, das er mit seiner Frau geführt hatte, schon am Morgen mit dem Bus in die Stadt gefahren und am Breslauer Platz, hinter dem Bahnhof, ausgestiegen. Auch dieser Tag war, besonders zu dieser frühen Zeit, sehr kalt gewesen, und er hatte den Gürtel seines Mantels fester gezogen und war unschlüssig herumgestanden. Dann war er, durch den Bahnhof, auf die Domseite gegangen, und auf dem Platz vor dem Bahnhof hatte ihn eine ältere Frau angesprochen und nach der Bischofsgartenstraße gefragt. Er hatte ihr den Weg erklärt und war dann ein Stück weit gegangen. Irgendwo hatte er gefrühstückt und sich überlegt, was er nun tun sollte. Während er nachgedacht hatte, war ihm eingefallen, daß die Frau nach der Bischofsgartenstraße gefragt hatte, und so war er, nachdem er mit dem Frühstück fertig gewesen war, in diese Richtung gegangen. Und an diesem Weg hatte das Hotel gelegen. Er war mit seinem kleinen Koffer in der Hand hineingegangen und hatte ein Zimmer mit Dusche genommen. Das Zimmer war sehr teuer, aber er hatte nicht weiter auf den Preis geachtet. (Vierzehn Tage hier würden nicht mehr kosten als Hammerschmidts Urlaubsreise.) Das Zimmer war dafür immerhin groß und hell. Vor allem aber war es sehr sauber. Die Sauberkeit hatte gemacht, daß er sich sogleich ruhig gefühlt hatte. (In dem Maße, in dem er noch zur Ruhe fähig war.)

Jetzt also wohnte er im Hotel, und er verbrachte die Tage damit, ziellos durch die Straßen zu gehen. Sich treiben zu lassen. Zu schauen. Schon am ersten Tag hatte er sich angewöhnt, auf kleine Dinge und Begebenheiten zu achten, und diese Kleinigkeiten waren es, die bestimmten, wohin er ging. Ein Lied, das er irgendwo in einer Seitenstraße hörte, ließ ihn sich herumdrehen und in die Richtung gehen, aus der das Lied kam. Eine Zigarettenschachtel, die auf der Straße lag und die er plötzlich sah, weil die Sonne sich in der silbrigen Oberfläche spiegelte, erregte seine Aufmerksamkeit, so daß er stehenblieb, um sich die Schachtel genauer anzusehen. Und weil auf der Schachtel, als Markenzeichen, ein schwarzer Pfeil war, der, so wie die Schachtel lag, in die Richtung zeigte, aus der er eben gekommen war, wandte er sich um und ging zurück.

An diesem Tag, einem Donnerstag, ging er wieder durch die Innenstadt, nachdem er in den Tagen zuvor auf seinen Gängen manchmal bis in die Außenbezirke gekommen war. Er hatte dann meist in irgendeinem Gasthaus etwas gegessen und war mit dem Bus zurückgefahren. – Die Belästigung durch das Karnevalstreiben war im übrigen geringer, als er befürchtet hatte, und während der Nacht, auf seinem Zimmer, merkte er davon so gut wie gar nichts. Zwar sah er auch während des Tages immer wieder Männer und Frauen, die, eine Pappnase im Gesicht, betrunken hin und her torkelten und sangen, aber das ertrug er gelassen; ja, er hatte sogar so etwas wie Interesse entwickelt, und er versuchte, die Leute, die da feierten und sangen, zu verstehen. (Es gelang ihm nicht.)

Er ging an der Antoniterkirche vorbei, blieb stehen und ging dann in die Kirche hinein. (Er ging jetzt häufiger in Kirchen hinein. Manchmal nur, um sich aufzuwärmen, wenn ihm während seiner Gänge durch die Stadt kalt geworden war, manchmal auch, weil er wissen wollte, wie die Kirche, vor der er gerade stand, von innen aussah.) Es war lange, lange her, daß er zum letztenmal in der Antoniterkirche gewesen war. Er war wohl noch zur Schule gegangen, damals. – Der Engel, an den er sich erinnerte, überraschte ihn dennoch. Er hing, vorne links, so unglaublich schwer und massig, daß die Ketten, an denen er aufgehängt war, viel zu schwach erschienen, um ihn zu tragen.

Rechts, am Ende des Kirchengestühls, standen drei Frauen, die sich halblaut unterhielten und dabei nach vorne sahen, auf eine Stelle am Boden, die Frohnberg nicht sehen konnte, weil sie durch die Bänke verdeckt war. Als er auf der linken Seite weiterging, um sich den Engel aus der Nähe anzuschauen, sah er, daß drüben, im rechten äußeren Gang, ein Mann am Boden lag. Er war offensichtlich betrunken und hatte sich einfach dahin gelegt, um seinen Rausch auszuschlafen, und die Frauen beratschlagten, was sie tun sollten.

Frohnberg fühlte sich für einen Augenblick unwohl, weil er meinte, daß es seine Aufgabe wäre, den Mann aus der Kirche zu weisen. (Im nächsten Moment kam ihm diese Idee grotesk und albern vor. Er hatte nichts mit der Kirche zu tun, und außerdem störte der Mann, wenn er so schlief, niemanden.)

Der Engel hing, wie Frohnberg nun sah, an spitzen Haken, die tatsächlich an Angelhaken erinnerten. Das war ihm, damals in seiner Jugend, nicht aufgefallen. Oder er hatte es nicht mehr gewußt.

Er ging zurück und setzte sich im hinteren Drittel des Kirchenraums in eine Bank. Er war müde. Den Kopf in die Hände gestützt, wollte er sich konzentrieren. Auf das konzentrieren, was kam – auf ihn zukam und schon nicht mehr weit entfernt war. Der Raum und die Geschwindigkeit, mit der er sich, eingeschlossen und aufgehoben in diesem Staubkorn, dahinbewegte, waren nur Vorzeichen und Hinweise.

Zunächst war da nur der Druck von beiden Seiten. An die Beschleunigung hatte er sich schon gewöhnt. Und vielleicht würde er sich auch noch an diesen gräßlichen Gegendruck gewöhnen, der ihn, jetzt, davon abhielt, in die Fläche zu stürzen. In spitzem Winkel würde er, wenn der Druck plötzlich fortgenommen würde, auf dieser Ebene aufschlagen. – Zunächst war also nur der Druck zu spüren, aber dann, unbegreiflich und unvernünftig, begann eine Veränderung. Es dauerte nicht lange, und er wußte, was es mit der Veränderung auf sich hatte. Er war ein Punkt, den die Geschwindigkeit in eine Linie umgeformt hatte. Jetzt aber wurde die Linie zu einem Gebilde, das einen Umfang hatte. Die Linie wurde eine Röhre. (Eine Röhre, deren Oberfläche keine Dicke hatte und dennoch eine Oberfläche bildete.) Dieses im Moment noch haarfeine Röhrchen wurde unmerklich langsam – sein Durchmesser und damit sein Umfang wurden größer. Langsam, ganz langsam, und doch so, daß er nach wenigen Minuten bemerkte, wie die Ausdehnung nicht einfach nur einen Trichter bildete. – Ja, kein einfacher Trichter wuchs aus diesem Röhrchen, sondern ein räumliches Gebilde, das – wie sollte er es beschreiben?

»Hallo, Stefan!«

Jemand war, während er so gesessen hatte, in die Bank getreten, war weitergegangen, so daß er jetzt neben ihm stand.

Frohnberg sieht auf und erblickt einen Mann, dessen Gesicht er kennt.

Der Mann hat ihn angesprochen.

Vor ihm steht Christian Kuntzeler.

Die Unterhaltung mit Christian Kuntzeler – Frohnberg registriert es, während sie gehen, mit Überraschung – ist kein Gespräch zwischen Schulfreunden, die sich lange Jahre nicht gesehen haben. (Kein ›Hallo! Mein Gott, wie lange ist das her!‹, kein ›Was hast du denn so gemacht?‹ und kein Erzählen von Vergangenem.) Die Unterhaltung ähnelt vielmehr einer Dienstbesprechung. Auf Frohnbergs Fragen, die auf Wilsede zurückgehen, läßt sich Christian Kuntzeler nicht ein. Er erklärt kurz und bündig, daß er, als er durch diese Wand gegangen ist, durch *seine Tür* (wie er einfach und ohne weitere Erklärung sagt) – daß er da direkt und ohne Umweg in Köln gewesen ist. Und hier arbeitet er nun. Wie ein ganz normaler Mensch.

»Was? Du meinst – du bist, ohne daß du hierher gefahren bist, einfach gleich in Köln gewesen, als du durch die Wand gegangen warst?«

Kuntzeler bejaht dies und fügt sogleich hinzu, daß er das jetzt nicht erklären wolle; sie könnten später darüber sprechen; jetzt gebe es Wichtigeres. Dann beginnt er *(beginnt er)* ganz ruhig zu fragen.

»Wie geht es dir inzwischen, Stefan?«

Frohnberg zuckt mit den Schultern. Er scheut sich einfach hier auf der Straße über das zu sprechen, was in ihm vorgeht.

»Komm!« sagt Christian Kuntzeler. »Ich kann es mir ungefähr schon denken. Du mußt nicht lange überlegen, was du mir sagen sollst.«

Und so wie er das sagt, ist es, als wisse er alles ganz genau; als könne er direkt in Frohnbergs Gedanken sehen, und das, was er von ihm wissen will, ist nur ein Teil eines Spiels, oder besser: eines Rituals, in dem es darauf ankommt, daß Frohnberg *ausspricht*, was in ihm ist. (Nicht für Christian Kuntzeler, der ja alles weiß, sondern für sich selber.)

»Ich weiß nicht«, beginnt Frohnberg unsicher.

Er macht eine Pause. Kuntzeler schweigt. Sie stehen vor einer Skulptur, einer hohen, unregelmäßig geformten Steinsäule, über die Wasser herabfließt, und Kuntzeler betrachtet die Säule interessiert, ohne jedoch ein Wort zu sagen.

»Ich bin fertig«, sagt Frohnberg dann unvermittelt. »Ich bin zu Hause ausgezogen und habe mir hier ein Zimmer genommen. Es ist – ich weiß nicht. So ein inneres Gefühl. Ich weiß nicht, wie ich es beschreiben soll.«

»Hast du das Mittel genommen, das Eva dir gegeben hat?« fragt Kuntzeler.

»Nein«, antwortete Frohnberg. »Ich will keine Drogen nehmen.«

»Das ist keine Droge!« sagt Kuntzeler.

(Er hat auch das gewußt. Er hat gewußt, daß er diese Tablette nicht genommen hat. Vielleicht ist er auch nur deshalb gekommen. Und dieses Gespräch führt Kuntzeler nur, damit er, Frohnberg, das Versäumte nachholt.)

Kuntzeler hat einen Moment lang geschwiegen, und er fügt

jetzt hinzu: »Das ist eher ein Medikament. – Hast du die Tablette noch?«

»Ja. Zu Hause, in Bensberg.«

»Dann fahr hin und hol sie. Nein, besser: nimm sie gleich, wenn du zu Hause bist.«

»Ja«, sagte Frohnberg (wie ein Kind). »Gut.«

Kuntzeler muß gleich wieder gehen. Er hat, wie er sagt, heute wenig Zeit; aber er möchte, daß sie sich am nächsten Tag, am Abend, treffen.

»Wo?« fragt Frohnberg.

»Für mich wäre es am einfachsten am Neumarkt, an der U-Bahn-Treppe. Geht es um acht Uhr?«

Frohnberg steht vor dem Spiegel im Badezimmer. Er ist allein im Haus. Helga, seine Frau, ist wahrscheinlich in ihrer Redaktion, und Jonna ist bei Frau Borgmeier. – Er hat die Tablette hervorgeholt und in einem Glas Wasser aufgelöst. (Sie war ziemlich groß gewesen; er hätte sie nicht einfach schlucken können.) Jetzt hält er das Glas in die Höhe und betrachtet die milchige Flüssigkeit. Dann schwenkt er das Wasser ein wenig herum, setzt das Glas an den Mund und trinkt den Inhalt in einem Zug aus.

Er sieht wieder in den Spiegel und betrachtet sein Gesicht, das eine merkwürdig grau-gelbliche Färbung hat. Seine Pupillen – sie sind weit geöffnet. Das hat er bis jetzt nicht bemerkt. Aber die Wirkung der Tablette kann das noch nicht sein. Die hat er eben erst genommen. Es wird einige Minuten dauern, ehe sie ins Blut übergeht.

Er geht in den Wohnraum. Es ist kalt. Er holt seinen Mantel, den er über die Heizung im Badezimmer gehängt hatte, zieht ihn an und setzt sich so in einen Sessel. Dann wartet er nur noch ab.

Jetzt hatte er die Tablette doch genommen. Wo war sein Vorsatz, es nicht zu tun? Gab es – hatte er noch eine Wahl? Nein. Nein, er hatte keine Wahl. Er brauchte nur in sich hineinzusehen, dahin, wo sich das dünne Röhrchen, das aus der Linie hervorgegangen war, schneller ausdehnte. Immer schneller.

Er lacht. Lacht sich selber aus und läßt sich zurückfallen in den Sessel. Lacht und schlägt sich mit der Rückseite seiner rechten Hand gegen die Stirn. Wie konnte er nur jemandem klarmachen, daß diese Bewegung, diese Beschleunigung und jetzt: die Ausweitung des feinen Röhrchens ihn bedrohten? – Nein, keiner würde das verstehen. Und deshalb hatte er es auch niemandem erzählt.

Nach ungefähr 10 Minuten spürte Frohnberg die ersten Wirkungen der Tablette. Er wurde ruhiger und sicherer. Die Ruhe, die er fühlte, beschränkte sich nicht nur auf die äußeren Schalen. (Die Pillen, die er von dem Nervenarzt bekommen hatte, hatten auch eher betäubend gewirkt, und das Innere, das Grauen, die Angst, waren geblieben.) Sie drang ganz leicht in den schwarzen Raum ein, diese Ruhe, und obwohl sich an den Bewegungen und an dem, was er in sich wahrnahm, nichts änderte, konnte er jetzt alles – er konnte es ertragen. Und nicht nur *ertragen*: Er war sogar ein wenig neugierig auf das, was nun kommen würde.

Wieder lehnte er sich in dem Sessel zurück. Er dachte nach. Er konnte, wenn er wollte, zu Hause bleiben. Solange die Wirkung (Wie war das überhaupt? Wie lange hielt die Wirkung der Tablette vor?) der Tablette anhielt, mußte er nichts befürchten. Aber auf der anderen Seite – nein, ganz einfach: Er wollte nicht hierbleiben. Hier in diesem ruhigen Haus. Hierher gehörte er nicht.

Die Gedanken kamen ruhig und selbstverständlich, und er kostete die wiedergewonnene Fähigkeit, sie, wenn er wollte, ruhig und ganz langsam, ganz wörtlich zu denken, genießerisch aus. ›Ich weiß nicht, ob ich (der Inhalt und die Wahrheit dessen, was er da zu sich sagte, waren weniger wichtig als die Art und Weise, mit der er jetzt wieder ruhig denken konnte) überhaupt wieder ruhig hier leben kann.‹ – Und dann, nach einer Weile, fragte er sich noch: ›Was werde ich heute abend tun?‹ – Die Abende der vergangenen Tage hatte er, in sich selbst vergraben und ängstlich auf den Raum starrend, in seinem Hotelzimmer verbracht. Jetzt aber, jetzt fühlte er sich frei und sicher, und wenn die Wirkung der Tablette anhielt, dann konnte er heute abend irgendwohin gehen. Ins Kino vielleicht, oder in eine Bar.

Er verließ das Haus eine Stunde später. Während er zur Bushaltestelle ging, sah er sich um: Alles war wie neu. Die Häuser, die Menschen, die ihm entgegenkamen, die Bäume, der Himmel. Der Himmel war wieder von einer fahlen und dabei für die Jahreszeit doch kräftigen Farbe. Frohnberg staunte über die

Farbe des Himmels. – Dann, kurz vor der Bushaltestelle, dachte er: ›Es ist, als sei ich einer, der von einer langen Krankheit genesen ist.‹ Er fühlte, daß dieser Satz nicht von ihm stammen konnte, sondern, wie der Anfang eines vor langen Jahren einmal auswendig gelernten Gedichts, einfach in sein Bewußtsein aufgestiegen war; aber das beunruhigte ihn nicht. Alles lag *(herrlich)* wieder überschaubar vor ihm.

Sechzehntes Kapitel

Die Wirkung der Tablette hatte auch am Abend nicht nachgelassen. Er ging durch die Straßen und fühlte sich (wohl vor allem im Kontrast zu seinem vorherigen Zustand) frei und unbeschwert. Er sah lachenden und schreienden Menschen ins Gesicht und ärgerte sich nicht darüber, daß sie so ausgelassen waren; er überlegte vielmehr, daß viele Menschen jetzt zu Karnevalsveranstaltungen gingen. Dieses einstimmende Lachen und Rufen machte ihn noch immer ratlos, aber es war dies nun eine eher angenehme Ratlosigkeit. Er fühlte sich wie in einem fremden Land, für dessen merkwürdige Bräuche er jedoch Interesse und Sympathie hatte.

Immer wieder, gesteuert von etwas, das wie eine innere Weckuhr wirkte, sah er in sich hinein und beobachtete die laufenden Veränderungen. Es gab keine Überraschungen. Die dünne Röhre weitete sich noch immer aus, und ihre unendlich feine, runde Oberfläche schob sich, daran hatte sich nichts geändert, immer schneller voran. – Jetzt fand Frohnberg die Ruhe, um über das, was mit ihm geschah, nachzudenken. Er sah keinen Sinn in all dem; aber er hatte doch auch das Gefühl, daß hinter allem ein Plan und eine Absicht standen. Eine Einladung in eine Parzelle, sein Aufenthalt in Wilsede, die Ereignisse, die so märchenhaft und fremdartig gewesen waren, daß er sie (das war jetzt ganz deutlich) wie einen Traum erlebt hatte. So daß er hier, nachdem er zurückgekehrt war, alle seine Erinnerungen beiseite geschoben hatte. Und dann die Veränderung, der Raum, die Geschwindigkeit. Alles, was ihn bedroht hatte, ihn beinahe um den Verstand gebracht hatte. Kuntzeler am Ende: den er während der Woche, die er in der Parzelle verbracht hatte, nicht zu Gesicht bekommen hatte, obwohl er doch auf Kuntzelers Einladung hin in die Parzelle gekommen war. Jetzt war Kuntzeler unerwartet und *(trotzdem)* wie pünktlich zur Stelle, forderte ihn auf, endlich die Tablette zu nehmen, und nachdem er sie genommen hatte, beruhigte sich sein Gehirn. (Der Raum, wenn er in ihn hineinsah, war in seinem Brustkasten; aber es war dennoch klar, daß alle Empfindungen von seinem Kopf aus gesteuert wurden.) – Hinter allem stand ein Plan. Bald, vielleicht schon morgen würde er erfahren, worum es ging.

›Treiben‹, sagte Frohnberg während er ging; und dann noch einmal einfach nur: ›Treiben!‹

Er meinte sich selbst und die Art und Weise wie er jetzt, wieder *(schläfrig)*, durch die Straßen ging. Nicht langsam und beschaulich, sondern so, als ob er in halber Eile zu einer Verabredung gehen müsse. Aber er hatte keine Verabredung. Heute abend noch nicht.

Manchmal, wenn er ein Stück weit sehen konnte und wußte, daß ihm niemand entgegenkam, schloß er die Augen und ging so, mit geschlossenen Augen, einige Schritte. Dann tauchte meist die Stimme eines Mannes oder einer Frau auf – die Leute lachten und sprachen laut, so daß er sie schon auf zehn Schritte Entfernung hören konnte –, und er öffnete die Augen , um mit niemandem zusammenzustoßen. (Nein, eigentlich eher, um zu sehen, wer die waren, die ihm entgegenkamen.)

Die Stadt war laut, und doch war sie leise.

Er bemühte sich herauszufinden, wie diese einander widersprechenden Eindrücke zustande kamen, und nach einiger Überlegung sagte er sich, daß die Scheibe daran schuld war – die Scheibe, die sich zwischen ihn und die anderen geschoben hatte. – Nicht nur *zwischen* ihn und die Umgebung. Diese gläserne Wand umgab ihn jetzt ganz, und er saß in einem an beiden Enden verschlossenen Glaszylinder. Er ging, bewegte sich, *war* in dieser Glasröhre.

Ein anderer Vergleich fiel ihm ein. (In der Nähe lachte eine Frau kreischend. Da drüben irgendwo, rechts. Er hatte die Frau nicht gesehen, und er stellte sich vor, daß sie blond – hellblond sein mußte. Er wandte den Kopf und sah die Frau, die, am Arm eines Mannes hängend, immer noch prustend lachte. Sie hatte weißlich-blonde Haare.) Es gab Filme, in denen Bilder gezeigt wurden, die schwebten. Blasse Farben; Straßen, die durch die Optik verkürzt wurden und so hoch und dicht standen wie Flure. Menschen gingen diese Straßen entlang, bewegten sich alltäglich, weil sie die Kamera, die weit entfernt stand, nicht bemerken konnten, und die Geräusche dieser Straßen waren nicht zu hören. Vielleicht waren sie auch eben ausgeblendet worden, und vor einigen Sekunden hatte man sie noch gehört, diese Geräusche der Autos und der Menschen. Sie waren von einer weichen Watte, die sich vor sie geschoben hatte, aufgesogen worden, und geblieben waren nur die Bilder, die bläßlich und verschwommen wirkten. – So ging er jetzt. Es war ihm nicht unangenehm. (Auch das war vermutlich eine Folge der Tablette.) Er fühlte sich sicher und entspannt wie seit Monaten nicht mehr. Und er war (er blieb stehen und dachte eine Minute lang nach) den Menschen, die an ihm vorbeitrieben, überlegen.

Als er weiterging, stand dieser Gedanke noch für eine Weile in seinem Bewußtsein und machte, daß er eine innere Kälte verspürte. Auch diese Kälte war nicht unangenehm. Im Sommer, wenn man im Meer badete und aus dem Wasser kam, gab es diese angenehme Kälte. Sie war äußerlich, lag auf der Haut, und man wartete, daß die Sonne die Wassertropfen trocknete.

Er war müde. Vom vielen Laufen war er müde geworden. Ein mildes, weiches Schlafbedürfnis breitete sich in seinem Kopf aus. Er wollte zum Hotel zurückgehen. Es war jetzt kurz nach acht. Heute hatte Helga ihre Sendung. Eine ihrer Sendungen, und sie machte vermutlich wieder Kontrastprogramm: kein Karneval, sondern Bücher über ernste Themen. Das wollte er sich noch ansehen. Und dann nur noch schlafen. Ohne Angst schlafen.

Frohnberg dachte an seine Frau, als er zum Hotel zurückging. Er hatte sie, wenn er es nun ruhig bedachte, in das, was in ihm vorgegangen war, nicht einbezogen. Und auch seine Tochter nicht. Er war (und er sagte sich ›ich gehe‹) allein. Kuntzeler – es konnte sich herausstellen, daß Kuntzeler die Welt, in der er ging, mit ihm teilte. Noch irgend jemand sonst? – Er versuchte, die Frage wegzuschieben, doch sie ließ sich nicht abweisen: *Eva?* – ›Nein, Eva nicht!‹ sagte Frohnberg fest und bestimmt zu sich selber.

Dann stand er vor dem Hotel.

In der Nacht wachte Frohnberg auf und glaubte im ersten Augenblick, daß jemand im Zimmer sei. Dann wurde ihm, als er sich im Bett aufsetzte, klar, daß die Stimmen, die er hörte, vom Flur her – nein, nicht vom Flur her, sondern aus einem anderen Zimmer kamen. Die Stimmen eines Mannes und einer Frau. Die Frau lachte manchmal, und der Mann sprach mit dunkler, rauher Stimme, und es war, als wolle er die Frau, der er nicht zu sagen wagte, sie solle leiser sein, dazu bringen, nicht so laut zu sprechen.

Die Stimmen waren so, daß er nicht verstehen konnte, was der Mann und die Frau sagten. Als er sich in der Richtung orientierte, hörte er, daß die Stimmen aus der Duschkabine kamen, deren Tür halb offen stand. (Schnell und wie ohne sein Zutun kam die Geschichte: Das Zimmer da drüben war während der vergangenen Tage nicht bewohnt gewesen, und nun waren diese Frau und dieser Mann gekommen. Der Duschraum hier hatte eine Verbindung zur Dusche des Nachbarzimmers, und dort, in dem anderen Zimmer, stand die Tür zur Dusche ebenfalls offen. Vermutlich hatten die beiden Badezimmer den gleichen Entlüftungsschacht. – Der Mann, der Mann in der Geschichte, war untersetzt, er hatte dunkelblondes Haar und einen kleinen Bart, den er, besonders um den Mund herum, jeden Tag sorgfältig stutzte. Die Frau war nicht schlank und nicht dick, blond (wieder blond) und immerzu zum Lachen aufgelegt. Sie hatten sich auf einer Feier kennengelernt, hatten gesprochen, gelacht, getrunken, getanzt (tanzende weiße Masken), und dann hatten sie sich für diese Nacht ineinander verliebt.)

Frohnberg stand auf. Die beiden hatten aufgehört zu sprechen, und nur von Zeit zu Zeit hörte er noch das Lachen der Frau, das jetzt verletzt und ratlos klang. – Er ging in den Duschraum, schaltete das Licht nicht ein, sondern wartete, bis sich seine Augen an die Dunkelheit gewöhnt hatten. Oben, links neben dem Kachelgeviert des Duschbeckens, war der Luftabzugsschacht. Davor ein helles Jalousiengitter. Er stieg auf den Rand des Duschbeckens und dann auf den breiten, gekachelten Sims, der als Ablage neben dem Duschbecken war. Sein Ohr war direkt neben dem Abzug, und er hörte die *(blonde)* Frau nun deutlicher. – Er war (sagte er sich) kein Voyeur, sondern fühlte sich unbeteiligt und uninteressiert. Ihm war kalt. Es war seine Aufgabe, die beiden zu belauschen, denn er (sagte die Geschichte) spielte dort drüben mit, und nur Kutzeler war schuld, daß es anders gekommen war. Er war einen Tag früher aufgetaucht. Einer, der für ihn eingesprungen war, hatte eine Frau getroffen, und beide, der Mann und die Frau, waren in das Zimmer da drüben gegangen.

Es war vorgesehen gewesen, daß er selber eine Frau traf.

Der Mann war ganz still, und auch die Frau wollte ganz still sein. Es gelang ihr jedoch nicht, sich zu beherrschen, und ihr Atem wurde (wie unter Schmerzen) immer lauter.

Ein weißes Papiertaschentuch rollt über den Asphalt und bleibt, obwohl der Wind weiter kalt weht, plötzlich liegen. In einer Lache saugt es sich voll Nässe.

Der Mann und die Frau gingen etwa eine Stunde später; nachdem sie geduscht und sich dann noch eine kurze Weile unterhalten hatten.

Frohnberg lag wieder im Bett und hörte, wie die Tür des anderen Zimmers auf- und zugemacht wurde.

Nach einigen Minuten kamen der Mann und die Frau zurück, und sie sprachen leise miteinander, während sie über den Flur gingen. Sie blieben nur kurz; vermutlich hatte sie etwas *(einen Schlüssel)* vergessen.

Frohnberg wunderte sich, daß es hier möglich war, ein Zimmer für ein paar Stunden zu nehmen, denn das Hotel war nicht billig. Er sagte sich schließlich, daß es für die Leute am Empfang egal war, wie lange das Zimmer benutzt wurde. Wenn nur der Preis für einen Tag bezahlt wurde. Der ›Ruf‹ des Hotels – ihn störte es nicht, wenn das Nebenzimmer nur eben zu diesem Zweck benutzt wurde. Es gab wohl kaum jemanden, den das störte, und also war es egal, wenn ...

Am Morgen frühstückte Frohnberg im Hotel. Er las ausgiebig die Zeitung und freute sich, daß er so ruhig war. Es war lange her, daß er sich für die Nachrichten, die in der Zeitung standen, interessiert hatte.

Nach dem Frühstück machte er sich auf und ging wieder, wie schon in den vergangenen Tagen, ziellos umher.

Etwas hatte sich verändert.

Er versuchte zu ergründen – zu beschreiben, was es war.

Aus einem weit hinten liegenden Teil seines Bewußtseins tropften die Vergleiche, und diese Vergleiche waren für ihn fremd und vollkommen ungewohnt.

So war ihm, als er um die Mittagszeit zurück zur Innenstadt ging, als höre er Musik, bei der zur Steigerung des Effekts die Klänge weit auseinandergezogen waren. Er hörte dieser Musik zu, und als er sich konzentrierte, wurden die Klänge deutlicher, so daß er ein Klavier wahrnahm, das von weichen Streicherakkorden langsam eingeholt und verdeckt wurde. Sänger kamen aus dem Hintergrund hinzu. Es war (das Klavier wieder), als solle jemandem die Untermalung zu einem Sonnenuntergangsbild geliefert werden. – Der Abend zog herbei, ein Kaminfeuer brannte, und einer, der allein vor dem Feuer saß, schwenkte langsam ein Cognacglas. (Dünne, sich verstärkende Geigentöne, die aus einem unendlich weit entfernten Hintergrund, aus einem Punkt, schnell heranrollten und wie Brandungswellen, deren genaue Höhe nie auszurechnen war, eine sandige Stelle überdeckten.)

Kurz vor halb ein Uhr war Frohnberg an der U-Bahn-Station, an der er am Abend Kuntzeler treffen wollte. Er sah hinunter: Links, auf der Rolltreppe, fuhr eine ältere Frau herauf, die, geblendet von der plötzlichen Sonne, ihr Gesicht verzog, so daß es den Anschein hatte, als lache sie ohne Anlaß grell und laut auf.

Das Wetter war noch immer klar und kalt. Am Himmel waren einige weiße Wolken.

Frohnberg sah alle Dinge wie vereinzelt: das Geländer, die Fahrräder dahinter, die Uhr, die Briefkästen, den Turm mit der seltsamen Spitze im Hintergrund; und rechts das Kaufhaus mit der längsgegliederten Fassade, an der, in der Höhe des ersten Stocks, gelbe Plakate auf Reiseziele hinwiesen. Ein großes, weißes Schild mit einer roten Aufschrift darüber, das auf den ›großen Jubiläumsverkauf‹ aufmerksam machte. (Die Musik war verschwunden. Als er sich fragte, wo sie denn geblieben sei, tauchte sie schlagartig wieder auf, und ein langsames, elektronisches Gitarrenklingen, untermalt von einem Schlagzeug, schob die Abendstimmung wieder herbei.)

Alles war fremd, was er nun sah. Stücke, die aus einer Zeit herausgebrochen waren, trieben auf ihn zu.

Aber er war ruhig und ohne alle Angst. Was immer es war, das auf ihn zukam, er konnte es ertragen.

Er war gespannt *(Kuntzeler)*, was der Abend bringen würde.

Am Nachmittag, als Frohnberg vom Bahnhof her über die Hohe Straße ging, kam ein junger Mann: Er ging auf Frohnberg zu, hielt ihm die Buchcassette hin und fragte, ob Frohnberg die Cassette haben wolle – für nur zehn Mark. Frohnberg sagte sich, daß die Cassette, selbst als Sonderangebot, mindestens zwanzig Mark kostete, und er wußte, daß der Junge sie gestohlen hatte. Er hatte das Buch in einem Laden mitgenommen.

»Ein Freund hat sie mir geschenkt«, sagte der Junge.

Frohnberg griff in die Tasche, nahm seinen Geldbeutel und gab dem Jungen zwanzig Mark. Dann nahm er die Cassette.

Der junge Mann war verwirrt, aber er nahm schnell das Geld.

»Danke!« sagte er.

Die Cassette war, um sie sichtbar und handhabbar zu machen, in eine größere Pappdeckelfläche eingelassen. Sie so herumzutragen, war lästig.

Als Frohnberg weiterging und daran dachte, sich eine Tüte zu besorgen, war er zu unkonzentriert, um die Schwierigkeiten zu überblicken. Nach wenigen Metern ging er in ein Kaufhaus, fuhr mit der Rolltreppe in die erste Etage und kaufte, nur um eine Tüte zu bekommen, ein Buch.

Als er die Verkäuferin fragte, ob sie ihm eine Tüte geben könne, sah die Verkäuferin auf die Cassette, die er ganz offen im Arm trug.

Die Verkäuferin war sicher (er wußte es im gleichen Augenblick), daß er versuchte, die Buchcassette zu stehlen. Er fühlte sich hilflos, und der Eindruck, den er in seiner Hilflosigkeit (auch das wußte er) machte, bestärkte die Frau in ihrem Verdacht. Sie überlegte, ob sie jemanden rufen sollte.

Frohnberg ärgerte sich und hatte Angst. Plötzlich war ihm bewußt, daß er, obwohl er alles hätte voraussehen können, in diese dumme Situation hineingeraten war. Wenn die Verkäuferin jetzt ihre Abteilungsleiterin rief, dann mußte er – unter Hervorhebung der Lächerlichkeit der ganzen Begebenheit – erklären: Sein Name – daß er Stefan Frohnberg hieß, und daß ein Programm, das er gemacht hatte, sicherlich auch in diesem Kaufhaus erhältlich war. (Aber warum sollte einer, nur weil er genug Geld hatte, nicht stehlen?)

Die Verkäuferin verzog wie resignierend den Mund und gab ihm die Tüte.

Frohnberg steckte das Buch und dann die Buchcassette hinein und ging schnell weg.

Als er auf der Straße war, fühlte er sich nicht erleichtert. Die Cassette war lästig.

Er sah auf den Umschlag. Er kannte weder den Autor noch das Buch. Es war ein Allerweltsbuch, und für dieses Ding wäre er beinahe in die allerpeinlichste Situation gekommen.

Er war dabei (weil er so unkonzentriert war und nur an Kuntzeler dachte), sich wie ein Idiot zu benehmen...!

Er *wollte* die Buchcassette loswerden. Es war das einfachste, wenn er sie *(irgendwo)* abstellte und weiterging.

Es war noch einmal lächerlich. Er brachte es nicht fertig, die Cassette einfach hinzustellen. So ging er weiter, bis er zu einer kleinen Straße kam (links abgebogen), in der kein Mensch zu sehen war. Er ging an niedrigen Häusern (sie erschienen ihm jedenfalls niedrig) vorbei, ging auf den Hafen zu. Wie ein Hochseehafen schien alles, was da vorne zu sehen war. (Dabei war, wie er sich krampfhaft klarzumachen versuchte, irgendwo rechts die Severinsbrücke.)

Um sich zu orientieren, sah er sich nach einem Straßenschild um.

›Kleine Witschgasse.‹

Der Name kam ihm fremd und wie erfunden vor.

Er stellte die Tüte auf den treppenartigen Absatz rechts neben einer Haustür und ging ein Stück weiter.

Dann drehte er sich um und ging zurück.

Die Tüte stand da, und sie war nicht seine Tüte.

Trotzdem hatte er (alles kam von weit her und war überaus fremdartig) eine Beziehung zu ihr.

(Wie lange war es nur her, daß er hier entlang gegangen war?)

Frohnberg wartete.

Er wartete seit einer Viertelstunde, und hinunter in die U-Bahn-Station wollte er nicht gehen. Es war ihm, als könne er Kuntzeler verfehlen, wenn er nicht hier oben stand. (Obwohl sie nicht ausgemacht hatten, wo genau sie sich treffen wollten.)

Kuntzeler kam pünktlich; er lief schnell die Treppe herauf. (Rechts neben der Rolltreppe, auf der am Mittag die Frau das Gesicht verzogen hatte.) Er reichte Frohnberg die Hand.

»Guten Abend«, sagte Frohnberg.

»Guten Abend, Stefan!« sagte Kuntzeler.

Es war, als seien sie sich (durch den täglichen gemeinsamen Schulbesuch) vertraut.

Sie wußten trotzdem beide, daß sie sich lange nicht mehr wirklich gesehen und unterhalten hatten. Die kurze Begegnung in der Kirche zählte nicht.

»Was machen wir?« fragte Kuntzeler.

»Ich weiß nicht.«

»Gehen wir in ein Café.«

»Um diese Zeit?«

»Ja ja, ich hab' eins entdeckt, das auch um diese Zeit noch auf hat.«

Sie gingen in Richtung Hohenzollernring, und sie sprachen, während sie gingen, nicht viel.

»Hat die Tablette geholfen?« fragte Kuntzeler.

»Ja«, sagte Frohnberg. »Ich fühle mich viel ruhiger.«

»Gut«, sagte Kuntzeler. Nach einigen Augenblicken fügte er hinzu: »Es wäre besser gewesen, wenn du sie schon früher genommen hättest.«

Kuntzeler schien zu wissen, was er erlebt hatte. Frohnberg wollte eine Frage stellen.

Noch bevor er fragen konnte, sagte Kuntzeler: »Ich werd' dir alles erklären, Stefan.«

»Kann man das erklären?« fragte er.

»Na ja, alles vielleicht nicht; aber das meiste.«

Dann, während sie weitergingen, sprachen sie über das, was sie beruflich taten. (Tatsächlich wie ehemalige Schulkameraden, die sich bei einem Treffen halb verlegen über die nächstliegenden Dinge unterhielten.) Frohnberg sagte, daß er bei Componant beschäftigt sei.

»Ja«, sagte Kuntzeler, »ich hab' davon gehört. Du hast dieses Programm gemacht, das so lange auf der Liste war, nicht?«

»Ja, zusammen mit einem Informatiker.«

Sie waren ein Stück weit den Ring entlanggegangen und dann abgebogen. Frohnberg achtete nicht weiter auf den Weg und ging nur neben Kuntzeler her. (Einmal hatte Frohnberg gesagt: ›Ich habe ja gedacht, daß ich dich in Wilsede treffe.‹ Kuntzeler hatte nur gelacht und geantwortet: ›Das habe ich auch einmal gedacht.‹) Dann gingen sie durch eine nur schwach erleuchtete Parallelstraße.

»Hier!«, sagte Kuntzeler.

Sie standen vor einem Ecklokal, und Kuntzeler ging, als sie eintraten, voran.

Die sich ausdehnende Röhre jagte weiter, und alles Licht blieb hinter ihr zurück. – Einzig er konnte, weil er diese Röhre *war*, spüren, wie sie sich durch eine unendliche Nacht hindurch vorwärts bewegte. Vieles wurde ihm – immer einen Schritt hinter der gegenwärtigen Situation – klar. Ein normales Leben konnte man nur führen, wenn man ein Punkt war. Mit jeder Bewegung dieses inneren Punktes wurde das Ich zerstört. – Wenn die Bewegung gar ständig an Geschwindigkeit zunahm, dann entstand die Linie. Die Linie, wenn sie nur immer weiter voranzog, überschritt irgendwann eine Grenze. Nichts weiter. Von da an gab es kein Zurück mehr. Aber nur, wenn die Linie gekrümmt und am Ende in die Röhre zerdehnt wurde, mußte derjenige, in dem diese Ausdehnung stattfand, alles so bewußt und endlos erleiden. – Bei den anderen, bei denen sich die Geschwindigkeit des Linienpunktes nur immerzu steigerte, bei denen kam, wenn die Geschwindigkeit unendlich groß war, so daß alles starr wurde und gefror, eine große, tiefe Vergessenheit: *Die anderen waren am Ende wahnsinnig*.

Er schoß als ringförmige Fläche durch die Nacht, und Flächen hatten auch dann noch Bewußtsein, wenn sie die unendlich große Geschwindigkeit erreicht hatten und also zitternd stillstanden.

Für immer stillstanden.

Sie waren vorhanden, damit Punkte und Linien auf ihnen dahinkriechen konnten. Von den Außenbezirken her schoben sich diese Linien und Punkte gemächlich weiter. Sie verbrachten ihr Leben damit, jene Stelle zu erreichen, an der sich die Fläche, auf deren Innenseite sie sich befanden, zu wieder einer Linie zusammenzog. Und an dieser Stelle starben sie dann und waren im Augenblick ihres Todes angefüllt mit einem großen Glücksgefühl.

Siebzehntes Kapitel

Sie hatten sich an einen kleinen Tisch rechts neben dem Eingang gesetzt.

Kuntzeler hatte ein paarmal mit dem Kopf genickt, ohne etwas zu sagen.

Die Augen – Kuntzelers Augen – waren Frohnberg vertraut vorgekommen.

Ein Mädchen kam an den Tisch und fragte, was sie trinken wollten. Frohnberg bestellte eine Tasse Kaffee, und Kuntzeler nahm ein Glas Kir.

Das Mädchen lächelte, und Frohnberg sah, daß das Lächeln des Mädchens eingeübt und kalt war und trotzdem die Neugierde weckte. (Die Augen wurden ganz schmal, und die Lippen waren auseinandergezogen, so daß die Oberlippe, umgestülpt, Zähne und Zahnfleisch sichtbar werden ließ. Die Zähne waren lang und lagen auf der Unterlippe.) Sie war *(deutlich)* ein freundlich-kühler Teil dieses Lokals, und wahrscheinlich hatte der, der für die Anstellung der Mädchen verantwortlich war, der Besitzer oder Geschäftsführer, darauf geachtet, daß er den rechten Typ als Bedienung aussuchte.

Frohnberg sah Kuntzeler an, und Kuntzelers Augen – Pupillen waren weit geöffnet und wirkten wie dunkle Löcher, in die das Licht einfiel. Die Augen waren ihm so bekannt vorgekommen, weil er diese weiten Pupillen schon einmal gesehen hatte. Gestern erst, im Badezimmer. Es waren seine eigenen Augen gewesen.

»Ich weiß nicht«, sagte Kuntzeler schließlich und zögerte, »– ich weiß nicht, ob dich das interessiert, was ich dir erklären kann.«

»Soll man es überhaupt erklären?« fragte Frohnberg und sah hinüber zur Theke, wo das Mädchen sich, eine Zigarette in spitzen Fingern, mit einem Gast unterhielt und, wenn sie zuhörte, beständig dieses erstarrte Lächeln im Gesicht trug.

»Ja, doch, ich glaube schon«, sagte Kuntzeler. »Vielleicht nicht wirklich erklären, aber – wenigstens sagen, warum manches so ist, wie es ist.«

»Kann ich einfach fragen?«

»Wenn du willst. Natürlich.«

»Wieso bist du in Köln?«

»Du stellst die schwierigen Fragen gleich zu Anfang. Oder vielleicht – wahrscheinlich sind alle Fragen, die du stellen kannst, ziemlich schwierig.«

Das Mädchen brachte den Kaffee und das Glas für Kuntzeler.

»Bitte!« sagte sie. (Ihre Augen waren schmal.)

»Ja, also: Eva hat dir ja schon einiges erzählt. Daß wir in der Parzelle, wenn's soweit ist, in den ersten Bezirk gehen und das alles; und daß man, wenn man im ersten Bezirk lebt, am Ende weggeht.«

»Ich habe zuerst gedacht, daß du – ja, daß du stirbst.«

»Das ist auch nicht ganz einfach. Was geschieht, wenn einer weggeht, wo er, wenn er durch die Tür gegangen ist, herauskommt, weiß niemand, auch er selber nicht.«

»Und du?«

»Ich bin hier in Köln gewesen. Von einem Augenblick auf den anderen. Und ich habe auch ganz plötzlich gewußt, was ich hier machen muß. Es war alles vollkommen klar. Ich wußte, daß ich hier lebe, arbeite, eine Wohnung habe. Daß ich Bekannte habe, seit eh und je. Alles das.«

Frohnberg zog die Augenbrauen zusammen und lächelte ungläubig. »Das klingt ja *reichlich* verrückt! Dann müßtest du ja in Wilsede und hier zugleich gelebt haben.«

»Ja, so ungefähr. Ich bin zu dem zurückgekommen, der hier in Köln gearbeitet und gelebt hat. Genauer gesagt: ich war mit einemmal wieder in dem Teil von mir, der immer hier war und von dem, was in Wilsede vorgegangen ist, nichts gewußt hat.«

Die Welt, in der wir sind, lebt in der Vorstellung eines anderen. Und derjenige, in dessen Vorstellung wir sind, befindet sich mit seiner Welt wiederum im Bewußtsein eines Unbekannten.

So jedenfalls kann man es sehen.

Man kann es aber auch, und ohne daß der Gedanke dadurch an Wahrheit verliert, anders sagen: Die ganze Welt und alle *Möglichkeiten*, die neben dem bestehen, was sich am Ende als Wirklichkeit realisiert, liegt in einer einzigen Phantasie. Es gibt nur einen, und dieser eine träumt sich selbst.

Es gibt einen Stoff, den die, die ihn entdeckt, analysiert und schließlich synthetisiert haben, *Som* nennen. Dieser Stoff kommt in den Gehirnen der Menschen in Spuren immer schon vor, in unterschiedlichen Quantitäten natürlich. Diese Substanz, die in ihrer künstlichen Form den Namen ›Som‹ hat, ist für die Denk- und Vorstellungsmöglichkeiten in einer Weise verantwortlich, daß es gerechtfertigt erscheint zu sagen: *Som ist die Phantasie.*

Das, was einer, der Som zum erstenmal nimmt, erlebt, ist nicht sonderlich aufregend. (Jedenfalls nicht, wenn man ihm die Substanz in geringen Mengen verabreicht; und da es aufgrund der Wirksamkeitsentfaltung von Som angezeigt ist, mit allerkleinsten Mengen zu beginnen, wird man vernünftigerweise zu Beginn eine Spurendosierung wählen. Nennen wir diese Spurendosierung bzw. den Zustand, den sie bei dem, der die geringe Dosis verabreicht bekommt, auslöst, den vierten Bezirk.) Er wird nach einer Weile feststellen, daß er anders und gewissermaßen genauer sieht als vorher. – Nein, seine Sehschärfe verbessert sich keineswegs, sondern es erhöhen sich seine Fähigkeiten, Dinge, die ihm vorher alltäglich und nicht weiter erwähnenswert erschienen sind, als einzelne zu verstehen. Er wird so zum Beispiel Gesichter, die ihm vorher nichts als eben nur Gesichter gewesen sind, neu verstehen. In den Augen, den Lippen, in einem Lächeln, wird er plötzlich den deutlichen Verweis auf ein einzelnes, unteilbares Wesen erblicken.

Nicht allein die Menschen, ihre Gestalten und ihre Handlungsweisen, werden dem, der Spuren von Som (zusätzlich zu der natürlichen Dosis, die sich immer schon in seinem Gehirn befindet) genommen hat, bemerkenswert und neu sein; auch die Tiere, die Pflanzen und am Ende auch die unbelebten Dinge werden ihn in Erstaunen versetzen. Wir erleben so – und dies ist nicht so sehr ein besonders hervorgehobenes Phänomen, sondern es hat sich diese Beobachtung im Laufe der Entwicklung mehr oder weniger zufällig zu einer Testgröße entwickelt –, daß Menschen, die Som genommen haben, das Wetter, in all seinen Erscheinungsformen, wie eine interessante, jeder Aufmerksamkeit werte Merkwürdigkeit wahrnehmen und Stunden und Tage damit zubringen können, die sich wandelnden Wolkenformationen zu betrachten.

Die Wirkung von Som beginnt also mit ganz und gar undramatischen kleinen Veränderungen, und erst die allmählich sich steigernde Dosierung bringt dann jene neue und dem normalen

Verstand paradoxe Veränderung des Sehens, Verstehens und Wissens mit sich, an deren Zielpunkt (ohne daß es dann noch einer besonderen Erhöhung des Quantums bedürfte; auf die Einnahme kann an diesem Punkt sogar vollkommen verzichtet werden) das steht, was wir den *ersten Bezirk* nennen.

»Aber eigentlich bin ich ja hier, um über *dich* zu sprechen«, sagte Kuntzeler. »Wir haben jetzt Zeit. Also: Was ist geschehen, seit du aus Wilsede weg bist?«

»Ich dachte, du weißt das alles?«

Kuntzeler zuckte, ganz schnell, mit der rechten Schulter. Er zog die Schulter hoch und ließ sie wieder fallen. Dann meinte er: »Fast alles, ja. Ich weiß, wenn es mich interessiert, wo du dich gerade aufhältst. Und ich habe auch gewußt – das heißt: eigentlich habe ich das nur deutlich *gespürt*, daß du in Schwierigkeiten bist. Als du angefangen hast, dich in der Stadt herumzutreiben. Auch schon vorher, bei deinen Spaziergängen. Aber das ist es nicht, was ich frage. Ich nehme an, daß sich, sozusagen *in* dir, irgendwelche Dinge verändert haben. Auch das kann ich noch so ungefähr spüren; aber doch nur sehr ungenau.«

»Und? Ist es für dich wichtig, das zu wissen?«

»Ja. Ich kann dir dann auch sagen, warum es wichtig ist. Es ist am besten, wenn du erst einmal erzählst.«

Es ist das Kennzeichen des dritten Bezirks, daß es nicht mehr nur allein das genauere Sehen gibt, sondern daß es möglich wird, aus dem, was nun neu wahrzunehmen ist, Schlüsse zu ziehen. Diese Schlüsse sind keineswegs einheitlich, denn es gehört zu diesem Bezirk, daß die, die ihn durchwandern, mit der Entwicklung eigener Vorstellungsbilder beginnen. (Etwas, das im ersten Bezirk in der Ausbildung der eigenen *Landschaft* einen Höhepunkt und Abschluß findet.) Wäre es nicht so, daß Som die Ausprägung ganz und gar verschiedener Vorstellungen anregte, so wäre der geläufige Denkfortschritt, das Herausbilden neuer Erkenntnisse, das auf der natürlichen Vorkommensweise dieses Stoffes aufbaut, nicht möglich. Die Geschichte des Menschen – um hier von Entwicklungsstadien, die vor der Menschheitsgeschichte liegen, einmal abzusehen – wäre bei ihren Anfängen stehengeblieben.

Frohnberg berichtete. Er begann bei der Entdeckung des Punktes und der Erfahrung der ständigen Beschleunigung, er erzählte von der immer weiter voranschießenden Linie, zu der der Punkt bei steigender Geschwindigkeit alsbald geworden war. – Seine Hände zitterten ein wenig, als er davon sprach, daß eine zweite Kraft die Bewegung der Linie beeinflußt hatte, die Linie gebogen hatte, so lange, bis sie über eine große Weite dahingerast war, der sie sich immer mehr und immer langsamer angenähert hatte. Dann kam er dazu (und er preßte seine Hände, die er jetzt gefaltet hielt, fest zusammen), daß die Linie zu einer Röhre geworden war und daß die Röhre sich – auch jetzt noch – weiter ausdehnte.

»*Wie* dehnt sie sich aus?« fragte Kuntzeler.

»Ungefähr so wie ein Trichter, den man mit dem Ausfluß, dem spitzen Ende so hält –« (Er machte eine Handbewegung, um die Stellung des Trichters anzudeuten.) »Die Spitze so nach links, von mir aus gesehen.« Er lachte verlegen. »Ich kann es ganz genau beschreiben; es ist ja deutlich in mir, auch wenn es dort, wo sich die Röhre ausdehnt, immer noch vollkommen dunkel ist.«

»Das ist immer noch nicht genau genug«, sagte Christian Kuntzeler. Er zog ein Notizbuch und einen Drehbleistift aus der Innentasche seiner Jacke und reichte beides Frohnberg. »Hier! Zeichne die Röhre auf.«

Frohnberg nahm das Notizbuch und den Bleistift. Er legte das Heft auf den Tisch und schlug es auf, blätterte darin herum und bemerkte, daß es vollkommen leer war; Kuntzeler hatte noch nichts hineingeschrieben. So blätterte er zurück zur ersten Seite und begann zu zeichnen. – Er machte eine Schnittzeichnung; zeichnete zwei Linien, die sich, von links kommend, auseinanderbewegten und dabei Kurven ergaben, die eine trompetenförmige Figur bildeten.

»So ungefähr«, sagte er und hielt Kuntzeler das Heft hin. »Ich kann das nicht so gut zeichnen. Du mußt es dir räumlich vorstellen.«

»Ja«, sagte Kuntzeler. »Und wo bist du im Augenblick?«

»Hier!«

Frohnberg zeichnete mit dem Bleistift zwei kleine Striche in die Linien, ungefähr dort, wo der Schalltrichter einer Trompete endete.

»Oh!« sagte Kuntzeler. »So weit schon?«
»Wieso: *so weit*?«

Der Aufenthalt im zweiten Bezirk ist in mehrfacher Hinsicht der schwierigste Teil der Entwicklung. Der vierte Bezirk hat eine erste Veränderung der Wahrnehmung gebracht; im dritten Bezirk ist die Fähigkeit hinzugekommen, mit geeigneten Mitteln, die von Person zu Person vollkommen verschieden sein können, einheitliche Vorstellungsbilder auszubilden und, zumindest in manchen Fällen, auch nach außen hin darzustellen; der zweite Bezirk bringt nun die Auflösung – die Auflösung der Reste normaler Weltsicht, aber auch die Auflösung der meisten der im dritten Bezirk erstellten Bilder. Was übrig bleibt, ist eine einzige, eine nicht selten äußerst bedrohlich erscheinende Idee. Wenn auf dieser Stufe keine speziellen Beruhigungsmittel genommen werden, kommt es leicht dazu, daß das Bewußtsein innerhalb einer kurzen Frist von dieser unabweisbar wirklichen Idee überlagert, dann bis in die feinsten Verästelungen hinein ausgefüllt und schließlich, wie der Frost Gestein zersprengt, zerstört wird.

Auch unter der Voraussetzung, daß eine solche Zerstörung des Bewußtseins verhindert wird, ist der Aufenthalt im dritten Bezirk nicht ungefährlich. In den meisten Fällen kommt es nämlich zu einer schubweisen Ausbildung eines Phänomens, das nicht leicht zu beschreiben ist; man könnte es zunächst als eine Steigerung der Veränderungen, die es auch schon im vierten Bezirk gegeben hat, verstehen; aber es ist dann doch mehr: es ist die *vollkommene* Auflösung der Selbstverständlichkeiten.

Um verstehen zu können, was dies bedeutet, muß man sich die überragende Bedeutung, die die Selbstverständlichkeiten für die einzelne Person haben, vor Augen führen. Selbst wenn es im Leben eines Menschen dahin kommt, daß er sich mit der Hilfe seiner Vernunft klarmacht, daß es kaum wirkliche Selbstverständlichkeiten gibt, daß *alles*, wenn es von einem neuen Blickpunkt aus betrachtet wird, bizarr und neuartig erscheint – selbst wenn es also dahin kommt, daß jemand solche Überlegungen anstellt, dringen sie doch nicht dahin, wo das alltägliche Leben erlebt, organisiert und gestaltet wird. Jemand mag, möglicherweise sogar beruflich, über die Weiten des Weltraums und das Entstehen und Vergehen von Sternen, Galaxien, ja des ganzen Universums nachdenken, er wird doch, kaum daß er sein Arbeitszimmer oder das Observatorium verlassen hat, vom Gedanken an das Abendessen, seine Wohnungseinrichtung oder andere, ihm bekannte Menschen erfaßt werden, und diese Gedanken werden seine tagsüber entwickelten, den Kosmos umspannenden Phantasien rasch ergreifen und in eine sichere Bewußtseinsschublade ablegen. Das Vertraute, in der direkten Berührung Gewordene ergreift mit aller Kraft sein Denken, seine Emotionen strömen herbei, und es entsteht so am Ende eines Arbeitstages jene Mischung aus Vernunft und Gefühl, die, in dieser fein aufgeschwemmten Emulsion, die *Selbstverständlichkeiten* ergibt.

Der dritte Bezirk also löst diese Selbstverständlichkeiten vollständig auf, und das Ergebnis dieses Prozesses ist wohl am besten mit dem Bild einer Reise in ein überaus fernes Land zu vergleichen. Obwohl in diesem Land alles zum Leben Notwendige weiterhin gegeben ist, obwohl sogar viele Dinge klarer und besser geregelt sind als in der Heimat, bleibt das erschütternde Gefühl vollkommener Fremdheit. – Mit einer solchen Fremdheit hat derjenige, der in den zweiten Bezirk gekommen ist, fertigzuwerden. Was sind ihm plötzlich noch die Gesellschaft und die Gefühle: Lächerlichkeiten, die nach der Art der Lächerlichkeiten leicht den überwältigenden Ekel heraufbeschwören. Er möchte weglaufen, weg aus diesem mit trübem, fauligem Wasser gefüllten Wirklichkeitsbecken; aber er bemerkt bei jedem Schritt, wie ihn der sumpfige Grund festhält, so daß selbst die langsame Fortbewegung unendlich schwerfällt. Und er beginnt zu verstehen, daß er allein ist. – Damit die Einsamkeit des zweiten Bezirks ihn nicht mit einem Schlag überfällt, was unweigerlich zu einem inneren Sterben führen würde, läßt sich der Bewohner des zweiten Bezirks unter Aufbietung all seiner Kräfte in einen Abgrund hinab. Er weiß nicht, warum er glaubt, daß er auf der Sohle dieses Abgrunds überleben kann; es ist ein Instinkt, der ihn handeln läßt. Er ist mühsam aus dem Becken mit dem faulen Wasser herausgestiegen, nur um anschließend festzustellen, daß er sich auf einer kahlen, kalten Hochebene befindet. Er ist gegangen, so lange, bis er an diesen Abgrund gekommen ist, der sich wie ein schmaler Riß durch die Hochfläche zieht. So klettert er hinab und weiß nicht, woher das Seil gekommen ist, an dem er hängt. Und wenn er unten angekommen ist und in dem diffusen, gelblichen Licht steht, das den unteren Teil des Tals ausfüllt, hat er alle seine Kraft verbraucht. Nur ein kleiner, ein winziger Rest ist ihm geblieben, und dieser Rest reicht nur noch aus, um einen einzigen Entschluß zu fassen und zur Ausführung zu bringen: Der Mensch, der im zweiten Bezirk lebt, macht sich auf, um den Eingang zum ersten Bezirk zu suchen. Und die Regel des zweiten Bezirks hat es eingerichtet, daß dieser Eingang nicht weit von der Stelle liegt, an der er angekommen ist. So findet er, eine schmale, höhlenartige Pforte im Fels, den Eingang zum ersten Bezirk. Er geht hindurch. Was bleibt ihm, als angesichts dessen, was da vor ihm liegt, zu lächeln?

»Es ist im Grunde genommen alles eine Frage der Sichtweise«, sagte Kuntzeler und sah auf sein Glas.

»Welcher ›Sichtweise‹?« fragte Frohnberg, der sich aus irgendeinem Grund an seine Schulzeit erinnert fühlte.

»Das, was du mir erzählt hast, das mit dem Punkt, der Linie, der Röhre und so weiter, das ist nur ein Bild, eine Idee von dir. Das ist *deine* Idee, und sie bedeutet noch nichts.«

Sie schwiegen beide. Frohnberg sah zur Theke, wo das Mädchen, das sie bedient hatte, sich noch immer mit dem Mann unterhielt. Gerade in diesem Augenblick sah sie herüber und lächelte. (Ihre Augen waren schmal, auch wenn sie den Mund nur ein wenig verzog.)

»Ja, und?« sagte Frohnberg. (Er sah weiter zu dem Mädchen hinüber.) »Was bedeutet es denn?«

»Weißt du, Stefan –«

Kuntzeler machte keine Anstalten weiterzusprechen.

»Ja?«

»Ich war im ersten Bezirk«, sagte Kuntzeler und sah Frohnberg an. »Wenn man im ersten Bezirk war, hat man eine besondere Fähigkeit –«

Vor ihm liegt, leer und endlos und nur für ihn bestimmt, der erste Bezirk. Ein wenig erschrickt er; er ist allein, und er weiß es; doch dann ist er voll Freude. – Es ist nicht schön hier, nicht ruhig; nichts ist hier so, daß man sich setzen und zufrieden sein könnte. Aber er weiß: er ist am Ziel. *Das ist der erste Bezirk.* – Er lacht und denkt daran, daß das, was er nun sieht, diese Ebene und der Abhang, auf dem er steht, sein Eigentum *(Eigentum)* ist. Und es bleibt ihm nur eine einzige Aufgabe noch, und diese Aufgabe wird er lösen. Er wird seine Landschaft erschaffen.

»– man kann Sichtweisen klar erkennen.«

Frohnberg verzog den Mund und sagte: »Das verstehe ich nicht.«

Als Frohnberg Christian Kuntzeler ansah, blickte der auf (müde und ein wenig gelangweilt).

»Wenn es darum geht, etwas neu zu sehen, dann raten die Leute«, sagte Kuntzeler. »Sie äußern Vermutungen. Wenn man hingegen im ersten Bezirk war, dann *weiß* man, welches die richtige Art des Sehens ist.«

»Und?«

»Das, was du mir erzählt hast, zeigt mir, daß es richtig war, dich einzuladen.«

»Entschuldige«, sagte Frohnberg, »ich verstehe überhaupt nichts mehr.«

»Es ist nicht schwierig. Ich habe dich eingeladen, in die Parzelle, weil ich sah, daß wir dich brauchen. Jetzt sehe ich – das ist eigentlich eine überflüssige Bestätigung; aber trotzdem –, daß ich recht gehabt habe.«

»Ich hatte doch mit eurer Parzelle überhaupt nichts zu tun! Als du mir geschrieben hast, habe ich erst mal nachgesehen, wo Wilsede überhaupt liegt.«

»Na gut, ich muß es dir von Anfang an erklären. – Du weißt, wenigstens ungefähr, was wir in Wilsede unter dem ›ersten Bezirk‹ verstehen. Wenn man im ersten Bezirk lebt, sieht man die Welt anders als vorher. Auch gegenüber dem zweiten Bezirk noch einmal vollkommen anders. Als ich im ersten Bezirk war, habe ich plötzlich erkannt, daß es große Möglichkeiten gibt. Man muß nur –«

»Kannst du genauer sagen, was für Möglichkeiten das eigentlich sind?«

»Ganz genau nicht. Ich habe diese ›Möglichkeiten‹ ja nicht selbst; ich habe nur gesehen, daß andere sie haben. Oder haben *könnten*. Du zum Beispiel.«

»Ich?« (Frohnberg lachte leise. Glucksend, unsicher, überrascht.)

»Ja. Aber das erklär' ich gleich noch. Das mit den Möglichkeiten zuerst. Also: ich habe erkannt, da, im ersten Bezirk, daß – wie soll ich sagen? – daß das Verhältnis von ... Nein, so geht es nicht. Ich sage mal ganz einfach: Ich habe erkannt, daß es nicht dieser Stoff, daß es nicht Som ist, was unsere Wahrnehmungen und unsere Vorstellungen verändert; es ist genau umgekehrt. Unsere *Phantasie* macht, daß es dieses Som gibt.«

Frohnberg verzog den Mund ein wenig, um anzudeuten, daß diese Erklärung Kuntzelers keineswegs einfach war.

»Es ist so: Wenn wir in Wilsede Som genommen haben, dann haben wir gedacht, daß wir dadurch, durch Som, unser Gehirn beeinflussen und daß unser Gehirn dann zu neuen Empfindungen fähig ist. In Wirklichkeit aber – ich weiß, das klingt unsinnig, aber es ist so: unser Gehirn gibt es gar nicht. Jedenfalls nicht so, wie wir uns das denken. Eine graue Masse unter der Schädeldecke. Es gibt nur Som, und Som ist gar kein materieller Stoff, sondern pure Phantasie.«

»Es tut mir leid«, sagte Frohnberg und lehnte sich zurück. »Ich bemühe mich; aber ich weiß einfach nicht, was du meinst. Ich verstehe es nicht.«

Frohnberg wunderte sich, daß Kuntzeler, der vorher so überlegen und kühl gewirkt hatte, während seiner Erklärungsversuche ein anderer geworden war. Er sprach jetzt wie ein Schüler, der in einer Prüfung versucht, eine Sache, die er gelernt hat und auch weiß, dem Prüfer gegenüber auszudrücken. Und Kuntzeler hatte offenbar Mühe, für das, was er wußte, die richtigen Worte zu finden.

»Ich glaube, ich kann es im Augenblick nicht besser darstellen. Vielleicht verstehst du mich besser, wenn ich dir noch einmal sage, warum ich dich eingeladen habe.«

›Nie wird jemand wirklich hierherkommen‹, sagt der, der im ersten Bezirk lebt. ›Ich bin hier ganz allein. Und weil ich so ganz und gar allein bin, weil es vollkommen unmöglich ist, daß jemand zu mir kommt, deshalb gibt es mich auch nicht. Ja, eigentlich gibt es mich gar nicht!‹

Er lacht leise. Eigentlich möchte er sich ausschütten vor Lachen; er möchte prustend und schreiend, laut und hysterisch lachen; aber es ist niemand da, für den er so lachen könnte. Für ihn, der er sein einziger und immerwährender Zuhörer ist, genügt dieses leise Lachen; er versteht es und weiß es zu deuten.

›Aber in meine Landschaft können sie kommen. Es ist eine ganze Stadt. Eine große Stadt. Ohne Menschen zwar, aber ich könnte auch Menschen erschaffen. Ich will nicht. Es würde mich langweilen. Oder – nein, nicht langweilen! Es ist nur so, daß die

Stadt, wenn sie keine Bewohner hat, mir ähnlicher ist. Wenn sie kommen und diese leere Stadt sehen, werden sie mich besser verstehen.‹

Wieder schüttelt ihn ein kleines Lachen, und er kichert eine Zeitlang vor sich hin.

Und dann spricht er weiter. ›Sie sehen meine Landschaft, meine Stadt. Einige dringen bis ins Zentrum der Stadt vor. Ihre Gefühle werden angeregt durch das, was sie sehen. Durch die Luft auch, die mit einem feinen, gleichmäßigen Staub angefüllt und vollkommen ruhig, ohne Bewegung ist.‹

Er setzt sich jetzt ein wenig zurecht, sitzt mit geradem, steifem Rücken auf dem Abhang und zwingt sich zu einem förmlichen Ausdruck.

›Sie werden‹, sagt er und spricht langsam und mit Betonung, ›die Kälte meines Herzens spüren, wenn sie durch die Stadt gehen. Nach einer Stunde werden ihre Gefühle so weit angewachsen sein, daß sie frösteln. Und – kaum zu glauben – sie werden diese Kälte genießen. Sie werden sich in sie hineinfühlen; sie werden überhaupt nicht genug davon bekommen! So lange, bis sie nicht mehr sagen können, ob sie Hitze oder Kälte empfinden. Es läßt sich nicht verhindern: sie werden eine gewisse Ehrfurcht verspüren. Natürlich vor allem deshalb, weil sie noch nie in einer solchen Stadt ohne Menschen waren. Durch die Landschaft, durch die Stadt werde ich also zu ihnen dringen. Und ihre Gefühle werden bewirken, daß sie mich, ein ganz klein wenig nur, aber immerhin – daß sie mich kennen werden. Und genau in dieser Kälte also wird es mich dann *doch* geben!‹

Es hat ihn viel Kraft gekostet, so lange so dazusitzen und feierlich zu sprechen. Nun, da er seine kleine Ansprache beendet hat, krümmt sich sein Rücken wieder, sein Kopf sinkt auf seine Brust, und er schlägt sich mit beiden Händen auf die Schenkel und lacht. Er lacht auch jetzt nicht laut, aber dieses Kichern und das Pausen bildende prustende Atemholen bleibt lange in ihm, und er fühlt sich sehr erleichtert, als er nach einiger Zeit innehält, um weiterzusprechen.

»Ich war noch nicht lange im ersten Bezirk«, sagt Kuntzeler, »als ich plötzlich die Eingebung hatte. Ich habe auf einmal gewußt, daß ich jemanden kenne oder gekannt habe, der das, was ich erlebe, ganz und gar verstehen kann. Ich habe dann lange nachdenken müssen, weil ich ein ziemlich schlechtes Gedächtnis habe, bis ich dann schließlich wußte, daß der, an den ich dachte, vor Jahren mit mir zur Schule gegangen ist. An deinen Namen konnte ich mich dann sofort erinnern. Ich habe mit Eva darüber gesprochen; sie hat deine Adresse ausfindig gemacht.«

Als Kuntzeler aufhört zu sprechen, sitzen sie da und sehen sich an. Dann sagt Frohnberg: »Es tut mir leid, Christian, ich verstehe noch immer nicht. *Was* soll ich durchschauen?«

»Wie das alles zusammenhängt.«

»Was: *das alles*?«

»Zum Beispiel, wie es kommt, daß ich jetzt weiß, wo du dich aufhältst. Daß ich jetzt, in diesem Augenblick, mit Eva sprechen kann, weil sie direkt hier ist.« Kuntzeler faßte sich mit den Fingerspitzen seiner Hände an die Stirn, um zu zeigen, wo er fühlt, daß er mit Eva Landshoff sprechen kann. »Ich kann das alles, aber ich weiß nicht, *warum* ich es kann. Ich habe einen Verdacht; aber der ist nicht konkret. Immer, wenn ich überhaupt versuche, ihn ein wenig genauer zu fassen, löst er sich wie ein Nebel auf.«

»Und *ich* soll herausfinden, was es mit deinem Verdacht auf sich hat?«

»Ja. Du bist schon dabei, es herauszufinden.«

Frohnberg sieht Kuntzeler erstaunt an. In seiner Brust ist ein stilles Rauschen, ein Flimmern. Die Röhre bildet nun eine fast schon ebene, grenzenlos weite Fläche.

»Ich habe dir ja schon gesagt, daß ich jetzt immer sofort weiß, was solche Ideen bedeuten. Das, was du mir erzählt hast, bedeutet: du fliegst immer schneller und dehnst dich aus. Am Ende, wenn du so schnell dahinfliegst, daß eine Steigerung der Geschwindigkeit nicht mehr möglich ist, wenn du wirklich unendlich schnell fliegst und hier (Kuntzeler nimmt das Blatt Papier und verlängert den Trompetentrichter durch zwei Striche bis zum Rand des Blatts) eine Fläche bildest, dann wirst du alles verstehen. Dann bist du durch.«

»Und warum *ich*? Ich habe doch dieses Som gar nicht genommen. Oder war es diese Salbe, damals in der Höhle?«

»Nein, das war kein Som. Es ist so: Ich habe dir schon gesagt, daß Som in jedem normalen Gehirn in Spuren vorhanden ist; und bei manchen Leuten wird, wenn ein erster Anstoß dazu gegeben worden ist, die natürliche Produktion von Som erhöht.

Das ist dann ein sich selbst verstärkender Prozeß. – Bei dir ist es so. Deshalb hast du auch das Gefühl, daß du immer schneller fliegst. Das ist nur ein Bild für das, was in dir vorgeht.«

Frohnberg lacht leise und schüttelt den Kopf. »Ausgerechnet ich«, sagt er. »Warum ausgerechnet ich? Ich wollte nie in eine Parzelle.«

»Das, was man will, ist nicht so wichtig. Das heißt – wichtig ist es schon; aber es ist nicht alles. Ich zum Beispiel, ich wollte in die Parzelle. Ich wollte alles erleben, was dort überhaupt möglich ist. Was man, wenn man Drogen nimmt, überhaupt erleben kann.«

Kuntzeler schweigt und schwenkt sein Glas mit einer leichten Bewegung seiner Hand hin und her. Dann bewegt er den Kopf, den Oberkörper im langsamen Rhythmus einer Musik, die nur er hört. Er lächelt und sieht auf sein Glas.

»Aber ich bin keiner, der die Grenze überschreiten kann«, fährt Kuntzeler fort. »Obwohl ich es will. Du willst nicht in die Parzelle, aber du könntest die Grenze – du kommst hinüber. Du mußt nicht einmal Som nehmen. Es entwickelt sich alles von alleine.«

»Diese Grenze«, fragt Frohnberg, »war schon einmal einer ›drüben‹?«

»Das weiß keiner so genau. Eva vermutet, daß einer, dem es gelingt, die Grenze zu überschreiten, wieder auftauchen wird und allen berichten wird, wie es ist. Bis jetzt ist von denen, die im ersten Bezirk waren und dann durch ihre Tür davongegangen sind, keiner mehr zurückgekommen. Ich nehme an, daß es den anderen so gegangen ist wie mir: Sie waren plötzlich in einer Stadt oder einem Dorf, irgendwo. Sie hatten dort ein zweites Leben. Es war ihnen klar, daß dieses normale Arbeiten und Leben ihre Aufgabe ist.«

Frohnberg, dem der Gedanke, daß Kuntzeler plötzlich, von einem Augenblick auf den anderen, von Wilsede nach Köln gekommen sein soll, wieder unsinnig vorkommt, will fragen, ob es für diese merkwürdige Reise eine Erklärung gibt; aber dann ist ihm das nicht mehr so wichtig; er möchte etwas anderes wissen.

»Warum vermutet (er stockt einen Moment) – Eva, daß die, die über diese Grenze hinwegkommen, anschließend zurückkehren?«

Kuntzeler trinkt einen Schluck und sagt dann: »Ich glaube nicht, daß sie es nur vermutet. Es ist so. Wenn sie es sagt.«

»Wieso: wenn sie es sagt?«

»Ich weiß nicht. Ich glaube, daß wir –«

»Hast du sie nicht gefragt?«

»Nein. Irgendwie – ich wollte sie nicht fragen.«

»Ihr wart doch befreundet.«

Kuntzeler sieht Frohnberg an und verzieht den Mund zu einem freundlichen Lächeln. »Ich – so kann man nicht sagen. Sie hat mich ausgesucht. Ich wollte das nicht; sie war schließlich erst fünfzehn. Aber sie hat darauf bestanden.«

Wieder tritt eine Pause ein, und Kuntzeler sagt dann: »Hat dir Eva nicht von sich erzählt? Wie sie zu uns gekommen ist?«

»Nein«, antwortete Frohnberg schnell und zuckt, wie unter dem Eindruck einer großen Überraschung, zusammen.

Achtzehntes Kapitel

»Es ist jetzt ungefähr eineinhalb Jahre her. Eines Morgens bin ich in die Bar gegangen, um zu frühstücken, und ich habe gleich als ich hereinkam gesehen, daß etwas nicht stimmte. Ein paar Leute saßen zusammen an einem Tisch. Man konnte richtig spüren, wie ratlos sie waren. Ja, und dazwischen saß Eva und trank ihren Kaffee. Sie war plötzlich, an diesem Morgen, aufgetaucht, hatte sich eine Tasse Kaffee und ein Brötchen genommen. Dann hatte sie sich an einen Tisch gesetzt. Einfach so. Keiner hatte sie vorher gesehen, und keiner wußte, woher sie kam, wie sie überhaupt durch die Absperrung gekommen war. Aber das war nicht das Wichtigste. Wir haben uns über ihr Alter am meisten gewundert. Den Antrag für die Parzellen kann man ja erst stellen, wenn man volljährig ist. Und dann braucht das Genehmigungsverfahren auch seine Zeit. Jedenfalls: solange ich in Wilsede war, war niemand in der Parzelle, der jünger als zweiundzwanzig oder dreiundzwanzig Jahre war. Daß Eva noch nicht achtzehn war, hat jeder gesehen. Wir haben sie gefragt, und sie hat gesagt, daß sie fünfzehn ist. Und dann haben wir natürlich gefragt: ›Woher kommst du?‹ Sie hat uns immerzu so angesehen. Du weißt, wie sie schauen kann. Gesagt hat sie nichts. Kein Wort. Wir wollten sie zurückschicken, weil wir gedacht haben, daß sie von zu Hause weggelaufen ist. Außerdem wollten wir keine Schwierigkeiten mit den Ämtern bekommen. – Ja, wir haben dann also in Hamburg angerufen und gefragt, ob jemand vermißt wird, und die Hamburger haben dann bei einem Zentralregister in Wiesbaden nachgefragt. Sie hatten kein vermißtes Mädchen, auf das Evas Beschreibung zutraf. Ich muß auch sagen, daß wir am Nachmittag, als wir in Hamburg angerufen haben, ganz vorsichtig waren. Wir haben nicht gesagt, daß Eva bei uns ist; sonst hätten die eine Polizeistreife an die Absperrung geschickt und verlangt, wir sollten das Mädchen bringen. Ich glaube, wir haben alle schon gewußt – oder zumindest geahnt, daß Eva – daß sie in unsere Parzelle gehört, und sie ist dann einfach geblieben.«

»Und? Hast du später herausgefunden, woher sie denn eigentlich gekommen ist?«

»Nein. Ich habe sie auch nur zweimal danach gefragt. Das erste Mal, als sie mir gesagt hat, daß sie zu mir kommen, zu mir ziehen will. Sie hat nicht gesagt, daß wir – daß sie meine Freundin sein will. Ich glaube, ich hätte da noch ganz vernünftig reagiert, und alles wäre anders gekommen. Nein, sie ist gekommen und hat gefragt: ›Kann ich bei Ihnen wohnen?‹ Ich war natürlich trotzdem überrascht. Jedenfalls, wir haben uns anschließend unterhalten. Ich habe sie gefragt, woher sie kommt. ›Glauben Sie mir, wenn ich Ihnen sage, daß ich das selbst nicht genau weiß?‹ hat sie zurückgefragt. Ich habe ihr gesagt, daß ich damit nicht zufrieden bin, aber sie ist dabei geblieben, daß sie es nicht weiß.«

»Und beim zweitenmal?«

»Beim zweitenmal hat sie mir nur mit einem Rätsel geantwortet. Das war ein paar Wochen nachdem sie bei mir eingezogen war. Irgendwie sind wir wieder drauf gekommen. Ich habe gefragt, woher sie kommt, sie hat mich wieder so angesehen, und dann hat sie gemeint: ›Ich bin mir nicht mehr sicher, ob ich wirklich Eva Landshoff bin. Vielleicht hat er mich nur verwechselt, und später, als er es bemerkt hat, ließ sich das nicht mehr so einfach ändern.‹«

»Und was soll das bedeuten?«

»Ja, das habe ich sie auch gefragt; aber sie wollte auf einmal nicht mehr weiter darüber reden.«

›Wir haben, sage ich euch, – ich, der ich schon immer im ersten Bezirk lebe –, wir haben keine Gewalt über das, was mit uns geschieht. Es steht, selbst dort, wo wir allmächtig und allwissend sind, etwas über uns, das alles beherrscht und leitet. Wir sind deshalb nicht weniger mächtig und wissend, und wir haben wirklich jedes Recht zu sagen, daß wir *allmächtig* und *allwissend* sind; jedoch: dieses andere, das da über uns steht, von dem wir nur ahnen, nicht wissen, es hält uns, auch wenn es uns nicht beschränkt. – Einer von euch steht auf und fragt mich: Wieso sind wir allmächtig, wenn einer uns beherrscht? Was kann ich ihm antworten? Ich kann ihm nur das sagen, was ich fühle. Der, der uns beherrscht, lebt in einer fremden Welt. Über uns hat er nur Macht, weil er uns fremd ist. Stiege er herab zu uns, so wäre er ohnmächtig, und wenn es uns gefiele, so könnten wir ihn unserem hier, in unserer Welt, vollkommen schlüssigen Willen unterwerfen. Also frage ich *euch*: Wenn es so ist, wenn ich recht habe mit dem, was ich sage, hat er einen Grund – hat er Veranlassung, in unsere Welt zu kommen? Nein, er hat nur jeden Grund, sich *nicht* zu zeigen! Und wenn es doch dahin kommen sollte, daß er sich uns offenbart – und er hat, ich wiederhole es, jeden Grund, es nicht zu tun –, dann nur unter einer einzigen Voraussetzung: Er muß verrückt sein!‹

Er sieht über die Menge hin, über die vielen tausend hellgekleideten Menschen, die ihm zuhören und die noch jedes Flüstern seiner Stimme erreicht. Er lächelt, und nicht ein winziger, nicht der kleinste Funken Stolz ist in ihm.

Vorne, in der dritten Reihe, steht jemand auf. Es ist ein junges Mädchen, das weiße Hosen und einen weißen Überwurf trägt, und die rötlichen Haare des Mädchens spiegeln sich, wie er deutlich erkennt, in der hellen Haut des Gesichts wider. ›Und wer‹, fragt das Mädchen (mit einer leisen, sandig rauhen Stimme), ›bist *du*?‹

Er will es ihr sagen, denn er hat keine Veranlassung, nicht zu sagen, wer er ist. Dann jedoch (er will schon den Mund auftun, um zu sprechen) überlegt er, daß er hier vor der Menge steht; und selbst wenn es so ist, so sagt er sich, daß er auch vor der Menge nichts zu verbergen hat, so könnte es die Masse seiner Zuhörer doch stören, wenn sie wüßten, was es mit ihm auf sich hat. Und also steht er auf und winkt das Mädchen heran. Er will ihr, wenn sie vor ihm steht, die Antwort sagen, und er will es in einer Weise tun, daß nur sie seine Stimme hören kann. (Seine Antwort wird tausendmal leiser als ein Flüstern sein, denn die Menge hört selbst den Hauch seiner Stimme.)

Sie kommt auf ihn zu. Steigt über die Beine, die Körper der anderen hin und nähert sich. Er sieht ihre Augen, und *seine* Augen sagen ihr, daß sie sich nun beide von den anderen abwenden müssen, weil er nur so verhindern kann, daß alle ihn hören. So steht sie nun vor ihm, und er sieht nur ihr Gesicht vor dem Abhang. Er legte ihr die Hände auf die Schultern, zieht sie ein wenig näher zu sich heran und sagt ihr mit der unhörbarsten seiner Stimmen seinen Namen.

Sie dreht sich zu ihm, sieht ihn an, lächelt, und er weiß, daß er recht daran getan hat, ihr seinen Namen mitzuteilen.

Als sie zurückgeht zu ihrem Platz, bleibt er noch einige Augenblicke stehen und sieht auf den Berg hin. Dann wendet er sich um. Das Tal ist leer. Die Menge ist verschwunden. Auch das Mädchen ist nicht mehr da.

Er setzt sich und beginnt zu lachen.

›Ich bin‹, sagt er und hält für diesen Satz mit dem Lachen inne, ›im ersten Bezirk und also allein.‹

Dann lacht er weiter, und er steigert sich allmählich wieder in dieses laute Prusten und atemlose Kichern hinein, um sich am Ende, indem er den Oberkörper vor und zurück wiegt, laut schreiend vor Lachen auf die Schenkel zu schlagen.

»Und wie geht es nun weiter?« fragt Frohnberg.

»Nun ja«, sagt Kuntzeler, »viel bleibt nicht mehr. Du kannst jetzt nur noch warten.«

»Wie lange noch?«

»Auf den Tag läßt sich das auch jetzt nicht sagen. Zwei, drei Tage vielleicht.«

»Und was passiert dann?«

»Das weißt du inzwischen schon besser als ich. Da, wo du jetzt bist, war ich noch nicht. Ich habe im ersten Bezirk vieles erlebt, was von außen betrachtet sicherlich aufregender war als dein jetziger Zustand; aber das war eben nur der erste Bezirk. Selbst der hat seine Grenze.«

»Und was mache ich hinterher? Wenn mich dieses Gefühl – wenn ich es überlebe?«

»Um dein Leben brauchst du dir keine Sorgen zu machen, und was du hinterher tust oder tun mußt, weiß ich nicht.«

»Glaubst du, daß ich hierbleiben kann?«

»Keine Ahnung. Du hast eine Frau und eine Tochter, nicht?«

»Ja, aber ich denke, seit ich von zu Hause weg bin, kaum noch an sie. Ich habe nicht einmal ein schlechtes Gewissen. Letzthin, vorgestern, wollte ich meine Frau anrufen. Ich habe es dann gelassen.«

»Warum?«

Frohnberg zuckt mit den Schultern und schüttelt den Kopf. »Irgendwie bleibt kein Platz mehr für sie. Ich weiß nicht mehr, wer sie sind.«

»Ich glaube, es wäre gut, wenn du trotzdem einmal zu Hause anrufst.«

Frohnberg sieht Kuntzeler überrascht an. Dann blickte er

hinüber zur Theke. Das Mädchen schaut zu ihm herüber und kommt dann an den Tisch.

»Möchten Sie noch etwas?« fragt sie. (Ihre schmalen Augen und ihre Lippen sind schön.)

Frohnberg fragt Kuntzeler: »Wollen wir noch etwas trinken?«

Kuntzeler antwortet: »Nein, ich muß gehen.«

»Ja, wir zahlen dann«, sagt Frohnberg.

»Zusammen?« fragt das Mädchen.

»Ja«, antwortet Frohnberg und sucht in seiner Tasche nach Geld.

Sie gingen schweigend nebeneinander her. Frohnberg überlegte, daß Kuntzeler, der am Anfang so sicher und selbstbewußt aufgetreten war, inzwischen nervös und manchmal wie hilflos schien. Obwohl Kuntzeler nach seinem Aufenthalt in dem ersten Bezirk vieles wußte, was für andere unbekannt war, und obwohl er sicherlich auch viele Fähigkeiten hatte, war er doch wie gefesselt, weil er nur – das war es wohl – darauf wartete, daß er, Frohnberg, diesen ›Durchbruch‹ erlebte.

Nachdem sie zehn Minuten so gegangen waren, fragte Frohnberg: »Wie heißt übrigens das Lokal, in dem wir waren?«

»Du kennst es nicht?« Kuntzelers Rückfrage war auf irgendeine Weise merkwürdig, ohne daß Frohnberg freilich sagen konnte, weshalb.

»Nein.«

»Café Fleur«, antwortete Kuntzeler. »Ich war früher ziemlich oft dort. Ich habe einmal in der Nähe gewohnt. Die Atmosphäre hat mir immer gefallen.«

Kuntzeler hatte nicht ausdrücklich gesagt, daß damals, als er das Café besucht hatte, der eine Teil seiner Person noch in Wilsede gewesen war; aber Frohnberg war sicher, daß es so war. (Vielleicht war Kuntzeler sogar umgezogen, nachdem er wieder ein einziger, zusammenhängender Mensch geworden war. Obwohl dieses natürlich reine Spekulation war!)

»Ach, gut daß du es sagst! Wo wohnst du?«

Kuntzeler zögerte einen Moment mit der Antwort. »Du stellst wirklich schwierige Fragen«, sagte er dann.

»Warum? Hast du keine Wohnung?«

»Machen wir es so: Ich bin da, wenn du mich brauchst. Das mit der Wohnung – darüber möchte ich nicht sprechen; sonst bin ich morgen früh immer noch hier und erzähle.«

»Du mußt es mir nicht sagen. Ich habe nur gedacht, daß es dich interessiert, was jetzt weiter geschieht.«

»Natürlich interessiert mich das. Und wie gesagt: Wenn du Schwierigkeiten hast, komme ich. Ich glaube aber nicht, daß es notwendig wird. Und das, was du sehen wirst, das werde ich erfahren.«

Ist das noch der erste Bezirk? Oder ist selbst der erste Bezirk, das Zentrum dessen, was erfahrbar ist, schon Lichtjahre weit entfernt?

Die Landschaft – die Landschaft liegt unverändert da. (Wenn man bei einer solchen unendlichen Leere überhaupt von einer Veränderlichkeit oder Unveränderlichkeit sprechen kann.) Aber die Bilder, die in ihr verborgen sind, werden so wirklich und so dicht, als wollten sie den *(mich)*, der sie betrachtet, in sich aufnehmen und für immer behalten.

Wo war er vormals? Wo war Christian Kuntzeler?

Frohnberg hatte sich von Kuntzeler verabschiedet und war dann, weil er noch nicht müde war, zum Bahnhof gegangen. Das Leben in der großen Halle (jedenfalls empfand er es so) amüsierte ihn ein wenig. Nicht, daß er über die Leute lachte, die ihm begegneten. Wenn es etwas gab, das zum Lachen reizte, dann war er es. Er selbst vor allem.

Er erinnerte sich daran, wie vernünftig und sicher er doch einmal gewesen war. Noch bei seinem Besuch in der Parzelle. Da hatte er überall Täuschungen und Betrügereien gesucht. Und nun? Früher hatte er überall teilgenommen. Er war mitten dazwischen gewesen. Er hatte dazugehört. Jetzt war er von allem weit entfernt, fremd, allein, und die Tatsache, daß er sich am Ende einer immer schneller werdenden Bewegung befand, nahm er fast gelassen hin. Ein halbes Jahr, und alles hatte sich verändert. Er wollte (das war die Überraschung) nicht, daß er wieder zurückkehrte, wieder ›normal‹ wurde. Der Zustand, in dem er sich jetzt befand, war sicher, vernünftig, klar. Das andere, das Ruhige, Normale, Geschlossene, das war es, was, von hier aus betrachtet, sinnlos war.

Er blieb stehen und war belustigt darüber, wie er über sich selbst und über die Veränderung nachgedacht hatte.

Er sah sich um. Der Bahnhof mit seinen Besonderheiten. Wie sie sich jeden Abend hier abspielten. – Drüben zum Beispiel, bei den Automaten, die Frau. Sie trug, obwohl sie schon älter, vielleicht fünfzig Jahre alt war, einen kurzen Rock und darüber einen Anorak, und sie schrie immerzu: ›Helfen Sie mir doch! Mein Zug geht, und ich habe meine Karte reingesteckt!‹ Und sofort wieder: ›Helfen Sie mir doch!‹ – Sie hatte offenbar ihre Geldkarte in den Automaten gesteckt, und der gab sie ihr jetzt nicht zurück. – Ein sehr dicker Mann in übertrieben korrekter, auffallender Kleidung, der stehengeblieben war, sagte: ›Also Sachen erlebst du hier!‹ Er machte keine Anstalten, irgend etwas für die schreiende Frau zu tun, und es war auch sonst niemand in der Nähe, der sich um sie gekümmert hätte.

Frohnberg ging weiter und stieg dann, ziellos, die Treppe zu einem der Bahnsteige hinauf. Eine dunkle, wie vertraut klingende Frauenstimme sagte in einiger Entfernung, auf einem anderen Bahnsteig: ›Vorsicht bei der Abfahrt!‹, und Frohnberg empfand zugleich die Wärme und Vertrautheit der Stimme und die Kälte des Bahnsteigs. (Er konnte wieder nicht anders, als für sich selber seine eigene Gefühlsmischung, die zwischen Belustigung und Angespanntheit hin und her pendelte, zu beschreiben.) Und am Ende war es dann die Kälte, die ihn frösteln machte, und als er hierauf wieder in sich hinein sah, erblickte er den Trichter, der sich mit rasender Geschwindigkeit ausdehnte, auf jene Stelle zu, an der er dann in einem einzigen Augenblick eine grenzenlos weite Fläche aufspannen würde.

Eine Gruppe von jungen Leuten kommt auf Frohnberg zu. Die meisten haben sich untergehakt. Die Ketten versperren den Gehsteig, und Frohnberg geht deshalb auf die Straße. Ein Mädchen ruft ihm zu: ›He, Schätzchen, ich liebe dich!‹ Alle lachen, und der kleine Zug geht ohne Aufenthalt weiter.

Am anderen Morgen, nach dem Frühstück, ruft Frohnberg seine Frau an.

»Hallo, Stefan!«

»Hallo, Helga«, sagt Frohnberg.

Er sieht das Gesicht seiner Frau auf dem kleinen Bildfenster. Sie ist müde, ernst. Alle Vorwürfe, die sie ihm machen könnte, hat sie hinter eine bewußte Gleichgültigkeit gestellt. (Er hat das

Recht, zu tun, was er möchte, und höchstens die Tatsache, daß sie in dieser Woche allein auf Jonna aufpassen muß, wäre ein Argument. Doch sie will nicht kleinlich sein.)

»Wie geht's zu Hause?« fragt Frohnberg.

»Ach ja, ganz gut. Das Übliche.«

Sie stellt keine Fragen. (Das ist ihre Art, ihm Vorhaltungen zu machen: indem sie keine Fragen stellt.) Sie wartet darauf, daß er erklärt, warum er nicht angerufen hat, daß er ihr sagt, wann er zurückkommen wird. – Sie wäre durchaus imstande, ihn vorwurfsvoll oder ironisch zu fragen: ›Na, sind die Ferien schön?‹; aber auch das täte sie dann vorsätzlich. Für diesmal hat sie beschlossen, ruhig zu warten und keine Fragen zu stellen.

Frohnberg ist, während er seine Frau ansieht, wieder überrascht, wie leicht es ihm fällt, durch eine Person hindurchzusehen. Die Absichten und Gefühle seiner Frau, sie erschließen sich ihm, ohne daß er lange nachdenken müßte; und er kann, wenn er will, sogar beschreiben, was er sieht. Es ist ihm in den letzten Tagen häufig so gegangen: daß er Menschen, die ihm unbekannt waren, angesehen hat; und er wußte dann auf einmal, wer diese Menschen waren. Er kannte ihre Geschichte, ihre Wünsche. Das war eine neue Fähigkeit. Obwohl er sich auf der anderen Seite nicht mehr vorstellen konnte, wie es früher gewesen war. Damals, als er anders gelebt und die Leute anders gesehen hatte.

»Ich wohne hier in einem Hotel.«

Sie schweigt und sieht ihn nur an. Sie will, daß er weiterspricht.

»Ich –«

Deshalb hat er nicht zu Hause angerufen. Weil er nicht weiß, was sein wird.

»– ich weiß nicht, wann ich komme.«

Er redet herum. Er ist nicht darauf aus, mit bekennerhafter Offenheit *(tolpatschig)* alles auszusprechen, was ihm in den Sinn kommt.

»Ich weiß nicht, ob ich überhaupt zurückkommen kann.«

Natürlich bleibt sie gleichmütig. Wenn sie sich entschlossen hat, ruhig zu bleiben, dann darf es nichts geben, das sie aus der Ruhe bringt. Alles andere wäre Schwäche. (›Schwäche‹ ist eine absolute Größe.) – Ein wenig verändert sich ihr Gesicht (und er fragt sich, ob er diese kleine Veränderung früher überhaupt gesehen hätte). Er weiß, daß sie während der vergangenen Tage alle Möglichkeiten hundertmal durchgespielt hat. Ohne daß sie groß Rechenschaft abgelegt hat über das, was als Konsequenz bleibt. – Er ist dran. Das war auch sein Ziel; daß er sagen muß, was sein wird.

»Ich weiß es wirklich nicht.«

›Lieder! Es gibt Lieder – hört mir zu! –, die, mit steinernem Rhythmus, nur dazu gemacht sind, um Gefühle zu verbergen und dennoch *(dennoch)* zu offenbaren. Das Heer derer, die Angst, große Angst, davor haben, als gefühlsduselig angesehen zu werden, ist unendlich groß.‹

Über einen Hügel gehe ich hin. Nicht eigentlich ein Hügel, sondern, bei näherem Hinsehen, eine Sanddüne. Das alles ist der erste Bezirk. Ich trage ein helles, weites Gewand, dessen Ende ich mir manchmal, wenn der Wind es gelöst hat, wieder um die Schulter schlage. – Neben mir, genauer: ein wenig hinter mir gehen die, die mir zuhören. Ich erzähle ihnen von Dingen, die mir während des Gehens einfallen, und sie sind voller Aufmerksamkeit.

›Wenn man genau hinhört, so erkennt man, daß in diesen harten, gefühllosen Liedern die verzweifelten Gefühle einer Gegenwart – immer einer Gegenwart! – liegen. Sie kommen nicht los von ihren Gefühlen, obwohl sie loskommen wollen.‹

Wir wandern durch die Wüste. Wir wandern in das Gebiet, das jenseits des ersten Bezirks liegt. Für meine Weggenossen, die nicht wissen, warum wir diese Strapazen auf uns nehmen, erzähle ich diese Geschichten. Sie verstehen mich natürlich nicht, denn sie haben harte, für genaue Sprache unzugängliche Köpfe. Aber die anderen, die imstande wären, das zu verstehen, was ich sage, diese anderen wären wiederum nicht in der Lage, die Strapazen, die sich mit dieser Wanderung durch die Wüste zwangsläufig ergeben, zu ertragen.

Jetzt sehe ich mich also um. Ich weiß ja schon, was mich erwartet. – Glaube keiner, daß ich enttäuscht sein werde!

Ich sehe mich um. Ich bin allein. So weit ich blicken kann, ist nur dieses gelbe Wüstenlicht.

»Helga! Weißt du, es ist alles ganz anders, als wir bisher angenommen haben.«

Frohnberg hat es erwartet. – Seine Frau fragt: »Ist etwas mit dir, Stefan?«

Jetzt wird sie fragen –
»Bist du krank, Stefan?«
»Nein«, antwortet er. »Nein, ich bin nicht krank.«
Er ist, schon jetzt, schon am Morgen, müde. – Seine Frau, die ja nur ein paar Kilometer entfernt ist, hat begriffen: Krank ist er nicht. Nein, er ist nicht krank. – Sie hört nicht, was er sagt. Sie kann ihn auch nicht fragen. – Freilich! Sie könnte alles sagen. Sie kennt alle Worte, die er ihr sagen kann. Aber verstehen wird sie ihn nicht.
Frohnberg sucht nach Worten. Er möchte erklären.
Er sieht seine Frau an und lächelt. (›Sie wird dieses Lächeln für affektiert halten‹, sagt er sich. ›So schwer ist es eben, wenn man versucht zu erklären. Man kommt zwangsläufig dahin, daß man nicht mehr glaubt, irgend etwas erklären zu können.‹)
»Weißt du, Helga, ich werde dich später noch einmal anrufen.«
Seine Frau, deren Gesicht er in dem Bildfenster sieht, antwortet nicht. Sie sieht ihn nur an. – Nichts weiter. Er hat nichts mehr zu sagen.
»Ja, dann –«, sagt Frohnberg. »Bis später.«
Sie sieht ihn an und wartet. Er legt den Hörer auf. Das Bild verschwindet.

Später, als er wieder durch die Straßen ging, sagte Frohnberg zu sich, daß dieses Gespräch überflüssig gewesen war. Dann – und er sagte das genau und wörtlich: ›Nein, überflüssig war es nicht; ich mußte schließlich einmal von mir hören lassen. Kuntzeler hatte recht. Aber es war sinnlos.‹
Er bedachte vieles, während er dahinging. Unter anderem dachte er darüber nach, daß alle Gespräche (alle, auch die früheren; die, die er geführt hatte, bevor er in Wilsede gewesen war) zwischen einem Zuviel an Sich-Offenbaren und einem Zuviel an Verschlossenheit und Ängstlichkeit hin und her geschwankt waren. Und das Ideal, den Stillstand zwischen diesen beiden Polen, hatten sie nie erreicht. – So war es wieder gewesen. Deshalb wäre es besser gewesen, er hätte nichts gesagt. Oder doch nicht mehr als: ›Ich bin in Köln. Ich wohne in einem Hotel. Es geht mir gut.‹ – Und auch mit dem letzten Satz hätte er nicht gelogen. Zumindest nicht einfach nur: *gelogen*. Denn sein jetziger Zustand war so kompliziert, so weit von dem ›Es geht mir gut, es geht mir schlecht‹ in eine dritte Richtung hin entfernt, daß es beliebig

war. So hatte er ohne zu lügen die Möglichkeit, das zu sagen, was andere nicht in Unruhe versetzte.

Gegen Mittag, als er nach einer kurzen Rast in einem Café wieder weiterging, fiel Frohnberg auf, daß viele Menschen merkwürdige Masken trugen. Überhaupt: daß so viele Leute maskiert waren, obwohl sie doch offensichtlich ihren Geschäften nachgingen. Sie trugen Anzüge und Krawatten, hielten Aktentaschen unter dem Arm, stellten (die Frauen) graziös einen Fuß vor, während sie standen und sich ernsthaft unterhielten. Und sie trugen ihre Masken. – Frohnberg sagte sich, daß er schon zu lange diesen Karneval nicht mehr mitgemacht hatte. Er wußte also vielleicht einfach nicht, was sich in den letzten Jahren an Veränderungen in den Bräuchen ergeben hatte. – Viele waren (das war am auffälligsten) nur auf eine besondere Weise geschminkt. Ihre Gesichter waren weiß, und die Lippen und die Augenbrauen waren schwarz. Und auch die Masken waren vor allem weiß und nur mit wenigen Kontrastlinien, roten oder schwarzen Konturen, bemalt. So gingen sie, standen sie, unterhielten sie sich, lachten. Häufig lachten sie gleichsam verhalten. (Wie Verschwörer, die sich ihrer Sache sicher sind. Für die, entsprechend der Grausamkeit ihrer Unternehmung, der Tod ihres Opfers eine aufregend-lustige Sache ist.)

Ein kleines Mädchen in einem weißen Kleidchen stand am Rand des Gehsteigs, während er auf der Straße ging. Das Kind war weiß geschminkt, und nur der Mund der Kleinen war grell rot. – Solch große und ernsthafte Augen! Er ging ein wenig langsamer, sah die Kleine (vier, fünf Jahre alt) an. Sicherlich war er für sie, in seinem Trenchcoat und mit den ungekämmten, zerzausten Haaren, ein seltsamer Anblick. – Dann, als er direkt an dem Mädchen vorüberging, griff die Kleine in das Täschchen, das sie umgehängt trug, und warf etwas auf ihn zu. Er dachte an Konfetti, doch es waren, wie er feststellte, als er einige mit einer Handbewegung auffing; Reiskörner. – Das Mädchen lächelte jetzt und sah ihn dabei mit ihren großen, ernsthaften Augen an.

Jetzt war es also soweit. Alle Vorbereitungen waren abgeschlossen, und auch dieser Marsch durch die Wüste, dieser letzte seiner Wege, war zu Ende. Er sagte sich, daß die Wüstenwanderung nur eine kleine Strecke gewesen war. Er hatte sich die Tage und Nächte der Einsamkeit schlimmer vorgestellt, damals, als er aufgebrochen war. Noch einmal lachte er über sich. Er dachte zurück an die Teile des Wegs, auf denen er mit seinen Weggefährten gesprochen hatte. Mit Begleitern, die es nicht gegeben hatte.

Von der Spitze der Sanddüne, auf der er saß, sah er hinunter. Er betrachtete das dunkle, schattenhafte Grün des Gartens, der da unten seinen Anfang nahm.

Natürlich war es so, daß der vernünftige und schuldbeladene Teil seines Bewußtseins diesen Anblick kaum ertragen konnte.

›Welches Verdienst hast du vorzuweisen, daß du das Recht hättest, hier hinabzusteigen?‹ fragte seine Vernunft.

Aber nun war er ja Herr seiner Vernunft, und er ertrug diese und andere, ähnliche Fragen mit vollkommener Gelassenheit.

›Ich habe nichts getan, wofür ich diesen Lohn empfangen dürfte‹, antwortete er. ›Ganz allein die Tatsache, daß *ich hier* bin, das ganz allein ist Rechtfertigung.‹

Und die Vernunft, die wohl erwartet hatte, daß er auf seine Verdienste, die er sich bei seinem Gang durch die Wüste erworben hatte, hinweisen würde, schwieg nun; sie war betroffen durch das Ausmaß seiner Sicherheit.

Er stand auf. Mit großen, schlitternden Schritten stapfte er durch den Sand hinunter zu dem Garten.

Als er die Stelle erreichte, an der unvermittelt der Rasen dicht wie ein Teppich seinen Anfang hatte, fiel ihm plötzlich ein, *wer er war*. Hatte er es nicht schon immer gewußt? – Ja, aber die Strapazen der Reise hatten verhindert, daß er daran gedacht hatte. – Nun wußte er, daß er *(oben)* durch die Straßen ging und in die Gesichter mit den weißen Masken sah.

Am Nachmittag erkannte Frohnberg, was zu tun war. Noch übersah er nicht, was geschehen würde, aber er wußte: Er mußte an diesem Abend wieder in das Café gehen, in dem er zusammen mit Kuntzeler gewesen war.

Als er an einer Informationsstation vorbeikam, warf er eine Münze in den Automaten und tippte dann den Namen des Cafés ein. Er war vollkommen sicher gewesen, daß es ganz leicht sein werde, die Straße herauszufinden, in der dieses Eckcafé lag. Er wußte ja den Namen. Jetzt erschien auf dem Bildschirm nur das Wort UNBEKANNT.

Frohnberg ließ sich von dem Informationsautomaten das Verzeichnis der Gaststätten geben und ging die Liste durch. Ein »Café Fleur« war nicht darunter.

Am Nachmittag fragte Frohnberg im Hotel. Die Frau an der Rezeption fragte zurück: »Wie heißt das Café?«

»Café Fleur«, sagte Frohnberg und buchstabierte dann das Wort *fleur*.

»Warten Sie bitte einen Augenblick!«

Die Frau ging zu einem kleinen Sichtgerät, das im Hintergrund stand.

»Bei der Information habe ich schon nachgefragt, sagte Frohnberg. »Da gibt's das nicht.«

»Nein?« sagte dieFrau und drehte sich um. »Und Sie wissen, daß es so heißt?«

»Ich bin ziemlich sicher. Den Namen hat mir ein Freund gesagt, mit dem ich gestern abend noch dort war. Es war irgendwo am Ring. Wir sind den Hohenzollernring entlanggegangen. Aber ich habe nicht weiter aufgepaßt, wo wir abgebogen sind.«

»Ja, wenn es im Register der Information nicht steht, sieht es schlecht aus. Ich kann nur noch mal in unserem eigenen Verzeichnis nachsehen.«

Sie ging nach hinten und tippte einige Zeichen ein. Nach ein paar Minuten kam sie zurück und sagte: »Es tut mir leid, es steht auch nicht in unserem Sonderverzeichnis. Vielleicht heißt es doch anders?«

»Ja«, sagte Frohnberg, »das ist natürlich möglich. Vielen Dank jedenfalls.«

»Ja, bitte«, antwortete die Frau, »keine Ursache.«

Während er an den Blumen mit den großen, roten Blüten vorüberging, dachte er weiter an den, der jetzt durch die Straßen wanderte.

›Es ist wirklich erstaunlich‹, sagte er zu sich selbst. ›Er findet alles heraus. Wer hätte das gedacht. Denn eigentlich war er ein ganz einfacher, normaler Mann.‹

Er ging jetzt durch den Wald und betrachtete die starken Lianenstränge, die von den Bäumen herabhingen. Dennoch, obwohl der Wald durch die Schlingpflanzen ein dschungelähnliches

Aussehen hatte, war alles Unterholz ausgehauen, und man konnte wie durch einen Park gemütlich voranschreiten.

›Nun ja, gut, er hat sich an diese Idee mit der Würfelmusik erinnert. Eine gewisse Konsequenz über die Jahre hin ist unverkennbar vorhanden. Aber daß er einen solchen Kopf hat, das hätte er doch selber nicht geglaubt. Wie man es am Ende auch dreht und wendet – der Instinkt ist durch nichts zu ersetzen. Und er hat, auch wenn er selbst nichts davon gewußt hat, – nun ja, er *hat* eben diesen Instinkt. Natürlich hätte der ihm überhaupt nichts genützt, wenn er sich nicht erinnert hätte; aber so ist das eben: Es kommt eins zum anderen.‹

Frohnberg sah zum Himmel. Die Sonne stand hinter einer dünnen, dahinziehenden Wolkendecke. Die kalten, sonnigen Tage gingen *(Milchglashimmel)* wohl zu Ende.

Er wußte zweierlei: Er wußte zum einen, daß er zu dem Café gehen mußte, und er wußte auf der anderen Seite, daß dieses Café in keinem der Adressenverzeichnisse aufgeführt war. Er ging jetzt noch einmal die Straße entlang. Hier war er, daran konnte er sich erinnern, mit Kuntzeler gewesen. Und gleich anschließend – er war so sicher, weil er schon zum drittenmal an dieser Stelle vorbeiging – setzte sein Gedächtnis aus.

Waren sie am Hohenzollernring auf der rechten oder auf der linken Seite gegangen? In eine der Seitenstraßen eingebogen? – Diese Straße hier, der Verkehr, die leise summenden Stadtwagen, die Fußgänger, von denen wieder viele weiße Masken trugen oder weiß geschminkt waren, alles das kam ihm fremd und alt vor. Er kannte diese Stadt ganz genau. Schließlich war er hier geboren und aufgewachsen. Aber hier, genau an dieser Stelle, war ihm plötzlich, als sei er in einer anderen, in einer vollkommen fremden Stadt. Obwohl er sich sagen mußte, daß er alle Häuser kannte. Nichts war ihm unvertraut. (Eine Kulisse, ausgebaut an manchen Stellen und an anderen nicht.) – Wenn er es sich recht überlegte, dann wunderte er sich aber am meisten darüber, daß er so ruhig war. Das war – konnte nicht sein – nicht allein Kuntzelers Beruhigungspille. Die hatte dafür gesorgt, daß dieser innere Flug erträglich war. Die Ruhe, die er jetzt empfand, entsprang daneben einer Gewißheit und Sicherheit, einem Vertrauen, das nicht zu erklären war. Er war sich darüber im klaren, daß er das Café finden *mußte*, und er sah, daß er nicht den geringsten Orientierungspunkt hatte. Also blieben nur die beiden Möglichkeiten: daß der ›Auftrag‹ nicht mehr wichtig war oder daß er das Café tatsächlich fand.

›Ja!‹ sagte er, und dann noch einmal: ›Jaja!‹

Er war jetzt tief in dem Wald, und irgendwo hier mußte die Lichtung und die Quelle sein.

›Er wird sein Café finden‹, sagte er. ›Er wird es schon finden.‹

Er sah sich um. Dort, ein wenig nach rechts zu, war eine helle Stelle. Dort also lag die Lichtung.

Neunzehntes Kapitel

Er war weitergegangen, hatte, nachdem es dunkel geworden war, irgendwo zu Abend gegessen, war dann wieder auf die Straße gegangen und gewandert (wie eine Wanderung kam ihm dieser Gang durch die Stadt inzwischen tatsächlich vor), und er hatte also, vor und nach dem Abendessen, alle Seitenstraßen und das ganze Gebiet am Ring abgesucht. Das Café hatte er nicht gefunden.

Seine Füße schmerzten. Es war kalt geworden. Bald würde es schneien. (Es roch nach Schnee.)

Er wollte zum Hotel zurückgehen. Wenn er das Café nicht gefunden hatte, dann hieß das, daß er nicht hinkommen mußte. Alles hing so eng zusammen, daß es keine Widersprüche mehr gab.

Er sah in sich hinein und stellte (mit Genugtuung) fest, daß die Geschwindigkeit der Fläche kaum noch zu steigern war. Es ergab sich alles nach Gesetzen, auf die er keinen Einfluß hatte, so daß er also auch keine Verantwortung für das hatte, was jetzt geschah. (Er dachte an seinen Doppelgänger, den er in Wilsede gesehen hatte, und der Gedanke an diese Szene (der Abstieg hinunter in die Stadt, die sandigen Häuser, das kleine, schwarze Haus in der Mitte des Platzes) war ihm vertraut.) Er konnte zum Hotel gehen, auf sein Zimmer. Wenn etwas geschehen mußte, dann sollte es geschehen. Er hatte seine Pflicht getan. – Wenn morgen früh die Sonne aufging, dann konnte er aufstehen, seine wenigen Sachen packen und nach Hause zurückfahren.

Die Straße war schmal und dunkel (und von irgendwoher kam die Vorstellung in seinen Kopf, daß hier in dieser Straße eine Kohlenhandlung sein müsse). Er ging weiter, wollte nach links und dann noch einmal nach links, zurück zum Ring.

Er ging an Schaufenstern vorüber und sah dann erst das Licht. – Fenster mit Markisen. Das war um diese Jahreszeit merkwürdig. Er war *(warum)* erregt und erwartungsvoll. Er wußte auf einmal, daß die Markisen ihn an den vergangenen Abend erinnerten.

Er stand vor dem Lokal und wunderte sich *(nicht)*.

Er hatte die Straßenseite gewechselt und war an den Fenstern, die fast bis zum Boden reichten, vorbeigegangen. Er brauchte jetzt nur noch die Tür zu öffnen und einzutreten.

Die Lichtung tat sich weit auf. Er sah über die Wiese zum anderen Ende dieses hellen Platzes hin und erblickte den kleinen, von Büschen und Farnstöcken umwachsenen Hügel.

›So bin ich also wieder angekommen‹, sagte er und lächelte.

Dort hinten lag die Quelle.

Frohnberg hatte sich, nachdem er das Café betreten hatte, umgesehen. Fast an jedem der kleinen Tische saßen Leute. Fast alle Gäste waren jung.

Hinten in der Ecke rechts war ein Tisch frei.

Er ging zu dem Tisch und setzte sich.

Die Bedienung kam und fragte, was er trinken wolle. Es war nicht das Mädchen von gestern. Das Mädchen, das jetzt vor ihm stand, trug eine Brille mit einer seltsamen, verlaufenden Tönung der Gläser, ein altertümliches Modell, vermutlich aus einem Trödelladen. Ihre Hosen waren aus einem dünnen Stoff und eng; wie ein Tigerfell gemustert, türkis und schwarz.

»Kann ich eine Tasse Kaffee haben?« sagte Frohnberg.

»Ja, natürlich«, sagte das Mädchen und sah ihn nicht an.

Er wartete.

Etwas würde geschehen, denn er hatte das Café gefunden.

Er sah in den Raum hinein und war, als er dies tat, bereit, zu sich selbst zu sagen, daß es jetzt nicht mehr lange dauern könne. Das aber hatte er nicht erwartet. Es war geschehen, ohne daß er es bemerkt hatte.

Er versuchte sich zu orientieren, versuchte ein Oben und Unten zu bestimmen.

Einen Knall hatte er erwartet. Ein berstendes Krachen und einen grellen, alles erhellenden Blitz. Daß er auf eine feste Mauer aufschlagen würde, hatte er sich vorgestellt.

Vermutlich war es genau in dem Augenblick geschehen, als er hier eingetreten war. (Leise und nur mit dem Geräusch, das ein Staubkorn macht, wenn es auf eine massive Marmorplatte fällt.) So lange hatte er auf diesen Augenblick gewartet. Und – wenn er sich an gestern erinnerte – auch Christian Kuntzeler hatte darauf gewartet. Es war vielleicht ein riesiger Aufprall gewesen, vielleicht auch ein großes, grelles Leuchten.

Dennoch: er hatte nichts bemerkt.

Er zitterte ein wenig und sagte, während er in sich hineinstarrte, zu sich selbst: ›Ruhig! Sei ruhig, es ist vorüber.‹

Er sah (von oben, von unten, von irgendeiner Seite?) auf die Grenzenlosigkeit der Fläche. Das war *(ist)* sie, diese neue Wirklichkeit. Und dabei hatte sich überhaupt nichts geändert. Die Umgebung war die gleiche wie gestern.

Er sah auf die Fläche hin, betrachtete die Endlosigkeit *(von allen Seiten zugleich)* und sagte sich dann, daß er selber diese Fläche war. Glatt, wie gelackt war die Fläche, schwarz (ohne alles Licht und dennoch) glänzend.

Er kniete nieder und griff in das Wasser. Mit der Hand nahm er den Sand auf und betrachtete ihn. Der Sand war hell und schwer.

Dann sprach er mit dem Wasser.

›Du hast mir über das Jahr hin wieder all dies Silber ausgewaschen. Ich wollte, ich könnte es dir danken; aber ich kann es nicht.‹

Er hob die Hand und ließ den Sand in das Wasser zurückrieseln.

›Aber nicht nur, daß ich dir nicht danken kann; ich muß dir auch gestehen, daß ich auf dem Weg hierher, als ich durch die Wüste ging, voll von Zweifeln war. Ich war nicht sicher, daß du mir wieder das Silber gebracht hast. Ich habe an dir gezweifelt. Und dennoch hast du – obwohl du meinen Zweifel gekannt hast, lange bevor ich gezweifelt habe – dennoch hast du mir das Silber geschenkt.‹

Frohnberg sah sich um und stellte noch einmal fest, daß sich die Umgebung, das Café nicht verändert hatte. Die Pflanzen vor den Fenstern. Das kleine Bäumchen mitten im Raum. Der Hängeleuchter und das Klavier hinten rechts und der weiße Topf mit der Palme auf dem Klavier. Die Kerzen rechts und links von der Palme. Der große Spiegel mit dem goldenen Rahmen. Die Theke, die als ein Viertel eines Kreises in die rechte Ecke gerückt war und von der aus eine Säule zur Decke hinaufragte. Eine lehmfarbene Vase. – Hinter der Theke, auf einem Ablagebrett an der Wand, stand eine (alte) Schallplatte. (Er kniff die Augen zusammen und las den Titel auf der Hülle. Der Titel sagte ihm nichts.)

Er sah sich weiter um und suchte. Das Bild über der Theke zeigte drei Mädchen, die sich anzogen (oder ausgezogen hatten) und *(dort)* über dem Klavier hielten zwei kleine Engel einen Blumentopf, und über diesem Bild stand in einer ein wenig verblaßten Schrift ›Café Fleur‹.

Wenn es überhaupt etwas gab, das auffällig war, dann war es die Tatsache, daß keiner der Gäste irgendwie verkleidet war. Nicht einmal eine Pappnase war zu sehen.

Aus dem Lederbeutel, den er an der Seite trug, hatte er eine dünne, leinerne Decke herausgenommen und auf dem Boden neben dem Wasser ausgebreitet. Jetzt schöpfte er mit beiden Händen den Silbersand auf die Decke.

›Ich verdanke es dir‹, sagte er zu dem Wasser, während er den Sand heraushob, ›daß ich wieder ein Jahr lang leben kann.‹

Als er die Vertiefung, in der sich der Sand gesammelt hatte, leergeschöpft hatte, beugte er sich nieder und trank, indem er das Wasser mit der geschlossenen Hand aufnahm. Dann ging er einige Schritte von der Quelle weg und legte sich ins Gras. Während der Sand, den er auf der Decke mit der Hand flach auseinandergestichen hatte, trocknete, wollte er schlafen. Zwar würde die Wanderung zurück mit den Mühen der ausgestandenen Reise nicht zu vergleichen sein; trotzdem – er würde wieder lange unterwegs sein, ehe er die Heimat erreichte.

Frohnberg drehte sich um und sah sich das Bild an, das hinter ihm in der Ecke hing. Ein buschiger Strauß aus roten und weißen Rosen in einem aus vielen kleinen Teilen eckig-oval zusammengesetzten Rahmen. Die Signatur war leserlich: H. Wunder.

Frohnberg wandte sich wieder um und lächelte. ›Nein‹, sagte er zu sich selbst, ›überhaupt nicht!‹

Ein älterer Mann hatte das Lokal betreten und sah jetzt, an der Tür stehend, zu Frohnberg her. An allen anderen Tischen saßen jeweils mehrere junge Leute, und nur Frohnberg saß allein an seinem Tisch.

Der Mann kam heran, und als er vor dem Tisch stand, fragte er: »Darf ich mich setzen?«

»Ja, bitte«, antwortete Frohnberg.

Sie sahen sich an, lächelten, und der Mann bestellte, als die Bedienung kam, ein Kännchen Pfefferminztee.

Frohnberg blickte zum Fenster hinaus. Auf der gegenüberliegenden Straßenseite waren über einem Einbahnstraßenschild zwei Hinweisschilder angebracht, die in die gleiche Richtung wiesen. ›Neumarkt‹ und ›Ebertplatz‹ stand darauf. Frohnberg betrachtete weiter die Schilder. Sie erschienen ihm sehr alt, obwohl sie keinerlei Besonderheiten aufwiesen. Die Farbe war an keiner Stelle abgeblättert.

Schneeflocken trieben an dem Fenster vorbei.

Der Tee wurde gebracht. Der Mann schenkte sich ein. Nachdem er einen Schluck getrunken hatte, sagte er zu Frohnberg: »Jetzt schneit es endlich. Wir hätten ja fast keinen Winter mehr bekommen.«

»Ja, die vergangenen Wochen waren außergewöhnlich«, nickte Frohnberg.

Der Mann war, wenn er ihn jetzt aus der Nähe ansah, älter, als es vorhin geschienen hatte. Obwohl sein Alter schwer zu bestimmen war. Sein Haar war grau und schütter, sein Gesicht faltig. Seine Augen waren hingegen jung – so jung, daß sie in diesem alten Gesicht auffällig hervortraten.

Sie kamen ins Gespräch. Der Mann sprach, ohne daß Frohnberg ganz genau sagen konnte, wie dieser Eindruck zustande kam, unwirklich leicht. Er erzählte nebensächliche Dinge, und trotzdem war das, was er sagte, auf bestimmte Weise wichtig.

Nach einiger Zeit bemerkte Frohnberg, daß er sich anstrengte: um herauszufinden, was ihn an den einfachen Sätzen des Mannes anzog. Der alte Herr brachte es fertig, daß er von sich erzählte, obwohl er keine privaten Dinge mitteilen wollte. Er lebe im Moment im Hotel, hatte er dem Mann gesagt; dabei – er habe allerdings ein Haus gemietet, in Bensberg.

Frohnberg hoffte, daß sein Gegenüber ihn fragen würde, warum er im Hotel wohnte, wenn er doch in Bensberg lebte.

Doch der Mann sagte: »In Bensberg? Da war ich nur ein einziges Mal, und das ist Jahre her. Es muß ungefähr – vierzig Jahre her sein. Damals gab es da ein Restaurant in Bensberg, das hatte einen komischen Namen; es hieß ›Am Ende der Welt‹. Man konnte auf der Terrasse sitzen und ins Tal sehen. Ein schöner Blick.«

Der Mann sah Frohnberg an, und seine Augen –

Frohnberg sagte sich, daß er diese Augen irgendwo schon einmal gesehen hatte. Aber es waren die Augen – nur die Augen gewesen.

»Dieses Lokal wird es heute nicht mehr geben, vermute ich«, sagte der Mann.

»Wo war es?«

»Ach, so genau erinnere ich mich nicht mehr. Ich glaube, es war in der Nähe der Kirche. Gab es da nicht einmal eine belgische Schule oder so etwas?«

»Im Schloß?«

»Ja, es war so eine Art Schloß.«

»Ja, ich glaube im Schloß waren mal Belgier.«

»Wie sind wir jetzt darauf gekommen? Ach so, ja; da beim Schloß und bei der Kirche, da war dieses Restaurant.«

»Nein«, sagte Frohnberg, »dann gibt es dieses Lokal wohl nicht mehr. Ich wohne nämlich ganz in der Nähe. Dann müßte ich es kennen.«

Als er erwachte, wurde es schon dunkel. Er stand auf. Der Sand war getrocknet. Er nahm die Decke und hob sie an den vier Zipfeln hoch. Als er sie mitsamt dem Silber in den Lederbeutel gesteckt hatte, sah er zum Himmel hinauf. – Bald würde die Nacht kommen; er konnte heute nicht mehr zurück.

Die Einheimischen, mit denen er sich so schwer verständigen konnte, hatten ihm in früheren Jahren einmal erzählt, daß diese Quelle eine Zauberquelle sei, und in der Nacht erschienen, so hatten die Leute gesagt, Geister an der Quelle.

Er hatte gelacht, und von ihren Gesichtern hatte er ablesen können, daß sie auch ihn für einen Geist hielten.

Sie hatten recht. Er mußte nur zurückdenken. Wie hätte er sonst durch die Wüste kommen können, wenn ihm seine Freunde und Artgenossen, die Geister, nicht beigestanden hätten? – Begegnet freilich war er ihnen noch nie. Er hatte aber auch noch nie hier übernachtet.

Er sammelte Holz und zündete, nur ein paar Meter von der Quelle entfernt, ein Feuer an.

Als er, am Feuer sitzend, durch die neblige Dämmerung zum Waldrand hinübersah, erblickte er einige Gestalten. Menschen aus den Dörfern. Sie starrten, so stellte er sich vor, auf sein Feuer und wagten nicht näherzukommen.

›Es ist kalt in eurem Land‹, sagte er. ›Euer Land ist von einer glühend heißen Wüste umgeben, und trotzdem ist es kalt wie Eis.‹

Kurze Zeit später war die Nacht da, und die Menschen am Waldrand waren nicht mehr zu sehen.

›Sie werden nach Hause gehen und erzählen, daß ich wieder da bin, um das Silber zu holen‹, sagte er und lachte. ›Es gehört mir, weil ich einer von denen bin, die an dieser Quelle wohnen.‹

»Ja – ich muß wieder gehen.«

Der Mann sah auf seine Uhr. Er hatte seinen Tee getrunken und rief das Mädchen herbei.

Nachdem er gezahlt hatte, sagte er zu Frohnberg: »Sie erwarten auch noch jemand.«

Der Mann hatte nicht gefragt, und es war dieser Satz auf der anderen Seite auch keine Nachricht gewesen. – Frohnberg wollte antworten: ›Nein, ich erwarte niemand.‹ Er unterließ es jedoch, denn der Mann sah ihn spöttisch an. – Es waren wieder die Augen, die –

Frohnberg sah auf. Jemand blickte von der Tür aus zu ihnen her.

»Nein?« fragte der Mann.

Die jungen Augen des Mannes kamen aus einer Zeit, die lange schon Vergangenheit war.

An der Tür stand Eva.

Aus einer Zeit, in der sich Geschichten zugetragen hatten, von denen der Mann auch jetzt noch, in seinem Alter, wußte und *(erzählen)* erzählen konnte.

Eva kam an den Tisch und sagte: »Guten Abend.«

»Guten Abend!« sagte der Mann zu Eva. »Bitte, setzen Sie sich doch!«

Eva Landshoff ging um den Tisch herum, zog ihre Jacke aus, hängte sie über den freien Stuhl und setzte sich.

Frohnberg hatte nichts gesagt, und auch Eva sprach jetzt nicht, und beide, der Mann und Eva Landshoff, sahen Frohnberg an.

Frohnberg, ohne die Augen zu schließen, ohne in sich hineinzustarren, sah die Fläche und den Mann und Eva.

»Ja«, sagte der Mann zu Eva Landshoff gewandt, »ich habe schon gesagt, daß ich jetzt gehen muß.«

Frohnberg fror.

Der Mann stand auf und blieb, die Hände auf die Stuhllehne gestützt, stehen.

Frohnberg mußte sich konzentrieren, damit sein Kopf nicht vor Kälte hin und her zitterte.

»Ich wünsche Ihnen noch einen schönen Abend!« Der Mann (er hatte sich nicht vorgestellt) wandte sich um.

Er ging zur Garderobe, zog seinen Mantel an.

Frohnberg sah ihm nach.

Er ging zur Tür und verließ den Raum.

›Zu Hause werden sie sich wieder wundern, wenn ich zurückkomme‹, sagte er, als er am Morgen erwachte. ›So wie sie sich bis jetzt immer gewundert haben, wenn ich zurückgekommen bin und neues Silber bei mir hatte.‹

Er ging zur Quelle und wusch sich. Dann nahm er den Beutel und machte sich auf den Weg.

Frohnberg hielt die Augen geschlossen. Den Kopf hatte er in die Hände gestützt.

Wo kam Eva her?

Aus der Parzelle. Woher sonst.

Es war *sehr* kalt hier.

Er öffnete die Augen. Eva Landshoff sah ihn an.

Sie wollte wissen, wer sie war. Er sollte es ihr sagen. Woher sie gekommen war, bevor sie in der Parzelle aufgetaucht war.

Er, ja, *er* wußte es.

Freilich, es war nicht einfach zu sagen. Im Grunde konnte er es überhaupt nicht *sagen*.

Er blickte im Raum umher. Sah die Leute an den anderen Tischen. Alles war gewöhnlich. Das normale Leben, das man hier, außerhalb der Parzellen, immer noch führte.

»Kommst du aus Wilsede?« fragte er.

»Ja«, sagte Eva Landshoff.

»Mit dem Zug?«

»Ja.«

»Ich habe Christian getroffen. – Wir waren gestern abend hier und haben uns unterhalten.«

»Ich habe es mir schon gedacht.«

»Was? Daß ich Christian treffe?«

»Ja.«

»Und nun?«

Eva Landshoff sah ihn an, zuckte mit den Schultern. »Du weißt es doch, oder?« sagte sie.

»Ja, schon«, sagte er. »Aber glaub mir, es ist alles nicht so einfach. Wir werden zusammen zurück nach Wilsede fahren. Aber ich habe *hier* gelebt. Ich habe eine Wohnung. Meine Frau wartet auf mich – das heißt: vielleicht wartet sie schon nicht mehr. Ich glaube, sie ahnt ungefähr, was mit mir los ist. Ich habe eine Tochter. Wenn ich jetzt gehe, lasse ich das alles – Es paßt einfach nicht zu mir, verstehst du? Ich war immer ein vernünftiger Mensch, auf den man sich verlassen konnte. Das ist jetzt nicht einfach so vorbei. Obwohl ich weiß, daß es keine andere Möglichkeit gibt.«

»Wie alt ist deine Tochter?«

»Vier. Sie wird im Mai fünf.«

»Und deine Frau? Wird sie es allein schaffen?«

»Ja, schon. Sie wird die Wohnung – das Haus aufgeben müssen. Wir haben einiges gespart. Und sie hat schon bisher voll gearbeitet.«

Es tat Frohnberg gut, mit jemandem über diese praktischen Fragen zu sprechen. Im Grunde genommen, so sagte er sich, war das, was sie da besprachen, sehr, sehr unwichtig. Und daß es unwichtig war, war schon zuviel gesagt. Es hatte sozusagen – keine volle Existenz. Aber gerade deshalb wollte er alles *(geordneter Rückzug)* erst in Ordnung bringen, bevor er zurück nach Wilsede fuhr.

Sie sprachen noch einige Zeit über das, was nun noch zu erledigen war. Frohnberg sagte, daß er am nächsten Tag nach Hause fahren wollte, um mit seiner Frau zu sprechen. Auch mit Hammerschmidt wollte er noch reden, und, wenn es sich einrichten ließ, mit jemandem aus dem Personalbüro von Componant. Vielleicht, daß er den Personalchef zu Hause aufsuchen konnte. Es war dies ja doch in einem gewissen Sinn ein Ausnahmefall.

»Ich habe ein Hotelzimmer«, sagte Frohnberg, nachdem er die Bedienung gerufen hatte. »Du kannst bei mir übernachten.«

»Ja, gut«, sagte Eva Landshoff.

Sie zahlten und gingen nach draußen. Als sie auf der gegenüberliegenden Straßenseite angelangt waren, durch die Diagonale der Kreuzung von dem Café getrennt, blieb Frohnberg stehen und wandte sich um. Auch Eva Landshoff blickte zurück.

»Ich könnte jetzt die Hand ausstrecken, und das Café würde verschwinden«, sagte Frohnberg. »Statt dessen wäre da – ja, ein Lebensmittelgeschäft. Glaubst du mir das?«
»Ja«, sagte Eva Landshoff und lachte.

Es war ungefähr 11 Uhr nachts, als sie bei dem Hotel ankamen. Unterwegs waren ihnen wieder viele weiße Masken begegnet. Frohnberg hatte den Arm um Eva Landshoff gelegt. So waren sie gegangen.
Als Frohnberg den Zimmerschlüssel beim Portier abholte, sah der – es war en kleiner, älterer Mann – über seine Brille hinweg auf Eva, die einige Schritte hinter Frohnberg stehengeblieben war.
»Ja«, sagte Frohnberg, »ich zahle für diese Nacht ein Doppelzimmer.«
Der Portier nickte, nahm einen Zettel und schrieb etwas auf.
Sie gingen über die Treppe hinauf in das Zimmer. Eva stellte sich, nachdem sie eingetreten waren, mit dem Rücken vor einen Heizungskörper und rieb sich die Hände.
»Ist dir kalt?« fragte Frohnberg.
»Ja, ein bißchen«, sagte sie.
Dann zog sie ihre Jacke aus und hängte sie in den Schrank. Frohnberg hängte seinen Mantel dazu.
Sie standen mitten im Zimmer, zwei Schritte voneinander entfernt, und sahen sich an.
Eva Landshoff ging auf Frohnberg zu, er nahm sie in die Arme und schloß die Augen. Sie lachte nicht, und auch Frohnberg (›Sonst lacht man in dieser Situation‹ dachte Frohnberg, ›oder wenigstens doch, daß man lächelt.‹) blieb ernst.
»Woher komme ich?« fragte das Mädchen.
»Wir beide kommen aus dem gleichen Dorf«, sagte Frohnberg. »Oder, nein: wir haben uns in meinem Dorf getroffen. Es ist lange her. – Ich erzähle es dir später.«
»Kannst du es mir nicht jetzt erzählen?«
»Nein. Es dauert noch einige Zeit, bis ich die Einzelheiten weiß.«
»Und woher weißt du es?«
»Ach, das ist unwichtig.«
»Sag es mir, bitte!«
»Von dem Mann, der in dem Café mit am Tisch gesessen hat.«

»Hat er es dir erzählt?«

»Aber du weißt doch, daß einem so etwas nicht *erzählt* wird, oder?«

»Ja«, antwortete das Mädchen. »Ich verstehe schon.«

Am darauffolgenden Tag fuhr Frohnberg nach Bensberg, um mit seiner Frau zu sprechen.

Als er das Haus betrat, stand Jonna im Flur und sagte langsam und vorwurfsvoll: »Hallo, Papa.«

Seine Frau kam aus dem Badezimmer und sah ihn müde und ein wenig wie gelangweilt an. Sie stellte einen Eimer, den sie in der Hand trug, umständlich beiseite und sagte dann erst: »Na, Stefan, bist du zurück?«

»Ja«, antwortete Frohnberg.

Er sah auf seine kleine Tochter, die mit unsicheren, kurzen Schritten auf ihn zuging und ihn an der Hand faßte.

»Bleibst du?« fragte Helga Meinert.

»Nein.«

»Hm. – Möchtest du einen Kaffee? Ich mach' uns einen, ja?«

Helga Meinert ging in die Küche, um die Kaffeemaschine anzustellen. – Frohnberg zog seinen Mantel aus. Dann, im Wohnraum, sah er sich um.

Seine Frau kam und setzte sich auf einen Hocker.

»Wie geht es jetzt weiter, Stefan?«

»Ich fahre wieder nach Wilsede.«

»Du willst in die Parzelle?«

»Ja.«

»Ich habe es mir gedacht. Doch, ja – ich habe es mir gedacht.«

Sie sah ihn schweigend an.

Dann, nachdem sie sich eine Weile ohne zu sprechen angesehen hatten, sagte Helga Meinert: »Sei so nett und stell das Geschirr auf den Tisch. Ich hole den Kaffee.«

Frohnberg nahm Teller und Tassen aus dem Schrank. Alles war *(lange schon)* still. Es war lange her, seit er hier gewesen war. Jahre? Vielleicht Jahrzehnte...

Später fragte Helga Meinert: »Warum tust du das jetzt, Stefan?«

Frohnberg antwortete: »Weil ich jetzt weiß, woher ich gekommen bin und was ich tun muß.«

Er spürt das Silber schwer an seiner Seite, und manchmal rückt er den Beutel zurecht, schiebt ihn dann auf den Rücken oder auf den Bauch. Er geht durch einen sonnigen Laubwald. Das Licht fällt in schmalen, leuchtenden Strahlenbündeln auf den Boden und macht, daß manche Stellen wie Metall leuchten. – Eine kleine, schwarze Schlange huscht vor ihm durch die Blätter, die am Boden liegen. Er lacht und sagt: ›Nun, Doktorchen, schon auf dem Heimweg?‹ – Dann gehen seine Gedanken zurück zu der Quelle, und wenig später erinnert er sich, daß die Wüste verschwunden gewesen ist, als er den Wald verlassen hat, der die Lichtung und die Quelle einschloß. Er war eine Zeitlang über flaches Wiesenland gewandert und dann in *diesen* Wald gekommen. Aber er war nicht überrascht gewesen, weil er den Weg ja kannte – diesen Weg, den er in jedem Jahr um diese Zeit ging. Es war in jedem Jahr so gewesen: Wenn er zurückging, war die Wüste nicht mehr da. Dann konnte er einfach ausschreiten, in den Dörfern, die am Wegrand lagen, Halt machen und essen, trinken. Er konnte diese holprige, schwerfällige Sprache proben und sich freuen, wenn ihm ein Wort oder eine Wendung, die er in einem der vorausgegangenen Jahre gelernt hatte, wieder einfiel. – Manchmal fragten ihn die Leute, was er da in seinem Beutel trage, und er antwortete jedesmal: Papier. Sie sehen ihn erstaunt an. Es wird in diesem Jahr, wenn diese Frage wieder gestellt wird, nicht anders sein. Denn sie werden ja sehen, daß der Beutel rund und sehr schwer ist. Er wird hinzufügen: ›Papier ist nicht leicht!‹, und sie werden ihn trotzdem weiter mißtrauisch anschauen. Die Meinungen werden, wenn sich die Dörfler hinter seinem Rücken über ihn unterhalten, geteilt sein. Die einen werden ihn für einen umherirrenden Verrückten halten, die anderen aber, die, die ihm ein wenig länger in die Augen geschaut haben, die werden dafür stimmen, daß er ein Zauberer oder ein Hexer sei. Wertvolles vermuten weder die einen noch die anderen in seinem Beutel; aber diejenigen, die an seinem Verstand zweifeln, werden durch die Meinung der anderen (an der, ohne daß sie dies zugeben wollen, ja doch etwas Wahres sein könnte) davon abgehalten, ihm den Beutel zu entreißen, um, einfach aus Neugierde, einmal nachzusehen, was sich darin befindet. – Wenn er sich schlafen legt, so bettet er seinen Kopf auf dem Lederbeutel, und der Sand formt eine Kuhle, in der er, ermüdet vom langen Fußmarsch, rasch seinen Schlaf findet. In den Minuten, die er vor dem Einschlafen noch wach liegt, denkt er an seine Heimat, und er weiß, daß diese Gedanken seine Schritte am nächsten Tag beflügeln werden. Er sieht die Hügel, die Sonne, das warme Meer, die Menschen, die ihn lachend willkommen heißen und die nicht aufhören wollen, seinen Mut und seine Kraft zu bewundern. Er ist nicht stolz, wenn er sie so reden hört. Jedenfalls nicht in der Weise, wie die Menschen, die er kennt, stolz auf vollbrachte Taten sind. Er sagt sich – und weiß, daß er es ihnen nicht begreiflich machen kann –, daß einer, der durch die Wüste gegangen ist, nicht mehr stolz ist auf das, was ihm gelingt. So war es schon bei seiner ersten Reise gewesen, damals, als er, durch keinerlei Erfahrung angeleitet, dennoch aufgebrochen war. Er hatte dieses Sandland durchquert und war, als er es verlassen hatte, nur angefüllt gewesen mit einem sogar ein wenig traurigen Wissen. Er hatte gewußt (doch erst, als die Wüste hinter ihm lag), daß er die Quelle und das Silber finden würde. Heute nun, auch wenn sie ihm sein Heimatdorf, ja selbst wenn sie ihm das Land und alle Schiffe und damit das Meer zum Geschenk machen wollten – er würde keinen Stolz empfinden. Er trägt die Kälte dieses Landes im Herzen, und seine Blicke, die die Wüstenhitze nicht in sich aufgenommen haben, sind aus grünem Metall. Nicht um zu zerstören, sondern nur: um die, die er doch auch braucht und deren Nähe er sucht, von sich fernzuhalten. Er erklärt es ihnen nicht, weil sie es, wie er glaubt, nicht verstehen können. Er erklärt ihnen nicht, daß sie eine allzugroße Annäherung an ihn vermeiden müssen, weil seine Nähe sie einfrieren ließe. Seine Augen halten sie in gehöriger Entfernung, diese neuen Augen, die schon damals, während seiner ersten Reise, so hart geworden sind. – Dennoch aber, er spürt die Sehnsucht jeden Abend, und jeder Morgen macht ihn froh, weil ein Tag vor ihm liegt, der ihn seiner Heimat näherbringt.

Zwanzigstes Kapitel

»Weißt du, Stefan, ich habe gesehen, daß etwas mit dir vorgeht«, sagte Frohnbergs Frau. »Ich habe es vielleicht zu spät gesehen, und ich habe dann auch nichts gesagt und nichts unternommen, aber ich habe es am Ende doch klar und deutlich gesehen. Nur – ich konnte mir nicht vorstellen, daß es wirklich diese Parzelle ist, die dich schluckt. Erst während der vergangenen Woche, als ich Zeit hatte und alles noch einmal langsam durchgegangen bin, ist es mir klar geworden, daß in der Parzelle etwas vorgefallen sein muß, das dich verändert hat. Oder jedenfalls ein Anlaß war. Ich weiß nicht, was es war. Haben sie dir, ohne daß du es gemerkt hast, eine Droge verabreicht?«

»Nein«, sagte Frohnberg ruhig. »Bestimmt nicht. Nein, da bin ich vollkommen sicher.«

Er schweigt und spürt, wie das Gefühl, das ihn drängt, seiner Frau alles so gut es geht zu erklären, immer stärker wird. Er weiß, daß es jetzt keinen Sinn mehr hat, darüber nachzudenken, was man sagen darf und was nicht. Es wird ihr ohnehin schwer fallen, das was er ihr sagen kann, zu verstehen.

»Es ist so –«, sagt er und zögert noch einmal einen Moment, »das, was ich geworden bin, diese Veränderung, war in mir angelegt, solange ich lebe. Eigentlich – (er lächelt ein wenig und sieht seine Frau nicht an) war das alles schon lange vor meinem Leben da.«

»*Was* war da?«

Er sucht nach Worten, denn (so sagt er sich) das, was diese Veränderung ausmacht, muß sich ausdrücken lassen.

Schließlich antwortet er: »Die – Möglichkeiten.«

Helga Meinert, die sich offensichtlich scheut weiterzufragen: ›Was für Möglichkeiten?‹, wartet ab, wohl weil sie hofft, daß Frohnberg selbst einsieht, daß das, was er sagt, keine Erklärung ist.

»Ja, gut«, sagt Frohnberg dann, und er spricht zuerst nur zu sich selbst. »Ich kann es nicht anders ausdrücken. Also, als ich nach Köln gefahren bin und mir das Zimmer genommen habe, da hatte ich eine Bewegung in mir, die immer schneller wurde.

Ich weiß nicht, wie diese Bewegung zustande gekommen ist, sie war einfach da. Und dann, als die Bewegung schneller und immer noch schneller geworden ist, da hat sie plötzlich eine unendlich große Fläche aufgespannt. *In mir drin,* verstehst du. Ich habe zuerst auch nicht gewußt, wozu diese Fläche da ist. Aber es hat nicht lange gedauert und ich habe gesehen, was mit der Fläche geschieht.«

Frohnberg blickt seine Frau an und liest in ihrem Gesicht; er liest, was sie denkt und fühlt. (So wie er jetzt spricht, hat er früher nie gesprochen. Er hat nie so kompliziert, so ungereimt geredet; er war im Gegenteil immer sehr vernünftig.) Er spricht dennoch weiter.

»Die Fläche, diese Möglichkeit, die Fläche in mir auszubilden – das hatte ich immer schon in mir. Ich habe es nur einfach nicht gewußt; und wenn ich nicht nach Wilsede gefahren wäre, hätte ich es wahrscheinlich nie erfahren. Aber ich mußte keine Drogen nehmen. Nein, ich habe in der Parzelle nur den Anfang einer Spur aufgenommen. Das weiß ich heute. Wilsede war nur der Auslöser. Ich bin nach Hause gefahren und habe geglaubt, daß nun alles wie vorher ist. Aber es war nicht wie vorher. Diese Spur, die Bewegung, war schon da, und ich habe sie dann mit der Zeit immer klarer wahrgenommen. Jetzt gibt es also die Fläche, und *auf* der Fläche entstehen immerfort Welten. Nein – sie *entstehen* nicht, sondern ich kann sie sichtbar machen. Es gibt sie immer schon. Heute zum Beispiel interessiere ich mich für die Geschichte eines jungen Mannes. Das heißt – so jung ist er auch wieder nicht. Schon über dreißig. Es ist eine alte und seltsame Welt, in der er lebt. Ich sehe auf der Fläche, wie er aufbricht und sein Heimatdorf verläßt, eine lange und überaus beschwerliche Reise macht, in deren Verlauf er auch durch eine Wüste ziehen muß. Er durchquert einen Wald, der einem Park gleicht, und kommt an eine Quelle. An dieser Quelle füllt er einen Beutel mit Silbersand und geht dann zurück. – Das alles sehe ich. Und ich kann in dieser Welt und in all dem, was geschieht, ohne jede Verzögerung hin und her gehen. Ich bin da noch ziemlich ungeübt, aber ich merke schon, wie es mir immer besser gelingt. Dem jungen Mann stehen noch einige Dinge bevor. Ich weiß es schon, aber *er* weiß es noch nicht.«

Helga Meinert sieht ihren Mann skeptisch an. Sie wundert sich darüber, daß er so schnell und engagiert erzählt. Eine Geschichte, die natürlich, wie die Sache mit der ›Fläche‹ auch, überhaupt nichts erklärt. (Und Frohnberg erkennt seinerseits, daß seine Frau verwundert und ratlos ist. Doch er will weitererzählen. Er kann nicht mehr tun, als ihr erzählen, was in dieser Welt auf der Fläche geschehen ist.) Es zeigt sich nur, daß er irgendwelche wirren Vorstellungen hat. Und daß die Leute in der Parzelle nicht doch irgend so einen Stoff in sein Essen gemischt haben, ist auch nicht sicher.

»Ja, er wird nach Hause kommen, in sein Dorf. Und dort wird ein junges Mädchen sein, das einen Onkel besucht. Ein halbes Kind noch. Und stell' dir vor: der Mann wird sich in dieses Kind verlieben. Und wie es der Zufall so will – die Kleine verliebt sich auch in den Mann. Es imponiert ihr, daß er so weit in der Welt herumgekommen ist und so viele Dinge erzählen kann.«

Frohnberg sieht, daß seine Frau ihm nicht zuhört; deshalb unterbricht er sich selbst und sagt: »Weißt du – es ist nicht nur eine Geschichte. Ich bilde mir das nicht nur ein. Es gibt sie wirklich, diesen Mann und das Mädchen.«

Es wiegt schwer für das Haus seiner Eltern, das auch sein Haus ist, das Silber. Mehr noch als in den vergangenen Jahren hat es ihm und seinen Verwandten Ansehen und Wohlstand beschert. Und ihm, ihm ganz persönlich, hätte es beinahe das Glück gebracht. – Sie war schon im Dorf, als er zurückgekommen ist, und bei den Feiern, die zu seinen Ehren veranstaltet worden sind, hat er sie fast eine Woche lang nicht gesehen, und das, obwohl sie sicher mehr als einmal unter denen gewesen ist, die ihn umlagert und immer aufs neue verlangt haben, daß er von seiner Reise zu der Silberquelle erzählen solle. Dann, an einem Sonntag, hat er sie gesehen. Er hat bei den Männern gesessen, unter dem Baum auf dem Dorfplatz, sie haben Wein getrunken, und er hat wieder berichtet. Da erst ist sein Blick auf sie gefallen. Die Kinder haben in einiger Entfernung gestanden und haben zugehört, und sie hat hinter den Kindern gewartet (ja, gewartet), daß er auf sie aufmerksam werde. Da also hat er sie zum erstenmal gesehen: ein junges Mädchen mit rötlichen Haaren und einem ernsten, schönen Gesicht. Er hat am Abend, zu Hause, seine Schwester gefragt: ›Wer ist das Kind?‹ – er hat sie ein Kind genannt. Dann hat er sie beschrieben, und seine Schwester hat ihm gesagt, daß sie die Nichte des Kaufmanns ist.

Er hat also erfahren, daß sie nur für eine Weile im Dorf sein würde, und ihre Eltern sind dann auch eine Woche später gekommen und haben sie mitgenommen; während dieser Woche aber hat er mit ihr gesprochen. Beim erstenmal, als er sie auf der Straße getroffen hat, ist sie stehengeblieben, und er hat sie tatsächlich wie ein Kind angeredet und gefragt: ›Wer bist denn du?‹ Sie hat ihren Namen genannt und gesagt, daß der Kaufmann ihr Onkel sei, und schon mit diesem einen Satz hat sie ihm gezeigt, daß er nicht das Recht hat, sie wie ein Kind zu behandeln. So ruhig und ernst hat sie in ihrem fremdartig klingenden Dialekt auf seine Frage geantwortet und ihn dabei aufmerksam angeblickt. Als er sie noch gefragt hat, woher sie kommt, hat sie den Namen einer ihm unbekannten Stadt genannt, und er ist dann weitergegangen, und seine Stimme hat ihm gesagt, daß er das Kind liebt.

Er hat gelacht und der Stimme versichert, daß er die natürlichen Rechte der Kinder, seien es nun Jungen oder Mädchen, zu achten wisse, und dieses Mädchen, das ja schön und darüber hinaus sicherlich auch klug sei, stehe um eine Reihe von Jahren vor der Grenze seiner kühnsten Interessen.

So war das also gewesen, als er das Mädchen zuerst angesprochen hatte, und es wäre womöglich auch bei dieser einen Begegnung geblieben, wenn dieses Mädchen ihn nicht am Nachmittag desselben Tages angesehen und gleich darauf gefragt hätte, ob er auch im nächsten Jahr zu der Quelle reisen werde. – Im Verlauf der folgenden Tage hatte sie ihn immer wieder gefragt – nach tausend Dingen und ohne daß sich ihm der Grund ihrer Wißbegierde erschloß. Er hatte ihr geantwortet, so gut er konnte, denn er war schon während der zweiten Frage unter ihre Gewalt gekommen, und ihr die Antwort auf irgendeine ihrer Fragen abzuschlagen, war ihm hierauf nicht mehr möglich gewesen: Ja, er will auch im nächsten Jahr zu der Quelle reisen, und auch in weiteren Jahren, so lange, bis er erkennt, daß er die Wüste nicht mehr bezwingen kann.

Daß er gerade dieses Mädchen lieben mußte – er, der sich aus den Gefühlen für die Menschen nicht viel machte und vielleicht gerade deshalb geeignet war für ferne und gefahrvolle Reisen –, war ihm sehr merkwürdig vorgekommen. Er hatte ein oder zwei Tage in der Gefahr gestanden, die Regeln der Schicklichkeit zu vergessen; aber dann hatte ihn die Vernunft doch nicht verlassen, und er hatte, indem er weiter gewissenhaft und – ja, auch: glücklich alle diese Fragen beantwortet hatte, eine gepanzerte Kette um seine Empfindungen gelegt. Das Mädchen war, gerade so, wie seine Schwester es ihm gesagt hatte, nach einer Woche von ihren Eltern abgeholt worden, und er wußte, daß er es in diesem Leben nicht mehr wiedersehen würde. Dabei dachte er gar nicht darüber nach, ob es im nächsten oder in einem der folgenden Jahre wieder in das Dorf kommen würde, denn das war in der Tat belanglos; wichtig war nur, daß sich an dem Gesetz, das zwischen ihnen stand, niemals etwas ändern würde.

Nun, da es Herbst geworden war, saß er hier auf dem Hügel, sah hinunter auf das Dorf und dachte an das Mädchen. – Noch hörte er die Fragen und sah, wenn er die Augen schloß, ihre Augen und ihr Gesicht, in dem sich die Farbe ihrer Haare spiegelte. Und heute dachte er, über seine Erinnerungen hinaus, auch daran, daß er in dem folgenden Frühling aufbrechen würde wie immer, daß er aber nicht einmal den Versuch machen würde zurückzukehren. Er wollte die Wüste durchqueren und zu der Quelle gehen, das Silber schöpfen und mitnehmen. Dann aber, auf dem Weg zurück, würde er in einem dieser Dörfer übernachten und am anderen Morgen nicht weitergehen, sondern bleiben. Hier, in seiner Heimat, werden sie ihn für vermißt erklären und annehmen, daß er in der Wüste geblieben ist, von deren glühender, die Gedanken verwirrender Hitze er immer wieder gesprochen hatte. Er aber wird in einem der fremden Dörfer wohnen, die Sprache dieses kalten Landes erlernen und mit dem Geld, das ihm das Silber einträgt, einen Hof kaufen, dessen Geschäfte ein einheimischer Verwalter für ihn besorgen wird. Eine Frau wird er nehmen – ja, wahrscheinlich wird er dort heiraten und Kinder haben. (Nein, Kinder doch wohl nicht.) Er wird zurückdenken an seine Heimat, an den Hügel hier, auf dem er jetzt noch sitzt, und an die Wärme des Herbstes. An das Mädchen, das ihn eine Woche lang befragt und dem er geantwortet hat, wird er sich immer erinnern, doch er wird seine Erinnerungen stets verschweigen. Er wird in der Fremde alt werden, und die Freude seiner letzten Jahre wird es sein, daß er sein Geheimnis bewahrt hat. – Es wird die Zeit kommen, in der irgend jemand auch dieses Geheimnis entdeckt.

»Ich möchte alles in Ordnung bringen, bevor ich gehe«, sagt Frohnberg. »Andererseits: Ich habe nicht viel Zeit. Ich kann hier nicht mehr lange bleiben.«

Seine Frau fragt ihn nicht, warum er nicht mehr lange bleiben kann, sondern sie sagt: »Hast du in der Parzelle eine andere Frau kennengelernt?«

Er könnte ihr jetzt von dem Mädchen, von Eva Landshoff erzählen; aber die ist keine Frau, und es hat keinen Sinn, jetzt noch alles komplizierter zu machen.

»Nein.«

Bei Martin Hammerschmidt hat sich Frohnberg durch einen Anruf angemeldet, und sie haben sich, weil es sich so ergab, bei Componant verabredet. Frohnberg, der ein paar Minuten früher als Hammerschmidt erschien, hat sich in ihren gemeinsamen Arbeitsraum gesetzt und gewartet. Hammerschmidt ist gekommen, sie haben sich begrüßt, und Hammerschmidt hat direkt gefragt, ob sie, ›wenn die Tage vorbei sind‹, mit dem neuen Programm voranmachen könnten. Frohnberg hat ihm gesagt, daß er Componant verlassen wird.

Hammerschmidt sieht Frohnberg an, überrascht und zugleich auch nicht überrascht, und fragt: »Hast du eine andere Firma? Paß auf – laß mich raten: Sanyo in München. Stimmt's?«

»Nein«, sagt Frohnberg, »ich habe keine andere Firma.«

»Wieso? Willst du dich zur Ruhe setzen oder machst du dich selbständig?«

»Weder noch. Ich gehe nach Wilsede.«

»Wo ist denn – Was, in diese Parzelle?«

»Ja.«

»Du spinnst! Das hast du dir doch nicht überlegt! Ausgerechnet *du*!«

»Wieso ›ausgerechnet ich‹?«

Hammerschmidt läßt sich in den Sessel zurückfallen, lacht nervös und sagt: »Du warst der letzte, von dem ich so etwas gedacht hätte. Du warst doch – ja, von allen meinen Bekannten warst du der Vernünftigste, glaub' ich. Und *du* gehst in eine Parzelle?«

Frohnberg, der alle Fragen und Einwände kennt, sagt sich, daß es nicht möglich ist, mit Hammerschmidt zu diskutieren. Selbst wenn er ihm erzählt, was sich in den letzten Wochen und vor allem in den vergangenen Tagen ereignet hat, wird das nichts ändern. Und er hat keine Lust, Hammerschmidt von dem, was da geschehen ist, zu berichten. Er möchte aber auch nicht so gehen, ohne jede Erklärung.

»Bist du damit zufrieden?« fragt Frohnberg und streicht mit der flachen Hand über die in die Tischplatte eingelassene Tastatur eines der Rechner.

»Was heißt schon *zufrieden*. Ich habe immer gedacht, daß wir uns darin einig sind. Wir sind nicht zufrieden, aber wir glauben nicht, daß wir irgendwo auf die Dauer zufriedener wären. War's nicht so?«

»Ja ja, du hast schon recht. Die Frage ist im Grunde genommen dumm. Ich kann es dir aber auch nicht erklären. Es hat sich für mich in den letzten Wochen eben viel verändert. Frag mich jetzt nicht, was.«

»Du willst es mir nicht sagen?«

»Wenn ich ehrlich bin: nein.«

Hammerschmidt, immer noch in den Sessel zurückgelehnt, die Beine von sich gestreckt und die Arme ausgebreitet, sieht Frohnberg plötzlich aus der Distanz an. »Na ja, gut«, sagt er dann. »Das muß ich natürlich respektieren.«

Sie haben über Jahre hin zusammengearbeitet, und jetzt wissen sie beide, daß sie sich nichts erklären können, und Frohnberg sagt sich und ist, während er das denkt, mit einemmal wie von einer übergroßen Müdigkeit befallen: daß er Martin Hammerschmidt so, mit Worten ohnehin, nichts verständlich machen kann.

Frohnberg rief noch am selben Abend Meyer-Seydlitz an. Er wollte nicht mehr den umständlichen Weg über das Personalbüro gehen und sagte dem Leiter der Componant-Niederlassung, daß er weggehen wolle.

»Sie wollen kündigen?« fragte ihn Meyer-Seydlitz. »Haben Sie eine neue Stelle gefunden?«

Frohnberg sagte, daß er eigentlich nicht *kündigen* wolle; es sei ihm vielmehr darum zu tun, möglichst sofort weggehen zu können. Und – nein, eine andere Stelle habe er nicht, und er werde auch nicht, das könne er schon jetzt sagen, bei einer anderen Firma arbeiten.

Seinem Gesichtsausdruck nach zu schließen, war Meyer-Seydlitz erleichtert, und er bot von seiner Seite aus an, daß sie sich, wenn es denn so eilig sei, am anderen Tag in Paffrath treffen könnten.

»Eigentlich wollte ich morgen nicht ins Büro«, sagte er, »aber in Ihrem Fall, Herr Frohnberg, will ich gerne kommen.«

Frohnberg bedankte sich.

Am anderen Tag sagte sich Frohnberg – er war nach Köln zurückgefahren und hatte die Nacht wieder im Hotel geschlafen –, daß er Meyer-Seydlitz nicht verschweigen konnte, was er vorhatte. Er wollte dieses Weggehen korrekt abwickeln, und der Chef der Niederlassung hatte ein Recht zu erfahren, weshalb er Componant so Hals über Kopf verließ.

Er war dann ein wenig zu früh in Paffrath, und der Sicherheitscomputer ließ ihn, nachdem er sich ausgewiesen hatte, in einen kleinen Aufenthaltsraum im Gebäude der Geschäftsleitung gehen und rief ihn von dort, als Meyer-Seydlitz ein paar Minuten später eintraf, in das Büro im ersten Stock.

»Ja, Herr Frohnberg«, sagte Meyer-Seydlitz, »es tut mir natürlich leid, daß Sie uns verlassen wollen, und – wenn ich ehrlich sein darf – ich bin natürlich überrascht, daß sie so kurzfristig gehen wollen, obwohl Sie, wie Sie mir erklärt haben, bei keinem anderen Unternehmen arbeiten werden. Ich hoffe nicht, daß Ihr Entschluß mit Ihrer Arbeit bei uns im Zusammenhang steht.«

»Nein«, antwortete Frohnberg. »Daß ich Sie bitten will, mich ohne die Einhaltung der Kündigungsfrist aus meinem Vertrag zu entlassen, hat einen anderen Grund. Ich möchte in eine Parzelle gehen.«

»Ach! Das überrascht mich ja nun wirklich. *Sie* wollen in eine Parzelle? Ich muß gestehen, daß ich Sie, obwohl ich Sie natürlich nicht sehr gut kenne, aber so dem ersten Eindruck nach – nein, daß Sie in eine Parzelle gehen wollen, hätte ich nicht gedacht.«

»Jaa –«, sagte Frohnberg unschlüssig. Dann fuhr er fort: »Ich möchte nach Wilsede.«

»Wilsede? Wo liegt das?«

»In der Lüneburger Heide.«

»Ach so«, sagte Meyer-Seydlitz, und Frohnberg bemerkte, daß es an ihm war, eine Erklärung zu finden (oder zu erfinden).

»Ich habe einen Schulfreund getroffen, der dort lebt. Es ist schwierig zu erklären, wie ich zu meinem Entschluß gekommen bin. Ich kann nur sagen, daß ich nicht glaube, daß ich überstürzt gehe. Ich habe mir alles sehr lange überlegt. Auch wenn ich jetzt, was die Firma angeht, ein wenig spät komme.«

»Wissen Sie, Herr Frohnberg – wenn Sie mir einmal eine persönliche Bemerkung gestatten: Diejenigen, die wie Sie in den Kreativen Abteilungen arbeiten, sind ja doch im Herzen halbe Künstler, glaube ich. Nicht zu vergleichen mit uns einfachen Kaufleuten jedenfalls. Ich verstehe schon, daß es da zu Entschlüssen kommt, die unsereiner nicht richtig nachvollziehen kann, und ich bin der Meinung, daß es so seine Richtigkeit hat. Die Menschen sind verschieden; das ist immerhin etwas, was vor allem auch die Kaufleute wissen.«

Frohnberg hörte Meyer-Seydlitz verwundert zu, denn er hatte nicht geglaubt, daß dieser große, grauhaarige Manager, der da vor ihm saß, zu solchen Gedankengängen fähig war.

»Nun gut, wie dem auch sei«, sagte Meyer-Seydlitz dann, »ich werde Ihnen keine Schwierigkeiten machen. Sie wissen natürlich, daß ich alles noch mit der Personalabteilung abstimmen muß, und Paris muß abschließend seine Zustimmung geben. Aber letzteres ist meiner Erfahrung nach eine Formsache, und gegenüber den Leuten vom Personalbüro werde ich darauf hinweisen, daß man jemanden wie Sie nicht durch einen Vertrag halten kann. Ihre Arbeit, vor allem die Qualität Ihrer Arbeit, läßt sich ja am Ende doch nicht vor Gericht einklagen. Ach, und noch etwas: Wenn es in dieser Parzelle so etwas wie eine Probezeit gibt und Sie stellen fest, daß das Leben dort nichts für Sie ist, dann kommen Sie zu mir. Ich möchte, daß Sie dann wieder für uns arbeiten.«

»Vielen Dank für das Angebot«, sagte Frohnberg, »das ist sehr freundlich; aber ich glaube, daß ich meine Probezeit schon hinter mir habe.«

Nun sitzt er in der Höhle hinter dem Kachelofen und träumt sich zurück in sein Leben. Drüben, vor dem kleinen Fenster, das mit seiner gläsernen Scheibe die Kälte draußen hält, treibt der Schnee vorbei. Er ist ein wohlhabender Mann geworden, und seine beiden Söhne haben es sich angelegen sein lassen, ihr Erbe zu vermehren. Sein Ältester, der mit den Enkeln dort am Tisch sitzt, ist vor einem Jahr von den Dörflern zum Bürgermeister bestimmt worden. – Die wenigsten Häuser im Dorf haben gläserne Scheiben, und jetzt, im Winter, dringt durch die dünngeschabten Häute, mit denen die meisten Bauern ihre Fensterluken auch tagsüber verschließen, ein trübes, ungesundes Licht. – Wie lange ist es her, seit er aufgebrochen ist, um in dieses Land zu kommen und hier zu bleiben. Er könnte die Jahre zählen, aber was sagt ihm die Zahl? Sie haben ihn, während er so gegangen ist, von Dorf zu Dorf und von Stadt zu Stadt – sie haben ihn mißtrauisch angeschaut; und er, der nichts anderes erwartet hatte, hatte sie ernst angesehen und nur selten gelächelt. Und dann war er in diesen kleinen Ort gekommen und hatte gewußt, daß er hier, gerade hier, bleiben mußte. Von dem Silber hatte er sich ein Stück Land gekauft und die ersten Werkzeuge. Er hätte schon damals ein reicher Mann sein können, wenn er das ganze Silber mitgenommen hätte ... – Auch hier, in diesem Ort, hatten ihn die Männer hart und abweisend angeblickt; aber er hatte bald herausgefunden, daß es im Grunde genommen nur die Angst war, die sie so abwehrend sein ließ. Sie hatten geglaubt, daß er sie mit seinen Augen (die in der Wüste hell geworden waren) verzaubern könne. Sie hatten nie darüber gesprochen, auch später nicht; aber er hatte es doch immer gewußt, daß sie lange Zeit eine tiefe Scheu gehabt hatten. Aber, ja, ja, so war es dann! Die Zeit schafft Vertrauen, und nach fünf Jahren schon hatten sie ihn aufgenommen. Mit einer Gebärde, die ihn auch heute noch in Erstaunen versetzte. Johann, seinen hageren, immer wortkargen Nachbarn hatten sie dazu ausersehen, daß er ihn fragen sollte: ob er denn nicht daran dächte, sich zu verheiraten, denn die Witwe des jungen Kreidlich, der vor der Zeit gestorben war, lebe nun schon lange über die Trauerzeit hinaus allein. Er hatte die Witwe des Kreidlich bis dahin immer nur aus der Entfernung gesehen. Eine kräftige, schöne Frau war sie gewesen, damals, als er sie geheiratet hatte. Viel jünger als er war sie gewesen, und sie hatte, nachdem ihre Ehe mit dem Kreidlich kinderlos geblieben war, noch drei Kinder bekommen. Die Tochter zuerst, und dann die beiden Buben. Und er – jetzt lächelte er ein wenig und rückte, indem er den Rücken krumm machte und sich hin und her bewegte, das Kissen zurecht – er hatte, bevor er aufgebrochen war, immer gedacht, daß er keine Kinder mehr haben werde. Aber so war das eben gewesen. Die Vorsätze und die Erwartungen waren, mit jedem Wort, das er hier neu gelernt hatte, andere geworden. Und überhaupt: als er die Sprache seiner neuen Heimat schon nach zwei Jahren beinahe fehlerfrei gesprochen hatte, waren seine Erinnerungen an die vergangenen Jahre schnell immer blasser und unwirklicher geworden, und in der Zeit, in der er geheiratet hatte, vermochte er sich schon nicht mehr vorzustellen, daß er einmal in einer wärmenden, hügeligen Landschaft im Süden gelebt hatte. Nur an dieses Mädchen, das ihn dazu gebracht hatte, von zu Hause fortzugehen, an dieses rothaarige Kind, erinnerte er sich noch ganz genau, und mit dem Alter hatte die Schärfe seiner Erinnerung stetig zugenommen. In diesem Winter nun hatte er schon mehrmals, wenn er hier in seiner Höhle saß, die Augen geöffnet, und dann war das Mädchen dort im Dämmerlicht der Stube gestanden. Wenn er jetzt wieder zum Tisch hinübersah, dann, so wußte er, würde es vor dem Tisch stehen und ihn anlächeln. – So machte er also die Augen wieder auf, und das Mädchen lächelte, und die Farbe seiner Haare breitete sich (in dem Glühen, das in der Stube lag, als einer seiner Enkel die Tür der Feuerstelle aufmachte) über seine ganze Gestalt hin aus.

Zum erstenmal sprach das Mädchen.

›Es ist kalt draußen.‹

Und er fragte: ›Bist du durch den Schnee hierhergekommen?‹

›Ja!‹

›Dann komm ans Feuer!‹

Er sprach leise, und gewiß war seine Stimme nicht mehr als ein Gemurmel; aber sie verstand ihn und kam auf ihn zu, setzte sich vorne auf die Ofenbank und stützte sich, als sie sich zu ihm umwandte, mit der rechten Hand auf sein Knie.

›Hast du es nicht gut?‹ fragte das Mädchen, und er, während er wieder die Augen schloß, sagte: ›Ja!‹

Sie saßen im Zug nach Wilsede. Draußen fiel dichter Schnee, und die kleinen, pulvrigen Flocken wirbelten in rasender Geschwindigkeit vorüber und verbargen die Umgebung hinter einem hellen Vorhang.

Alles war still und ruhig inmitten dieses Schnees.

Wie von einem geheimen Abkommen dazu angehalten, hatten sie in den vergangenen Tagen nicht mehr über die Frage gesprochen, wie all das, was nun geschah, zusammenhing. Und jetzt war, wiederum ohne eine genauere Absprache, klar, was zu sagen blieb.

Eva Landshoff erzählte ihre Geschichte. Sie kam aus Göttingen, wo ihr Vater und ihre Mutter Lehrer an einem Gymnasium waren. Sie hatte noch einen Bruder, der acht Jahre jünger war. Mit vierzehn war sie von zu Hause weggelaufen – sie sagte: ›weggegangen‹ –, weil etwas, das sie nicht genau kannte, sie trieb. Sie hatte sich zuletzt so fremd gefühlt, wie ein Adoptivkind. – Daß sie am Ende dann nach Wilsede gegangen war, war ein Zufall. Oder vielleicht auch nicht. Das wußte sie nicht. Ihren Eltern hatte sie von irgendwo geschrieben, sie sollten sie nicht suchen lassen, und anschließend war sie in die Heide gefahren, sie hatte, und sie sagte, es sei alles wie durch einen *anderen Willen* gesteuert gewesen, einen langen Spaziergang gemacht, das Überwachungssystem der Parzelle hatte ihr gesagt, daß sie nicht weitergehen dürfe, und sie war vollkommen sicher gewesen, daß sie sich um die Stimme nicht zu kümmern brauchte. Sie war einfach in die Parzelle hineingegangen, und sie hatte sie später, wann immer sie es wollte, wieder verlassen. Die Absperrung mußte sie nicht abschalten, nein; das hatte sie damals nur so gesagt. Bei ihr und, wenn sie jemanden mitnahm, auch bei denen, die sie begleiteten, versagte die Absperrung. Warum das so war, wußte sie nicht. – Sie hatte Christian getroffen, und zuerst hatte sie geglaubt, daß Christian ihr sagen könne, was sie tun müsse; aber Christian Kuntzeler hatte es nicht gewußt, er hatte nur herausgefunden, daß sie einen anderen suchen mußten, einen, den er vor langer Zeit einmal gekannt hatte. Und am Ende also hatten sie ihm geschrieben und ihn eingeladen.

Er erzählte seine Geschichte. Vor Jahrhunderten hatte es einen Mann gegeben, einen Italiener, der jedes Jahr im Juli oder August aufbrach und nach Deutschland zog, zu einer Quelle, die *Silberborn* hieß. An dieser Quelle nahm er das Silber, das das Wasser im Laufe des Jahres angeschwemmt hatte, und kehrte dann wieder nach Hause zurück. Dieser Mann verliebte sich eines Tages in ein Mädchen, das viel jünger war als er und in dem Dorf, in dem der Mann mit seiner Familie lebte, einen Onkel besuchte. Es war eine vollkommen aussichtslose Liebe gewesen, und der Italiener hatte das auch gewußt; er hatte, nachdem das Mädchen, das tatsächlich noch ein halbes Kind gewesen war, wieder gegangen war, nicht nachgeforscht, sondern war nach Norden gegangen und hier geblieben. – Ein großer Hof, eine Hochzeit, Kinder, Enkel – der Mann hat das Mädchen auch in seiner neuen Heimat nie vergessen.

»Und das sind wir?« fragte sie. »So eine – *Seelenwanderung*?«

»Nein, nein!«

Er sprach von der Fläche und davon, wie sie entstanden war. Auf der Fläche hatte er diese Geschichte beobachtet, und der Italiener hatte *sein* Gesicht gehabt, ja. Und das Mädchen, in das er sich verliebt hat, hat so ausgesehen wie *sie*. Aber das waren nur ›Möglichkeiten‹. Es gab auch noch andere Geschichten, und er konnte sie, wenn er wollte, allesamt auf dieser Fläche sichtbar machen und beobachten. In allen Geschichten hatten sie ihre Rollen.

»Das ist das, was ihr mit *Som* erreichen wollt«, sagte er. »Aber von einem bestimmten Punkt an, in dem, was ihr in der Parzelle den ›ersten Bezirk‹ nennt, habt ihr die Richtung verloren. Christian hat herausgefunden, daß *ich* weiß – ich habe die Fähigkeit, die richtigen *Möglichkeiten* zu finden.«

Sie war mit ihren Gedanken noch bei der Geschichte, die er ihr erzählt hatte, und fragte: »Hat es diese beiden, den Mann und das Mädchen, wirklich gegeben?«

»Ja, ganz sicher«, antwortete er. »Sie waren – sie *sind* so wirklich wie du und ich in diesem Augenblick.«

Jetzt wußte er auch, wie diese Fläche zustande kam. Man flog so lange durch den Raum, bis man in der Nähe eines Punktes war, an dem sich auch ein anderer befand. Der andere flog mit der gleichen stetig anwachsenden Geschwindigkeit wie man selber; nur kam er aus der Gegenrichtung.

»Die Fläche entsteht, wenn zwei – zusammenstoßen. Das heißt, wenn man es genau nimmt, muß man sagen: die beiden stoßen *nicht* zusammen, aber sie nähern sich unendlich aneinander an, so daß sie einander vollkommen durchschauen können.«

»Und mit wem bist du ›zusammengestoßen‹?«

Er lacht. »Mit dem Mann, der bei mir am Tisch war, als du in das Café gekommen bist. Er war einfach neugierig und wollte mich einmal sehen. Ich weiß es deshalb so genau, weil ich ihn jetzt kenne. So genau, wie er mich kennt.«

Sie unterhalten sich noch darüber, was sie jetzt tun müssen. In der Parzelle werden sie mit Hilfe von *Som* dahin kommen, daß alle diese Flächen ausbilden werden. Wie lange das dauern wird, weiß er nicht, aber er weiß, daß es gelingen wird.

Sie sehen zum Fenster hinaus.

Noch immer fliegt der Schnee vorbei.

Frohnberg blieb ein Jahr lang in Wilsede. Während dieser Zeit verabschiedeten sich alle, die in der Parzelle lebten. Frohnberg erzählte jedem, einem nach dem anderen, von der Fläche, die er in sich trug, und das Som, das die, die mit Frohnberg sprachen, genommen hatten, machte, daß sie den Bericht verstanden. Es dauerte nicht mehr Wochen, bis die Bewohner der Parzelle im ersten Bezirk ihre Landschaft fanden; sie gingen, nachdem Frohnberg mit ihnen gesprochen hatte, in den kleinen Saal, und schon wenige Stunden später weitete sich der Raum und nahm Berge, Seen und Städte auf. Durch diese weiten Gebiete gingen die, die ihre Landschaften geschaffen hatten, zu ihrem Ausgang, öffneten ihre Tür und machten, wenn sie die Tür hinter sich schlossen, daß das, was sie erschaffen hatten, wieder verschwand.

In den ersten Dezembertagen ging Bernd Rosemeyer, der Bibliothekar, als letzter, und von da an waren Frohnberg und Eva Landshoff allein in der Parzelle. Sie lebten noch einige Wochen lang von den Vorräten, die sich in den Häusern befanden, dann stiegen sie kurz vor Weihnachten zusammen in den Saal hinunter und warteten. Frohnberg sagte: ›Es ist kalt‹, und das Mädchen antwortete: ›Nicht mehr lange. Du weißt es.‹ Und Frohnberg sagte nur: ›Ja‹, und schwieg dann. Nach einer Weile schlossen sie die Augen und warteten so, mit geschlossenen Augen, noch ein, zwei Minuten. Als sie die Augen öffneten, standen sie inmitten des Hügellandes, das Frohnberg kannte, weil er es vorher so oft auf der Fläche gesehen hatte.

Nun, da sie sich wieder gegenüberstanden, sagte Eva Landshoff: »Du mußt jetzt nicht mehr gehen, nicht?« – »Jetzt werde ich bleiben«, antwortete Frohnberg und sah hinunter auf das Dorf im Tal. »Wir werden jetzt zusammen zurückgehen. Ich habe alles, was ich brauche. Das Silber – wer weiß, vielleicht würde ich beim nächsten Mal in der Wüste liegenbleiben und verdursten. Nein, ich möchte keine Angst mehr haben.« Und nach einigen Minuten – sie standen da und genossen die Wärme und das neue, durchsichtige Licht, das sie umgab – fragte er: »Und du – wirst du auch bleiben?« – Das Mädchen wandte sich ihm zu und sah ihn an und sagte: »Ja.« Und dann, langsam, zögernd: »Ja, ich werde bei dir bleiben.«

Sie gingen doch nicht gleich in das Dorf hinunter. Nachdem sie ungefähr zehn Minuten so dagestanden und über die Hügel hingesehen hatten, wandten sie sich um und verließen den Raum. Als sie vor der Bibliothek standen, froren sie. Ein kalter Dezemberregen fiel.

In den folgenden Tagen standen sie oft in dem Saal und betrachteten die Hügellandschaft, und Frohnberg wunderte sich immer wieder, daß er jetzt nicht mehr die Decke einer ›Höhle‹ sehen konnte. Über allem lag, blau und hoch, ein klarer Himmel, und in der Nacht, wenn die Laserstrahlen des Lichtturms durch diesen Himmel kreuzten, stiegen die senkrechten Linien in einem weiten Rund auf, ohne eine Begrenzung anzuzeigen.

Eines Tages fragte Eva Landshoff: »Warum gehen wir nicht hinunter?«

»Hast du nicht gesehen –«

»Was?«

»In dem Dorf lebt niemand. Es ist so ausgestorben wie alle Landschaften. Christian hatte eine Stadt, wir haben unser Dorf; aber nirgendwo gibt es Menschen.«

»Aber wir könnten doch trotzdem einmal hinuntergehen.«

»Gut«, sagte Frohnberg, nachdem er einige Augenblicke überlegt hatte, »gehen wir ins Dorf.«

Das Dorf war tatsächlich menschenleer, obwohl es schien, als sei es vor einigen Stunden noch bewohnt gewesen. Überall lagen Geräte herum, und als sie in eines der weißgetünchten Häuser hineingingen, fanden sie in der Vorratskammer frisches Gemüse und gepökeltes Fleisch.

»Immerhin, hier leben Menschen«, sagte Frohnberg. »Auch wenn wir sie nicht sehen können. Sie gehen weg, wenn wir kommen.«

Er wußte, als er das sagte, daß dieser Gedanke unvernünftig war und nichts erklärte. Wohin gingen die Dorfbewohner, und woher wußten sie, wann sie, Eva und er, hier waren? Aber so und nicht anders war es: Die Menschen aus dem Dorf gingen weg, wenn sie kamen.

Später dann war ihnen klar, was sie tun mußten, und eines Tages sagte Eva Landshoff: »Wir werden uns verabschieden.«

»Ja«, sagte Frohnberg nur.

»Werden wir uns dann wiedersehen?«

»Was meinst du?«

»Jeder von uns hat eine eigene Tür, und wir wissen nicht, wo wir sein werden, wenn wir durch unsere Tür gegangen sind.«

Frohnberg lachte: »Nein, wir werden die ersten sein, die zu zweit durch *eine* Tür gehen.«

»Das glaube ich nicht.«

»Doch, wirklich. Du kannst es glauben. Ich weiß es.«

»Und warum warten wir dann noch?«

»Wir müssen hier noch einiges tun.«

Sie wußten nicht, daß Christian Kuntzeler in der Zeit, die sie in der Parzelle verbracht hatten, die Presse und das Fernsehen informiert hatte. Es war nicht einfach gewesen, die Journalisten zu interessieren, denn die meisten hielten das, was Kuntzeler erzählte, für baren Unsinn. Daß diejenigen, die in Wilsede lebten, eine neue Droge, Som, gefunden hatten, glaubten noch fast alle. Wenn Kuntzeler dann aber davon sprach, daß es mit Hilfe dieser Droge möglich war, Landschaften, die man in sich trug, sichtbar zu machen, so daß auch andere diese Landschaften sehen konnten, waren die meisten Journalisten überzeugt, daß sie es mit jemandem zu tun hatten, der nicht ganz richtig im Kopf war. Erst als Kuntzeler nachweisen konnte, daß er vor Jahren selbst nach Wilsede in die Parzelle gegangen war und jetzt, ohne daß die zuständigen Behörden seine Rückkehr registriert hatten, in Köln lebte, fand er Journalisten, die ihm weiter zuhörten.

Es waren einige kommerzielle Fernsehstationen, die zuerst die Frage aufwarfen, ob das Überwachungssystem der Parzellen Lücken aufwies. Kuntzeler durfte in zwei Sendungen von seiner Rückkehr nach Köln berichten. Niemand nahm seine Schilderung ernst; aber auf der anderen Seite konnte auch niemand eine Erklärung dafür geben, wie jemand, der nachweislich in eine Parzelle gegangen war, diese wieder verlassen haben konnte. Und als dann noch weitere ehemalige Bewohner der Parzelle Wilsede auftauchten, die eine Doppelexistenz wie Kuntzeler führten, wurde von der für die Überwachung der Parzellen zuständigen Behörde eine Überprüfung der Parzelle Wilsede angeordnet.

Mitten im Winter, Anfang Januar, kamen so einige Männer und Frauen zur Grenze der Parzelle. Die Überwachungscomputer wurden ausgeschaltet, und die Abordnung fuhr weiter bis hin zu den Häusern. Die Überraschung war dann allgemein, als sich tatsächlich herausstellte, daß niemand auf dem Gebiet der Parzelle lebte, obwohl doch viele, bevor sie hierhergegangen waren, registriert worden waren. Frohnberg und Eva Landshoff waren an jenem Nachmittag in der Landschaft unterhalb der Bibliothek, und weil sie die sich drehende Betontür hinter sich geschlossen hatten, blieben sie unentdeckt.

Von diesem Zeitpunkt an war die Parzelle Wilsede ein allgemeines Thema. Als Kuntzeler wenige Tage später zu einem Journalisten, der ihn aufsuchte, sagte, in Wilsede lebten noch zwei Menschen, ein gewisser Stefan Frohnberg, mit dem er selber zur Schule gegangen sei, und ein junges Mädchen, Eva Landshoff, das vor längerer Zeit von zu Hause weggelaufen sei, da war Kuntzeler glaubwürdiger, und der Journalist fragte, ob Kuntzeler ein Treffen mit den beiden letzten Parzellenbewohnern vereinbaren könne.

Kuntzeler rief in der Parzelle an. Es dauerte einige Zeit, ehe er mit Eva Landshoff, die zufällig in der Nähe eines Apparates war, sprechen konnte. Sie holte Frohnberg herbei, und Kuntzeler unterbreitete ihnen am Videophon seinen Plan: Sie sollten diesem Journalisten ein Interview geben. Irgendwo. Am besten auf dem Wilseder Berg. Es sei wichtig. Jetzt sei die Zeit da, und jetzt müsse man im ganzen Land über Som berichten und über die Möglichkeiten, die in den Köpfen der Leute lägen. Und natürlich nicht nur in den *Köpfen* ...

Weder Frohnberg noch Eva Landshoff wollten sich dazu überreden lassen, ein Interview zu geben. Erst als Christian Kuntzeler sagte, Frohnberg solle es sich noch einmal überlegen und dabei in sich hineinsehen, änderte Frohnberg seine Meinung. Er wußte und hatte das, während sie in ihrer Landschaft gestanden und gewartet hatten, immer schon gewußt: daß sie nicht weggehen konnten, ehe sie von dem gesprochen hatten, was sie erfahren hatten.

So trafen sich an einem Februarmorgen Christian Kuntzeler, Eva Landshoff und Stefan Frohnberg ein letztes Mal. Kuntzeler war mit dem Journalisten und dessen Aufnahmeteam auf den Wilseder Berg gegangen. Das Fernsehteam hatte die Gerätschaften aufgebaut, die für die neuen, dreidimensionalen Aufnahmen benötigt wurden, und gegen 10 Uhr kamen Frohnberg und Eva Landshoff.

Sie standen zu dritt da, Frohnberg, das Mädchen und der Journalist, der sie befragen wollte. Kuntzeler wartete in einiger Entfernung. Frohnberg und Eva Landshoff bestätigten zuerst, was Kuntzeler bereits über sie berichtet hatte, dann erzählten sie von der Landschaft, in der sie nun tagtäglich, wenn sie über die Treppe in der Bibliothek hinuntergestiegen waren, einige Stunden verbrachten. Der Journalist, der eine Sensation witterte, fragte, ob er nicht mitkommen und diese Landschaft filmen dürfe.

Frohnberg und das Mädchen waren übereinstimmend der Meinung, daß das zu weit ginge.

›Warum nicht?‹ sagte Christian Kuntzeler und ging auf die Gruppe zu. ›Schaltet einmal ab!‹

Der Aufnahmeleiter wußte nicht, was er tun sollte.

›Sie sollen abschalten‹, sagte Kuntzeler. ›Wir müssen das erst besprechen.‹

Der Journalist gab ein Zeichen, und die Aufnahmegeräte wurden abgeschaltet.

Am Abend dieses Tages sahen alle Fernsehzuschauer – der Bericht war von sämtlichen kommerziellen und öffentlichen Anstalten übernommen worden –, wie Stefan Frohnberg und Eva Landshoff vom Rande eines Weges aus in eine weite, hügelige Landschaft hineingingen.

›Diese Landschaft‹, sagte der Kommentator, ›liegt in einem Raum, der sich unterhalb der Bibliothek der Parzelle befindet. Stefan Frohnberg hat behauptet, daß er diese Landschaft geschaffen hat, und wenn wir sehen, was nun geschieht, haben wir keinen Grund, an seinen Worten zu zweifeln.‹

Es ist, als gingen der Mann und das Mädchen durch die Luft; doch dann sieht man, wie das Gras verschwindet, so daß ein einfacher, fester Boden sichtbar wird.

›Das sind keine Trickaufnahmen‹, sagt der Kommentator. ›Die Landschaft verschwindet mit denen, die sie geschaffen haben.‹

Für einen Moment ist im Hintergrund des Saals eine weiße Wand mit dem Bild eines grünen, sanft ansteigenden Hügels gemischt; dann sieht man nur noch die Wand. Stefan Frohnberg und Eva Landshoff sind weggegangen.

Sie sind gegangen, über das Gras, den Hügel hinan, und hier, auf diesem Hügel, steht die Wand und ragt endlos auf. Wie ist es möglich, daß sie die Wand nicht gesehen haben, als die den Hügel hinaufgegangen sind. Sie fassen sich bei der Hand und gehen langsam auf die Wand zu.

»Was ist *dahinter*?« fragt Eva Landshoff und bleibt stehen. »Christian ist plötzlich in Köln gewesen, als er durch seine Tür gegangen war. Wohin gehen wir?«

»Wir werden dahin gehen, wo wir leben müssen. Wir finden unsere Zeit.«

»Wo ist die Tür?«

»Hier.«

Sie gehen weiter. Frohnberg legt den Arm um Eva Landshoffs Schulter. Er sieht eine haarfeine Linie und eine Ausbuchtung eines Steins, die, als sie davor stehen, der Knauf der Tür ist. Er faßt den Knauf an, die Tür bewegt sich leicht und lautlos.

»Wenn wir durch diese Tür gehen, werden wir nur noch dort sein, wo wir uns, irgendwann in einer anderen Zeit, nicht gefunden haben.«

Sie gehen durch die Tür, die sich ohne ein Geräusch hinter ihnen schließt.

Das heiße Licht verbrennt sie fast, und Eva Landshoff sagt, nachdem sie eine Weile erstarrt und erschrocken dagestanden sind, ganz leise: »Nein!«

»Warte!« sagt Frohnberg und nimmt sie in die Arme. »Mach die Augen zu!«

Er sieht hinein in den gelben Sand, der sich zu Wellen und Dünen schichtet und die Sonne auffängt und zu Glut verwandelt. Sie sind in der Wüste, die er kennt. Durch die er, auf seinem Weg zu der Silberquelle, so oft gegangen ist.

»Warte noch!« sagte er und schließt selbst die Augen.

Ganz allmählich nur wird die Luft kühler. Ein leichter, beständiger Wind kommt auf. Ein Rauschen wie von einem fernen Wasser treibt von irgendwoher auf sie zu.

Er öffnet die Augen und sieht wieder die Landschaft, die ihnen vertraut ist. Er weiß, die Wüste war nur das kleine Stück, das direkt unter der Tür lag.

»Komm, mach die Augen auf!«

Er sagt diesen Satz in einer neuen und ihm vollkommen

vertrauten Sprache. Nur für einen Augenblick erinnert er sich, daß er vor kurzem noch eine andere Sprache gesprochen hat, und einen Augenblick lang weiß er den anderen Namen des Mädchens. Aber schon ist beides, die Sprache und der Name, weit fort, und er kann sich nicht mehr erinnern.

»Schau«, sagt er in seiner neuen und zugleich altvertrauten Sprache. Mit der Hand deutete er hinunter.

»Ja?« sagt das Mädchen mit einer müden, zufriedenen Stimme.

»Das Dorf!«

»Es ist schön«, antwortete sie, und er weiß nicht, warum er sie darauf hinweisen will, daß dort unten das Dorf liegt. Zwischen den Häusern sieht man die Menschen hin und her gehen. Auf dem Platz, diese schwarzen kleinen Punkte – es sind die alten Männer, die in der Sonne sitzen.

»Der Onkel wird böse sein!« sagt das Mädchen.

»Hast du Angst?«

»Ja.«

»Ich werde mit dir gehen, gleich jetzt. Du brauchst keine Angst zu haben. Komm!«

Sie stehen auf. (Wann haben sie sich hier ins Gras gelegt?) Sie gehen langsam den Hügel hinunter, halten sich bei der Hand.

»Weißt du«, sagt er, »manchmal glaube ich, daß ich mich an Dinge erinnere, die lange schon vergangen sind.«

Er hat erwartet, daß sie ihn ohne Verständnis anschauen wird. Statt dessen aber sagt sie: »O ja! Ich kenne das auch. Ja, ich weiß, was du meinst.«

Es ist spät am Nachmittag. Bald wird es dunkel werden. Er sieht in den blauen Himmel hinauf und weiß nicht, weshalb er mit einemmal auf den Gedanken kommt, daß in der Nacht helle Lichtlinien am Himmel stehen könnten. ›Nein‹, überlegt er. ›Das ist unmöglich.‹

Sie erreichen das Dorf und erwarten, daß die Leute sie mißtrauisch oder doch zumindest spöttisch ansehen. Aber alle, die ihnen begegnen, lächeln ihnen zu und grüßen freundlich.